MADITA WINTER

EIS
JAGD

rütten & loening

MADITA WINTER

EIS JAGD

KRIMINALROMAN

Anmerkung
Auch wenn dieser Roman auf einem wahren Verbrechen beruht,
sind die Personen und die Handlung frei erfunden.
Etwaige Ähnlichkeiten mit tatsächlichen Begebenheiten oder lebenden
oder verstorbenen Personen wären rein zufällig.

ISBN 978-3-352-00991-4

Rütten & Loening ist eine Marke
der Aufbau Verlage GmbH & Co. KG

1. Auflage 2023
© Aufbau Verlage GmbH & Co. KG, Berlin 2023
Copyright © 2023 by Madita Winter
Gesetzt durch Greiner & Reichel, Köln
Druck und Binden CPI books GmbH, Leck, Germany
Printed in Germany

www.aufbau-verlage.de

Ich sehe deinen Geist am Himmel
Wenn Nordlichter tanzen
He-lo e loi-la
Ich höre dich nachts mich anrufen
Immer wenn Wind weht
He-lo e loi-la
Ich kann deinen Geist am Himmel sehen
Wenn Nordlichter tanzen
He-lo e loi-la …

AUS DEM JOIK
»SPIRIT IN THE SKY«
VON KEIINO

1

Seit Monaten arbeitet er wie besessen an seinem Plan. Er will endlich ans ganz große Geld kommen. Wie viele Stunden er investiert hat, weiß er nicht mehr, aber in drei Tagen wird sein Tag X sein, und dafür muss er die letzten Vorbereitungen abschließen.

Einen Moment lang ruht sein Blick auf der Waffe. Seine Fingerspitzen gleiten über den Schaft, als würde er die Brust einer Frau liebkosen. Er kostet diesen Moment aus. Lange hat er gewartet, jetzt rückt sein Ziel in greifbare Nähe. Er atmet ein und aus, ihm ist, als wäre sein Plan bereits vollendet.

Fast widerwillig reißt er sich los und beginnt damit, alle Utensilien in den verschließbaren Schlitten zu verstauen. Dabei überprüft er nochmals penibel seine Ausrüstung. Er muss jeden noch so kleinsten Fehler vermeiden, wenn sein Plan gelingen soll. Waffe, Zielfernrohr, Fernglas, Sandsack, Rentierfell, Schneetarnkleidung, Tarnkopfmaske, Tarnhandschuhe, Schuhe, alles landet in dem abschließbaren Schlitten. Die Sachen sind komplett und in bestem Zustand. Dann hängt er den Schlitten an das Schneemobil. Es kann losgehen.

Seine Augen brennen, hier draußen herrscht eine grausame Lichthölle. Das grelle Sonnenlicht, das mit dem strahlenden Weiß von Schnee und Eis konkurriert, blendet ihn schmerzhaft. Rasch setzt er seinen Helm auf, klappt das dunkle Visier herunter und macht sich auf den Weg.

Nach wenigen Minuten biegt er auf einen vorgespurten Winterweg ein, den andere schon vor Monaten mit ihren Schneemobilen angelegt haben. Er folgt dieser Spur knapp zwanzig Kilometer, bevor er in ein kleines Waldstück abbiegt und mit einem im Sichtschatten liegenden Umweg sein Ziel erreicht. Er war vor Wochen schon einmal hier gewesen, um die beste Stelle für sein Vorhaben auszukundschaften.

Nun drosselt er das Tempo, fährt im Schritttempo weiter und späht vorsichtig durch die Bäume. Er muss sicherstellen, dass ihn niemand entdeckt oder beobachtet. Er stoppt das Schneemobil und stellt den Motor ab. Schneeschuhe braucht er nicht, der Schnee ist hier mittlerweile fast wie auf diesem Winterweg stark komprimiert und beinhart. Er öffnet den Deckel seines Schlittens und nimmt alles heraus, was er braucht.

Er nutzt einen großen Felsen als Deckung, breitet ein Rentierfell am Boden aus und legt den extra angefertigten Sandsack vor sich auf den Boden. Dann kniet er sich darauf, legt den vorderen Teil seiner Waffe auf dem Sandsack ab und sucht nach einer guten und stabilen Liegeposition. Langsam und ruhig atmet er ein und aus, spürt, wie sich die Schulterstütze an seine Schulter schmiegt und der Abstand seines Auges zu seinem Zielfernrohr perfekt passt. Vorsichtig dreht er am Dioptrienausgleich und der Vergrößerung seines Zielfernrohres, bis die Schärfe so eingestellt ist, wie er es gewohnt ist.

Bei seiner ersten Auskundschaftung hier hat er in zweihundert Meter Entfernung ein kleines braunes Band an einem Ast befestigt, das er jetzt genau durch sein Zielfernrohr beobachtet. Heute herrscht Windstille. Wieder verändert er die Scharfeinstellung, diesmal genau auf die Distanz zu seinem Ziel. Exakt

97 Meter hat er bei seinem letzten Besuch vor Ort mit seinem Entfernungsmesser ermittelt.

Seit Monaten trainiert er für diesen einen perfekten Schuss, und schon längst trifft er auf diese Entfernung einen fünf Zentimeter großen Kreis mit jedem einzelnen Schuss, auch bei Wind, und das bei einem sich leicht von ihm wegbewegenden Ziel.

Er wird jetzt keinen Probeschuss machen, keine verräterischen Spuren am Ziel hinterlassen. Was er heute hier tut, ist, sich erneut mit den Begebenheiten vertraut zu machen. Er will diesen Ort und die Stimmung hier verinnerlichen, alles in sich aufsaugen. Üben kann er anderswo. In den Bergen hat er, geschützt vor fremden Blicken, sein Ziel lebensgroß, mit viel Mühe und großer Detailverliebtheit nachgebaut, um sich immer wieder bewusst in diese Situation zu bringen, sie durchzuspielen, sie zu erleben. Dort übt er das Schießen.

Wieder atmet er ruhig und langsam ein und aus, sein Auge verschmilzt förmlich mit dem Fadenkreuz seiner Optik, während sein Zeigefinger sich an den Abzug legt. Vor seinem geistigen Auge erscheint sein Ziel, und er durchlebt die Situation, als wäre alles real im Hier und Jetzt. Obwohl er beide Augen offen hat, scheint nur das rechte Auge am Fadenkreuz sehen zu können. Konzentriert atmet er aus, der Druck seines Zeigefingers am Abzug wird fast unmerklich stärker.

»Klack«, schnalzt er mit seiner Zunge.

Treffer.

Er ist ganz ruhig, innerlich eiskalt.

Es gibt nicht den Hauch eines Zweifels, er wird sein Ziel nicht verfehlen, und niemand wird herausfinden, dass er es war. Langsam erhebt er sich und lässt seinen Blick über die Landschaft streichen. Es ist niemand hier, er ist allein. Ruhig und doch zügig verstaut er alles wieder in seinem Schlitten und macht sich auf exakt derselben Route auf den Rückweg.

Drei Tage noch, dann wird es geschehen.

2

Laute Musik dröhnt an meine Ohren. Blind wie ein Maulwurf taste ich mit meiner rechten Hand nach der Quelle und schalte das lärmende Ungetüm aus. Ruhe. Ich atme tief aus. Meine Finger suchen nach dem Schalter der kleinen Nachttischlampe, die über meinem Kopf an der Wand hängt.

Licht. Ich schlage die Augen auf und schaue nach oben. Mein Tag beginnt so makellos wie die Zimmerdecke über mir, ohne dunkle Stellen, ohne Schatten auf der Seele. Ich habe wunderbar geschlafen, tief und traumlos wie seit Langem nicht mehr. Da ich in den zurückliegenden Wochen nach meiner letzten Mordermittlung oft unter schlechteren Bedingungen aufgewacht bin, genieße ich diese ungewohnte Tatsache umso mehr. Ich habe durchgeschlafen, und kein einziger Albtraum hat mich während der Nacht heimgesucht. Regungslos bleibe ich liegen und spüre diesem fast vergessenen Gefühl der Leichtigkeit nach.

In diesem wohligen Dämmerzustand suche ich tastend nach Daniel. Ich greife ins Leere, das Bett neben mir ist kalt. Verwirrt versuche ich meine Gedanken zu sortieren, dann fällt es mir schlagartig wieder ein. Daniel ist ja längst aufgestanden, um rechtzeitig zu seinem Treffpunkt zu kommen. Dass ich nicht gehört habe, wie er aufgestanden ist, bringt mich aus dem Konzept. Normalerweise wache ich beim leisesten Geräusch sofort auf.

Seltsam, irgendwie ist heute alles so anders. Ich genieße dieses anders. Wohlig rekle ich mich ein letztes Mal unter der Bettdecke. Dann gebe ich mir einen Ruck, werfe die Decke beiseite und setze mich auf, um meinen warmen Kokon zu verlassen.

Die Leuchtziffern meines Radioweckers verraten mir, es ist 04:15 Uhr, nicht meine gewohnte Zeit, um aufzustehen. Aber heute ist ein besonderer Tag, heute findet der *Nordenskiöldsloppet* statt. Ich möchte unbedingt dabei sein, wenn die 423 gemeldeten Läufer kurz nach Sonnenaufgang an den Start gehen, um an dem alljährlich am letzten Samstag im März stattfindenden längsten und härtesten Langlaufrennen der Welt teilzunehmen.

Dieser Skimarathon wird im klassischen Langlaufstil ausgetragen. Um Punkt sechs Uhr werden Profis wie Amateure auf ihren schmalen Skiern loslaufen, um die vor ihnen liegenden 220 Kilometer gespurten Loipen von Jokkmokk nach Kvikkjokk und zurück quer durch die nordschwedische Wildnis zu bewältigen. Ungefähr die Hälfte der Strecke wird über zugefrorene und verschneite Seen führen.

Die Idee für diesen Skimarathon stammt ursprünglich von dem Polarforscher Adolf Erik Nordenskiöld, der 1884 das erste Rennen veranstaltete. Damit wollte er beweisen, dass die in Lappland nomadisch lebenden Sami dazu imstande waren, so riesige Entfernungen am Stück zurückzulegen. Er sollte recht behalten.

Irgendwer muss sich an dieses legendäre Rennen erinnert haben und hat vor einigen Jahren diesen Skimarathon als das härteste Langlaufrennen der Welt wieder aufleben lassen. Der *Nordenskiöldsloppet* wird wie jedes Jahr seine Opfer fordern, es wird sie niederwerfen und gnadenlos vernichten. Aber es wird auch Sieger krönen, die um ihr Leben gekämpft und den Dämon bezwungen haben. Einige werden ein persönliches Drama erleben, andere den Tag ihres Lebens.

Daniel hat keine Zeit, um dem Start beizuwohnen. Er trifft sich mit den anderen Bewohnern Randias, wie wir unseren kleinen Nachbarort Randijaur liebevoll nennen, an einem der neunzehn Verpflegungspunkte, um die Sportler während des Rennens mit Getränken, Snacks und Zuspruch zu versorgen. Dafür gibt es viel vorzubereiten, und deswegen musste er heute so früh weg. Seine Schwester Liv wird ebenfalls an diesem Posten mithelfen. Ich will später zu ihnen stoßen.

Nach einer schnellen Dusche und einem doppelten Espresso im Stehen breche ich auf. Ich muss mich beeilen, wenn ich rechtzeitig am Startpunkt sein will. Bevor ich das Haus verlasse, wappne ich mich für die arktische Kälte, die mich draußen erwartet. Zuerst ziehe ich meine Arbeitskleidung an, eine dunkelblaue Hose, ein T-Shirt, ein dunkelblaues Hemd, auf dem unübersehbar POLIS geschrieben steht. In Stockholm musste ich keine Uniform tragen, hier leider schon. Über meine ungeliebte Uniform kommt eine wattierte Hose. Es folgen gefütterte Winterstiefel, Wollmütze, Kaschmirschal, Daunenanorak und Handschuhe. Zuletzt setze ich die Stirnlampe auf und trete ins Freie. Den Helm lasse ich liegen. Für meine kurze Fahrt übers Eis verzichte ich darauf.

Draußen ist es stockdunkel, aber meine Stirnlampe taucht die Umgebung in grelles Licht. Ich werfe einen Blick auf das Außenthermometer, das neben der Eingangstür unseres Blockhauses hängt. Es zeigt nur minus zehn Grad. Die unmenschliche arktische Winterkälte liegt definitiv hinter uns. Ich spüre den Frühling, der unaufhaltsam mit Riesenschritten näher kommt. Die Dunkelheit des Winters zieht sich allmählich zurück, die Tage werden spürbar heller, bis die Nacht vollends vertrieben ist und es wochenlang ununterbrochen hell bleiben wird.

Das diesjährige seltsame Wetter hat uns nach einem grimmig kalten Dezember und frostigen Januar mit Temperaturen weit unter 30 Grad Celsius im Februar und März ungewöhnlich warme Temperaturen beschert. Tagsüber sind sie häufig in die Pluszone gerutscht, was den Schnee angetaut hat, der dann nachts bei den Minusgraden wieder zu einer beinharten Eisfläche gefroren ist. Seit Wochen kämpfen wir uns durch dieses ständige Auf und Ab der Temperaturen mit spiegelglatten Wegen und Straßen. Ich trage inzwischen zur Sicherheit Spikes an den Schuhsohlen, nachdem ich zweimal auf dem blanken Eis vor unserem Haus ausgerutscht bin.

In diesem Jahr ist wettertechnisch nichts normal, vielleicht macht sich der Klimawandel auch hier mit seinen Kapriolen bemerkbar, oder der befürchtete Polsprung wird Wirklichkeit, von dem keiner so recht weiß, ob und wann er eintritt und welche Folgen er für uns haben wird.

Aber seit fünf Tagen herrschen tagsüber glücklicherweise wieder durchgehend Minustemperaturen und damit ideale Bedingungen für die präparierten Loipen, durch die in wenigen Stunden wild entschlossene Läufer bei diesem verrückten Rennen über Schnee und Eis fliegen werden.

Ereignisse wie der alljährliche Wintermarkt Anfang Februar oder dieses Rennen Ende März sind Highlights hier oben. Sie bringen viele Touristen nach Jokkmokk und in die Polarregion, sorgen für Abwechslung und Aufregung und unterbrechen den ansonsten vorherrschenden Dornröschenschlaf für eine kurze Zeit. Und das Wetter spielt auch mit. Laut Vorhersage wird es die nächsten beiden Tage halten. Es soll voraussichtlich weder schneien noch stürmen. Aber hundertprozentige Sicherheit gibt es im Polarkreis nie.

Ich schwinge mich auf mein Schneemobil, das vor dem Haus parkt, und drücke den Startknopf des *Lynx Commander*. Während ich bei laufendem Motor darauf warte, dass die Anzeige im Armaturenbrett die Aufwärmphase des Schneemobils als beendet signalisiert, lasse ich meinen Blick schweifen, soweit es in den Lichtkegeln der Scheinwerfer meiner Stirnlampe und des Skooters möglich ist.

Trotz des diffusen Lichts kann ich erkennen, wie schnell sich die Natur in den letzten Tagen verändert hat. Der Polarkreis hat acht Jahreszeiten, die das Wechselspiel der Natur widerspiegeln. Der Winter ist die längste Jahreszeit und kann acht Monate dauern, wobei er aus einem Frühwinter, einem Hauptwinter und einem Spätwinter besteht. Danach beginnt der Frühling, gefolgt vom Frühsommer, dann von dem eigentlichen, wenn auch kurzen Sommer und schließlich dem Spätsommer, der in den Herbst übergeht und wieder den Frühwinter einleitet.

Der Hauptwinter dauert normalerweise von November bis Ende März. Aber Schnee und Eis von Oktober bis Mai sind die Regel, nicht die Ausnahme. In der Winterzeit verschwindet die gesamte Polarregion unter einem weichen, dicken Schneeteppich und verwandelt sich in einen unwirklichen Ort von atemberaubender Schönheit. Einem Magier gleich verzaubert die arktische Kälte die Natur mithilfe von Schnee, Eis und Frost in eine mondartige Traumlandschaft, gesäumt von bizarr anmutenden Wächtern, die sich erst mit der Schneeschmelze wieder in Fichten, Tannen und Birken zurückverwandeln.

Ich liebe diese Zeit, die mich mit ihrer mystischen Verwandlung wie ein Kind voll ehrfurchtsvoller Bewunderung staunen lässt. Doch dieses Jahr hat der Winter mit ungewohnten Wetterphänomenen überrascht. Durch vorangegangene Tauphasen haben sich die Bäume aus ihren Eismänteln geschält, die zuvor meterdicke, makellos weiße Schneefläche auf den zugefrorenen See ist in sich zusammengesackt und von Fichtennadeln übersät, die Polarwinde herbeigeschafft haben. Der Schneeteppich wirkt dadurch schmutzig und zerschlissen. Dieser Übergang gefällt mir überhaupt nicht. Von mir aus könnte der Frühling sofort beginnen. Wenigstens hat dieses eigenartige Wetter nicht das Rennen gefährdet.

Die Signallampe hört auf zu blinken, der Motor meines Schneemobils hat die nötige Vorwärme erreicht, und ich kann starten. Da sich unser Blockhaus auf einer Halbinsel befindet, stehen unsere Wagen meistens gegenüber am anderen Seeufer, das ich jetzt bequem mit dem Schneemobil erreichen kann. Wir könnten zwar über einen langen holprigen Feldweg direkt zum Haus fahren, aber wenn der See zugefroren ist, ziehen wir es vor, gegenüber zu parken und die letzte Strecke mit dem Skooter zu bewältigen. Ansonsten müssten wir den ganzen Weg regelmäßig vom Schnee räumen, eine sehr anstrengende, zeitraubende Arbeit, die wir uns so schenken können.

Ich fahre langsam mit Halbgas über den zugefrorenen See zum anderen Ufer hinüber, parke den Skooter und wechsle die Fahrzeuge. Bis zu meinem Ziel werde ich voraussichtlich eine Dreiviertelstunde brauchen. Ich schalte das Radio an und lausche während der Autofahrt durch die Dunkelheit der Stimme, die aus meinen Lautsprechern dringt. Alles dreht sich um das heutige Spektakel. Das Rennen wird auf dem zugefrorenen See von Purkijaur fünfzehn Kilometer hinter Jokkmokk beginnen, dann zum Wendepunkt in Arrenjarka bei Kvikkjokk führen und schließlich im Sportstadium von Jokkmokk auf dem zugefrorenen Talvatis-See enden.

Die Radiostimme verrät mir, dass der Norweger Andreas Nygaard, der absolute Favorit und dreimalige Seriensieger, wieder an dem Rennen teilnehmen wird. 2017 schaffte er die Strecke unter schwersten Bedingungen mit heftigem Schneefall, grausamer Kälte und böigen Polarwinden in 11 Stunden 48 Minuten. Im Jahr darauf brauchte er bei noch schlechterem Wetter eine Stunde länger. Der Radiosprecher orakelt, dass in diesem Jahr aufgrund der perfekten Wetterbedingungen eine Rekordzeit unter den Profiläufern um neun Stunden möglich sein könnte und dass ganz Schweden darauf hofft, diesen verdammten Norweger endlich zu schlagen. Beiläufig erwähnt er, dass der beste Schwede namens Johan Loevgren im vergangenen Jahr nur Platz sechs erreicht hat.

Anhand dieser Information beschleicht mich Skepsis, ob wir

den Norweger dieses Jahr besiegen können. Aber der Polarkreis hält immer eine Überraschung bereit und das *Nordenskiöldsloppet* ebenfalls.

3

In Purkijaur angekommen, habe ich Probleme, einen Parkplatz zu finden. Nach einigen erfolglosen Versuchen stelle ich mein Auto entnervt in einem Halteverbot am Straßenrand ab und lege mein Schild mit der Aufschrift POLIS unübersehbar auf das Armaturenbrett. Ich habe es eilig. Wenn ich den Start nicht verpassen will, muss ich mich sputen. Und wer wollte schon etwas dagegen tun, schließlich bin ich die einzige Polizistin hier weit und breit.

Bis vor Kurzem waren wir noch zu zweit gewesen, aber seit mein Kollege Arne nach einem Herzinfarkt in den vorzeitigen Ruhestand gegangen ist, bin ich der letzte uniformierte Mohikaner in einem Radius von über hundert Kilometern. Dass ich die kleine Polizeistation in Jokkmokk weiter leiten darf, stand lange auf der Kippe. Polizeichefin Ylva Wallin hatte nach vielen Budgetdiskussionen geplant, diesen Außenposten zu schließen und alle Zuständigkeiten in das Polizeipräsidium ins über zweihundert Kilometer entfernte Lulea zu verlagern, mit dem Argument, dass eine Polizeistation in Jokkmokk nach Abwägung des Nutzen-Kosten-Verhältnisses aus Gründen der Kostenersparnis nicht zwingend notwendig wäre. Dieser bürokratische Wahnsinn hätte mein berufliches Ende bedeutet.

Aber ein Mord, der unlängst verübt wurde, hat glücklicherweise zu einem Umdenken geführt, Ylva hat mir ein weiteres Jahr geschenkt. Danach will sie neu über meinen Posten entscheiden. Der Preis für ihre Gnadenfrist ist jedoch, dass ich keinen Ersatz für Arne bekommen habe. Ich hatte auf Sigge, einen jungen Kollegen aus Lulea, als Nachfolger gehofft, aber diesen Wunsch hat sie mir abgeschlagen.

Mein Verhältnis zu meiner obersten Chefin war von Beginn an nicht einfach gewesen. Ich weiß, dass sie mich für überqualifiziert und überflüssig zugleich in dieser abgelegenen Region hält. Seit sie als erste Frau die Position des Polizeipräsidenten in Lulea eingenommen hat, zeigt sie sich von einer verbissenen Seite und wittert überall Feinde. Vielleicht wird man so, wenn man sich gegen hauptsächlich männliche Konkurrenz oder kollegiale Missgunst behaupten muss. Beim Amtsantritt ist ihr viel Feindseligkeit entgegengeschlagen, aber sie hat sich schnell einen Ruf als knallharte, durchsetzungsfähige Polizeichefin erarbeitet. Mir ist das alles egal, solange Ylva mir nicht das Leben schwer macht. Ich will meine Arbeit so gut wie möglich verrichten, mehr nicht. Dabei kann ich auf bürokratische Hürden oder dumme Anweisungen aus Lulea gänzlich verzichten.

Als ehemalige führende Ermittlerin in der Stockholmer Mordkommission bin ich in Jokkmokk natürlich eine Fehlbesetzung. Hier sind Delikte wie Trunkenheit, Drogen, Einbrüche, Diebstahl, Wilderei, Körperverletzung die Regel. Morde gehören eigentlich nicht dazu, besser gesagt, gehörten. Ich muss an meinen zurückliegenden Fall denken, der sich als Serienmord entpuppt hatte. Die zuvor verschwundenen Opfer waren alle als vermisste Personen behandelt worden, nach dem Motto, wer sich im Polarkreis verläuft, ist selber schuld. Entweder tauchen sie wieder auf, oder die Wildnis ist zu ihrem Grab geworden. Schwerverbrechen werden in Mittelschweden und den Vororten von Stockholm verübt, aber nicht in dieser abgelegenen Region in Lappland. So dachte man zumindest, und so konnte ein Serienmörder hier jahrelang morden, ohne dass es irgendwem aufgefallen wäre. Da hatte es erst meine kriminalistische Erfahrung und Hartnäckigkeit gebraucht, um die Spuren richtig zu deuten.

»Anelie!«, höre ich jemanden meinen Namen rufen.

Es ist Arne, und er winkt mir ungeduldig zu. Mein pensionierter Kollege ist groß genug, um aus der Menschenmenge herauszuragen. Ich schiebe mich durch die eng beieinanderstehenden Schaulustigen bis zu ihm durch.

»Hej, Arne«, begrüße ich ihn. »Wie geht's?«

»Bestens! Aber wo ist Daniel?« Er schaut sich suchend nach ihm um.

»Schon in Randia am Verpflegungsposten.«

»Ach ja, klar«, murmelt er, packt meinen Arm und zieht mich mit sich. »Lass uns näher an den Start gehen, damit wir nichts verpassen. Du bist spät dran, es geht gleich los.«

Während ich mich von ihm durch die Menge ziehen lasse, sehe ich mich prüfend um. Abgesehen von den Touristen, Sportlern, Begleitern und Schaulustigen, die sich seit Tagen hier tummeln, ist die Lage ruhig. Ich entdecke nichts, was mich als Polizistin beunruhigen sollte. Die Stimmung unter den Menschen ist fröhlich und entspannt. Die Sonne ist am Horizont schon zu erkennen. Der noch dunkle Himmel ist wolkenlos, und es verspricht ein herrlicher Tag zu werden. Endlich sind die Tage wieder länger und heller. Sonnenaufgang ist um 06:00 Uhr, Sonnenuntergang um 19:30 Uhr.

»Da ist Leif«, sagt Arne überrascht und deutet auf unseren Staatsanwalt aus Lulea. »Läuft der auch mit?«

Ich entdecke Leif Björk, der in Sportklamotten steckt und gerade damit beschäftigt ist, seine Startnummer am Trikot zu befestigen. Ich lasse Arne kurz stehen und laufe zu ihm hinüber. »Hej, Leif.«

Er sieht zu mir und lächelt. »Hej, Anelie, bist du dienstlich oder privat hier?«

Ich zucke mit den Schultern. »Etwas von beidem. Und du?«

Dumme Frage. Ich weiß ja, dass der Staatsanwalt eine Sportskanone ist und ständig an irgendwelchen Wettkämpfen teilnimmt.

»Ich werde heute diesen Kerl hier schlagen.« Leif grinst und sieht zur Seite. »Darf ich dir den neuen Chef der Rechtsmedizin Lulea, Dr. Filip Gustafsson, vorstellen.«

»Hej, Filip.« Ich duze ihn wie in Schweden üblich. »Ich bin Anelie Andersson, Polizei Jokkmokk.«

Ich gebe ihm diese Information, da wir noch nicht persönlich miteinander zu tun hatten.

»Hej, Anelie«, sagt er vergnügt und beugt sich leicht zu mir. »Leif weiß noch nicht, dass er null Chance gegen mich hat. Lassen wir ihn also in diesem Glauben. Aber er wird das Rennen und unsere Wette haushoch verlieren.«

Leif wirft Filip einen vielsagenden Blick zu. »Träum weiter.«

»Um was habt ihr denn gewettet?«, will ich wissen.

»Der Verlierer, und das wird Leif sein«, antwortet mir Filip vergnügt, »muss den Gewinner, also mich, in das beste Gourmetrestaurant von Stockholm, ins *Tak*, zum Essen einladen. Flug und Hotel inklusive.«

Leif prustet los. Die beiden erinnern mich an kleine Jungs. Das wird ein teures Vergnügen, ahne ich. Ich habe während meiner Zeit in Stockholm nie im *Tak* gegessen, da es schier unmöglich gewesen ist, dort einen Tisch zu bekommen, und außerdem hat dieses Sternerestaurant exorbitante Preise. Doch für die beiden scheint das kein Hindernis zu sein.

Am Startpunkt kommt plötzlich Hektik auf.

»Ich denke, ihr solltet euch besser auf eure Positionen begeben«, sage ich zu ihnen. »Es geht gleich los. Viel Glück!«

Damit lasse ich die beiden stehen und kehre zu Arne zurück. Und schon ertönt auch eine Stimme aus einem der Lautsprecher und kündigt den Start an. Die kleine Gruppe der Profiläufer steht an vorderster Stelle, sie werden vor der erheblich größeren Schar von Amateuren starten. Auch die letzten Läufer begeben sich nun hektisch auf ihre Startpositionen. Dann beginnt die Lautsprecherstimme herunterzuzählen, und endlos lange Sekunden später zerreißt der Startschuss die angespannte Stille.

Die Profiläufer explodieren förmlich und stürzen sich in die Loipen. Schnell zieht sich das Starterfeld auseinander. Die Läufer fliegen in weiten Bogen über den gefrorenen See und verschwinden im Wald, gefolgt von den anderen Teilnehmern, die sich wie hungrige Wölfe an die Fersen der davonstürmenden Eisläufer heften.

»Siehst du den mit der Startnummer 234?«, sagt Arne und deutet auf einen Mann, der an uns vorbeischießt, als wäre der

Leibhaftige hinter ihm her. »Das ist Stig Eriksson. Er stammt von hier und will unbedingt den Preis für den besten Amateur gewinnen.«

»Ist das ein wichtiger Preis?«

»Wer's braucht«, meint Arne und grinst schief. »Kriegst halt einen Pokal. Das war's.«

»Aha. Und hat er Chancen?«

Arne nickt. »Er hat sich das ganze Jahr akribisch darauf vorbereitet und soll laut eigener Aussage in Topform sein.«

»Kennst du ihn näher?«, will ich wissen.

»Mehr oder weniger. Na ja, eher weniger. Stig ist ein Einzelgänger. Seit dem Tod seines Vaters und seiner Mutter wohnt er quasi allein auf diesem mondänen Anwesen in der Nähe von Vaikijaur.«

Jetzt klingelt es bei mir. »Ist das dieser reiche Typ, der an der Börse Millionen verdient haben soll?« Ich habe ihn einige Male flüchtig in Jokkmokk gesehen, aber wir haben nie ein Wort miteinander gewechselt.

»Genau, das ist Stig. Er stammt nicht nur aus einer reichen Familie, er hat auch aus dem vorhandenen Vermögen noch mehr gemacht. Ich vermute, dass er aus purer Langeweile an dem Rennen teilnimmt, weil er ja sonst nichts zu tun hat, als seine Millionen zu horten.«

»Aber mit Geld allein gewinnt man doch noch kein Rennen, oder?«, entgegne ich.

»Vielleicht ja doch«, beharrt Arne. »Stig hat sich extra zwei Profitrainer engagiert, die das ganze Jahr mit ihm gearbeitet haben. Außerdem soll er ein Höhentraining absolviert haben. Vermutlich hat er auch Spezialski mit eingebautem Turboantrieb«, lästert mein ehemaliger Kollege. »Mit Geld kannst du deine Chancen wohl doch erheblich verbessern.«

Ich verkneife mir einen Kommentar. »Lass uns ins Akerlund fahren und frühstücken, mir knurrt der Magen. Sei mein Gast.«

Das lässt sich Arne nicht zweimal sagen. Ich spüre, dass er sich über meine Gesellschaft freut. Vermutlich langweilt ihn das Rentnerleben schon, auch wenn er es nie sagt. Auf der anderen Seite kennt Arne Gott und die Welt und hat sicher keinen Mangel an Bekannten und Freunden, mit denen er sich verabreden kann. Aber ich mag mir gar nicht vorstellen, was es bedeutet, nicht mehr arbeiten zu gehen.

Hätte Ylva die Polizeistation in Jokkmokk zugemacht, hätte mich das gleiche Schicksal ereilt, mit dem einzigen Unterschied, dass ich erheblich jünger als Arne und noch lange nicht im Rentenalter bin. Ich liebe meine Arbeit, auch wenn sie längst nicht mehr so aufregend und abwechslungsreich ist wie zu meiner Zeit als Ermittlerin in der Stockholmer Mordkommission. In meinem letzten Jahr dort hatte ich eine Einheit geleitet, die sich mit Serienmorden und anderen Gewaltverbrechen sexueller Natur befasste. Der Sumpf, in den ich dabei gezogen worden war, war entsetzlich gewesen, und ich traure dieser Zeit nicht hinterher. Es genügt mir völlig, eine kleine, unbedeutende Polizeistation zu leiten, denn was mir das Leben hier oben im schwedischen Polarkreis ansonsten zu bieten hat, ist mehr, als ich mir wünschen kann. Aber ohne meinen Beruf möchte ich auch nicht sein.

»Kann ich bei dir mitfahren?«, fragt Arne und reißt mich aus meinen Gedanken.

»Logisch.«

Als wir zwanzig Minuten später im Akerlund in Jokkmokk eintreffen, erwartet uns ein prall gefülltes Hotelrestaurant. Nicht nur uns hat der Hunger auf ein gutes Frühstück hierhergetrieben. Neben den Hotelgästen haben sich auch viele Journalisten einquartiert und belagern fast alle Tische mit aufgeklappten Laptops und ihrem Equipment. Mich beschleicht die leise Befürchtung, hier keinen Platz mehr zu finden.

Katrin, die Hotelbesitzerin, hat uns entdeckt und kommt auf uns zu. »Hej, hej. Sucht ihr nach einem freien Plätzchen?«, fragt sie und lächelt uns vergnügt an. Als Geschäftsfrau ist dieser Trubel genau nach ihrem Geschmack.

Arne und ich nicken einträchtig.

»Dann kommt mal mit.«

Katrin führt uns ein paar Stufen nach unten in den kreisrunden Konferenzraum, der in seiner Bauweise einem traditionellen Samizelt nachempfunden ist. Dieser Raum ist normalerweise nur für spezielle Events geöffnet, aber aufgrund des Ansturms hat Katrin ihn mit weiteren Tischen bestückt. Und hier gibt es noch Platz für uns. Wir hängen unsere Jacken über die Stuhllehnen und legen unsere Mützen und Handschuhe auf den Tisch. Dann kehren wir ins Restaurant zurück, und ich gehe direkt zur Bar, wo auch die Kasse steht. Ich bezahle wie hier oft üblich im Voraus. Dann begeben Arne und ich uns ans Buffet und stellen uns in die lange Reihe.

»Was für ein Auflauf«, murmelt Arne, »hat mehr was von einem Wespennest.«

Ich kann nicht heraushören, ob ihm der Trubel zusagt oder missfällt. Ich selbst fühle mich hin und her gerissen. Einerseits genieße ich die Abwechslung in dem sonst so beschaulichen Dreitausend-Seelen-Örtchen, zumal der ganze Zauber übermorgen wieder vorbei sein und die gewohnte Ruhe einkehren wird. Anderseits ist mir diese Hektik fremd geworden. Ich habe mich längst an das ruhige Leben im Polarkreis gewöhnt.

Als wir endlich am Buffet an der Reihe sind, laden wir unsere Tabletts randvoll, denn ein zweites Mal wollen wir uns hier nicht mehr anstellen müssen. Vorsichtig balancieren wir unsere Frühstücksberge durch die Menge zurück an unseren Tisch.

»Nächste Woche geht klar?«, frage ich Arne, der genüsslich Rührei mit Lachsstreifen verzehrt.

»Logisch.« Er grinst übers ganze Gesicht.

Es ist nicht zu übersehen, wie er sich auf die anstehende Woche freut. Sein Alter zu akzeptieren ist eine Sache, den Ruhestand hinzunehmen eine ganz andere, auch wenn es kein Entrinnen gibt, hat Arne mir am Tag seiner Pensionierung erklärt.

Ich habe Urlaub angemeldet. Daniel und ich wollen endlich über die Berge ins norwegische Narvik fahren und von dort weiter auf die Lofoten. In dieser Zeit wird Arne mich vertreten und in Jokkmokk die Stellung in der Polizeistation halten. Nach dem *Nordenskiöldsloppet* sollte es hier wieder ruhig sein.

»Du bist Anelie Andersson, oder?«

Eine Frau ist an unseren Tisch gekommen und schaut mich fragend an.

Ich blicke kurz auf. »Ja.«

»Tut mir leid, euch hier stören zu müssen, aber ich muss eine Anzeige erstatten.«

»Aha«, sage ich und wende mich der Besucherin zu.

Arne hat bereits eine weitere Ladung Rührei mit viel Lachs auf der Gabel arrangiert und will das kunstvolle Gebilde gerade erwartungsvoll in seinen Mund schieben, als seine Hand auf halbem Weg erstarrt. Die Enttäuschung über diese abrupte Störung steht ihm ins Gesicht geschrieben, und so wandert seine Gabel wieder zurück auf den Teller. Mir geht es nicht anders. Ich lege mein dick mit Lachs belegtes Brötchen, in das ich gerade herzhaft hineinbeißen wollte, zurück auf den Teller und sehe auf. Die junge Frau, die an unseren Tisch gekommen ist, hat hellgraue Augen und ein offenes Gesicht. An ihrer Gakti, ihrer klassischen, farbenfrohen Tracht, kann ich erkennen, dass sie eine Sami ist. Sie trägt eine Luhka, den Poncho in dem typischen Blau, eine Naiselakki, die Mütze mit Ohrenklappen, und Natukkaat, handgemachte Schuhe aus Rentierpelz.

»Um was geht's?«, frage ich.

»Ich bin Ana Maenpaa. Jemand hat eines meiner Rentiere brutal abgeschlachtet.« Sie gibt mir ihr Smartphone, auf dem ich mir die Fotos ansehen soll.

Das tote Rentier ist furchtbar zugerichtet. Ich sehe eine Schusswunde weit unterhalb des Halses. Trotz der Hitze, die hier im Restaurant herrscht, durchfährt mich ein eiskalter Schauder. Ein drückendes Schweigen senkt sich über den Raum wie eine Decke, die alles erstickt.

»Diese Verletzung war nicht tödlich«, sagt sie mit leiser Stimme. »Wie die Spuren im Schnee verraten, hat das Tier viele Stunden am Boden gestrampelt, bis es verendet ist. Und es ist leider nicht das einzige. Es gibt viele davon. Auch Hassmails und Morddrohungen, ich habe alles gesammelt.«

Die Zeit dehnt sich in die Länge, während ich mir die anderen Fotos ansehe. Ich sehe grausame Misshandlungen, blutige Felle, verendete Tiere, ein furchtbarer Anblick. Ich verstehe sofort, worum es hier geht. Vor Kurzem hat der Oberste Gerichtshof in Stockholm der Klage einer ersten Samigemeinde stattgegeben und ihr das Recht verliehen, darüber zu bestimmen, wer von nun an in deren Gebiet jagen und fischen darf. Nach diesem Urteil sollen nicht mehr die staatlichen Kommunen wie bisher die Jagdlizenzen für die Kleinwildjagd und die Fischerei vergeben, sondern nur noch die jeweiligen Samigemeinden. Es ist nur eine Frage der Zeit, bis die anderen *Sameby* ebenfalls dieses Recht einklagen werden. Nicht-Sami fürchten nun um ihre Jagd- und Fischereigründe.

Ich hatte gehofft, dass es bei verbalen Attacken und Unmutsbekundungen bleiben würde. Aber die Fotos der toten Tiere zeigen, dass dieser Unfrieden zwischen den Ureinwohnern Lapplands und den Nicht-Sami erneut begonnen hat. Diese Bilder mit den grausam zugerichteten Rentieren machen mich traurig. Rentiere sind nicht gerade clever, aber es sind schöne, drollige Tiere, und sie können rein gar nichts für irgendwelche lebensfremden Gerichtsurteile.

»Dazu müssen wir rüber in die Polizeistation gehen«, sage ich. »Kommst du mit, Arne?«

Das ist weniger eine Frage, denn da ich nächste Woche im Urlaub sein werde, muss Arne als mein Vertreter sich vorerst um diese Angelegenheit kümmern. Wir lassen unser Frühstück stehen und brechen auf. Diesen Tag habe ich mir anders vorgestellt. Und er fängt gerade erst an.

4

Unsere kleine Polizeistation, die sich, zentral gelegen am ersten Kreisverkehr, am Europaweg 45 in Jokkmokk befindet, ist typisch schwedisch auf das Nötigste reduziert. Es gibt einen Flur, der in einem kleinen Badezimmer endet. In diesem Flur stehen diverse Schränke für die Ablage und eine Kommode mit einer Kaffeemaschine. Rechts im Flur gehen zwei Türen ab, die in die beiden Büros führen, in der Zwischenwand gibt es ein Fenster mit einer Jalousie. Jedes Büro hat ein Fenster zur Straße, einen Schreibtisch, zwei Aktenschränke, einen Drucker, eine große magnetische Pinnwand. In meinem Büro steht zusätzlich noch ein kleiner Besprechungstisch, im anderen Büro gibt es eine Schlafcouch. Links vom Flur führen ebenfalls zwei Türen ab zu zwei kleinen Zellen.

Ich setze mich an meinen Schreibtisch und nehme Anas Anzeige auf. Die hübsche, junge Sami-Frau sitzt mir gegenüber und legt nacheinander Computerausdrucke mit Hassmails auf meinen Schreibtisch, die nicht schrecklicher sein könnten. Arne sitzt auf der Schreibtischkante und liest die E-Mails vor. Nach ungefähr einer Stunde haben wir alles zu Protokoll genommen, die Bilder ausgedruckt, mit Datum versehen und alle wichtigen Anmerkungen dazu angefügt.

»Da müssen unsere Computerspezialisten in Lulea ran«, sage ich, als ich alle Fakten notiert habe. »Kannst du uns dazu bitte deinen Laptop oder Rechner bringen?«

Anhand der IP-Adresse sollte es keine große Kunst sein, die Absender der E-Mails ausfindig zu machen. Aber diejenigen zu finden, die diese Rentiere getötet haben, ist komplizierter.

»Und ich brauche die Projektile aus den Tierkörpern. Habt ihr alle toten Tiere eingesammelt?«

Meine Ermittlungen in diesem Fall sind die gleichen wie bei einer Mordserie. Auch wenn es sich *nur* um Tiere handelt, macht das für mich keinen Unterschied.

»Wir konnten sie so nicht liegen lassen«, sagt Ana.

»Verstehe, aber könntest du mir auf einer Karte einzeichnen, wo ihr die Tiere gefunden habt? Vielleicht gibt es ein Muster, vielleicht können wir so das Gebiet eingrenzen, in dem der oder die Täter agieren, und kommen so auf ihre Spur.«

Ana nickt stumm.

»Ich werde die Kollegen von der Spurensicherung in Lulea bitten, hierherzukommen und sich alles anzusehen.«

Ich verschweige meine Befürchtung, dass meine Vorgesetzte in Lulea mir dabei nicht zur Seite, sondern vermutlich aus Kostengründen im Weg stehen wird. Sie wird wohl nicht die Kavallerie schicken, wenn es sich bei den Mordopfern um Rentiere handelt. Trotzdem will ich es nicht unversucht lassen. Ich muss mir eine gute Argumentation überlegen, um Ylva vom Gegenteil zu überzeugen. Es geht um den Frieden hier oben, es steht viel auf dem Spiel.

»Bitte, findet diejenigen, die das getan haben«, sagt Ana und steht auf.

»Wir werden alles tun, um das hier aufzuklären und zu beenden«, verspreche ich.

Sie lächelt mich mit traurigen Augen an.

Als Ana verschwunden ist, bleiben wir tief betroffen vor dem ausgedruckten Material zurück.

»So eine verdammte Scheiße«, flucht Arne aufgebracht und schlägt mit der Hand so stark auf die Tischplatte, dass meine Tasse klirrt. »Was denken sich diese Idioten in Stockholm dabei, ein so weltfremdes Urteil zu fällen. Hocken in ihrer blöden Großstadt, in ihren warmen Büros, glotzen den ganzen Tag in ihre doofen Computer, weit weg von alldem hier oben und machen uns das Leben mit ihren dummen Entscheidungen zur Hölle. Das wird uns noch viel Ärger bereiten.« Arne redet sich in Rage.

»Nicht, wenn wir das stoppen«, unterbreche ich ihn.

»Die bisherige Regelung hat gut funktioniert, jetzt werden einige Hardliner-Sami versuchen, uns zu diktieren, wo und wann wir was jagen dürfen, und uns dafür auch erheblich mehr für die Lizenzen abknöpfen. Das wird noch für viel Unruhe sorgen.«

»Vielleicht wird es ja nicht so schlimm, wir …«, versuche ich, ihn zu beschwichtigen.

»Davon hast du noch keine Ahnung, du stammst nicht von hier«, fällt er mir erbost ins Wort. Dann besinnt er sich und reißt sich am Riemen. »Wir brauchen jetzt eine gute Strategie, um das aufzuklären. Wo fangen wir an? Der oder die Täter könnten überall zuschlagen.«

»Wir sollten eine Versammlung mit allen Züchtern der Region einberufen. Vielleicht können wir sie davon überzeugen, ihre Tiere in Gruppen zu sammeln«, schlage ich vor. »Wir könnten dann diese Bereiche mit versteckten Wildkameras überwachen und so den oder die Täter auf frischer Tat ertappen. Die toten Tiere zeugen von viel blindem Hass. Ich glaube nicht, dass dieser Hass schon getilgt ist. Ich bin sicher, es ist noch nicht zu Ende.«

Arne zeigt mit dem Daumen nach oben. »Ich werde mich sofort nach dem Rennen darum kümmern. Aber wenn du glaubst, dass Ylva uns bei den Ermittlungen helfen wird, bist du gewaltig auf dem Holzweg.«

Ich weiß. »Ich muss sie überzeugen, es geht um das friedliche Zusammenleben hier bei uns.«

»Viel Erfolg.« Sein sarkastischer Unterton ist unüberhörbar.

»Wünsch ich dir auch, denn du musst dich nächste Woche um diese Ermittlungen kümmern«, sage ich, »ich bin im Urlaub. Schon vergessen?«

»Na, super«, schnaubt er.

Ich kann sehen, wie es in seinem Kopf rattert.

»Aber ich werde am Montagmorgen noch mit Ylva reden«, verspreche ich ihm. »So, und jetzt fahre ich nach Randia zu Daniel. Kommst du mit?«

Arne schüttelt den Kopf. »Ich bin anderweitig verabredet. Hejdo.« Damit lässt er mich sitzen und verschwindet.

Während ich zu Daniel fahre, muss ich an dieses umstrittene Urteil denken. Das Stockholmer Oberste Gericht hat in seiner Entscheidung zur Begründung auf die historisch angestammten Rechte der Sami auf diesem Territorium verwiesen. Seit Jahrtausenden treiben die Sami ihre Rentiere durch ganz Lappland, das von Nordskandinavien bis nach Russland reicht. Die heutige Samibevölkerung wird auf ungefähr 80 000 geschätzt. Davon lebt etwa die Hälfte in Norwegen, die andere Hälfte verteilt sich auf Schweden, Finnland und Russland. Im 16. Jahrhundert wurde Schwedisch-Lappland kolonialisiert, was zu vielen Konflikten zwischen den als Nomaden lebenden Sami und den zugezogenen Schweden führte, die ein bäuerliches Leben pflegten. Grund und Boden wurden aufgeteilt, und das von Freiheit geprägte Leben der Sami änderte sich drastisch. Anfang des 20. Jahrhunderts schrieb die schwedische Regierung ein besonders dunkles Kapitel, als sie die Sami zum minderwertigen Volk erklärte. Ähnlich wie bei den australischen Aborigines kam es zu Zwangsumsiedlungen, Kinder wurden ihren Eltern weggenommen und in schwedischen Schulen gezwungen, ihre Kultur zu vergessen. Es war verboten, samisch zu sprechen oder die traditionelle Tracht zu tragen. Zu dieser Zeit wurde es von vielen Teilen der schwedischen Bewohner als Schande angesehen, Sami zu sein.

Das ist glücklicherweise vorbei. Heute genießen die Sami viele Sonderrechte aufgrund ihrer Historie, aber diese nun umgedrehte Ungleichbehandlung führt immer wieder zu Problemen und Streit zwischen Sami und Schweden. Es war und ist ein Balanceakt zwischen den verschiedenen Ansprüchen und Forderungen, die im fernen Stockholm oft nicht verstanden werden. Ein solches Urteil trägt nicht zum Frieden bei. Ich finde dieses Urteil auch nicht in Ordnung, aber ich werde nicht dabei zusehen, wie irgendwelche Mistkerle hier Tiere quälen, abschlachten und zur Schau stellen. Wir müssen diesem schrecklichen Treiben rasch ein Ende setzen, mit oder ohne Ylvas Hilfe.

Nach einer Stunde Autofahrt habe ich den Verpflegungspunkt fast erreicht und parke meinen Wagen. Die letzten Meter muss ich zu Fuß gehen. Am Versorgungsposten herrscht ein reges Kommen und Gehen. Ich entdecke Daniel, der damit beschäftigt ist, die Langläufer mit heißer Suppe zu versorgen. Ich sehe verschwitzte Sportler mit blauen Lippen, denen die Erschöpfung ins Gesicht gemeißelt ist, während bei anderen nicht der Hauch von Müdigkeit vorhanden zu sein scheint. Für manche wird dieser Ultralauf zu einem Horrortrip werden, für andere zu einem unvergesslichen Erlebnis mit euphorischen Ergebnis. Nicht alle Läufer legen hier eine Rast ein, um sich zu stärken. Manche laufen einfach weiter, und das Tempo, mit dem sie durch die Loipen fliegen, macht mich sprachlos. Sie sind verdammt schnell unterwegs.

Ich geselle mich zu Daniel, der mich an sich drückt und mit einem leidenschaftlichen Kuss begrüßt. Ich spüre seine fröhlich aufgekratzte Stimmung.

»Und wie läuft's hier?«, will ich wissen.

»Bestens. Das ist ein super Rennen und brutal schnell heute.«

»Wer führt?«

Daniel rollt vielsagend mit seinen Augen.

Ich verstehe, der Norweger. »Und was ist mit unseren Leuten?«

Er wackelt leicht mit dem Kopf. »Noch ist nichts entschieden.«

Dann entdecken wir Stig mit der Startnummer 234, der, ohne sein Tempo zu reduzieren, sich unserem Posten nähert. Er wird offensichtlich von zwei Verfolgern begleitet. Die Anfeuerungsrufe schwellen an, und die Lautstärke erreicht ein ohrenbetäubendes Maß. Auch das Tempo dieser Dreiergruppe ist unglaublich schnell für Amateure. Sie liefern sich ein hartes Kopf-an-Kopf-Rennen und schrecken auch vor kleineren Bodychecks nicht zurück. Abwechselnd hat immer ein anderer die Nase vorn. Ihre Energie scheint unerschöpflich.

»Mannomann, die geben vielleicht Gas. Da wird mir ja nur vom Zuschauen schlecht«, erkläre ich staunend.

»Ein Mördertempo haben die drauf«, ruft Daniel lachend. »Wenn die sich nicht blau laufen, wird das eine Hammerzeit.«

Unmittelbar vor dem Ausgang unserer Servicestelle bremst Stig plötzlich ab. Ein Mann und eine Frau scheinen ihn bereits erwartet zu haben. Stig wechselt blitzschnell die Ski, und ich beobachte, wie die Frau ihm anerkennend auf die Schulter klopft, während der Mann vor Stig am Boden kniet und an dessen Skibindung hantiert.

»Wer sind die beiden?«, frage ich Daniel.

»Sie ist eine ehemalige Biathletin und Rekordhalterin namens Sofia Lundqvist. Er heißt Matti Fransson, ein ehemaliger Champion unter den Langläufern. Aber jetzt ist er ein renommierter Fitnesscoach für Profis. Stig hat sich das echt was kosten lassen, dass die beiden das ganze Jahr mit ihm trainiert haben. Dazu gehört auch, dass sie ihn jetzt während des ganzen Rennens in festgelegten Zeitintervallen an bestimmten Punkten mit allem versorgen, was er benötigt, wie zum Beispiel neu gewachsten Skiern zum Wechseln. Das läuft genauso ab wie bei den Profis.«

»Arne hat mir erzählt, dass Stig große Ambitionen hat.«

Daniel nickt. »Ja, er könnte dieses Jahr wirklich der beste Amateur werden.«

»Hej, Anelie.«

Ich drehe mich um und entdecke Liv, Daniels Schwester, und Sigge, meinen Kollegen aus Lulea, beide mit großen Kartons bewaffnet, die sie zum Versorgungsposten bringen. Verdutzt sehe ich den beiden nach. Mit Sigge hätte ich hier am allerwenigsten gerechnet.

5

Plötzlich ist da nur noch Schmerz. Überall. Grenzenlos. Gewaltig. Es gibt keine einzige Stelle mehr in seinem Körper, die ihn nicht peinigt. Jede Zelle schreit vor Qual angesichts der Anstrengung. Seine Muskeln und seine Lungen brennen wie Feuer. Während seiner Vorbereitungszeit hat er diese Schmerzen kennen und respektieren gelernt. Das ist der Preis, den er dafür bezahlen muss, seinen Körper diesen Strapazen auszusetzen. Sein Körper will das nicht, sein Ego schon.

Aber heute ist dieser Schmerz anders. Kein Wunder, bislang hat er noch nie eine so lange Strecke in diesem Tempo an einem Stück absolviert. Es ist seine Premiere. Davor hat er nur geübt, diesen Schmerz zu kontrollieren, damit er nicht die Überhand gewinnt und ihn besiegt. Heute überschreitet er eine neue, ihm bisher unbekannte Grenze.

So hat sich sein Körper noch nie aufgebäumt. Er beißt die Zähne zusammen und kämpft sich weiter. Ohne auch nur ein klein wenig nachzugeben, gleitet er durch die Loipe, rammt dabei seine Stöcke in den harten Schnee, wirbelt ihn auf und hinterlässt kleine Fontänen hinter sich.

Tannen und Fichten säumen wie Schaulustige seinen Weg. Während er auf Langlaufskiern den Polarkreis bezwingen will, überquert er wellige Kuppen, sanfte Täler, dichte Waldstücke und weite Ebenen. Die Eiszeit hat diese Landschaft einst mit ihren Gletschern geformt und ihr diesen archaischen Charme verliehen, wie es keine Menschhand je fertigbringen würde. Unter anderen Umständen hätte er diese Schönheit zu schätzen gewusst, eine Pause eingelegt und die Winterlandschaft verträumt betrachtet. Doch jetzt hat er keinen Blick für die Wunder der arktischen Natur. Er sieht nur die Parallelspuren der Loipe vor sich, die Kurven, die Anstiege, die Abfahrten und die Rentierspuren entlang der Loipen. Sonst nichts.

Seit dem Start in Purkijaur kämpft er sich Meter um Meter voran. Sein ganzes Sein dreht sich um ein einziges Ziel, er will bei diesem Rennen gewinnen. Dazu muss er diese 220 Kilometer auf seinen Langlaufskiern überstehen, egal, wie sehr sein Körper sich aufbäumt. Gemeinsam mit seinen beiden Trainern hat er in den zurückliegenden Monaten die Strecke analysiert und in Etappen eingeteilt. 220 Kilometer im Polarkreis sind schlimmer als ein Ironman auf Hawaii. Er hat gelernt, wie er den Streckenverlauf managen muss, um durchzuhalten, wie er sein Tempo halten kann, ohne sich blau zu laufen.

Das größte Risiko ist, dass das Blut nicht mehr genug Sauerstoff zu den Muskeln transportieren kann. Dann übersäuern die Muskeln, die entstandene Milchsäure kann nicht mehr abgebaut werden, und die Leistungsfähigkeit bricht abrupt zusammen. Wenn das passiert, schafft man es nicht mehr ins Ziel, der Körper streikt, als hätte jemand einfach den Stecker gezogen. Er kennt und fürchtet dieses Phänomen, das bei aller mentalen Stärke einen Läufer gnadenlos vernichten kann.

Dagegen hat er sich so gut wie möglich gewappnet. Er weiß exakt, wann und wo er seinem Körper Pausen gönnen muss, um ausreichend Energie zur Verfügung zu haben. Seine ausgeklügelte Taktik wird ihn vor diesem jähen Ende bewahren und dabei helfen, diese mörderische Tortur zu überstehen. Mal katapultiert er sich mithilfe eines kraftvollen Doppelstockschubs nach vorn, um währenddessen seine Beine zu schonen. Dann folgt eine Etappe, in der er die Beine arbeiten lässt, sich Schritt für Schritt durch die Loipe schiebt und dabei seinem Oberkörper eine Pause gönnt.

Aber erst im Ziel wird er wissen, ob diese Strategie aufgegangen ist. Bis dahin gilt es, Kilometer um Kilometer zurückzulegen und nicht einen Moment nachzulassen.

Er absolviert einen langen Anstieg und genießt die steile Abfahrt, die dahinter folgt. Die Läufer der professionellen Spitzengruppe waren ihm schon auf ihrer Rückrunde entgegengekommen. Für sie wird das Rennen bald zu Ende sein, für ihn noch lange nicht. Er wird deutlich länger brauchen als der beste Profiläufer, aber er wird erheblich früher im Ziel ankommen als all die anderen Amateure.

Wie im Rausch kämpft er sich auf der Strecke weiter durch den Schnee. Inzwischen hat auch er den Wendepunkt hinter sich gelassen und befindet sich auf dem Rückweg wie die Profiläufer vor ihm. Der Rückweg wird circa zwanzig Kilometer länger sein, da Start- und Zielpunkt nicht identisch sind.

Bei Kilometer 110 geht es durch lichte Wälder und über welliges Terrain, gefolgt von einer Seepassage, bevor es erneut in den Wald geht. Er pusht sich den langen, steilen Anstieg in Richtung Kilometer 125 hinauf, als würde sich dahinter das Ziel befinden, hält, oben angekommen, weiter das Tempo und gleitet durch Wälder und Forste. Endlich erreicht er eine Servicestation, wo ihn seine beiden Trainer mit einem neuen Paar Ski versorgen und er sich gierig eine dampfende Suppe gönnt, gefolgt von Energieriegeln und Keksen. Frisch gestärkt, setzt er eine Minute später sein Rennen fort.

Seit Stunden kleben zwei andere Läufer an ihm. Er hasst diese *Lutscher*, die sich in seinem Windschatten mitziehen lassen, um Energie zu sparen. Irgendwann hat er genug und tauscht kurz die Rollen, nur um den lästigen Konkurrenten vorzugaukeln, er wäre müde geworden. Als er hinter dem einen Läufer herfährt, kann er zu seiner Zufriedenheit erkennen, dass dieser keine Chance haben wird. Also geht er wieder nach vorn und zieht das Tempo deutlich an. Nur einer der Läufer kann ihm noch folgen, also wiederholt er das Spiel und lässt diesen vor. Doch er spürt, dass dies sein Rennen sein wird. Niemand kann oder wird ihn heute aufhalten. Er ist sicher, sein verbliebener Kontrahent wird auch bald schlappmachen. Alles ist gut, ist sein letzter Gedanke. In vier Tagen hat er Geburtstag, den 40.

Wie von einem tödlichen Blitz getroffen, fällt er plötzlich nach vorn. Er spürt nichts, kein einziger Gedanke flutet sein Gehirn, als er seine letzten Atemzüge aushaucht. Er ist von den Antworten auf alle seine Fragen nur noch einen allerletzten Herzschlag entfernt. Er sieht nicht, wie sein Blut den Schnee tiefrot färbt. Sein geschundener Körper erschlafft. Sein Todeslauf ist zu Ende.

6

Ein paar verirrte Schneeflocken, die der auffrischende Wind von den Bäumen gepustet hat, taumeln verloren durch die Luft. Vor dieser traumhaften Naturkulisse fliegen die Läufer auf ihren Bahnen an mir vorüber. Es ist ein surreales Bild, wie die Körper in ihrem rhythmischen Auf und Ab vorbeigleiten. Ich höre das regelmäßige Schnalzen, wenn die Läufer ihre Stöcke gleichzeitig in den Schnee rammen, um dann den Schub aufzunehmen, sich abzustoßen und nach vorn zu katapultieren. Ihr Atem dampft aus Mund und Nase, sie schieben sich mit Schultern, Armen und Stöcken nach vorwärts. Ihre Ski gleiten durch die beiden schmalen Rinnen, begleitet von den Anfeuerungsrufen und dem Beifall der Schaulustigen, die die Strecke säumen.

Es ist ein mitreißendes Spektakel, und ich habe alle Hände voll zu tun, diejenigen Läufer zu versorgen, die ihren wilden Ritt kurz unterbrechen, um sich mit Tee, Suppe oder Energieriegeln zu stärken oder einfach nur Luft zu holen. Mitleid mit den Läufern, die sich noch auf dem Hinweg zum Wendepunkt befinden, wallt in mir auf. Viele von ihnen sehen fix und fertig aus, obwohl sie noch nicht einmal die Hälfte geschafft haben. Nicht alle werden trotz größtem Kampfgeist und unbändiger Leidenschaft das Ziel erreichen. Auch wenn ich nur am Versorgungsposten herumstehe und Essen und Getränke verteile, spüre ich inzwischen die Müdigkeit und Kälte in allen Gliedern. Wie muss es erst den Läufern gehen, die seit vielen Stunden unterwegs sind.

»Wie lange müssen wir noch hierbleiben?«, frage ich Daniel. Er schaut kurz auf seine Uhr. »Müde? Eine Stunde noch, dann hauen wir ab. Okay?«

Er zieht mich an sich. Ich lege meinen Kopf an seine Brust und lausche seinem Herzschlag. »Es schlägt, ich kann's hören.«

Er sieht mich mit seinen hellblauen Augen an. Ich genieße diesen Moment, der nur uns beiden gehört inmitten dieses Trubels.

»Heute Abend gehen wir in den Hot Tub«, flüstert er mir ins Ohr.

Mir wird ganz warm bei dem Gedanken daran, inmitten dieser großartigen Landschaft in der Dunkelheit im Freien in der riesigen Außenbadewanne zu sitzen und das heiße Wasser zu genießen. Wohlig seufze ich vor Vorfreude.

Das Klingeln meines Mobiltelefons beendet jäh diesen schönen Augenblick. Ich löse mich aus Daniels Umarmung und fische mein Telefon mit klammen Fingern aus der Jackentasche. Auf dem Display erkenne ich, dass es sich bei dem Störenfried um Arne handelt. Er redet ruhig, aber ohne Pause. Schweigend lausche ich seiner Stimme.

»Wo?«, frage ich.

Ich stecke das Mobiltelefon weg und drehe mich zu Daniel um. »Vier Kilometer hinter dem drittletzten Versorgungsposten bei Pelnibäcken gab es einen Zwischenfall. Ich muss weg. Ich nehme Sigge mit.«

»Ist was mit einem Läufer?«, fragt Daniel alarmiert.

Ich nicke. »Es gibt einen Toten.«

Auf der Fahrt zu dem Servicepunkt Purkijaur informiere ich Sigge über alles, was ich von Arne per Telefon erfahren habe. Ein Läufer soll bei einer Bergab-Passage in voller Fahrt unvermittelt zusammengebrochen sein. Einer der Läufer hat das Unglück am nächsten Servicepunkt gemeldet, an dem auch Arne zufällig gerade war.

»Wahrscheinlich hat sich der Läufer völlig überanstrengt«, mutmaßt Sigge. »Selbst Profis unterschätzen oft die Strapazen eines solchen Rennens.«

Auch ich habe die Vermutung, dass ein Sportler wegen Überanstrengung oder einer unerkannten Vorerkrankung verstorben sein könnte. Unwissenheit und Selbstüberschätzung sind ein häufiger Grund für Notfälle unter Teilnehmern bei derartigen extremen Sportveranstaltungen. Arne erwartet uns am Servicepunkt mit einer Karte der Rennstrecke, auf der die Unglücksstelle eingezeichnet ist. Er hat zwei Schneemobile für uns organisiert, um schnell an den Teil der Rennstrecke zu gelangen, wo der Tote sein soll. Außerdem hat er den Bestatter unterrichtet, damit der Verunfallte sofort geborgen wird. Denn das Rennen wird definitiv weitergehen.

Als wir vor Ort eintreffen, sehen wir schon aus der Ferne einen am Boden liegenden und einen davor knienden Mann. Bei dem Mann auf Knien handelt es sich unverkennbar um einen medizinischen Helfer des Organisationsteams. Zwei weitere Läufer stehen etwas verloren abseits der Rennstrecke. Die ankommenden Läufer bremsen kaum ihre Fahrt, aber sie müssen ausweichen, was kein einfaches Manöver für sie bedeutet.

Als wir näher kommen, sticht mir die Startnummer ins Auge. Arne hat mir am Telefon noch nicht sagen können, um wen es sich bei dem Toten handelt, aber jetzt kenne ich seinen Namen. Es ist Stig Eriksson.

»Anelie Andersson, Polizei Jokkmokk«, stelle ich mich dem medizinischen Helfer vor.

Er blickt zu mir auf. »Hej, ich bin Tobe vom medizinischen Dienst der Rennleitung. Ich bin leider zu spät gekommen«, sagt er tief betroffen. »Er war schon tot.«

Während er sich aufrichtet, beuge ich mich über den Toten. Mein Atem stockt. Der Schnee um den Toten herum ist blutgetränkt, sein Gesicht stark entstellt und bietet einen grausigen Anblick. Ich gehe langsam in die Knie und betrachte schonungslos alle Details. Ein aufgerissenes Auge starrt mich mit leerem Blick an, das andere Auge besteht nur noch aus einer leeren, blutigen Höhle. Der rechte Augapfel fehlt gänzlich, es scheint, als wäre er herausgerissen worden.

»Wo ist sein Auge?«, frage ich schockiert.

Tobe schüttelt ratlos den Kopf. »Ich weiß es nicht ... hier ist es nicht ... ich habe auch keine Erklärung dafür.«

»Lag er genauso da wie jetzt, oder hast du seine Position verändert?«

»Ich musste ihn umdrehen, um ihn zu untersuchen. Er lag auf der Brust und Schulter, der linke Arm war unter seinem Oberkörper«, antwortet Tobe.

»Kannst du ihn noch einmal genauso hinlegen, wie du ihn aufgefunden hast?«

»Okay.« Tobe positioniert Stig zurück in die ursprüngliche Lage.

Was für eine seltsame Stellung, schießt es mir durch den Kopf, als hätte ihn jemand nach vorn gestoßen. Ich schieße einige Fotos mit meiner Handykamera, um alles zu dokumentieren.

»Tobe, könntest du meinem Kollegen helfen, den Toten nach da drüben zu bringen?«, bitte ich ihn und deute auf eine abgelegene Stelle zwischen den Bäumen. »Ich möchte ihn von der Strecke und aus dem Sichtfeld der anderen Läufer haben.«

Während Sigge und Tobe den Leichnam wegtragen, steuere ich auf die beiden anderen Läufer zu, die in gebührendem Abstand zwischen ein paar Bäumen stehen. Ich erkenne beide Sportler wieder. Sie waren mit Stig zusammen in dieser Dreiergruppe, die sich am Servicepunkt in Randijaur heftig bekämpft haben. Ich sehe Erbrochenes seitlich hinter dem Läufer im Schnee, den ich als ersten erreiche.

»Hej, ich bin Anelie Andersson, Polizei Jokkmokk«, stelle ich mich vor. »Sagt ihr mir bitte eure Namen?«

»Ich heiße Lauri Raikonen«, antwortet der erste.

Ich vernehme einen leichten Akzent. »Bist du Finne?«

Er nickt. »Ich komme aus Ketomella.« Dann legt er direkt los. »Der da, der hat ihm seinen Stock ins Auge gerammt.« Er fuchtelt mit einem Skistock herum und deutet mit der Spitze auf den anderen Läufer. »Er ist schuld. Ich war hinter ihnen, ich hab's genau gesehen.«

»Nein, ich haben nix zu tun damit«, schreit der Beschuldigte aufgebracht in gebrochenem Schwedisch zurück und schüttelt dabei heftig mit dem Kopf. »Ich können nix dafür!«

Sigge kommt zurück.

»Kümmerst du dich um ihn dort«, sage ich. »Ich mache hier weiter.«

Sigge wendet sich dem anderen Läufer zu, während ich den Finnen befrage.

»Erzähl mir genau, was du gesehen hast«, fordere ich Lauri auf.

Er deutet in Richtung des Toten. »Er und der da drüben … ich habe gesehen, wie die beiden immer wieder versucht haben, sich gegenseitig zu überholen … Dabei haben die sich auch mit ihren Stöcken attackiert … völlig verrückt waren die.«

»Du warst direkt hinter ihnen?«, hake ich nach.

Lauri zögert mit einer Antwort.

»Am Servicepunkt bei Randijaur wart ihr noch eng zusammen, das habe ich mit eigenen Augen gesehen. Also, wie groß war der Abstand zwischen ihnen und dir zuletzt?«, bohre ich weiter.

Er kratzt sich am Kopf. »Keine Ahnung. Ein Stück.«

»Genauer. Einen Meter?«

Er schüttelt den Kopf.

»Zehn Meter?«

Kopfschütteln.

»Zwanzig? Oder waren es vielleicht sogar fünfzig Meter?« Er wendet den Blick ab. »Die beiden wurden plötzlich sehr schnell«, gibt er schließlich kleinlaut zu. »Ich konnte nicht mehr richtig dranbleiben oder aufholen.«

Ungeduld brandet in mir auf. »Wie weit warst du entfernt? Wo warst du, als das hier passiert ist? Zeig's mir.«

Lauri dreht sich um und deutet auf eine Stelle. »Dort hinten, an dem kleinen Knick bei den eng stehenden Bäumen.«

Missmutig stelle ich fest, dass dieser Augenzeuge mindestens

150 Meter hinter den beiden anderen Läufern gewesen sein muss. Auf seine Aussage kann ich nicht wirklich etwas geben, er war viel zu weit entfernt.

»Sie haben sich gegenseitig zu Fall gebracht, und an seinem Stock ist ja sogar Blut.« Er schaut kurz zu dem anderen, den er gerade beschuldigt hat. »Der muss ihn mit seinem Stock erstochen haben«, fügt er deutlich leiser an.

»Hast du gesehen, dass er zugestochen hat?«, frage ich nach.

Lauri schweigt.

»Hast du?«

»Nein, aber wie soll es sonst gewesen sein«, murmelt er mit gesenktem Kopf, »es war doch ansonsten niemand hier.«

Ich schreibe mir seine Kontaktdaten auf und bedanke mich bei ihm. »Ich werde gegebenenfalls noch einmal auf dich zukommen. Wann reist du zurück nach Finnland?«

»Morgen. Oder soll ich noch bleiben?«

»Das ist nicht nötig. Wir können bei Bedarf telefonieren. Kommst du aus eigener Kraft weiter, oder sollen wir dich mit einem Schneemobil abholen lassen?«

»Ich schaffe es noch bis zur nächsten Versorgungsstelle, ich werde das Rennen dort aber beenden.« Er legt sich seine Ski an und macht sich in mäßigem Tempo auf den Weg. Für ihn ist das Rennen gelaufen. Dann gehe ich hinüber zu Sigge und dem anderen Sportler.

»Das ist Sergei Popow«, informiert mich Sigge. »Er kommt aus Weißrussland, und er versteht Schwedisch besser, als er es spricht.«

»Hej Sergei, ich bin Anelie Andersson, Polizei Jokkmokk« stelle ich mich erneut vor. »Was ist hier vorgefallen, und was ist mit dem Auge dieses Läufers passiert? Hast du ihn vielleicht beim Abstoßen mit dem Stock getroffen?«

Sergei atmet schwer. »Ich haben nix getan … gar nix.«

»Aber ich konnte mit eigenen Augen am Versorgungspunkt bei Randijaur sehen, wie ihr euch in dieser Dreiergruppe gegenseitig behindert habt«, widerspreche ich.

»Nein … war nix … nur gekämpft … wie Wettkampf halt ist«, bricht es aus ihm heraus. »Ich Tempo schnell gemacht … viel schneller … nur dieser war noch da … war hinter mir«, sagt er, während er mit dem Kopf in Richtung des Toten deutet. »Dann plötzlich von hinten rein gefahren in mich … beide fallen … nach vorne fallen … ich aufstehen … er nicht aufstehen und meine Stöcke bei Sturz zerbrochen … und dann Blut überall«, stammelt er in gebrochenem Schwedisch. Er deutet auf seine zerbrochenen Stöcke. »Ich keine Erklärung … aber schwören … haben nix gemacht!«

Ich beobachte ihn aufmerksam, er wirkt sehr verzweifelt hinter seiner Wut. »Und es hat keinen Schrei oder so was gegeben? Irgendetwas sonst?«

Sergei schüttelt stumm den Kopf.

»Wir werden unsere Vernehmung in der Polizeistation fortsetzen. Für dich ist dieses Rennen hier zu Ende«, informiere ich Sergei. »Deine Ausrüstung ist konfisziert. Wir müssen sie auf Spuren untersuchen. Und ich brauche deinen Pass.«

»Nix hier, ist in Hotel.«

»Bis wir alles aufgeklärt habe, kannst du Jokkmokk nicht verlassen.«

Sergei nickt langsam. »Ich bleiben.«

Ich kann das Motorengeräusch zweier Schneemobile hören,

die sich dem Unfallort nähern, und drehe mich zu Sigge. »Begleite ihn bitte zu unseren Skootern.«

Dann laufe ich den herannahenden Schneemobilen entgegen. Es ist der Bestatter mit einem Gehilfen.

»Bringt ihn bitte erst zum Krankenhaus in Jokkmokk«, sage ich. »Ich muss ihn mir erst genauer anschauen, bevor er nach Lulea transportiert werden kann.«

Ein weiterer Skooter kommt herangefahren, wird scharf abgebremst, und eine Gestalt springt vom Sattel. Die Gestalt kommt im Laufschritt näher. Im Laufen nimmt sie den Helm ab. Es ist eine Frau. Sie rennt an mir vorbei und stürzt zu dem Toten. Dann stößt sie einen durchdringenden Schrei aus und sinkt zu Boden. Weinend kniet sie vor dem Toten. Dann schreckt sie zurück und wendet sich ab.

Ich gehe zu ihr. »Ich bin Anelie Andersson von der Polizei Jokkmokk.«

Mit tränennassen Augen sieht sie zu mir auf. Sie wimmert etwas, ich vermute auf Deutsch, denn ich kann sie nicht verstehen.

Ich gehe ebenfalls in die Knie, um in Augenhöhe mit ihr zu sprechen. »Sprichst du Schwedisch?«, frage ich vorsichtig.

»Was ist passiert?«, wimmert sie auf Schwedisch. »Was ist mit seinem Auge?«

»Sagst du mir bitte deinen Namen? Bist du Stigs Frau oder Freundin?«, versuche ich von der aufgelösten Frau zu erfahren.

Aber sie spricht wieder auf Deutsch, und ich kann nur ahnen, dass sie ihrem Kummer Luft macht. Dann verliert sie völlig die Fassung und bricht in sich zusammen. Ich winke Tobe zu mir, der glücklicherweise noch da ist.

»Ich glaube, sie hat einen Nervenzusammenbruch«, sagt er. »Ich gebe ihr was zur Beruhigung, und dann lasse ich sie ins Krankenhaus bringen.«

Während Tobe sich um die Frau kümmert, versuche ich weiter mit ihr zu reden. Aber es ist sinnlos, aus ihr ist nichts herauszubekommen. Daher gebe ich auf und rufe Arne an.

»Bei dem Toten handelt es sich um Stig Eriksson.« Arnes Aufschrei bohrt sich schmerzhaft in mein Ohr. »Verdammt, dann stimmt das Gerücht also, das sich hier wie ein Lauffeuer verbreitet. Verdammt! Was ist da passiert?«

»Laut einem Augenzeugen soll er einfach zusammengebrochen sein. Aber ihm fehlt das rechte Auge. Es sieht aus, als wäre es herausgerissen worden, doch wir konnten es hier am Unfallort nicht finden. Das Ganze ergibt überhaupt keinen Sinn. Und dann ist hier noch eine Frau, die einen Nervenzusammenbruch erlitten hat.«

»Blond? Hübsch?«, fragt Arne.

»Ja.«

»Das muss seine Freundin sein. Eine Deutsche. Aber ich weiß nicht, wie sie heißt.«

»Wir bringen sie ins Krankenhaus. Aus ihr ist in diesem Zustand nichts herauszubekommen. Stigs Trainer müssten eigentlich an einem der noch kommenden Servicestellen sein. Kannst du sie bitte für mich suchen?«

»Die sind hier in Purkijaur. Ich habe sie vorhin gesehen«, höre ich Arne durch das Telefon antworten.

»Halt sie dort fest, wir sind gleich da.«

Dann rufe ich Daniel an und bitte ihn, mich in Purkijaur abzuholen.

»Da bin ich gerade vorbeigefahren«, sagt er. »Ich drehe um und bin in zehn Minuten bei dir.«

Damit beende ich das Telefonat und stecke mein Handy weg. Ich muss den Akku schonen.

Sigge und Tobe führen die Frau zu deren Skooter. Tobe platziert sie vor sich auf dem Sattel. Sigge startet unsere beiden Skooter. Dann befestigt er Sergeis Skiausrüstung an meinem Gefährt. Er weist Sergei an, sich hinter ihm auf den Beifahrersitz zu setzen. So machen wir uns gemeinsam auf den Weg zum Servicepunkt, wo uns Arne bereits erwartet und auch der Krankenwagen schon da ist. Dort entdecke ich Stigs Trainer und auch Daniel, der etwas abseitssteht.

Ich packe Sigge am Oberarm und ziehe ihn ein Stück zur Seite. »Was hältst du von diesem Sergei?«

»Er stammt aus Minsk, aus der Republik Belarus, die auch Weißrussland genannt wird. Er arbeitet für den Pharmakonzern Balaruskali in einer ziemlich hohen Funktion«, flüstert Sigge. »Es scheint keinerlei Verbindungen zu dem Toten zu geben, außer dass er seit Beginn dieser Veranstaltung jedes Jahr hierherkommt, um an dem Rennen teilzunehmen. Der Tote und er haben sich aber wohl erst bei diesem Rennen getroffen. Sergei sagt auf jeden Fall, dass er Stig nicht kennt. Beide wollten den Preis des besten Amateurs gewinnen. Das ist alles.«

»Aber er benimmt sich seltsam.«

»Ich glaube, er hat Angst, wir könnten ihm etwas anhängen, was nicht verwunderlich wäre«, meint Sigge nachdenklich. »In seinem Heimatland kann so was wohl schnell passieren.«

»Nimm meinen Dienstwagen, bring Sergei und die Skisachen auf die Polizeistation. Aber davor musst du seinen Pass aus seinem Hotelzimmer sicherstellen. Und vielleicht kannst du ihn etwas beruhigen.«

Sigge nimmt meinen Autoschlüssel entgegen. »Wir warten in der Polizeistation auf dich.«

»Eine Sekunde noch«, halte ich ihn zurück.

Ich wende mich Arne und den beiden Trainern zu. Allen dreien steht der Schock deutlich ins Gesicht geschrieben. »Hallo, ich bin Anelie Andersson von der örtlichen Polizei hier«, stelle ich mich den beiden vor. »Ich muss euch bitten, meinen Kollegen auf unser Polizeirevier in Jokkmokk zu folgen. Wie ihr schon gehört habt, hatte Stig einen tödlichen Unfall, und ich muss euch ein paar Fragen stellen.« Dann wende ich mich wieder an Sigge. »Sie werden dich auch begleiten. Nimm doch schon mal alle Daten auf, bis ich komme.«

Sigge bedeutet Sergei und den beiden Trainern, ihm zu folgen. Dann setzen sich die vier in Richtung Wagen in Bewegung. Ich schaue ihnen nach, bis mein Wagen vom Parkplatz fährt.

»Kann ich dich noch irgendwie unterstützen?«, höre ich Arnes Stimme hinter mir sagen und drehe mich zu ihm um.

»Hilf Sigge. Ich muss zur Rennleitung. Außerdem muss ich Leif und Filip finden.«

Er nickt. Ich lasse ihn stehen, gehe zu Daniel, der schon in seinem Wagen bei laufendem Motor sitzt, und steige ein. Mit knappen Worten erkläre ich ihm während der Fahrt, was mit Stig geschehen ist.

»Wohin soll ich dich bringen?«, will er wissen.

»Zuerst zum Talvatis-See. Ich muss den Staatsanwalt und diesen Rechtsmediziner finden. Vielleicht können sie mir bei der Leichenschau helfen, schließlich ist Filip ein Spezialist und gerade in Jokkmokk. Wenn der Tote nach Lulea gebracht und dort obduziert wird, warte ich wahrscheinlich ewig auf ein Ergebnis.«

Daniel fährt los. Während der Fahrt versuche ich, Ylva telefonisch zu erreichen, um sie über den Vorgang zu informieren. Ich erreiche aber nur ihre Sekretärin und bitte sie wegen des Todesfalls bei dem heutigen Rennen um Ylvas Rückruf.

Den Rest der Fahrt starre ich aus dem Seitenfenster. Daniel sagt kein Wort. Ich bin ihm dankbar dafür. Gerade noch war alles vergnügt und friedlich gewesen, jetzt liegt ein Schatten über allem. Das ungute Gefühl, das mich schon vorhin beschlichen hat, breitet sich immer mehr in mir aus.

7

Wir erreichen das Stadion am zugefrorenen Talvatis-See bei Jokkmokk, wo sich der Zieleinlauf befindet. Dort herrscht reges Treiben und großer Andrang. Läufer erreichen das Ziel und fallen Freunden und Angehörigen erschöpft in die Arme. Ich höre Jubelschreie, sehe Freudentränen, beobachte Läufer, die zu Boden gehen und nach Luft ringen. Das Rennen hat durch den Todesfall kein abruptes Ende gefunden, sondern nimmt seinen geplanten Lauf. Offensichtlich hat es sich auch noch nicht bis hier herumgesprochen, dass es einen Toten gegeben hat. Je länger das so bleibt, umso besser.

Das Rennen wird noch die ganze Nacht bis in den morgigen Tag andauern. Die Läufer müssen bis spätestens morgen 12:00 Uhr das Ziel erreicht haben, 30 Stunden nach dem Startschuss endet dieser Skimarathon offiziell. Wer es bis dahin nicht ins Ziel geschafft hat, wird mit dem Besenwagen, den Schneemobilen, die hinter den letzten Läufern herfahren, aufgesammelt und zurückgebracht.

Während Daniel am Zieleinlauf zurückbleibt, begebe ich mich in das Zelt der Rennleitung und bitte das dortige Team, für mich in Erfahrung zu bringen, wo sich Leif und Filip auf der Strecke befinden. Da jeder Sportler einen Tracker bei sich hat, mit dem an bestimmten Kontrollpunkten die Zeit genommen wird und so ihr Aufenthaltsort festgestellt werden kann, damit niemand verloren geht, können sie herausfinden, wo die beiden zuletzt gewesen sind. Ich erfahre, dass sie voraussichtlich gegen 21:30 Uhr das Ziel erreichen sollten, wenn sie im gleichen Tempo weiterlaufen.

Ich bitte den Rennleiter, die beiden nach ihrer Rückkehr sofort darüber zu informieren, dass es einen Todesfall während des Rennens gegeben hat und dass sie mich unverzüglich kontaktieren, besser noch, sofort in die Polizeistation kommen sollen. Ihm fällt die Kinnlade herunter, sein Mund klappt auf und wieder zu, ohne dass er einen Ton von sich gibt. Bevor er etwas sagen kann, erkläre ich ihm, welches offizielle Statement er zu dem Vorfall abgeben soll. Es hat einen tragischen Unfall gegeben, bei dem ein Teilnehmer sein Leben verloren hat. Mehr nicht. Ich betone, dass er weder Namen noch sonstige Informationen preisgeben darf. Dann gebe ich ihm meine Mobilfunknummer für eventuelle Rückfragen und gehe hinüber zu dem großen Zelt, in dem alle Läufer eine Tasche oder einen Rucksack mit ihren persönlichen Dingen und Kleidung zum Wechseln aufbewahren können. Dort finde ich Stigs und Sergeis Rucksäcke, die ich anhand der Startnummern identifizieren kann, und kehre damit zurück zu Daniel. Er fährt mich zur Polizeistation.

»Ich weiß noch nicht, wie lange es hier dauern wird«, verabschiede ich mich beim Aussteigen von ihm. »Fahr nach Hause. Ich rufe dich an.«

»Ich kann hier auf dich warten, das ist kein Problem für mich.«

Ich schüttle den Kopf. »Nein, es dauert vielleicht die ganze Nacht.«

»Dann pass auf dich auf, mein Herz«, sagt er.

Ich sehe ihm nach, bis seine Rücklichter verschwunden sind. Ich habe ein untrügliches Gefühl, dass gerade eine Lawine auf mich zurollt. Was zur Hölle ist Stig zugestoßen? Seit ich ihn tot mit einem ausgestochenen Auge im Schnee liegen gesehen habe, geht mir diese eine Frage nicht mehr aus dem Kopf. Was zur Hölle ist dort passiert? In Gedanken versunken steige ich langsam die vier Stufen zur Polizeistation hinauf. Mein Handy klingelt und holt mich zurück in die Gegenwart.

Es ist Ylva. »Irgendwie scheinst du den Tod ja geradezu anzuziehen«, begrüßt sie mich.

Auch wenn Ylva eigentlich nie zu Scherzen aufgelegt ist, kann ich jetzt über diesen müden Versuch nicht lachen.

»Was ist passiert?«

»Ein Läufer ist auf der Strecke zusammengebrochen und war auf der Stelle tot«, antworte ich einsilbig.

»Aha. Dann war's wohl nur ein tragischer Herztod oder so etwas in der Art«, antwortet sie mir in einem geschäftsmäßigen Tonfall.

»Könnte aber auch ein Unfall mit Todesfolge sein. Dem Toten fehlt ein Auge. Dieses wurde nicht am Unfallort gefunden.«

Ylva schweigt eine Weile. Vermutlich sucht sie auch nach Erklärungen für das fehlende Auge. »Wie behandelst du diese Angelegenheit?«, fragt sie schließlich und fügt in strengem Ton hinzu: »Wir müssen jeglichen Presserummel vermeiden.«

Das zu verhindern ist dein Job, nicht meiner, liegt mir auf der Zunge. Ich schlucke es hinunter und sage stattdessen: »Ich werde jetzt noch einige Vernehmungen mit Beteiligten durchführen und mir morgen früh die Leiche ansehen, bevor ich sie zu euch in die Rechtsmedizin schicke.«

»Wir sollten diese Angelegenheit möglichst rasch aufklären.«

Was sonst? Ich antworte darauf mit ohrenbetäubendem Schweigen.

»Wann bekomme ich deine Vernehmungsprotokolle?«

»Im Lauf des Tages.« Mehr habe ich dem nichts hinzuzufügen. Ich beende das Telefonat, stecke mein Handy weg und betrete die Polizeistation.

In meinem Büro treffe ich auf Sigge und Sergei, die an dem kleinen Besprechungstisch sitzen. Durch das Verbindungsfenster zu Arnes ehemaligem Büro kann ich Stigs Trainerpaar sehen. Ich gehe nach nebenan, wo die beiden einträchtig nebeneinander auf der Couch sitzen.

»Habt bitte noch etwas Geduld«, sage ich, »ich bin gleich bei euch.«

Ich will mich zuerst mit Sergei befassen, kehre in mein Büro zurück und setze mich zu den beiden an den Besprechungstisch. Sigges Blick signalisiert mir, dass er wohl nichts Neues aus Sergei herausbekommen hat. Ich reiche Sergei seinen Rucksack, damit er sich endlich umziehen kann. Er trägt immer noch sein durchgeschwitztes Wettkampfoutfit. Sigge bringt ihn in eine Zelle, wo er ungestört seine Kleidung wechseln kann.

»Danke, Sergei, dass du für eine Vernehmung zur Verfügung stehst«, beginne ich freundlich das Gespräch, als beide zurückkehren. »Kannst du mir bitte noch einmal ganz genau schildern, was bis zu dem Zeitpunkt des Unfalls geschehen ist?«

»Ich haben wirklich ihm nix getan«, bricht es aus ihm heraus. »Ich unschuldig.« Er presst in einer Geste der Verzweiflung die Lippen aufeinander und schüttelt den Kopf.

»Sind gelaufen … sehr hart, ganze Zeit … plötzlich er gefallen und … mich umgerissen … einfach so«, stammelt er aufgeregt weiter. »Dann alles voller Blut.«

Sergeis Augen werden feucht. Das Adrenalin, das wegen der Anstrengung während des Rennens seinen Körper geflutet hat, ist inzwischen abgebaut. Er wirkt erschöpft und ausgelaugt.

»Aber du musst doch etwas gesehen oder gehört haben?«, hake ich nach. »Hat er gestöhnt, sich irgendwann vielleicht an die Brust gefasst?« Ich schaue ihn forschend an. »Habt ihr euch berührt, hast du mit deinem Stock vielleicht versehentlich sein Auge verletzt?«

»Nein, hat auch Stock nix angefasst.«

Sein Gestammel ist schlecht zu verstehen, aber ich werde auf die Schnelle keinen Dolmetscher auftreiben. Also muss ich das Beste daraus machen. Sergei scheint zu begreifen, dass ich ihn nicht verstehe.

Er steht auf und geht leicht in die Knie, um mir etwas zu

demonstrieren. »War kleine Abfahrt. Wer hinten, fasst Stock an Spitze, wenn schneller«, sagt er und zeigt mir mit ein paar Handbewegungen, was er meint. »Er nicht hat Stock gefasst.«

Ich verstehe trotzdem nicht, was Sergei mir damit sagen will. »Wie erklärst du dir die Verletzung in seinem Gesicht?«

Er hebt die Schultern und lässt sie fallen. »Weiß nicht … nicht verstehen, woher kommen.«

Sergei weicht meinem Blick aus, aber ich habe nicht den Eindruck, dass er mir ins Gesicht lügt, und so lässt mich sein Verhalten etwas ratlos zurück. Hier werde ich heute nichts mehr erreichen, befürchte ich, aber ich muss ihn über Nacht hierbehalten. Das Risiko, dass er sich aus dem Staub macht, ist in meinen Augen zu groß.

8

Müde stehe ich auf, lasse die beiden allein zurück und gehe nach nebenan. In Arnes ehemaligem Büro, in dem ich noch nichts verändert habe, seit er in Rente gegangen ist, hängt immer noch der Geruch von kaltem Rauch in der Luft. Oder bilde ich mir das nur ein? Hier wurde seit Monaten nicht mehr geraucht, vielleicht täuscht mich meine Erinnerung. Ich nehme mir Arnes alten Bürostuhl, setze mich gegenüber von den beiden Trainern in den Raum und schaue sie schweigend an.

Sofia hat halb lange strohblonde Haare, die sie zu einem straffen Pferdeschwanz zusammengebunden hat. Sie ist groß, schlank, sehnig, aber jetzt wirkt auch sie müde und niedergeschlagen. Matti hat schulterlange schwarze Haare, die er ebenfalls zu einem straffen Pferdeschwanz zusammengebunden hat, und er trägt einen gepflegten Vollbart. An seiner Körperspannung kann ich unverkennbar sehen, dass er perfekt in Form sein muss. Er ist ein kompaktes Muskelpaket.

Ich wende mich Sofia zu. »Kannst du mir beschreiben, was genau dein Job bei Stig war?«

Sie richtet sich auf. »Ich habe Stig ein Jahr lang auf dieses Rennen vorbereitet, genauso wie ich es mit einem Profi gemacht hätte«, beginnt sie schleppend zu erzählen. »Stig hat mich vor etwas mehr als einem Jahr kontaktiert und mir ein Angebot gemacht, das ich nicht ausschlagen konnte. Wir hatten dann eine vierwöchige Probezeit vereinbart, in der wir testen wollten, ob wir miteinander auskommen.« Ihr Redefluss wird lebendiger. »Stig war zwar ein Amateur, aber er hatte alles, was man als Sieger braucht. Er war total fokussiert auf sein Ziel, dazu hoch motiviert, obwohl es außer einem Pokal nichts zu gewinnen gab«, sprudelt es nun aus ihr heraus. »Dafür, dass er nie Leistungssport betrieben hatte, war er in extrem guter Form, sehr diszipliniert und hart genug für das anstehende Training. Menschlich kamen wir auch klar. Ich habe nur Matti als Co-Trainer zur Bedingung gemacht, weil ich Stig zwar die kompletten technischen Feinheiten beibringen konnte, aber für eine weitere Steigerung der Physis Matti brauche. Stig hat, ohne zu zögern, zugestimmt. Und so kam es, dass wir mit ihm seit vergangenem März gearbeitet haben.«

Ich sehe zu ihm. »Matti, ihr beide kennt euch schon lange?«

Er schweigt und blickt ins Leere, als sinniere er über etwas nach.

Ich ziehe die Augenbrauen hoch. »Matti?«

»Äh … ja … tut mir leid, ich kann einfach nicht glauben, dass Stig tot ist.«

»Das verstehe ich.«

»Ja … Sofia und ich … wir arbeiten seit fast zehn Jahren zusammen«, antwortet er schließlich auf meine Frage. »Sofia kümmert sich hauptsächlich um die technischen Feinheiten beim Langlauf, um die Renneinteilung, um alles, was ein Läufer braucht, um so schnell wie möglich ans Ziel zu kommen, bei Biathleten auch ums Schießen. Und ich bin für die Leistungsfähigkeit, die Ausdauer, das Muskeltraining, die Regeneration und die Ernährung verantwortlich. Für einen allein ist das zu viel Arbeit, als Team arbeitet man da effektiver.« Matti sieht mich mit offenem Blick an.

»Ihr seid ein Paar?«

Sie nicken gleichzeitig.

»Stig hätte gewonnen?«, frage ich weiter.

Beide nicken einträchtig, wie zwei Dackelattrappen auf der Ablage eines Autokofferraums.

»Definitiv, daran bestand kein Zweifel«, sagt Sofia.

»Er war in Topform«, bestätigt Matti.

»Aber war er auch gesund?«

Wieder nicken beide heftig. Ihre Bewegungen laufen fast synchron ab.

»Wir haben ihn zu Beginn des Trainings von Kopf bis Fuß durchchecken lassen«, sagt Matti. »Ich kenne die nötigen Spezialisten. Und Stig hatte ebenfalls gute Ärzte, die wir konsultieren konnten.«

»Wo?«

»In Stockholm«, antwortet Matti.

»Stig war absolut gesund«, wiederholt Sofia mit dem Brustton der Überzeugung.

»Also kein unentdeckter Herzfehler oder so was?«, hake ich nach.

»Bei allem Respekt, wir sind keine Amateure. Stig hatte nichts, auch keinen Herzfehler«, beharrt Matti. »Es gab nichts, was zu diesem angeblichen Zusammenbruch hätte führen können.«

»Wir können uns nicht erklären, was mit Stig passiert ist«, fügt Sofia sichtlich betroffen hinzu.

Die beiden wechseln blitzschnell einen Blick, und irgendetwas daran verrät mir, dass sie mir zwar viel, aber noch nicht alles erzählt haben.

»Wo habt ihr das ganze Jahr über gewohnt?«

»In seinem Gästehaus«, antwortet Sofia.

»Wir haben bei ihm zu Hause trainiert, außer wir sind raus auf die Skiroller oder in die Loipe oder zum Höhentraining«, sagt Matti. »Stig hat … hatte zu Hause alles, was wir für sein Training brauchten.«

»Der andere Läufer und Stig sind beide an einer sehr leichten Abfahrt zu Fall gekommen. Er hat ausgesagt, dass Stig ihn plötzlich von hinten umgerissen habe. Aber wie es scheint, muss ein Skistock in Stigs Gesicht eingedrungen sein und ihm ein Auge ausgestochen haben. Der andere Läufer kann sich das nicht erklären, doch er sagte etwas wie: *Er hat meinen Stock nicht angefasst.* Habt ihr dafür eine Erklärung, was er damit gemeint haben könnte?«

Sofias Stirnrunzeln weicht sprachlosem Erstaunen. Matti

spannt den Kiefer sichtbar an. Ich verstehe, sie wissen noch nichts von dem fehlenden Auge.

»Jemand hat ihm den Stock ins Auge gestoßen?«, wiederholt Sofia ungläubig meine Frage.

Ich nicke, und die beiden schauen mich entgeistert an.

»So etwas hat es noch nie bei einem Rennen gegeben«, stellt Matti entrüstet fest. »Wer soll das getan haben? Der da drüben?«

»Ich habe noch keine Erklärung für diese Augenverletzung. Das werden wir erst nach der Obduktion wissen. Aber ich weiß, dass Stig und zwei andere Läufer sich wohl über lange Strecken ein hartes Kopf-an-Kopf-Rennen geliefert haben.«

Sofia atmet tief ein und aus. »Wir haben das natürlich auch gesehen. Der eine Typ mit der Nummer 299 hat sich dicht an Stig gehängt, aber er hatte nie eine Chance. Ebenso wenig wie dieser Dritte mit der 156. Stig hätte auf den letzten Kilometern noch einmal so richtig Gas gegeben, so war es besprochen. Damit hätte er alle Verfolger endgültig abgehängt.«

»Das Anfassen des Stockes ... was könnte Sergei damit gemeint haben?«, bohre ich nach.

»Du sagst, es war eine leichte Abfahrt und Stig war dort hinter diesem anderen Läufer?«, fragt Sofia.

»So hat es Sergei beschrieben.«

»Wenn sich zwei Läufer hintereinander in derselben Spur befinden und der hintere Läufer schneller als der Vordermann wird, weil er zum Beispiel besseres Material hat oder etwas mehr Gewicht auf die Ski bringt, befinden sich beide in einer leichten Abfahrtshaltung, und die Stockspitzen des vorderen zeigen fast waagerecht nach hinten. Um nicht auf den Vordermann aufzufahren, ihm aber trotzdem zu signalisieren, dass man schneller ist, greift man dem Vordermann ganz kurz leicht an die Stockspitze, damit der vorn das weiß und keine Dummheiten mit seinem Stock macht. Ist man signifikant schneller, muss der Hintermann die Spur wechseln, um nicht auf den Vordermann aufzufahren. Egal, wie hart man gegeneinander fährt, das sind ungeschriebene Gesetze dieses Sports und der Fairness«, erklärt mir Sofia.

Ich lasse alle diese Informationen sacken.

»Könnte Stig versehentlich auf seinen Vordermann aufgefahren und in dessen Stock gefallen sein?«, frage ich weiter.

»Ausgeschlossen«, widerspricht Sofia entschieden.

»Niemals«, bestätigt Matti. »Und selbst wenn, würde der Stock nicht ins Auge gehen.«

»Wieso seid ihr euch so sicher?«

»Erfahrung«, sagt Sofia.

»Stig hat diese Regel gekannt und hätte danach gehandelt?«

»Selbstverständlich«, sagt Matti wie aus der Pistole geschossen.

»Hundertprozentig«, antwortet Sofia fast gleichzeitig. »Und ein Sturz bringt keinem der beiden etwas, ganz im Gegenteil.«

Ich verstehe zwar nun, was Sergei mir erklären wollte, aber es bringt mich keinen Schritt weiter. Wenn kein Skistock im Spiel war – was ist dann mit Stigs Gesicht passiert?

»Ich muss euch bitten, noch eine Weile in Jokkmokk zu bleiben«, sage ich, »bis wir wissen, woran wir sind und warum Stig gestorben ist.«

»Natürlich«, stimmt Sofia zu.

Matti nickt. »Können wir denn weiterhin in Stigs Gästehaus wohnen?«

Ich überlege kurz. »Einverstanden, aber ihr dürft bis auf Weiteres Stigs Haus und die anderen Räume nicht mehr betreten.«

»Wir waren nie ohne Stig in dessen Haus«, sagt Matti. »Wir haben gar keinen Schlüssel.«

Sofia tippt sich gegen die Stirn. »Wir müssen ja noch seinen Rucksack am Zieleinlauf holen.«

»Das habe ich schon getan.« Ich verschwinde kurz, um den Rucksack aus meinem Büro zu holen. Dann stelle ich ihn auf den Boden und öffne ihn, um mir den Inhalt anzusehen. In dem Rucksack finde ich Wechselkleidung, aber sonst nichts.

»Wo könnte er seinen Hausschlüssel versteckt haben?«, frage ich die beiden.

»Darf ich?« Matti greift nach dem Rucksack. Er dreht ihn um. Auf der Unterseite befindet sich eine kleine, fast unsichtbare Tasche mit einem Reißverschluss. Matti fischt einen Schlüsselbund hervor und reicht ihn mir. »Einer davon müsste zum Haus gehören.«

»An der Unfallstelle ist eine Frau aufgetaucht«, sage ich. »Eine Deutsche, denke ich. Wir mussten sie ins Krankenhaus bringen, da sie einen Nervenzusammenbruch erlitten hat. Kennt ihr sie?«

»Das muss Dana sein«, antwortet Sofia, »Stigs Lebensgefährtin.«

»Dana Novak«, ergänzt Matti.

»Was könnt ihr mir über sie erzählen?«

Matti schüttelt nur den Kopf.

Sofia zuckt mit den Schultern. »Wir hatten nie mit ihr zu tun. Wir kennen sie eigentlich nur vom Sehen und Hallosagen.«

Ich versuche mit gezielten Fragen noch mehr Informationen zu bekommen, aber die beiden sind mir keine große Hilfe. Ohne ein zufriedenstellendes Ergebnis beende ich die Befragung. Ich begleite sie zur Tür, wo ich sie in die Dunkelheit entlasse. In diesem Moment fährt ein Wagen vor. Es sind Leif und Filip. Sie steigen aus und kommen zu mir. Beide tragen kein Wettkampfoutfit mehr, sondern dicke Jogginganzüge unter ihren Daunenjacken. Sie sind sichtbar gezeichnet von dem anstrengenden Rennen, aber in vergnügter Stimmung.

»Danke, dass ihr so spät noch gekommen seid. Wer hat gewonnen?«, erkundige ich mich anstandshalber.

Filip rollt mit den Augen.

»Dann herzlichen Glückwunsch, Leif«, gratuliere ich dem Staatsanwalt.

Er grinst über das ganze Gesicht. »Tja, das wird ein teures Vergnügen für Filip.«

Bevor die beiden wieder mit ihren Frotzeleien beginnen, fahre ich dazwischen. »Tut mir leid, dass ich euch diesen Tag mit einem Toten verderben muss.«

Schlagartig tritt Ruhe ein.

»Was ist passiert?«, fragt Leif ernst.

»Ein Läufer ist zwischen den Serviceposten Pelnibäcken und Purkijaur zusammengebrochen und muss wohl auf der Stelle tot gewesen sein. Die Wiederbelebungsversuche durch einen Ersthelfer waren vergeblich. Bei dem Toten handelt es sich um einen Einheimischen, um Stig Eriksson. Er wollte um jeden

Preis den Titel des besten Amateurs gewinnen und hatte auch die besten Chancen.«

»Von dem hatte ich schon gehört«, murmelt Leif. »Er galt als einer der Favoriten unter den Amateuren.«

Ich nicke.

»Vielleicht Herztod«, diagnostiziert Filip vorsichtig.

»Ich habe mit seinen beiden Trainern gesprochen, die sagen, dass Stig weder ein Herzproblem noch sonst irgendwelche gesundheitlichen Probleme gehabt hat. Im Gegenteil, er sei in absoluter Topform gewesen.«

Filip kratzt sich am Hals. »Das müsste ich mir genauer ansehen.«

Ich nicke. »Darum möchte ich dich bitten, denn dem Toten fehlt auch das rechte Auge. Es sieht aus, als wäre es herausgerissen worden. Möglicherweise durch einen Skistock. Das wirklich Mysteriöse daran ist allerdings, dass wir das fehlende Auge am Unfallort nicht finden konnten.« Ich halte kurz inne, um ihnen die Möglichkeit zu geben, diese seltsame Information nachzuvollziehen.

»Das ergibt überhaupt keinen Sinn.« Leif zieht die Augenbrauen nach oben. »Wie soll das denn passiert sein? Das kann ich mir irgendwie überhaupt nicht vorstellen.«

»Wie gesagt, es könnte ein tragischer Unfall gewesen sein. Der zweite Beteiligte sitzt in meinem Büro. Aber er bestreitet, etwas getan zu haben. Er sei selbst von dem Verstorbenen zu Fall gebracht worden. Solange wir die genaue Todesursache nicht kennen, würde ich ihn gerne hierbehalten. Denn wenn er erst einmal abgereist ist, werden wir ihn vermutlich nicht mehr aus Belarus zurückholen können.«

Leif nickt nachdenklich. »Nimm ihn in U-Haft.«

»Könnten wir morgen früh, bevor ihr nach Luleå zurückfahrt, eine erste Leichenschau hier in unserem Krankenhaus vornehmen?«, bitte ich sie.

Leif wirft Filip einen fragenden Blick zu.

»Selbstverständlich«, stimmt Filip ohne Zögern zu.

»Perfekt«, stelle ich zufrieden fest. »Wann wollen wir uns morgen früh treffen?«

Leif schaut auf seine Armbanduhr. »Es ist jetzt schon nach elf, sagen wir um neun Uhr.« Er schaut zu Filip, dann zu mir.

Wir beide nicken.

»Der Tote liegt schon im hiesigen Krankenhaus. Treffen wir uns morgen dort am Empfang.«

Nachdem die beiden verschwunden sind, kehre ich in mein Büro zurück und erkläre Sergei seine Lage. Er hört mir mit müdem Blick zu und lässt sich widerstandslos von Sigge in eine Zelle führen.

Ich kann hören, dass jemand die Polizeistation betritt. Das kann nur Arne sein, weil er neben mir der Einzige ist, der einen Schlüssel hat.

Wie erwartet, taucht mein ehemaliger Kollege auf und bleibt in der Tür zu meinem Büro stehen. »Hej, Anelie, ich hab noch Licht gesehen.«

»Wir wollten gerade Schluss machen.«

Ich stelle mich gedanklich auf eine Nacht in der Polizeistation ein. Da sich ein Häftling in der Zelle befindet und ich ihn nicht allein hier zurücklassen darf, bedeutet das zwangsläufig, dass auch ich die Nacht hier auf dem Schlafsofa nebenan verbringen muss.

Sigge kommt zurück. »Hej, Arne. Anelie, die Nachtschicht übernehme ich«, sagt Sigge, als hätte er meine Gedanken gelesen. »Fahr nach Hause. Ich übernachte hier. Ich habe alles, was ich brauche, draußen in meinem Rucksack in deinem Auto.«

Bevor ich protestieren kann, ist Sigge schon wieder verschwunden.

»Guter Kollege«, stellt Arne zufrieden fest. »Er hat recht. Fahr heim und schlaf dich aus. Du hattest einen langen Tag, und morgen könnte auch anstrengend werden.«

»Vielen Dank, Sigge«, sage ich, als dieser mit seinem kleinen Rucksack wieder auftaucht.

»Ich komme morgen früh mit einem guten Frühstück«, verspricht Arne.

Wir wünschen Sigge eine ruhige Nacht, dann verlassen Arne und ich die Polizeistation.

»Was wird aus deinem Urlaub?«, will Arne wissen, als wir draußen im Freien stehen.

»Keine Ahnung«, gebe ich offen zu. »Das hängt vom morgigen Untersuchungsergebnis ab. So oder so, ich brauche dich nächste Woche.«

Ohne sich umzublicken, winkt er mir gute Nacht. Ich steige in meinen Wagen und trete den Heimweg an. Mein Handy klingelt. Es ist ein Journalist, der sich mit Johan Sandberg von der Norrbotten-Zeitung meldet.

»Woher hast du meine Nummer?«, frage ich empört.

»Vom Freund eines Freundes.« Diese Phrase habe ich früher in Stockholm oft gehört. Aber hier?

»Von wem?«

»Ich habe Kontakte. Verlässliche Kontakte, die bestätigt haben, dass ein Verdächtiger in Gewahrsam ist. Kannst du mir schon mehr über diesen Fall sagen?«

»Deine Informationen sind falsch«, sage ich unterkühlt und drücke ihn weg.

Als ich nach Mitternacht endlich zu Hause bin, liegt Daniel bereits tief schlafend im Bett. Ich ziehe mich im Badezimmer aus, um ihn nicht zu wecken, dann schleiche ich auf Zehenspitzen ins Schlafzimmer und sinke langsam in mein Bett. Ich kann noch nicht einschlafen, auch wenn ich die Müdigkeit in jeder Faser meines Körpers spüre. Meine Gedanken kreisen um den Toten, sein fehlendes Auge, die mysteriösen Todesumstände, die Beteiligten. Finde den Fehler!, kommt mir in den Sinn. Wo steckt der verdammte Fehler in diesem seltsamen Todesfall? Wenn es nicht Sergeis Skistock gewesen ist, was sonst könnte Stigs Gesicht verletzt haben?

Ich lasse die Gedankenfragmente und Erinnerungsfetzen des heutigen Tages an mir vorbeiziehen wie tief hängende Wolken am Himmel, und endlich sinke ich in den Schlaf hinab wie ein Stein auf den Grund eines Sees.

9

Die Schlagzeile springt mich an wie ein hungriger Wolverine. »Mysteriöser Tod beim *Nordenskiöldsloppet*« steht dick und fett auf der Titelseite der Tageszeitung, die im Zeitungsständer der Tankstelle steckt. Ich wollte eigentlich nur schnell tanken und mir einen Kaffee besorgen, bevor ich ins Krankhaus fahre. Jetzt ziehe ich ein Zeitungsexemplar heraus und würde es am liebsten in tausend Stücke reißen. Denn als Blickfang ist ein Foto von Stig abgedruckt. Auch wenn das Bild durch die Vergrößerung körnig und unscharf ist, lässt sich klar seine Gesichtsverletzung erkennen.

Ich versuche herauszufinden, wo dieses Foto gemacht worden ist, aber der Ausschnitt verrät keine Details. Es kann am Unfallort, aber auch beim Verladen am nächsten Servicepunkt geschehen und aus einiger Entfernung geschossen worden sein. Die Bestatter schließe ich aus, für sie lege ich meine Hand ins Feuer, sie würden so etwas Geschmackloses niemals tun.

Erwartungsgemäß ist der Vorfall bereits von den Medien aufgegriffen worden, aber leider verbreiten sie nur wilde Spekulationen und bauschen die Geschichte so weit wie möglich auf, wie es die dürren Fakten zulassen. Johan Sandberg steht als Autorname über dem Artikel. Das war dieser Journalist, der mich gestern Nacht noch angerufen hatte. Außer Stigs Namen, einigen dürftigen Informationen zum Sturz und zum Ort des Geschehens hat er jedoch keine Fakten zu bieten. Dafür umso mehr wilde Vermutungen. Ich sehe Ylva schon toben, sobald sie diesen Artikel gelesen hat. Die Presse wird ihr im Nacken sitzen.

Ich nehme ein Zeitungsexemplar für den Staatsanwalt mit und bezahle. Dann fahre ich auf direktem Weg zum Krankenhaus. Die Pforte ist unbesetzt, der Empfangsbereich völlig verwaist. Heute ist Sonntag, und das Krankenhaus läuft am Wochenende im Notbetrieb mit wenig Personal. In Stockholm absolut undenkbar, im Polarkreis völlig normal. Statt eines Pförtners gibt es ein Schild mit einer Telefonnummer und einem kurzen Text, der mir erklärt, dass ich diese Nummer anrufen soll, falls ich Hilfe brauche. Nichts anderes tue ich und erreiche nach einigem Läuten Dr. Haiba Kimbawa. Erleichtert nehme ich zur Kenntnis, dass er heute der diensthabende Arzt und ausnahmsweise sogar im Krankenhaus ist, was an Sonn- und Feiertagen keineswegs selbstverständlich ist.

Es gibt nur drei Ärzte, die abwechselnd im Krankenhaus Dienst tun, einen Schweden, einen Deutschen und Dr. Kimbawa, der aus Ghana stammt. Die Klinik ist viel zu klein für mehr Personal, zumal die Zahl der Patienten überschaubar ist in einem Ort wie Jokkmokk und dem dünn besiedelten Umland. Ein größeres, besser ausgestattetes Krankenhaus befindet sich in dem über hundert Kilometer entfernten Gällivare, wo eine große Mine betrieben wird und zwangsläufig mehr Menschen leben, oder in Lulea.

In Lappland kann man keine Superspezialisten erwarten, weil es kaum Ärzte gibt, die freiwillig in den Polarkreis ziehen, um hier zu arbeiten. So werden ausländische Ärzte angeworben, die nach Schweden immigrieren möchten. Sie müssen sich einem intensiven Sprachkurs unterziehen, um die Sprache zu lernen, dann wird ihnen die Verantwortung für die Patienten übergeben. Unterstützt werden sie bei ihrer Arbeit von äußerst kompetenten Ersthelfern und Sanitätern, die sowohl im Rettungsdienst als auch im Krankenhaus Dienst tun. Ein eigenwilliges System, das aber funktioniert.

Dass Dr. Kimbawa heute anwesend ist, betrachte ich als ein gutes Omen. Wir kennen und schätzen uns seit meiner letzten Mordermittlung. Ich frage ihn, wo wir die Leichenschau vornehmen können.

»Am selben Ort wie beim letzten Mal«, erfahre ich.

Dann setze ich mich im Empfangsbereich auf eine leere Bank und warte auf Leif und Filip. Mit zehn Minuten Verspätung treffen der Staatsanwalt und der Rechtsmediziner ein. Sie bewegen sich steif und ungelenk, was auf einen grauenvollen Muskelkater schließen lässt. Aber sie sind bester Laune und nach wie vor im Frotzelmodus. Ich drücke Leif die heutige Sonntagsausgabe der Zeitung in die Hand. Schlagartig verändert sich seine Stimmung.

»Mist«, schimpft er, »woher haben die das?« Er reicht die Zeitung an Filip weiter.

Ich zucke die Achseln. »Wir brauchen die Todesursache, wenn wir diese wilden Spekulationen unterbinden wollen.«

»Dann wollen wir nicht länger warten«, sagt Leif.

Ich steige schnell die Kellertreppe hinunter, die beiden folgen mir im Schneckentempo. Ich höre kaum unterdrückbares Seufzen und Stöhnen. 220 Kilometer in der Loipe bleiben eben nicht ohne Folgen.

Die Leiche liegt in einem der vielen Kellerräume des Krankenhauses, wo auch die Verstorbenen zwischengelagert werden bis zu ihrem Abtransport durch den Bestatter. Dort unten in den Katakomben werden wir von Dr. Kimbawa erwartet. Seine tellergroßen Augen treten wie weiße Murmeln aus seinem Gesicht hervor, das so schwarz ist wie eine arktische Dezembernacht. Er führt uns an einem Tisch vorbei, auf dem eine noch zugedeckte Leiche liegt. Nur die Füße schauen am Ende unter dem Tuch hervor, wächserne Zehen und weiße Sohlen, als würde eine Puppe unter dem Tuch liegen. Der Geruch von Desinfektionsmittel steigt mir in die Nase. Der Arzt führt uns weiter.

Stig liegt ganz hinten und ist noch voll bekleidet. Leif schlüpft aus seiner warmen Jacke und legt Mütze, Schal und Handschuhe ab. Suchend schaut er sich um, bis Dr. Kimbawa auf einen leeren Stuhl deutet, der in der Ecke steht. Filip und ich folgen seinem Beispiel. Dr. Kimbawa versorgt uns mit der nötigen Schutzkleidung. Wir ziehen Plastikkittel und Einmalhandschuhe an.

»Entkleiden wir ihn«, sagt Filip.

Mit vereinten Kräften ziehen wir den Toten aus und packen die Kleidung in einen Plastiksack, den Dr. Kimbawa bereits besorgt hat. Nun liegt der Körper nackt im gleißend hellen Neonlicht, gnadenlos ausgestellt und unseren Blicken freigegeben. Unwillkürlich muss ich mich an meine Zeit in Stockholm erinnern, wo Obduktionen regelmäßig auf der Tagesordnung standen, weil es dort im Gegensatz zu hier viele unnatürliche Todesfälle gibt.

Schon immer hat mich der Blick in den menschlichen Körper fasziniert, im Gegensatz zu den meisten meiner Kollegen, von denen kaum einer sonderlich scharf darauf gewesen war, einer Obduktion beizuwohnen. Ich hingegen habe nie eine Untersuchung versäumt. In meinen Augen ist der menschliche Körper ein überwältigendes Universum, dessen Bestandteile für sich genommen ein Wunderwerk darstellen. Als Ganzes ist es ein perfekt aufeinander abgestimmtes Netzwerk, das jahrzehntelang reibungslos funktioniert, wenn nichts oder niemand dazwischenfunkt. Umso verstörender empfinde ich es daher, wenn durch äußeres Einwirken dieses Wunder vorsätzlich misshandelt, verletzt, entstellt oder gar zerstört wird. Damit wird eine fein nuancierte Waagschale aus dem Gleichgewicht gebracht und eine universelle Ordnung zerstört.

Filip beginnt seine Leichenschau und diktiert alles sofort druckreif in ein kleines Mikrofon, das er an seinem Kittel befestigt hat und das zu seinem Smartphone gehört.

»Die Leiche ist männlich, sie wurde als Stig Eriksson identifiziert. Von wem?«

»Von mir«, antworte ich.

»Sein Geburtsdatum?«

»4. April 1982.« Ich habe mir diese Daten gestern Abend noch besorgt und eingeprägt.

»Wo?«

»In Jokkmokk.«

»Noch nicht mal 40 … definitiv zu jung zum Sterben«, murmelt Filip und wiederholt meine Informationen, um sie als Tonaufnahme auf seinem Smartphone zu speichern.

»Was ist mit dem Todeszeitpunkt?«

»Er ist um 17:20 Uhr gestorben.«

»Wer hat den Tod festgestellt?«

»Tobe Ströms vom medizinischen Dienst der Rennleitung.«

Filip wiederholt die Daten fürs Diktat. Dann geht er langsam um den Tisch herum, begutachtet die Leiche und diktiert alle seine Feststellungen zu Stigs äußerlicher, körperlicher Verfassung ins Mikrofon. Ich höre aufmerksam zu. Dann widmet er sich Stigs Kopf. Zum ersten Mal schaue ich mir seine Zähne genauer an, die durch die leicht geöffneten Lippen hervorlugen.

»Er hat extrem schöne Zähne«, stelle ich verblüfft fest.

Filip muss etwas Gewalt mit seinen behandschuhten Fingern anwenden, um Stigs Mund zu öffnen, wegen der noch andauernden Leichenstarre. »Kennt man so eigentlich nur von Hollywoodstars. Muss ein Vermögen gekostet haben«, stellt er fest.

Leif wirft ebenfalls einen Blick in Stigs Mundhöhle. »Er hat mindestens einen Mittelklassewagen im Mund«, meint er beeindruckt. »Die hat er sicher nicht in Jokkmokk bei diesem deutschen Zahnarzt, ich glaube der heißt Herwig, machen lassen, oder?«

Ich antworte darauf nicht, woher soll ich das wissen. Daniel und ich nehmen für jeden Zahnarztbesuch den weiten Weg nach Luleå auf uns, dort sitzen einfach die besseren Ärzte. Ich kann mir beim besten Willen nicht vorstellen, dass der hiesige Zahnarzt für Stigs Zähne zuständig war. Aber ich werde das recherchieren. Derart schöne Zähne sind hier oben, aber auch im Rest Schwedens nicht so verbreitet wie beispielsweise in den USA. Irgendwie hat man hier keinen Sinn dafür.

Nachdem Filip ausgiebig Stigs Zähne, Mundhöhle und Rachen inspiziert hat, widmet er sich Nase und Ohren. Erst danach nimmt er sich die Augen vor, besser gesagt, die leere Augenhöhle. Er diktiert die Verletzungen in Form von Quetschungen, Rissen und Blutergüssen ins Mikrofon. Aufmerksam beobachte ich jeden Handgriff und lausche seinen diktierten Diagnosen und Beschreibungen. Außer dass getrocknetes Blut in der Augenhöhle klebt, wirkt sie unverletzt. Mit einem feuchten Wattestäbchen reinigt Flip das Innere der Augenhöhle und inspiziert sie mit einer Lupe und starken Lampe. Dann unterbricht Filip seine Untersuchung plötzlich und schaut mich nachdenklich an.

»Hier stimmt was nicht«, murmelt er und reicht mir das Vergrößerungsglas.

Leif sieht Filip mit unverhohlener Neugierde an, doch Filip scheint mit seinen Gedanken ganz woanders zu sein. Ich werfe einen Blick in Stigs leere Augenhöhle, und ich sehe, was Filip stutzig gemacht hat. An der Innenwand der Augenhöhle gibt es eine kleine knöcherne Verletzung.

»Was ist das?«, frage ich ihn.

»Gute Frage. Drehen wir ihn zur Seite.«

Gemeinsam rollen wir den Körper auf die Seite.

Filip untersucht Stigs Hinterkopf. »Ich bräuchte bitte einen Rasierer.«

»Bin gleich zurück«, sagt Dr. Kimbawa und läuft aus dem Raum.

»Was hältst du davon?«, fragt er mich und deutet auf Stigs Hinterkopf.

Ich kann nichts entdecken.

»Hier.« Filip schiebt ein paar Haare beiseite und deutet mit seinem Finger auf eine Stelle, an der ich eine winzige Unebenheit entdecke.

Dr. Kimbawa kehrt mit einem Rasierer zurück, und Filip beginnt sofort, die Haare an Stigs Hinterkopf kreisrund zu entfernen. Bald hat er die besagte Stelle freigelegt, und wir vier beugen uns über den Leichnam, um Filips Entdeckung zu begutachten. Als hätte Dr. Kimbawa Filips Gedanken gelesen, reicht er ihm erneut die Lupe.

»Was ist das?«, will Leif wissen.

Die Verletzung an Stigs Hinterkopf sieht aus wie ein circa ein Zentimeter großes Y mit einem drei Millimeter kleinen

Loch in der Mitte, das aber nur zu entdecken ist, wenn man die Wundränder ein wenig eindrückt, was Filip mit einem Wattestab tut.

»Eine Kugel würde keine derartige Wunde hinterlassen«, meint er nachdenklich. »Außerdem würde sie im Gesicht unübersehbarere Schäden anrichten. Aber so eine Wunde habe ich noch nie gesehen. Ich brauche bitte einen dünnen Stab, um ihn in die Öffnung einführen zu können. Mal sehen, wo uns das hinführt.«

Dr. Kimbawa macht auf dem Absatz kehrt, um erneut aus dem Raum zu laufen. Wir müssen nicht lange warten, bis er mit einem dreißig Zentimeter langen biegsamen Kunststoffstab zurückkommt, der einen Durchmesser von ungefähr drei Millimetern hat. Filip beginnt damit, den Stab langsam durch die kleine Öffnung in Stigs Hinterkopf zu schieben. Zentimeter um Zentimeter verschwindet der Stab im Schädel doch nach ungefähr fünfzehn Zentimetern ist Schluss.

»Ich komme so nicht durch, ich bin mir aber auf Grund des Winkels sicher, dass der Stab in der rechten Augenhöhle herauskommen würde. Ich muss den Schädel öffnen, aber das kann ich hier nicht machen. Das muss ich mir dann in Lulea genauer anschauen.«

Leif starrt Filip mit großen Augen an. »Also Mord?«

»Das muss ein Schusskanal sein«, sagt Filip mit ernster Stimme. »Ich kann euch nur noch nicht sagen, womit er erschossen worden ist. Die Eintrittswunde ist so winzig, da sind nur drei kleine Ausfransungen zu erkennen. Aber unabhängig von der Waffe lege ich mich fest, dass es sich nicht um einen normalen Unfall, sondern um eine gezielte Attacke und somit um Totschlag oder Mord handelt. Und diese Verletzungen stammen definitiv nicht von einem Skistock. So ein Stock hat sein Auge mit Sicherheit nicht durchstoßen.«

»Und das Blut an Sergeis Skistock?«, gebe ich zu bedenken. »Ist der Tote nicht laut seiner Aussage von hinten auf ihn gefallen und hat ihn mit umgerissen?«, will Filip wissen.

»Ja.«

»Dann könnte das Opfer in oder auf den Stock gefallen sein«, meint Filip nachdenklich. »In der Augenhöhle ist relativ viel Blut, das könnte auf diesem Weg auf den Stock gekommen sein. Aber selbst wenn der Stock ins Auge eingedrungen wäre, könnte er nicht diese tödliche Verletzung zur Folge gehabt haben. Ein Skistock hat definitiv nicht diesen Schädel durchbohrt, und die Augenverletzung ist nicht todesursächlich.«

»Was für eine Waffe könnte eine derart unsichtbare, aber tödliche Verletzung herbeiführen?«, denke ich laut. »Eine Kugel, selbst ein kleines Kaliber, hätte völlig andere Verletzungen zur Folge gehabt. Außerdem hat keiner der Augenzeugen etwas von einem Schuss erzählt.«

Niemand hat darauf eine Antwort. Ich mache mit meinem Smartphone ein paar Fotos von Stigs Hinterkopf und der Augenhöhle.

»Wer könnte einen Grund gehabt haben, ihn umzubringen?«, fragt Leif, an mich gewandt.

Ich zucke die Achseln. Woher soll ich wissen, wer Stig auf dem Gewissen hat? Ich weiß erst seit einer Minute, dass er ermordet worden ist.

»Vielleicht ist er ein Zufallsopfer, vielleicht war es nur ein

Versehen oder eine Verwechselung, und er war zur falschen Zeit am falschen Ort«, meint Leif nachdenklich.

Obwohl ich noch nichts in der Hand habe, kann ich Leifs Mutmaßungen nicht folgen. Mein Instinkt sagt mir, dass Stig weder ein Zufallsopfer noch dass sein Tod ein Versehen gewesen ist. Jemand hat ihn vorsätzlich getötet, davon bin ich jetzt schon überzeugt. Aber bevor ich mich aus dem Fenster lehnen kann, brauche ich handfeste Beweise für meinen Verdacht. Das Einzige, was ich jetzt mit Sicherheit weiß, ist, dass Sergei nicht für Stigs Tod verantwortlich sein kann. Ein möglicher Stoß mit dem Skistock war definitiv nicht die Todesursache.

Filip beendet die Leichenschau. Mehr kann er hier nicht tun. Wir ziehen die Schutzkleidung aus und werfen sie in den dafür vorgesehenen Müllbeutel.

»Ich lasse ihn heute noch nach Lulea überführen«, sage ich. »Wann kannst du die Obduktion vornehmen?«

»Gleich morgen früh«, verspricht Flip.

Das ist gut, denke ich erleichtert. Filip schiebt die Obduktion nicht auf die lange Bank, vermutlich interessiert ihn dieser mysteriöse Fall genauso wie mich.

»Dann rufe ich dich morgen an«, sage ich. »Würdest du mir deine Handynummer geben?«

Ich tippe seine Nummer direkt in mein Smartphone.

»Da es sich hier nun um eine Mordermittlung handelt, hätte ich gerne wieder Sigge zur Unterstützung«, wende ich mich an den Staatsanwalt. »Er ist gerade in Jokkmokk. Und ich brauche Arne, meinen pensionierten Kollegen, als Backup.«

»Einverstanden«, stimmt Leif sofort zu. »Ich informiere Ylva darüber.«

»Wir brauchen auch eine Pressemeldung«, erinnere ich ihn. Leif nickt. »Darum kümmern wir uns in Lulea. Wozu haben wir dort eine Pressestelle.«

Damit verabschieden sich die beiden, und ich bleibe allein mit Dr. Kimbawa zurück. Gemeinsam bereiten wir Stig für den Transport nach Lulea vor, dann rufe ich den Bestatter an, um die Überführung zu organisieren. Ich verlasse das Krankenhaus und fahre in die Polizeistation. Eine Frage geistert durch meinen Kopf. Wer könnte ein Interesse an Stigs Tod haben?

Das Wichtigste bei einer Mordermittlung ist, das Motiv zu finden. Für einen vorsätzlichen Mord gibt es viele Motive, und dass es sich hier um eine lang geplante Tat handeln muss, steht für mich außer Frage, auch wenn ich noch nichts in der Hand habe, was meine Annahme untermauert. Stig galt als reich, um nicht zu sagen, als schwerreich. Aus meiner langjährigen Erfahrung weiß ich, dass Geld ein extrem starkes Mordmotiv ist. In vielen meiner früheren Ermittlungen drehte es sich um das Geld, das einer hatte und ein anderer haben wollte. Glühender Neid, unbändige Gier, gepaart mit krimineller Energie und Skrupellosigkeit, sind prädestinierte Auslöser, die einen Menschen zum Mörder machen können.

Falls es ein anderes Motiv für diesen Mord gibt, dann liegt die Ursache möglicherweise nicht in der Gegenwart. Ich muss nicht nur Stigs Umfeld ermitteln, sondern auch in seiner Vergangenheit nach einem möglichen Auslöser suchen. Wenn ich den Ausgangspunkt erreiche, finde ich Motiv und Täter.

10

Vor der Polizeistation lungern zwei Reporter auf dem Parkplatz herum. Kaum bin aus meinem Auto ausgestiegen, streckt mir der eine energisch ein Mikrofon entgegen, so dass ich unwillkürlich zurückweiche, damit er es mir nicht auch noch in den Mund schiebt. Der andere trägt eine Kamera auf der Schulter und filmt mich. Zum Teufel mit euch!

»Was kannst du uns als leitende Ermittlerin zu diesem Todesfall sagen?«, bedrängt mich der Reporter und fuchtelt mit dem Mikrofon vor meiner Nase herum. »Wie ist Stig Eriksson zu Tode gekommen? Gibt es Hinweise auf ein Verbrechen? Wer erbt sein ganzes Vermögen?«

»Wendet euch an die Pressestelle in Lulea«, versuche ich ihn abzufertigen und zwänge mich an ihm vorbei, um zur Polizeistation zu gelangen.

Aber so einfach lassen sie sich nicht abwimmeln und laufen mir wie zwei junge Hündchen hinterher. Ich muss ihnen einen Happen hinwerfen. Also bleibe ich vor der Eingangstür zur Polizeistation stehen und schaue direkt in die Kamera. »Wir haben die Ermittlungen zu diesem Todesfall aufgenommen, können und werden aber aus ermittlungstaktischer Sicht zum jetzigen Zeitpunkt keine weiteren Details bekannt geben. Sollte jemand über zweckdienliche Informationen verfügen, möge er sich so schnell wie möglich melden. Vielen Dank.«

Damit mache ich auf dem Absatz kehrt und verschwinde in

der Polizeistation. Durchs Fenster kann ich sehen, dass die beiden zwar noch eine Weile draußen warten, ob noch etwas passiert, aber schließlich aufgeben und sich davonmachen.

Sigge, Arne und Sergei sitzen in meinem Büro an dem Besprechungstisch, als wäre die Zeit über Nacht stehen geblieben.

»Hej hej«, begrüße ich die drei, schäle mich aus meinen Wintersachen und setze mich zu ihnen.

»Wie war eure Nacht?«, erkundige ich mich.

»Alles friedlich«, antwortet Sigge.

»Ich komme gerade von der Leichenschau«, sage ich. »Es gibt gute und schlechte Nachrichten.« Drei Augenpaare starren mich gebannt an. »Zuerst die gute Nachricht«, fahre ich fort. »Sie gilt vor allem für dich, Sergei. Dein Skistock hat Stig definitiv nicht getötet.«

Ich kann buchstäblich sehen, wie eine Lawine von seinem Herzen rollt. Binnen Sekunden verändert sich Sergeis Mimik und Körperhaltung. Seine Anspannung lässt sichtbar nach, seine Gesichtszüge werden weicher, seine Schultern fallen nach unten, er atmet tief durch.

»Gute Nachricht«, murmelt er überwältigt, »sehr gute Nachricht.«

»Und was ist die schlechte?«, will Arne wissen.

»Stig ist keines natürlichen Todes gestorben.«

»Wie gestorben?«, fragt Sergei erschrocken.

»Das wissen wir noch nicht.« Solange Sergei anwesend ist, werde ich keine Details preisgeben.

Sergei starrt mich an. »Ich verstehen nix ... Stig hinter mir ... dann fallen nach vorne ... auf mich ... gehen Boden ... viel Blut ... Auge weg.«

Ich nicke nachdenklich. »Hast du vielleicht doch irgendetwas gehört, Sergei, einen Knall oder ein anderes Geräusch?«

Ich kann sehen, wie Sergei im Geiste den Sturz erneut durchlebt. »Nein … da nix war … nix andere Geräusch … nur die von Ski.«

Ich spüre, Sergei wird uns keine große Hilfe mehr sein. Deswegen entlasse ich ihn. »Danke, Sergei, du kannst gehen. Sollte ich weitere Fragen haben, werde ich mich telefonisch bei dir melden.«

Sergei richtet sich abrupt auf. »Ich bleiben bis morgen … will wissen, wie gestorben … ich bleiben im Hotel.«

»Das ist gut, Sergei«, sage ich. Es kommt mir entgegen, dass er noch nicht abreisen wird, falls doch noch weitere Fragen auftauchen. »Dann sehen wir uns morgen. Und, Sergei, kein Wort zu niemandem über diesen Vorfall. Klar?«

Sergei nickt heftig als Zeichen, dass er verstanden hat. Als er verschwunden ist, berichte ich den beiden von den ersten Ergebnissen der Leichenschau und zeige ihnen die Fotos, die ich von Stigs eigenartiger Verletzung am Hinterkopf gemacht habe.

»Das sieht wirklich sehr seltsam aus. Da ist ja fast nichts zu sehen«, stellt Sigge überrascht fest. »Eine Kugel hätte einen Krater gerissen. Was für ein Kaliber kann so minimale Verletzungen verursachen, trotzdem einen Schädel durchdringen und tödlich sein?«

»Auf jeden Fall keine Kugel. Die hätte vorn den halben Schädel weggerissen«, konstatiert Arne.

Wir verfallen in ratloses Schweigen.

»Wir gehen folgendermaßen vor«, unterbreche ich schließlich die Stille, »ich habe mit Leif gesprochen. Du, Sigge, sollst mir als Unterstützung bei diesen Ermittlungen zur Seite stehen. Und du auch, Arne.«

Arne nickt, während sich ein breites Grinsen auf Sigges Gesicht ausbreitet.

»Wir werden jetzt zu Stigs Anwesen fahren und uns dort umsehen. Außerdem müssen wir noch einmal mit den beiden Trainern reden. Und sobald Stigs Lebensgefährtin vernehmungsfähig ist, befragen wir sie.«

»Ich rufe gleich im Krankenhaus an.«

»Warte noch kurz«, halte ich Arne zurück und wende mich Sigge zu. »Wir müssen Stigs Umfeld und Kontakte untersuchen. Weiterhin brauchen wir Informationen über seine Vergangenheit, wo und wie er gelebt hat, was er gemacht hat, bevor er wieder hierhergezogen ist. Hatte er Feinde? Gibt es offene Rechnungen?«

»Alles klar.« Sigge steht auf und geht nach nebenan. Ich kann ihn leise telefonieren hören.

»Arne, ich muss meinen Urlaub logischerweise verschieben. Es gibt viel zu tun für uns. Und außerdem haben wir ja auch noch diese Rentiersache. Kannst du dich in erster Linie darum kümmern? Das wäre mir ein große Hilfe.«

»In Ordnung«, antwortet Arne, »dann fahre ich mal zu Ana und lass mir die Stellen zeigen, wo sie die toten Rentiere gefunden haben, und besorge die Projektile.«

Damit trennen wir uns. Sigge und ich fahren zu Stigs Anwesen, das sich in der Nähe von Vaikijaur befindet. Wir brauchen gute zehn Minuten, dann erreichen wir die Privatstraße, die hinunter an den See und zu Stigs Anwesen führt. Nach etwa dreihundert Metern kommen wir an ein großes Tor. Schon das ist ungewöhnlich, weil niemand hier Zäune zieht, ausgenommen ein Sami hält Rentiere auf seinem Grundstück.

Mithilfe von Stigs Schlüsselbund, an dem auch eine kleine Fernbedienung hängt, öffnet sich nach wenigen Augenblicken das zweiflügelige Tor wie durch Geisterhand, und wir setzen unsere Fahrt auf einem geräumten und gepflasterten Weg fort, der in einem Rondell vor einem ungewöhnlich großen und sehr elegant wirkenden Blockhaus endet. Ob Stig eine Fußbodenheizung in die Zufahrt hat legen lassen?, geht mir durch den Kopf. Ich hatte erst vor Kurzem in einem Fernsehbericht über ein Skigebiet in den amerikanischen Rocky Mountains davon erfahren. Dort werden angeblich die Gehwege für Touristen beheizt, um sie von Schnee und Eis frei zu halten. Aber vermutlich hat er einfach nur genug Personal, das für diesen Komfort sorgt. Schneeräumen ist hier eine zeitraubende und schweißtreibende Dauerbeschäftigung.

Sigge parkt vor dem Haus. Hier oben im Polarkreis sind fast alle Häuser aus Holz gebaut und in der typisch roten Farbe gestrichen. Nur sehr wenige haben einen gelben oder weißen Anstrich, und in den seltensten Fällen handelt es dabei um richtige Blockhäuser. Unser Haus zählt zu diesen Ausnahmen, genauso wie das von Stig hier. Aber im Vergleich zu seinem Blockhaus bewohnen wir ein Puppenhaus. Wegen der Holzheizung sind große Häuser äußerst selten.

Während Sigge und ich das mondäne Blockhaus bestaunen, kommt uns Matti im Sportoutfit entgegengelaufen.

»Hej«, begrüßt er uns mit dampfendem Atem, stoppt und läuft auf der Stelle weiter. »Ich wollte gerade joggen gehen, um den Kopf etwas frei zu bekommen. Gibt es denn schon etwas Neues?«

Ich ignoriere seine Frage. »Hej, Matti, wir schauen uns jetzt Stigs Haus an. Danach möchten wir mit euch reden. Wo finden wir dich und Sofia später?«

Er deutet in eine Richtung. »Wenn ihr diesen Weg weitergeht, kommt ihr zuerst an einem Gebäude vorbei, in dem sich Fitnessstudio, Sauna und Schwimmbad befinden. Geht weiter, dann stoßt ihr hinter dem Rechtsknick auf das Gästehaus. Es ist nicht zu verfehlen. Dort findet ihr uns dann.«

»In Ordnung, bis später«, verabschiede ich ihn.

»Hast du gesehen, es gibt Überwachungskameras hier«, sage ich zu Sigge und deute auf eine kleine Kamera, die fast unsichtbar am Haus befestigt ist.

»So was braucht man hier eigentlich nicht«, meint Sigge.

Ich versuche, den richtigen Schlüssel für die Eingangstür zu finden. Nach einigen Fehlversuchen kann ich die Tür aufschließen, und wir betreten das Blockhaus. Sigge folgt mir und zieht die Tür hinter sich zu. Im Flur schlüpfe ich aus meinen Winterschuhen und lege Mütze, Schal und Anorak ab. Sigge folgt meinem Beispiel. Auf Strümpfen gehen wir weiter. Der Fußboden ist warm, was auf eine Fußbodenheizung schließen lässt. Ich kenne kein einziges Haus hier oben, das darüber verfügt. Wir verlassen den kleinen Vorraum und gelangen in eine Empfangshalle, in der sich eine breite Treppe nach oben windet und in einer umlaufenden Galerie endet.

»Was für eine Wahnsinnshütte!«, staunt Sigge unverhohlen.

Die Empfangshalle misst mindestens fünf Meter Höhe, schätze ich. Große Fenster tauchen den gesamten Raum in

Licht. Von der Decke hängt ein riesiger Leuchter aus Elchgeweihen. Darunter steht ein runder Tisch mit einem großen Blumengesteck. Ich mache von dem Raum, der Einrichtung und allen Details Fotos.

»Wo kriegt der das alles her?«, fragt Sigge staunend, während er die Blumen betrachtet. »So was bekommst du niemals in Jokkmokk.«

Darauf habe ich keine Antwort. Ich habe ähnliche Luxushäuser in Stockholm gesehen, deswegen bin ich nicht so davon beeindruckt wie mein junger Kollege. Aber dass es ein derartiges Haus hier in unserer Nähe gibt, überrascht mich doch.

Links und rechts gehen Türen ab, die offen stehen.

»Fangen wir unten an«, entscheide ich und gehe nach links.

Wir betreten einen weiteren großen Raum. Deckenhohe Fensterfronten geben den Blick auf den zugefrorenen See frei. Mitten im Raum stehen sich zwei riesige Couchen gegenüber, in der Mitte gibt es einen flachen Holztisch. Kleine Beistelltische säumen die Couchen. Wir passieren einen massiven Esstisch aus Holz, an dem zehn Lederstühle stehen. Alles hier ist groß, denke ich seltsam berührt, irgendwie völlig unschwedisch. Ich mache erneut ein paar Schnappschüsse mit meinem Smartphone.

»Und ich dachte, so was gäbe es nur im Film«, raunt Sigge.

»Das würde man hier im Polarkreis nicht vermuten«, pflichte ich ihm bei, gehe zu der Fensterfront und schaue hinaus. »Dazu diese traumhafte Lage.«

»Das hat vielleicht doch einige neidisch gemacht«, meint Sigge nachdenklich.

An der Seite gibt es einen großen offenen Kamin, vor dem

ein bequemer Sessel mit einem Fußteil steht. In der rechten Ecke neben dem Kamin hält ein ausgestopfter ausgewachsener Grislybär in aufrechter und drohender Haltung Wache.

»Also der ist definitiv nicht von hier, der ist ja mindestens drei Meter groß«, merkt Sigge an. »Ich tippe auf Kamtschatka. Dort gibt's solche Riesen.«

An den Wänden hängen weitere Tiertrophäen, die alle nicht von hier stammen. So glotzt uns ein großer Büffelkopf mit schwarzen Kulleraugen an, gegenüber entdecke ich den Kopf eines Zebras. Irgendwo finden wir bestimmt auch einen Löwenkopf, vermute ich.

»Stig war Großwildjäger«, stellt Sigge fest. »Scheißhobby, finde ich. Und richtig teuer. Ich mag diesen Stig nicht.«

»Nicht voreilig urteilen, Sigge«, ermahne ich ihn, »das verengt den Blick.« Ich schaue mich weiter um, alles wirkt picobello aufgeräumt. »Er muss ein Heer von Putzteufeln engagiert haben, das hier alles sauber hält. Wir müssen feststellen, wer für Stig gearbeitet hat. Wir brauchen seine Personalliste.«

Wir gehen vorbei an einem monolithischen Holzblock, der als Raumteiler fungiert. Dahinter befindet sich eine Küchenzeile, die vermutlich das Herz eines jeden Sternekochs höherschlagen lassen würde. Ich werfe einen Blick in den Weinschrank, der randvoll mit französischen Weinen und Champagner bestückt ist, wie die Etiketten verraten.

»Hier kann man tolle Feste feiern«, erkläre ich.

»Aber Arne hat doch gesagt, dass Stig eher ein Einzelgänger gewesen ist.«

»Hier oben vielleicht. Aber er hat möglicherweise reiche Freunde in aller Welt, die hier regelmäßig mit ihren Privatjets oder Helikoptern eingeflogen sind. Wir müssen das checken. Und auch die Autovermietungen.«

»Ich werde mich darum kümmern«, sagt Sigge.

Ich mache auf dem Absatz kehrt und gehe langsam zurück in die Empfangshalle, schieße auf meinem Weg dorthin jedoch weitere Fotos. Dann durchquere ich die Eingangshalle, um durch die rechte Tür zu gehen. Auf der anderen Seite dieser Luxusvilla, die sich als Blockhaus tarnt, befindet sich noch ein großer Raum, in dem ein Billardtisch steht und weitere Tiertrophäen an den Wänden hängen, die uns vorwurfsvoll mit ihren Blicken bedenken. Hinter dem Billardtisch gibt es ein großes Bücherregal, alle Bücher stehen sauber in Reih und Glied.

Sigge lässt einen anerkennenden Pfiff verlauten. Ich sehe mich konzentriert um und scanne langsam den Raum, die Möbel, die Bilder, die Gegenstände. Dieser Arbeitsbereich verfügt über drei große Monitore, diverse Computer und sonstigen technischen Schnickschnack. Ich gehe zu dem überdimensionierten Schreibtisch und setze mich in Stigs Chefsessel. Wie eine Filmkamera gleitet mein Blick über alles, was hier zu finden ist. Auffällig ist die penible Ordnung. Unterlagen, Briefe, Mappen liegen exakt aufeinander.

»Fällt dir etwas auf?«, frage ich Sigge.

»Alles ist so ordentlich.«

Ich nicke. »Was noch?«

»Stig hat geklotzt, nicht gekleckert.«

»Weiter«, treibe ich Sigge an.

»Äh … das alles ist eine Nummer zu groß?«

Ich schüttle den Kopf. »Was fehlt?«

Sigge zuckt ratlos mit den Schultern.

»Ein Safe für Waffen und Wertsachen«, antworte ich. »Und ein Überwachungsmonitor, wegen der Kameras da draußen.« Sigge schlägt sich an die Stirn. Er geht zu einer Zwischenwand und klopft sie mit seinen Fingerknöcheln ab. »Vielleicht dahinter, das sieht nach einer Schiebetür aus.« Er versucht, die Wand zu bewegen, aber es gelingt ihm nicht. Gemeinsam suchen wir nach einem Riegel oder Mechanismus, der die Wand zur Seite schieben könnte. Schließlich gleiten meine Finger an der Seite entlang und bekommen einen kleinen Stift zu fassen. Ich drücke ihn und höre ein leises Klicken, dann lässt sich die Wand federleicht hinter das Bücherregal schieben.

»Wow, ich sage ja, wie im Film«, ruft Sigge aus. »Fehlt nur noch ein Geheimzimmer.«

»Und da haben wir, wonach wir gesucht haben.« Ich stehe vor zwei Stahlschränken und einem großen Monitor auf dem insgesamt zwölf Bilder unterschiedlicher Kameras zu sehen sind. Das gesamte Anwesen wird videoüberwacht, es scheint aber kein Aufzeichnungsgerät zu existieren.

»Der eine könnte der Safe, der andere ein Waffenschrank sein. Aber da muss ein Spezialist ran.« Sigge deutet auf die Tastaturen. »Das könnte dauern, bis wir wissen, was sich da drinnen befindet.«

Mich beschleicht ein ungutes Gefühl, denn ich bezweifle stark, dass wir einen derartigen Fachmann in Lulea haben. Vermutlich muss erst jemand aus Stockholm eingeflogen werden. Das könnte tatsächlich länger dauern, aber Zeit ist das Letzte, was wir im Überfluss haben.

»Vielleicht kennt seine Lebensgefährtin die Kombination«,

hoffe ich und mache ein paar Fotos von den beiden Safes, die ich Ylva sofort maile, damit sie sich anhand der Fabrikate und der Tastaturen selbst ein Bild machen und einen Spezialisten organisieren kann, der uns die Schränke öffnet. Ich fotografiere auch das Bücherregal mit all seinen Auffälligkeiten sowie den Schreibtisch.

»Gehen wir noch nach oben«, sage ich, als ich fertig bin, und setze mich in Bewegung.

Die geschwungene Treppe in der Empfangshalle führt in einem großzügigen Bogen hinauf auf eine Galerie. Hinter der ersten der beiden Türen entdecken wir ein großes Schlafzimmer, das von Stig, vermute ich. Ein großes Panoramafenster gibt den Blick in den Garten und auf den See frei. Was für ein Luxus, jeden Morgen mit dieser Aussicht aufzuwachen. Ich werfe einen Blick in die Nachtkästchen, die neben dem überdimensionierten Boxspringbett stehen, dann in die Kommode gegenüber, über der ein riesiger Flachbildschirm hängt. Ein großer Elchkopf mit monströsem Geweih über dem Bett lässt uns nicht aus den Augen. Ein Albtraum, darunter schlafen zu müssen, schießt es mir durch den Kopf. Daniel ist auch Jäger, aber wir haben keine einzige Trophäe im Haus.

Im Schlafzimmer gibt es zwei weitere Türen. Hinter der einen befindet sich das Badezimmer. Es hat eine begehbare Dusche, in der leicht fünf Menschen Platz gefunden hätten, auch die frei stehende Badewanne ist für eine Person zu groß. Die andere Tür führt in ein Ankleidezimmer, das größer als mein eigenes Wohnzimmer ist. Ich öffne die Schränke und finde Stigs Kleidung, die sauber gestapelt ist beziehungsweise ordentlich mit genügend Abstand auf Bügeln hängt, um keine

Falten zu werfen. In den anderen Schränken gibt es Kleidung, Schuhe, Handtaschen, Unterwäsche einer Frau.

Sigge sagt keinen Ton, sondern schaut sich alles sprachlos an. Ich gehe zurück auf die Galerie zur nächsten Tür. Auch hier befindet sich ein Schlafzimmer, spiegelgleich zu dem andern, aber dieser Raum ist definitiv seit Langem nicht mehr benutzt worden. Das könnte das Schlafzimmer der verstorbenen Eltern gewesen sein, vermute ich. Badezimmer und Ankleidezimmer wirken unbenutzt. Ich öffne die Kleiderschränke, sie sind gähnend leer, noch nicht einmal ein Staubkorn ist darin zu finden.

»Reden wir mit den beiden Trainern«, sage ich zu Sigge. »Sie kennen Stig vermutlich am besten.«

Damit verlassen wir die Galerie, steigen langsam die geschwungene Treppe hinunter, schlüpfen in unsere Jacken und Schuhe und verlassen das Haus. Ich verschließe und versiegle die Tür, dann nehmen wir den Weg, den Matti uns beschrieben hat. Wir passieren einen großen Carport, wo ein Porsche Cayenne, ein Porsche Panamera und ein Aston Martin DB 9S stehen sowie ein kleiner Traktor, ein Four Wheeler und drei verschiedene Schneemobile, passend für jede Schneelage.

Sigge bleibt bei dem englischen Sportwagen stehen. »O Mann, so einen fährt James Bond«, erklärt er mir mit unverhohlener Bewunderung für den Wagen. »Das ist der erste, den ich live sehe.« Seine Hand gleitet zärtlich über den Kotflügel.

Ich erinnere mich an meine anfängliche Verwunderung über die vielen klassischen amerikanischen Straßenkreuzer aus den fünfziger und sechziger Jahren, die hier oben auf den Straßen herumcruisen. Die chromblitzenden Oldtimer wie Cadillac Fleetwood, Dodge Charger, Ford Mustang, Buick Rivera oder Corvette Sting Ray, oft in wilden Farben wie Pink oder Türkis lackiert, mit großen Heckflossen und blubbernden Motoren, sind eine wahre Augenweide, wenngleich ich sie im Polarkreis niemals vermutet hätte. Aber die Nordschweden pflegen eine große Liebe zu den hochbetagten US-Schlitten. Sie werden liebevoll restauriert, instand gehalten und bei passendem Wetter aus der Garage geholt. Doch auch ich habe diesen Wagen noch nie in Jokkmokk gesehen.

Ich gehe weiter, Sigge bleibt zurück. Es fällt ihm sichtlich schwer, sich loszureißen, doch dann schließt er zu mir auf. Nach einem kurzen Fußmarsch erreichen wir schließlich ein weiteres Blockhaus mit bodentiefen Schiebefenstern, die den Blick ins Innere freigeben.

»Das ist sein Fitnessstudio«, stellt Sigge fest. Im Hintergrund ist ein großer Schwimmpool zu sehen. Mein Kollege drückt sich wie ein Kind die Nase am Fenster platt. »Geld müsste man haben.«

Ich fische mein Smartphone aus der Jackentasche und rufe Ylva an. Überraschenderweise habe ich sie sofort am Telefon. Ich beschreibe ihr kurz die Lage und erwähne Stigs finanziellen Hintergrund. Ich bitte sie, die Spurensicherung hierherzuschicken. Ylva will sehen, was sie tun kann, um heute noch ein Team aus Lulea herzuschicken, das sich Stigs Anwesen vornimmt. Ob sie allerdings so schnell einen *Safeknacker* auftreiben kann, wie sie es nennt, weiß sie nicht.

11

Ich klopfe an der Tür zum Gästehaus, und Sofia öffnet uns.

»Hej, Anelie, hej, Sigge. Kommt herein.« Sie tritt zur Seite. Das Gästehaus ist in jeder Hinsicht eine Miniaturausgabe vom Haupthaus, aber nicht weniger luxuriös. Einen großen Unterschied gibt es jedoch: Hier wirkt alles ziemlich unordentlich. Bücher, Jacken, Laptops, persönliche Dinge liegen achtlos verstreut herum. Ich muss über diverse Sportschuhe und hingeworfene Jacken hinwegsteigen.

»Äh … Tut mir leid, wir sind noch nicht zum Aufräumen gekommen«, entschuldigt sich Sofia.

Ich kann ein Lächeln nicht unterdrücken. »Da drüben hat es ganz anders ausgesehen.«

Sofia erwidert mein Lächeln. »Ja, Stig ist nur ein einziges Mal zu uns ins Gästehaus gekommen, danach haben wir uns nur noch bei ihm getroffen. Ich glaube, unser Chaos hat ihn ziemlich schockiert. Aber er hat kein Wort darüber verloren.«

Wir folgen ihr ins Wohnzimmer und nehmen an einem kleinen Esstisch Platz. Soweit ich sehen kann, ist das Gästehaus geschmackvoll eingerichtet und mit allem ausgestattet, was man braucht, um sich wohlzufühlen, abgesehen von den Jagdtrophäen. Sofia muss meinen Blick gesehen haben.

Sie rollt mit den Augen. »Wir finden die Totenschädel auch grässlich … na ja, aber wir haben uns an ihren Anblick gewöhnt. Ich nehme sie kaum noch wahr. Stig wollte uns nach dem Rennen mal mit auf so eine Großwildjagd nehmen. Daraus wird jetzt ja nichts mehr. Wäre eh nicht mein Ding gewesen.«

»Aber ihr beide geht schon jagen, oder?«

Sofia nickt. »Aber wir schießen nichts, was wir nicht essen.«

Geräusche, die vom Flur kommen, dringen zu uns. Wenig später gesellt sich Matti zu uns an den Esstisch, und ich beginne meine Befragung.

»Um das alles hier auf diesem großen Anwesen in Ordnung zu halten, hat Stig sicherlich eine Menge Personal beschäftigt, oder?«, frage ich und zücke meinen Notizblock, um die Namen aufzuschreiben.

»Nein, er hatte nur zwei Angestellte«, sagt Matti.

»Nur zwei?«, wiederholt Sigge ungläubig.

Matti nickt. »Sanya hat überall sauber gemacht und gekocht. Sie ist morgens gegen halb sieben Uhr gekommen und bis spätabends geblieben. Aber man hat sie kaum gesehen, sie war nahezu unsichtbar. Ihr Mann Arun hat sich um die Außenanlagen, die Fahrzeuge und die technischen Dinge gekümmert.«

»Sanya und Arun … Wohnen sie auch hier auf dem Anwesen?«, frage ich nach.

»Nein«, antwortet Matti. »Die beiden leben in Jokkmokk. Sanyas Schwester gehört das thailändische Restaurant neben dem Hotel Akerlund. Die Familie ist groß, keine Ahnung, wer noch dazu zählt.«

»Außer den beiden gab es kein weiteres Personal?«, hake ich noch einmal nach.

Matti schüttelt den Kopf. »Wir sind nun ein Jahr hier, und wir haben hier niemanden sonst gesehen. Ich vermute, Stig wollte nicht zu viele Fremde um sich haben. Sanya und Arun gehörten irgendwie schon zur Familie.«

»Stimmt nicht ganz«, mischt sich Sofia ein, »Huy, der Sohn von Sanya und Arun, war gelegentlich hier. Stig muss ihn sehr gemocht haben, so herzlich, wie er mit dem Jungen umgegangen ist.«

»Und was war an den Wochenenden und den freien Tagen? Wie steht's mit anderen Bekannten und Freunden? Wer hat Stig hier sonst noch besucht?«, will ich wissen.

»Es gab keine freien Tage in dem zurückliegenden Jahr, nur Training«, sagt Sofia. »So ist nun mal das Leben eines Profis. Es besteht aus Verzicht und Disziplin.«

»Und über sein Privatleben wissen wir eigentlich gar nichts. Das hat Stig sauber getrennt«, erklärt mir Matti. »Wir waren Montag bis Freitag mit ihm zusammen und haben trainiert. Freitag, am späten Nachmittag, sind wir nach Porjus zum Hubschrauberlandeplatz gefahren. Von dort sind wir nach Hause, nach Norwegen, geflogen. Die Flüge hat Stig bezahlt, und es war vertraglich vereinbart, dass wir an den Wochenenden freihaben.«

»Aber seine Lebensgefährtin war doch da?«, frage ich weiter.

»Dana haben wir kaum getroffen«, antwortet Sofia. »Sie war tagsüber fort. Sie arbeitet bei einem Zahnarzt. Und die Abende waren wir im Gästehaus.«

»Aber ihr habt so viel Zeit mit ihm verbracht, da lernt man einen anderen Menschen doch kennen«, meine ich ungläubig. »Was war Stig denn für ein Mensch?«

Sofia und Matti tauschen kurz Blicke.

»Schwer zu beschreiben«, sagt Matti schließlich.

»Versucht's«, ermuntere ich ihn.

»Ich habe mal irgendwo gelesen, was typisch nordisch ist. Etwas langweilig, unglamourös, trocken, humorvoll, gepaart mit einem Schuss nordländischer Melancholie.« Matti grinst schief. »So war Stig, typisch nordisch.«

»Aber aus sportlicher Sicht war Stig ein Jackpot«, ergänzt Sofia. »Er hat alles mitgebracht, was man als Profi braucht. Stig war sehr ehrgeizig, nicht verbissen, nur extrem fokussiert. Dazu absolut diszipliniert. Er hat alles seinem Ziel untergeordnet und dafür viele Opfer gebracht.«

»Stig hat sein ganzes Leben auf dieses eine sportliche Ziel ausgerichtet, als ginge es um die Weltmeisterschaft«, fügt Matti hinzu. »Er wollte unbedingt bei diesem Rennen den Amateurpreis gewinnen.«

»Aber dafür hätte er nur einen Pokal bekommen, sonst nichts«, sage ich.

»Es ging ihm nicht um Geld oder Ansehen«, erklärt Matti. »Er wollte den Sieg erringen, für sich allein. Ich glaube, das beschreibt auch seinen Charakter ziemlich gut. Er wollte immer gewinnen, egal wobei.«

»Für den Sieg bei dem Rennen hat Stig hart trainiert«, pflichtet Sofia ihm bei.

Matti nickt zustimmend. »Als wir unsere Arbeit vor einem Jahr mit ihm begonnen haben, haben wir einen Trainingsplan erstellt. Und den hat er eins zu eins umgesetzt. Für uns war es ein leichter Job. Und Stig hätte gewonnen.« Matti bricht ab. Er schüttelt den Kopf. »Ich verstehe das alles immer noch nicht.

Warum musste er bei so einem grausamen Unfall sterben?« Er schaut mir direkt in die Augen.

»Das war kein Unfall, er wurde ermordet«, kläre ich sie auf.

Beide schauen mich erschrocken an.

»Mord?«, wiederholt Sofia. »Grundgütiger! Das kann nicht sein«, murmelt sie. Alles Blut ist aus ihrem Gesicht gewichen.

»Scheiße! Mord?« Matti rauft sich mit beiden Händen die Haare. »Das glaube ich nicht«, stöhnt er und wird aschfahl im Gesicht.

Eine typische Reaktion, die ich an anderen Fällen oft erlebt habe. »Wer könnte ein Motiv haben?«, frage ich sie. Weder Sofia noch Matti antworten. Ihr Schweigen spricht Bände. Beiden ist die Fassungslosigkeit ins Gesicht gemeißelt.

»Wer könnte ein Motiv haben?«, wiederhole ich meine Frage.

»Niemand, den wir kennen«, sagt Sofia. »Das ergibt wirklich überhaupt keinen Sinn.«

»Warum sollte jemand so etwas Furchtbares tun?«, meint Matti, ohne auf eine Antwort zu warten.

Wir schweigen eine Weile. Ich spüre, dass sie eine kurze Pause brauchen.

»Wie sah euer Alltag denn aus?«, wechsle ich das Thema, um mir ein besseres Bild von Stigs Leben zu machen.

Sofia holt Luft und legt los. »Sechs Uhr aufstehen. Dreißig Minuten aktive Erholung auf dem Ergometer in einem niedrigen Herzfrequenzbereich. Dann dreißig Minuten lang Übungen zur Rumpfstabilisierung. Duschen. Ausgiebiges Frühstück mit einem hohen Kohlenhydratanteil. Zehn Uhr dreißig die erste neunzigminütige Krafteinheit. Zwölf Uhr dreißig Mittagessen, bestehend aus fünfundsechzig Prozent Kohlenhydraten, dreißig Prozent Eiweiß und fünf Prozent Fett. Ruhepause bis fünfzehn Uhr dreißig. Dann eine zweite Trainingseinheit, diesmal zweieinhalb Stunden Ausdauer. Unmittelbar danach dreißig Minuten Massage. Abendessen, bestehend aus siebzig Prozent Eiweiß, zehn Prozent Kohlenhydraten und zwanzig Prozent Fett. Dann Ruhe und Schlaf.«

So genau will ich es gar nicht wissen, aber Sofia ist nicht zu bremsen.

»Natürlich gab es auch Variationen«, fügt Matti hinzu, »aber im Prinzip sah so eine Trainingswoche aus. Brauchst du es detaillierter?«

Ich schüttle den Kopf. »Ein strammes Programm. Und was war an den Wochenenden?«

»Morgens nach dem Aufstehen dreißig Minuten aktive Erholung, dann einstudiertes Stretching sowie Schwimmen und Sauna. Essensrhythmus wie gewohnt.«

Ich lasse mir die vielen Informationen durch den Kopf gehen. In so einem Leben ist kaum Platz für eine Frau, denke ich.

»Dann muss seine Lebensgefährtin aber sehr tolerant und verständnisvoll gewesen sein«, merke ich an. »Das macht nicht jede Frau mit.«

»Na ja, Stig hat ihr sicher trotzdem ein schönes Leben bereitet mit all seinen Möglichkeiten«, sagt Sofia.

Irgendetwas in ihrem Tonfall irritiert mich. »Mögt ihr sie?«

»Dana?« Sofia zuckt mit den Schultern. »Wir kennen sie nicht wirklich. Wir haben in dem ganzen Jahr bei Stig hier wohl keine zehn Sätze mit ihr gewechselt. Aber sie hat uns keine Probleme bereitet und nie versucht, Stig vom Training abzuhalten. Da war sie wirklich sehr verständnisvoll. Insofern würde ich deine Frage mit Ja beantworten, aber ein neutrales Ja.«

»Was hat er euch bezahlt? War Stig großzügig oder eher geizig?«, frage ich weiter.

»Großzügig wäre untertrieben«, antwortet Matti ehrlich. »Wir hatten einen super Vertrag.«

»Er hat sich das alles echt was kosten lassen. Und wir hätten zusätzlich eine Prämie bekommen, wenn er gewonnen hätte«, fügt Sofia hinzu.

»Wie viel?«

»Eine Million Kronen hatte er uns zugesichert im Falle seines Sieges«, gibt Sofia offen zu.

»Die können wir jetzt abschreiben«, sagt Matti und schaut mich erschrocken an. »So habe ich das nicht gemeint«, murmelt er leise. »Wie geht es denn jetzt weiter?«

»Ich muss euch bitten, noch eine Weile hierzubleiben«, informiere ich sie.

Sie nicken wieder gleichzeitig wie einstudiert. Wäre die Situation nicht so ernst, würde ich darüber lachen.

»Ich weiß noch nicht genau, wie lange ihr bleiben müsst. Bald wird die Spurensicherung hier auftauchen und Stigs Anwesen untersuchen.«

»Darf ich dich etwas fragen?« Sofia schaut mich an.

»Selbstverständlich.«

»Wie genau ist Stig ums Leben gekommen?«

»Das wissen wir noch nicht. Die Obduktion findet erst morgen statt. Dann kennen wir hoffentlich die genaue Todesursache. Aber kein Wort, worüber auch immer, weder zur Presse oder zu sonst jemandem. Verstanden?«, schärfe ich den beiden ein, bevor wir gehen.

Wie es scheint, fehlt bei Stigs Trainern ein Motiv. Und durch seinen Tod ist ihnen ein üppiger Bonus durch die Lappen gegangen. Aber um die beiden endgültig als Täter oder Tatbeteiligte auszuschließen, ist es definitiv noch zu früh. Wir werden ihr Alibi genau überprüfen müssen. Wer Stig auf dem Gewissen hat, muss diesen Mord lange geplant und vorbereitet haben. Das war keine Affekthandlung, sondern eine vorsätzliche und heimtückische Tat. Und der Mörder wusste, was er tat.

In meinem Innern öffnet sich ein tiefer Schlund. Böse Erinnerungen steigen in mir auf. Ich muss sie sofort im Keim ersticken, die Vergangenheit hat nichts mit diesem Fall zu tun. Mein Herz setzt einen Schlag aus, und alles Blut weicht aus meinem Gesicht.

»Geht's dir nicht gut?«, fragt Sigge bestürzt, der meine Veränderung bemerkt.

»Nur eine kurze Angstattacke«, spiele ich es scherzhaft herunter. »Ich brauche einen Augenblick.«

Sigge legt seinen Arm um meine Schulter, und ich lasse es zu. Ich lehne mich gegen ihn und atme, wie ich es gelernt habe. Nicht viele Menschen können die Anforderungen an einen Ermittler begreifen und tolerieren, die langen, unregelmäßigen Arbeitszeiten, die ständige Gefahr, im Job verletzt oder getötet zu werden, die häufigen Planänderungen, die Restaurantbesuche, Ausflüge und Urlaube in letzter Minute hinfällig machen, die dauernde Belastung, die Schlafstörungen, die Albträume. All das belastet auch die Partner. Deswegen habe ich Stockholm mit leichtem Herzen den Rücken gekehrt. Ich wollte dieses Leben nicht mehr und schon gar nicht für Daniel. Ich habe nicht gedacht, dass mich all das Grauen wie ein Schatten bis hierher verfolgen würde.

Ich konzentriere mich auf meinen Atem, lausche dem Geräusch, fühle, wie meine Lungen sich füllen und leeren, wie sich mein Körper dabei bewegt. Allmählich werden meine Atemzüge tiefer und gleichmäßiger. Ich beruhige mich.

Schließlich gebe ich mir einen Ruck. »Geht wieder«, sage ich mit fester Stimme.

Sigge nickt. Ich hoffe, mein junger Kollege weiß, worauf er sich bei diesem Job eingelassen hat, denke ich.

12

Wir fahren zum Ga-La-Mair-Restaurant, das sich direkt neben dem Hotel Akerlund in Jokkmokk befindet. Wir wollen das thailändische Ehepaar Sanya und Arun befragen, das für Stig gearbeitet hat. Wenigstens ist die Tür zum Restaurant noch nicht verschlossen, als wir dort eintreffen. Aber das Lokal ist leer. In Jokkmokk gehen die Menschen früh zum Essen, weil ihr Tag im Morgengrauen beginnt. Die Zeit fürs Mittagessen ist längst vorüber. Ein Tisch ganz hinten in dem Lokal ist jedoch noch besetzt. Hier sitzen ausnahmslos Thailänder zusammen und essen.

»Geschlossen«, ruft uns eine Frau zu und winkt ab.

Wir ignorieren die eindeutige Geste, dass wir verschwinden sollen, und gehen stattdessen auf den Tisch zu. Ich zücke meinen Polizeiausweis.

»Ich bin Anelie Andersson, Polizei Jokkmokk. Das ist Sigge Nordström, mein Kollege aus Lulea«, stelle ich uns vor und stehe augenblicklich im Zentrum des Interesses. Acht Augenpaare starren abwechselnd mich und Sigge an. »Ich suche Sanya und Arun Nguyen.«

Eine zierliche Thailänderin erhebt sich. »Ich bin Sanya«, sagt sie und deutet auf den Mann, der neben ihr sitzt. »Und das ist Arun, mein Mann. Bitte setzt euch zu uns«, lädt sie uns freundlich ein.

Schnell stehen zwei weitere Stühle an dem Tisch, wir bekommen ungefragt Teller und Besteck vorgelegt. Vielleicht haben sie in meinen Augen gesehen, wie ich auf das Essen gestarrt habe.

»Bitte schön, bedient euch«, sagt Sanya und nimmt wieder Platz.

»Danke«, sage ich leicht verdattert. Sigge und ich setzen uns.

»Wir müssen mit euch über Stig reden«, beginne ich.

»Erst essen«, widerspricht Sanya. »Es wird sonst alles kalt.«

Ihr Schwedisch ist einwandfrei, nur der Akzent ist unüberhörbar. Wozu die Eile?, denke ich und bediene mich von den Schüsseln, die vor uns auf dem Tisch stehen.

»Ich denke, ihr wisst schon, was passiert ist. Vielleicht könnt ihr uns etwas über Stig erzählen, während wir essen«, schlage ich vor.

Sanya nickt. »Stig war ein guter Mensch, ein sehr guter Mensch. Er hat viel für uns und unsere Familie getan.« Schlagartig laufen Tränen über ihr Gesicht, aber sie verliert nicht die Fassung.

»Er war ein guter Chef«, bestätigt Arun in einwandfreiem

Schwedisch. »Und er bezahlt unserem Sohn Huy ein Wirtschaftsstudium in Stockholm.«

»Wie konnte das nur passieren?«, fragt Sanya mit unterdrücktem Schluchzen.

»Das wissen wir noch nicht genau. Hatte Stig vielleicht Feinde oder mit jemanden Streit?«, frage ich.

Sanya starrt mich an. »Es war kein Unfall?«

»Nein.«

Ein bedrückendes Schweigen breitet sich aus. Ich lasse ihnen Zeit, diese Nachricht zu verdauen. Dann wiederhole ich meine Frage.

Aber Sanya schüttelt heftig den Kopf. »Es gibt keinen Grund, so einem guten Menschen etwas anzutun.«

Trotzdem hat es jemand getan, widerspreche ich innerlich. Ich muss unwillkürlich an Karma denken, an das Buddhisten glauben, und wenn ich mich recht entsinne, gehören die meisten Thais dieser Glaubensrichtung an.

»Wie geht es jetzt weiter?«, will Sanya wissen.

Ich vermute, sie denkt dabei an ihre berufliche Zukunft.

»Ihr dürft vorerst Stigs Haus nicht mehr betreten«, sage ich. »Habt ihr einen Schlüssel dafür?«

Sanya und Arun schütteln den Kopf. »Nur eine Fernbedienung für das Tor. Stig hat uns immer selbst die Tür des Hauses geöffnet.«

Arun reicht mir einen Schlüssel. »Das ist der Autoschlüssel. Er hat uns ein Auto geliehen.«

»Behaltet das Auto vorläufig«, sage ich, »bis ich weiß, wer alles erben wird.«

Es besteht kein Grund, ihnen komplett den Boden unter den

Füßen wegzuziehen. Mit dem Verlust ihres offensichtlich guten Arbeitsplatzes werden die beiden genug Probleme haben, befürchte ich.

Unvermittelt taucht ein Mann am Tisch auf. Er ist so groß wie Sigge und muskulös, was eher auf regelmäßiges Krafttraining als auf körperliche Arbeit schließen lässt. Beim Entwerfen gut sitzender Kleidung hat man nicht an Menschen mit seiner Statur gedacht. Er ist zu breit, zu muskulös, zu unproportioniert. Sein weißer Schädel ist so glatt wie eine Bowlingkugel, seine Hände haben die Größe von Rhabarberblättern, seine Schultern passen kaum durch eine Tür, und er kann mich vermutlich auf einer Hand herumtragen.

Eine der Frauen, die am Tisch sitzt, spricht ihn auf Thailändisch an, was er offensichtlich versteht und auch beherrscht, wie seine Antworten verraten.

»Hej«, begrüßt er uns freundlich. »Ich bin Björn Löfgren. Das ist meine Frau Nori. Uns beiden gehört das Lokal.« Er setzt sich zu uns. »Es geht um Stig?«

Ich nicke. »Gehören alle hier zur Familie?«, will ich wissen.

»Ja«, antwortet Björn mit einem breiten Grinsen. »Nachdem ich Nori dazu überreden konnte, mich hässlichen Kerl zu heiraten und auch noch mit mir ans Ende der Welt zu fahren, ist einer nach dem anderen zu uns gekommen.«

Diese zarte Frau und dieser monströse Kerl, schießt es mir durch den Kopf, als ich meinen Blick von Björn zu Nori und zurück schweifen lasse. Als würde er meine Gedanken lesen, grinst er mich schief an.

Dann stellt er alle der Reihe nach vor. »Nori, Sanya und Arun kennt ihr schon.« Dann deutet er auf einen Mann. »Das ist Aruns Bruder Pana und seine Frau My.« Er deutet auf eine Frau, die neben My sitzt. »Das ist Mys Schwester Dia. Daneben sitzen Lida, auch eine Schwester, und deren Mann Nawin.«

»Und sie arbeiten alle hier im Restaurant?«, frage ich weiter.

»Nein, nur zum Teil«, erklärt mir Björn. »Nori und Pana sind hier in der Küche, ich bin im Lokal. Aber My und Dia arbeiten in der örtlichen Wäscherei und Narwin in der Autowerkstatt.«

»Seit wann sind sie denn alle hier?«

»Ich bin seit zehn Jahren mit Nori verheiratet. Seitdem lebt sie hier, und wir haben zwei Kinder. Noris Schwester Sanya ist mit Arun ein Jahr später zu uns gekommen, kurz darauf die anderen. Wir mussten nur den Papierkram erledigen, aber der Familiennachzug war kein Problem. Wie war das Essen?«, wechselt er abrupt das Thema.

»Danke, sehr gut.« Ich lege das Besteck zur Seite. »Ich denke, fürs Erste weiß ich genug. Aber ich werde im Rahmen der Ermittlungen sicher noch auf euch alle zurückkommen. Fahrt also bitte im Moment nicht nach Thailand.«

»Hatten wir nicht vor«, meint Björn. »Aber was ist denn mit Stig eigentlich genau passiert?«

Ich zucke die Schultern und weiche einer klaren Antwort aus. »Die Obduktion findet erst morgen statt.« Ich erhebe mich. »Vielen Dank für das Essen.« Ich ziehe meine Scheckkarte hervor, um zu bezahlen.

Björn macht eine ablehnende Geste. »Geht aufs Haus.«

»Danke, Björn, aber wir sind im Dienst, und ich werde unser Essen bezahlen«, widerspreche ich.

Björn schnappt sich meine Karte und geht damit an die Theke, wo das Lesegerät steht. Sekunden später bin ich um 200 Kronen ärmer und nehme meine Karte wieder in Empfang.

»Sanya, Arun, hatte Stig Freunde, die ihn mal besucht haben?«, frage ich im Stehen.

Beide schütteln verneinend den Kopf. Doch irgendetwas stört mich, ihre Reaktion kam etwas zu schnell.

»Früher ja, aber im letzten Jahr nicht«, erklärt Sanya.

»Wart ihr jeden Tag, auch am Wochenende auf seinem Anwesen?«

Wieder schütteln beide den Kopf. »Wir haben nur von Montag bis Freitag bei ihm gearbeitet«, merkt Sanya an. »Am Wochenende hatten wir fast immer frei.«

»Und wie ist euer Verhältnis zu Stigs Lebensgefährtin?«

»Sie war tagsüber kaum da, meistens nur abends. Sie ist eine nette Frau. Wie geht es ihr?«, will Sanya wissen.

»Sie hatte einen Nervenzusammenbruch und ist im Krankenhaus«, erwidere ich. »Wir konnten noch nicht mit ihr sprechen.«

Sanyas Augen drücken unverkennbar Mitgefühl aus. »Arme Frau.«

Diese Worte hinterlassen bei mir ein zwiespältiges Gefühl.

»Wie lange war sie denn schon mit Stig zusammen?«

Sanya und Arun wechseln einen langen Blick.

»Ungefähr zwei Jahre, würde ich sagen«, antwortet Sanya, während sie mich wieder anschaut.

»Eine letzte Frage noch: Wo seid ihr am gestrigen Samstag gewesen? Habt ihr euch das Rennen angesehen?«

»Wir waren den ganzen Tag im Restaurant«, antwortet Sanya, »Arun in der Küche, ich im Lokal. Es war sehr viel los hier wegen des Skirennens.«

Alle anderen nicken.

»Ja, das stimmt«, fügt Björn hinzu. »Sie waren beide den ganzen Tag hier.«

Wir verabschieden uns und fahren zurück zur Polizeistation, wo wir auf Arne stoßen. Wir setzen uns zusammen an meinen Besprechungstisch, um über diesen Fall zu reden, werden aber durch Ylvas Anruf unterbrochen. Ich schalte auf laut, damit Sigge und Arne mithören können, was sie zu sagen hat. Sie informiert uns, dass das Team aus der Spurensicherung erst morgen Vormittag kommen kann. Bevor ich protestieren kann, hat sie wenigstens eine gute Nachricht. Sie hat einen Fachmann aufgetrieben, der für uns die beiden Stahlschränke öffnen wird. Er wird ebenfalls morgen Vormittag gegen zehn Uhr eintreffen. Trotzdem werde ich Stigs Lebensgefährtin nach der Kombination fragen. Je eher wir den Inhalt der Safes kennen, umso besser. Dann erkundigt sich Ylva nach dem Stand der Ermittlungen, und ich schlage ihr einen Videocall vor, damit sie an unserer kleinen Einsatzbesprechung teilnehmen kann.

Sekunden später sitzt Ylva virtuell bei uns am Tisch, und wir sehen ihr Konterfei in meinem Computerbildschirm. Dann rekapituliere ich alle Fakten.

»Stig Eriksson ist am gestrigen späten Samstagnachmittag gegen siebzehn Uhr dreißig im Verlauf des *Nordenskiöldsloppet* auf der Rennstrecke gestorben«, beginne ich. »Tobe Ströms vom medizinischen Dienst der Rennleitung hat seinen Tod an der Strecke festgestellt. Die heutige erste Leichenschau hat

Dr. Filip Gustafsson gemeinsam mit Staatsanwalt Leif Björk, Dr. Haiba Kimbawa, dem diensthabenden Arzt im Krankenhaus Jokkmokk, und mir vorgenommen. Filip konnte noch nicht feststellen, wie das Opfer getötet worden ist. Aber eine Eintrittswunde am Hinterkopf und ein fehlendes Auge deuten auf eine Art Schussverletzung hin. Die Tatwaffe ist jedoch noch völlig unklar. Sicher scheint nur, dass es keine Kugel beziehungsweise kein uns bekanntes Kaliber gewesen ist. Die für morgen angesetzte Obduktion wird uns hoffentlich Aufschluss darüber geben. Ein erster Verdächtiger, der Weißrusse Sergei Popow, konnte inzwischen von dem Verdacht befreit werden, durch einen Stoß mit dem Skistock in das Auge des Opfers dieses damit tödlich verletzt zu haben.« Ich schaue Ylva an und warte auf Zwischenfragen, doch zu meiner Überraschung schweigt sie. »Wir waren heute in Stigs Anwesen, wo wir keine Hinweise auf mögliche Motive für diese Tat entdecken konnten«, fahre ich fort. »Vielleicht finden wir etwas Aufschlussreiches in den beiden Safes, wie zum Beispiel ein Testament.«

»Das ihr nicht öffnen dürft«, unterbricht mich Ylva. »Das muss ein Notar oder unser Justiziar tun.«

Was wieder einen Tag Wartezeit bedeuten wird, ahne ich. »Die Befragung der beiden Trainer Sofia Lundqvist und Matti Fransson, die seit einem Jahr mit dem Opfer trainiert und ihn auf dieses Rennen vorbereitet haben«, spreche ich weiter, »hat bislang keine nennenswerten Erkenntnisse ergeben. Wir wissen nur, dass Stig es sich ziemlich viel hat kosten lassen, um als bester Amateur durchs Ziel zu gehen. Das hätte ihm zwar nur einen Pokal eingebracht, aber der war ihm wohl sehr wichtig.«

Ich mache eine kurze Pause und warte auf Fragen. Doch Ylva schweigt erneut.

»Stig war mit einer gewissen Dana Novak zusammen. Sie stammt aus Deutschland, lebt aber wohl seit zwei Jahren hier mit ihm.«

»Was wissen wir bis jetzt noch über die Frau?«, fragt Ylva.

»Noch nichts. Sie wurde mit einem Nervenzusammenbruch in das hiesige Krankenhaus gebracht. Ich hoffe, sie heute befragen zu können. Ob eine Beziehungstat vorliegt, kann nach derzeitigem Wissensstand jedoch noch nicht ausgeschlossen werden.«

»Dana Novak?«, wiederholt Ylva. »Ich werde sie überprüfen lassen.«

Ich nicke. »Wie wir aus den bisherigen Ermittlungen und Befragungen jedoch wissen, handelt es sich bei unserem Opfer um einen sehr reichen Mann, worin wir ein Motiv für den Mord vermuten könnten. Deswegen müssen wir den finanziellen Hintergrund des Opfers und dessen Vergangenheit durchleuchten. Außerdem konnten wir heute auch Stigs Personal befragen. Dabei handelt es sich um das thailändische Ehepaar Sanya und Arun Nyugen, die beide für das Opfer gearbeitet haben. Die thailändische Familie der beiden führt das Restaurant Ga La Mair in Jokkmokk. Zu dieser Familie zählen neben dem Besitzer, einem Schweden namens Björn Löfgren, und dessen Ehefrau Nori noch fünf weitere Thailänder.«

»Sind die alle legal hier?«, unterbricht mich Ylva.

»Laut Björn, ja«, sage ich. »Wir haben …«

»Das werde ich ebenfalls sofort überprüfen lassen«, fällt mir Ylva ins Wort.

Tu, was du nicht lassen kannst, denke ich genervt, aber für meine Ermittlungen hat das keine Bedeutung.

»Laut den Aussagen der Trainer und der thailändischen Mitarbeiter muss Stig ein sehr großzügiger Mann gewesen sein. Alle waren nur voll des Lo…«

Wieder unterbricht Ylva mich. »Schick mir alle Namen, und ich setze jemanden darauf an, der dir zeitnah alle relevanten Informationen zu ihnen zukommen lässt. Je eher wir diese Ermittlung abschließen können, umso besser für uns alle.«

Bei Mordfällen zählen die ersten 48 Stunden, danach beginnen die Erinnerungen von möglichen Zeugen zu verblassen. Außerdem verändern sich Spuren, oder sie verschwinden ganz, so dass sich die Chancen, den Mörder zu finden, mehr als halbieren. Aber hier zählt das alles nicht. Es hat keinen Sinn, zu lamentieren, ich kann weder Druck machen noch etwas verändern. Ich muss mich mit den besonderen Gegebenheiten abfinden und arrangieren. Wir befinden uns im Polarkreis und müssen einen Mordfall aufklären ohne die notwendigen Tools, auf die eine Mordkommission normalerweise ganz selbstverständlich zurückgreifen kann. Ich bin zum Warten verdammt, bis die Kollegen aus Lulea herkommen und ihren Job machen. Ich bin auch dazu verdammt, auf deren Ergebnisse und Analysen zu warten. Selbst wenn ich mich mit Ylva anlegen und einen Aufstand proben würde, könnte ich damit rein gar nichts bewirken. Im Gegenteil, es würde alles nur noch schwerer machen. Es gilt, zu improvisieren.

»Was sagen wir den Journalisten über diesen Fall?«, frage ich Ylva, die im Begriff ist, die Besprechung zu beenden.

»Du? Gar nichts«, kommt es barsch zurück. »Ich lasse von unserem Pressesprecher eine offizielle Mitteilung schreiben und veröffentlichen. Wenn die Todesursache feststeht, geben wir eine Pressekonferenz. Das sollte genügen. Sollten weitere Fragen an dich herangetragen werden, verweist du sie an uns hier. Der Sponsor des Rennens hat uns gebeten, dass wir ihn aus dieser Sache komplett heraushalten. Er möchte jeglichen Skandal verhindern.« Ylva fixiert mich mit ihrem Raubtierblick.

Ich nicke.

»Viel Erfolg«, höre ich Ylva noch sagen.

Damit erlischt das Bild auf meinem Computer, und der Bildschirm ist schwarz.

»Verbindlich wie eh und je«, lästert Arne.

»Da wird's einem richtig warm ums Herz«, fügt Sigge hinzu.

Ich enthalte mich eines Kommentars und sage stattdessen: »Wir brauchen wieder eine Pinnwand.« Ich reiche mein Smartphone an Sigge weiter. »Da findest du alle Fotos. Druck sie bitte zum Aufhängen aus.«

Während Sigge sich darum kümmert, will ich mit Arne über unseren anderen Fall reden.

»Wo stehen wir bei unseren Ermittlungen bezüglich der Rentiere?«, frage ich ihn.

»Ich habe mit den Züchtern gesprochen. Sie werden früher als geplant ihre Tiere in die Berge treiben, um sie so zu schützen«, berichtet mir Arne.

»Das ist gut, aber dann können wir die Überwachung mit Fotofallen vergessen?«, stelle ich enttäuscht fest.

Er runzelt die Stirn. »Ich war mit Ana bei drei toten Rentieren und habe die Projektile mitgebracht. Vielleicht gib es Fingerabdrücke oder irgendwelche Hinweise auf diesen Projektilen. Und Ana hat mir inzwischen auch ihren Laptop gegeben, auf dem sie die Drohmails hat. Was machen wir damit?«

Ich denke kurz nach. »Die Projektile lasse ich in Lulea untersuchen. Die gebe ich morgen den Kollegen der Spurensicherung. Und wegen der Mails habe ich eine Idee. Vielleicht brauchen wir Ylva dafür nicht.«

Arne grinst vielsagend. »Liv?«

»Ich weiß nicht, wovon du sprichst«, antworte ich ebenso vielsagend.

Arne und ich gehen hinüber in sein altes Büro. Ich stelle mich vor die große Pinnwand und studiere die Tatortfotos, die Sigge inzwischen dort aufgehängt hat. Sie zeigen die grausigen Details dieses Verbrechens. Besonders makaber wirkt das Foto, das Stigs Gesicht und die leere Augenhöhle zeigt. Mir scheint, als würde er mich mit seinem anderen geradezu anstarren.

»Weißt du schon, wann wir Stigs Lebensgefährtin sprechen können?«, frage ich Arne.

»Erst morgen, hat der Arzt gesagt.«

»Das ist zu spät.« Ich schüttle ungeduldig den Kopf. »Kannst du bitte noch mal anrufen und denen klarmachen, dass es dringend ist?«

Ohne ein weiteres Wort geht Arne an seinen Schreibtisch und ruft in der Klinik an. Bei seinem kurzen Telefonat kann ich hören, dass wir mit ihr sprechen können. Er kündigt mein Kommen an. Kaum hat er das Telefon aus der Hand gelegt, lässt er den Kopf in den Nacken fallen, gähnt herzhaft und streckt sich lang. Auch mir steckt dieser Tag in den Gliedern. Nur Sigge wirkt noch einigermaßen frisch, aber er ist ja auch der Jüngste von uns.

»Dann macht ihr mal Schluss für heute. Ich fahre noch schnell ins Krankenhaus und rede mit ihr, von Frau zu Frau. Falls ich etwas Wichtiges erfahre, rufe ich euch an. Ansonsten sehen wir uns morgen früh hier wieder.«

Damit verabschiede ich mich von den beiden und verlasse die Polizeistation. Es ist noch hell draußen, die Sonne wird erst in gut einer Stunde untergehen. Der Schnee knirscht unter meinen Schuhen, als ich zu meinem Auto gehe, das auf dem Parkplatz hinter dem Gebäude steht.

13

Im Krankenhaus frage ich mich durch zu dem Zimmer, in dem Stigs Lebensgefährtin liegt. Ich klopfe an, warte auf ein »Herein«, das nicht ertönt, und öffne vorsichtig die Tür, bevor ich meinen Kopf hineinstecke. Dana Novak sitzt auf dem Bett und telefoniert. Sie trägt einen Bademantel. Als sie mich sieht, sagt sie etwas auf Deutsch und beendet rasch ihr Telefonat.

Ich gehe zu ihr ans Bett und strecke ihr die Hand entgegen. »Hej, Anelie Andersson von der Polizei Jokkmokk. Erinnerst du dich an mich?«

Sie sieht mich unverwandt an. Dann schüttelt sie druckvoll meine Hand. »Ja.«

»Ich würde dir gerne ein paar Fragen stellen. Bist du dazu schon in der Lage?«

Ich sehe sie forschend an. Sie hat braune Rehaugen, eine kleine Stupsnase und einen wohlgeformten Schmollmund. Sie trägt einen blonden Pagenkopf, der akkurat geschnitten und geföhnt ist. Sie ist zweifellos hübsch, aber auf nichtssagende Hab-ich-schon-tausendmal-gesehen-Weise. Irgendetwas fehlt, zumindest in meinen Augen, aber vielleicht sehen das Männer ja anders. Dieses Kindchenschema löst garantiert bei einem großen Teil der männlichen Spezies den Beschützerinstinkt aus, selbst ich bin nicht ganz immun dagegen.

»Ja«, haucht sie leise.

Ihr fester Händedruck und ihre zarte Stimme passen irgendwie nicht zusammen. Ich schlüpfe aus meiner Jacke, nehme Mütze, Schal und Handschuhe ab und lege sie auf den kleinen Tisch beiseite. Währenddessen steigt sie aus dem Bett. Sie hat eine zierliche Figur und ist noch kleiner als ich. Mein Blick fällt auf ihre winzigen Füße. Ich schätze ihre Schuhgröße auf 36. Sie schlüpft in viel zu große weiße Schlappen, die vor dem Bett stehen.

»Setzen wir uns«, schlägt sie vor, mit Blick auf die beiden Stühle, die an dem kleinen Tisch stehen.

Ich nehme Platz. Sie zieht den anderen Stuhl zu sich heran, setzt sich ganz vorn auf die Stuhlkante und schaut mich mit ihren braunen Augen und den langen Wimpern erwartungsvoll an. Sie ist leicht in sich zusammengesunken, und ihre Schultern hängen nach vorn. Hoffentlich fällt sie nicht gleich vom Stuhl, denke ich. Ihre Augen wandern unruhig hin und her. Ich vermute, dass es der besonderen Situation geschuldet ist. Ich habe es häufig erlebt, dass Menschen bei einer polizeilichen Befragung total unsicher werden, obwohl sie sich nichts zuschulden haben kommen lassen. Es geht schließlich um einen Toten, den sie sehr gut kannte und dessen Tod auch ihr Leben stark beeinflussen wird.

Ich habe schon viele Befragungen und Verdächtige erlebt, die auf ganz verschiedene Arten reagiert haben. Zu meiner Zeit in Stockholm habe ich Hauptverdächtige oft stundenlang allein im Vernehmungsraum sitzen lassen. Man sollte meinen, sie würden die Wände hochgehen, aber meistens war es genau umgekehrt. Die Unschuldigen wurden ganz hektisch und nervös. Sie hatten keine Ahnung, warum sie da waren oder welchen falschen Verdacht die Polizei gegen sie hegte. Die Schuldigen schliefen oft einfach nur ein. Dana wirkt hellwach und erschöpft zugleich.

»Ich möchte dir mein tief empfundenes Beileid aussprechen«, beginne ich und löse damit augenblicklich Tränen aus. Ich warte, bis sie sich wieder beruhigt und die Nase geputzt hat.

»Wie geht es dir?«, frage ich sie.

Von Dana kommt ein elegantes Schulterzucken. »Nicht gut.«

»Ich würde dir gerne ein paar Fragen stellen. Ist das in Ordnung für dich?«

Als sie spricht, ist ihre Stimme bebend und leise.

»Natürlich, was möchtest du wissen?« In ihren Augen stehen Tränen. Ein, zwei lösen sich und bleiben an ihren Wimpern hängen.

»Du heißt Dana Novak? Ist das korrekt?«

Sie nickt.

»Wann und wo bist du geboren?«

»Am siebenundzwanzigsten November neunzehnhundertsiebenundachtzig in Ebersberg, das ist bei München«, antwortet sie mit brüchiger Stimme.

»Verheiratet?«

Sie schüttelt den Kopf. »Stig und ich, wir wollten … wir hatten Pläne.« Sie verstummt und senkt den Kopf. Eine Träne tropft herunter.

»Kinder?«, frage ich weiter.

Wieder Kopfschütteln.

»Familie?«

Erneutes Kopfschütteln. »Stig ist … Stig war meine Familie. Meine Eltern sind schon tot.« Ihre Stimme verliert sich.

»Das tut mir sehr leid«, sage ich mitfühlend. »Würdest du mir erzählen, wie du Stig kennengelernt hast?«

»Das muss knapp drei Jahre her sein.« Sie spricht so leise, dass ich jeden Laut vermeide und meine Ohren spitze. »Ich arbeite in der Zahnarztpraxis von Dr. Herwig in Jokkmokk. Er ist auch Deutscher. Ich mache seine Termine und auch die Buchhaltung. Irgendwann kam Stig als Patient zu uns. Wir waren uns sofort sympathisch.« Ein Lächeln huscht über ihr Gesicht.

»Verstehe, und wie ging es dann weiter?«

»Dann hat er mich zu sich zum Essen eingeladen. Von da an haben wir uns immer öfter getroffen und uns ineinander verliebt.« Tränen füllen erneut ihre Kulleraugen und strömen über ihr Gesicht. Sie putzt sich fast unhörbar die Nase. »Verzeihung«, schluchzt sie und tupft sich mit dem Taschentuch ihre Nase ab.

»Hat er sich hier diese schönen Zähne machen lassen?«

Dana sieht mich verblüfft an. »Nein. Die hatte er schon, als er zu uns kam. Er brauchte nur eine Kontrolluntersuchung und eine Zahnreinigung. Aber seine Zähne waren in tadellosem Zustand.«

»Und dann bist du zu ihm gezogen?«

Sie nickt und streicht sich ihren eleganten blonden Bob zurecht.

»Wann?«

»So vor zwei Jahren.«

»Das letzte Jahr war sicher kein einfaches Jahr für dich?«, frage ich.

Sie schaut mich verständnislos an.

»Stig hat sehr intensiv für das *Nordenskiöldsloppet* trainiert und kaum Zeit für dich gehabt, oder?«

Sie nickt. »Das stimmt, aber ich wusste ja, dass es nur für dieses eine Jahr ist. Dieses Rennen war ihm sehr wichtig. Ich glaube, er hatte eine Midlifekrise und wollte sich beweisen, dass er noch fit ist.« Ein Zittern durchfährt ihren Körper. »Aber jetzt ist alles vorbei.«

Ihre lieblichen Gesichtszüge sind gramverzerrt, ihre schönen Augen wirken hohl, ihr Blick ist unstet, ihre vollkommenen Lippen zittern und zucken. Ich gönne ihr eine kurze Pause, bis sie sich wieder gefangen hat. Ich bin hin und her gerissen, was ich von ihr halten soll. Ihre Schultern sinken noch weiter nach vorn. Mit gebeugtem Rücken sitzt sie wie ein Häufchen Elend vor mir und knetet ihre Finger. »Was ist genau mit Stig passiert? Wer hat ihm das angetan … mit seinem Gesicht?«

»Das wissen wir nicht. Noch nicht. Aber um Klarheit zu erlangen, was genau geschehen ist, brauchen wir deine Hilfe«, antworte ich. »Du hast ihn von allen wahrscheinlich am besten gekannt. Gibt es vielleicht jemanden, mit dem er Ärger hatte? Hatte Stig Feinde?«

»Nein«, kommt es schnell. »Stig war der liebenswerteste Mensch, den man sich nur vorstellen kann. Er hatte keine

Feinde. Er war ein guter Mensch. Ich verstehe das alles nicht. Warum fragst du mich so was?« Wieder strömen ihre Tränen wie Schmelzwasser.

»Weil Stig keines natürlichen Todes gestorben ist. Stand der Ermittlungen zum jetzigen Zeitpunkt ist, dass er durch Fremdeinwirkung getötet worden ist. Und dafür muss es einen Grund geben.«

Jetzt starrt sie mich mit großen, erschreckten Kulleraugen an. Dann wischt sie sich ein paar Tränen aus dem Gesicht. »Es war kein Unfall?«

Ich schüttle den Kopf.

»Ich wüsste keinen Grund, warum jemand Stig schaden wollte«, sagt sie leise.

»Kannst du mir erzählen, was du gestern gemacht hast, wo du während des Rennens gewesen bist und warum du so schnell am Tatort warst?«

Sie denkt einen Augenblick nach und runzelt die Stirn. »Ich bin am Start gewesen, um dabei zu sein, wenn das Rennen losgeht. Danach bin wieder nach Hause gefahren. Stig wollte nicht, dass ich während des ganzen Rennens an der Strecke bin. Das würde ihn nur ablenken, hat er gesagt. Ich habe aber mit Sofia vereinbart, dass sie mich regelmäßig anruft und mich informiert. So wusste ich immer, wo er gerade ist und wie das Rennen läuft.« Sie seufzt. »Dann habe ich lange nichts mehr von Sofia gehört und sie schließlich selbst angerufen, um zu fragen, was los ist. Und dann hat sie mir gesagt, dass Stig wohl zusammengebrochen sei.« Sie atmet heftig ein und aus, bevor sie mit zitteriger Stimme atemlos fortfährt. »Ich bin sofort losgefahren. Und dann habe ich es mit eigenen Augen gesehen.«

Sie bricht ab, vergräbt ihr Gesicht in den Händen und weint bitterlich.

Ratlos sitze ich neben ihr. Ich habe noch viele Fragen, aber ich will keinen weiteren Nervenzusammenbruch riskieren. Ich warte, ob sie sich wieder fängt.

Nach einigen Minuten hebt sie den Kopf. »Wie geht es denn jetzt weiter? Kann ich wieder in unser Zuhause zurück?«

Ich lehne mich zurück. »Wann wirst du denn entlassen?«

»Morgen, denke ich, aber ...«

Ich verstehe ihre Frage. »Da wird die Spurensicherung den ganzen Tag in Stigs Haus sein. Könntest du vorerst irgendwo anders unterkommen, vielleicht für ein, zwei oder drei Nächte?«

Dana schaut mich an, dann nickt sie. »Ja.«

»Ich sorge dafür, dass du schnellstmöglich wieder zurückkannst, wenn du das möchtest. Das Haus ist ja kein Tatort. Aber ich weiß nicht, wer das alles erben wird. Du und Stig, ihr ward ja nicht verheiratet.« Niemand nimmt das Wort *Testament* in den Mund. »Wir müssen abwarten, was die Ermittlungen zutage fördern«, sage ich. »Eine Frage hätte ich noch.«

Sie sieht mich erwartungsvoll an.

»Du stammst aus Deutschland. Was hat dich in diesen entlegenen Winkel Schwedens geführt?«

»Ich bin vor etwas mehr als drei Jahren hierhergezogen. Wegen eines anderen Mannes. Er stammte aus Gällivare. Nur leider hatte ich das nicht mit ihm abgesprochen, und so hatte ich erst hier erfahren, dass er in Wahrheit schon verheiratet war. Kurz darauf ist er mit seiner Familie weggezogen«, erzählt sie. »Aber mir hat es hier oben gefallen, und darum bin ich geblieben. Ich liebe diese Region, die Landschaft, die Ruhe. Ich gehe wahnsinnig gerne in die Natur, im Sommer wie auch im Winter.«

»Dann gehst du vermutlich auch jagen?«

Sie schüttelt entschieden den Kopf. »Nein, jagen ist nichts für mich. Ich mag Waffen nicht.«

»Verstehe.« Das soll mir fürs Erste genügen. Ich erhebe mich, um zu gehen. »Vielen Dank für dieses Gespräch. Ich würde mich dann morgen bei dir melden, sobald wir mit der Spurensicherung fertig sind und wir neue Erkenntnisse haben. Außerdem möchte ich dich bitten, Jokkmokk vorerst nicht zu verlassen. Wir werden im Lauf unserer Ermittlungen sicher noch einige weitere Fragen haben. Vielleicht könntest du in der Zwischenzeit darüber nachdenken, wer eventuell doch ein Motiv haben könnte, Stig zu schaden. Jeder Name könnte uns helfen.«

Sie nickt.

»Eine letzte Frage habe ich noch: Kennst du die Kombination von Stigs Safes?«

Sie schüttelt den Kopf. »Nein. Die hat er mir nicht verraten, und ich wollte sie auch gar nicht wissen.«

Ich verabschiede mich von ihr mit dem Hinweis, Stillschweigen zu bewahren, und eile davon. Auf dem kurzen Weg vom Krankenhaus zu meinem Auto kann ich spüren, wie die Temperatur deutlich sinkt. Kalter Wind peitscht mir ins Gesicht. Die eisige Luft sticht in der Nase. Ich stecke die Hände in die Taschen meines hüftlangen Daunenanoraks. Schnell steige ich in meinen Volvo, verlasse Jokkmokk und fahre weiter in Richtung Randijaur.

Auf der Heimfahrt kreisen meine Gedanken um den aktuellen Fall und die Hürden, vor denen ich hier stehe. Im arktischen Jokkmokk laufen Ermittlungen völlig anders als in Stockholm. Allein dass ich einen Tag auf die Spurensicherung warten muss, macht mich nicht froh. Und wer weiß, wann ich ein Obduktionsergebnis zur Todesursache bekomme.

Ich verlangsame meine Fahrt. Ein paar Rentiere staksen entlang der Straße durch den tiefen Schnee, und ich muss damit rechnen, dass sie unvermittelt auf die Fahrbahn springen. Aber diesmal unterlassen sie ihr selbstmörderisches Verhalten. Ein Stück weiter ist von zwei Rentieren nur der behaarte Leib zu sehen, weil sie mit den Beinen sowie ihrem Kopf komplett im Schnee stecken, während sie sich mit der Schnauze durch die Schneedecke bis zum Boden wühlen, um dort nach Fressbarem zu suchen. Es ist ein sehr lustiger Anblick, der mir ein Lächeln ins Gesicht zaubert. Ich fahre im Schritttempo an der Rentiergruppe vorbei und hoffe, dass sie nicht diesem Idioten zum Opfer fallen, der sich hier als Rentiermörder geriert. Wir werden ihm das Handwerk legen, das steht außer Frage.

14

Als ich mit einbrechender Dunkelheit daheim eintreffe, erwartet mich Daniel bereits. Er hat heute beim Eisfischen drei riesige Lachsforellen gefangen, und eine davon genießen wir wenig später mit frischem Gemüse. Ich vermeide es, beim Essen von den Ermittlungen zu erzählen, stattdessen lausche ich Daniels Erzählungen von seinem heutigen Ausflug zum

Eisfischen, wie er an einer bestimmten Stelle, die Anglerglück verspricht, mehrere Löcher in die dicke Eisdecke über dem See gebohrt hat, bevor er dann seine Angelruten samt Köder ins Wasser hängen konnte. Dann gilt es, geduldig zu warten, die Köder regelmäßig und ruhig zu bewegen, bis ein Fisch anbeißt. Das kann stundenlanges Ausharren bedeuten. Doch plötzlich wechselt Daniel das Thema. Ob dieser Vorfall unseren Urlaub gefährdet, will er von mir wissen. Ich nicke schweigend.

»Das dachte ich mir schon«, antwortet Daniel. »Aber ich bleibe trotzdem diese Woche zu Hause. Ich werde jagen und fischen gehen.«

Nach dem Essen erzähle ich ihm ausführlich von meinen Ermittlungen und dem mysteriösen Ergebnis der Leichenschau heute Morgen. Wie immer hört Daniel aufmerksam zu, ohne mich zu unterbrechen. Doch ich kann erkennen, wie hellhörig er bei der Beschreibung der Schusswunde wird. Also zeige ich ihm die Fotos von dieser Wunde.

»Ich glaube, ich weiß, welche Waffe euer Täter benutzt haben könnte«, sagt er, nachdem er alle Fotos vom Schädel des Toten eingehend studiert hat.

»Echt? Du weißt, was das verursacht hat?«, frage ich perplex.

Daniel nickt bedächtig. »Ja, ich kenne solche Eintrittswunden. Diese hier könnte von einem Schuss mit einem speziellen Jagdpfeil von einer Hochleistungsarmbrust stammen.«

»Einer Armbrust?«

»Das muss dann aber ein echter Könner gewesen sein«, meint Daniel nachdenklich. »Selbst für einen gut trainierten Scharfschützen ist es extrem schwierig, ein bewegliches Ziel mit einem Pfeil so genau zu treffen. Das geht eigentlich nur frontal. Der Schütze müsste sozusagen hinter Stig gelauert haben, und er muss auch die Strecke zuvor gut ausgekundschaftet haben. Es wird nicht viele Punkte geben, wo ein solches Vorhaben in dieser Art möglich ist.«

»Könntest du das?«

»Was?«

»So einen Treffer landen?«

»Ich?« Daniel legt den Kopf zur Seite. »Mmh … mit etwas Training und gut eingestelltem Material … Ich würde sagen, ja.«

»Wer noch?«

Er zuckt mit den Schultern. »Keiner von hier. Ich würde ihn sicherlich kennen.«

Super, denke ich missmutig, keiner von hier. »Diese Tat muss von langer Hand geplant worden sein«, sage ich nachdenklich, »Stig war kein Zufallsopfer.«

Daniel steht auf und verschwindet in seinem Jagdzimmer, wo er in einem monströsen Stahlschrank seine Waffen aufbewahrt. Er kehrt mit einer großen Armbrust und einem Köcher zurück.

»Wenn es eine solche Waffe gewesen ist, sollte der abgeschossene Pfeil dort draußen noch irgendwo sein«, sagt er ruhig und legt die große Armbrust vor mir auf den Tisch. Diese Waffe strahlt eine Eiseskälte aus wie eine arktische Nacht im Januar. Tatsächlich habe ich eine solche Armbrust noch nie gesehen.

»Ich wusste gar nicht, dass du so eine furchtbare Waffe hast.«

»Das ist keine furchtbare Waffe«, widerspricht Daniel gelassen. »Im Gegenteil.« Er studiert sie konzentriert. »Ich hatte sie lange nicht in der Hand, sie stand die ganze Zeit ungenutzt in meinem Waffenschrank.«

Ich betrachte diese Armbrust mit größtem Unbehagen. Einerseits wirkt sie archaisch, anderseits wie ein High-Tech-Instrument. Vorsichtig hebe ich sie an. Sie wiegt schwer in meinen Händen. Dann lege ich sie an, drücke das hintere Ende gegen meine rechte Schulter, als würde ich schießen wollen, und schaue durch das Zielfernrohr. Ich habe das Gefühl, jemand würde mir Eiswasser ins Herz injizieren. Mit diesem unguten Gefühl lege ich das Ding zurück auf den Tisch.

»Was für eine grauenvolle Waffe«, entfährt es mir erneut. »Wer braucht denn so etwas? Und warum hast du so ein Ding?« Ein leiser Vorwurf liegt in meiner Stimme.

»Weil es eine perfekte Waffe für absolut lautloses Jagen ist«, meint Daniel ungerührt. »In der richtigen Situation tötet sie atemberaubend schnell und bei einem sauberen Treffer völlig schmerzlos. Und sie schreckt keine anderen Tiere auf, weil sie wirklich lautlos funktioniert. Eine perfekte Jagdwaffe, in der richtigen Situation wohlgemerkt.«

»Und du bist dir sicher, dass Stig mit so einer Armbrust getötet worden sein muss?«, frage ich nach. »Könnte es nicht auch ein Jagdbogen oder so was in der Art gewesen sein?«

»Ausgeschlossen. Damit durchschlägst du keinen Schädel auf diese Entfernung. Das schafft nur so eine Armbrust. Ein Pfeil aus dieser Aculeus 175 erreicht fünfhundert Kilometer in der Stunde, und nur ein solcher Jagdpfeil ...«, er zieht einen aus dem Köcher und legt ihn vor mir auf den Tisch, »... verursacht auf weite Distanz eine solche Wunde und erreicht eine derartige Durchschlagskraft.«

Ich betrachte den schmalen, langen Pfeil, auf den eine spezielle Jagdspitze geschraubt ist. Die Pfeilspitze besteht aus drei Elementen, aus einer kleinen Stahlspitze, die auf einem circa vier Zentimeter langen Stift sitzt, an dem drei rasierklingenscharfe skalpellartige Messer befestigt sind. Daniel nimmt den Pfeil in die Hand und dreht ihn langsam.

»Dieser Pfeil rotiert im Flug um die eigene Achse und bohrt sich so in den Körper. Das scharfe Dreiermesser schneidet sich durch alles hindurch, was sich ihm in den Weg stellt, und geht auch durch Knochen wie durch Butter.«

»Ist so eine Waffe bei uns überhaupt legal?«, frage ich misstrauisch.

»Klar, diese Waffe ist in Schweden erlaubt, aber sie erfordert eine spezielle Waffenbesitzkarte. Und nicht vergessen, Anelie, nicht Waffen begehen Verbrechen, das sind die Menschen, die Waffen benutzen, um ihre Tat durchzuführen. Also wenn dort jemand mit einer solchen Armbrust und so einem Pfeil auf Stig geschossen hat, dann müsste dieser Pfeil noch dort sein.«

»Ich muss sofort Filip anrufen. Er hat auch noch nie eine solche Wunde gesehen. Das ist eine wichtige Information für ihn.« Ich greife nach meinem Mobiltelefon und wähle Filips Nummer. Nach nur wenigen Sekunden nimmt er ab. Ich erkläre ihm ausführlich, was ich von Daniel erfahren habe. »Ich schicke dir gleich ein paar Fotos von Daniels Armbrust und von einem solchen Pfeil«, verspreche ich ihm, bevor ich auflege.

»Eins kann ich dir aber jetzt schon sagen. Eine Frau kann dann eigentlich nicht als Schütze infrage kommen«, beginnt Daniel erneut, als ich mein Telefonat mit Filip beendet habe.

»Wie kommst du darauf?«, frage ich überrascht.

Er drückt mir die Armbrust in die Hände. »Klemm sie mal zwischen deine Beine und versuch, ob du sie spannen kannst?«

Ich stelle die Armbrust gemäß seinen Anweisungen vor mir auf den Boden zwischen meine Füße und greife an die Spannsehne, um sie zu mir zu ziehen. Doch diese lässt sich nicht bewegen.

Daniel reicht mir eine Spannschnur, an der zwei bewegliche Haken mit je einem Griff an dem jeweiligen Ende angebracht sind. »Für die zarten Hände. Damit tust du dich leichter.«

Ich hänge die Spannhilfe ein und ziehe an den Griffen. Die Abschusssehne bewegt sich gefühlt immer noch keinen Millimeter. Ich unternehme einen zweiten Versuch, aber es ist völlig aussichtslos.

»Um so eine Armbrust schussfertig zu machen, brauchst du echt Muckis«, erklärt mir Daniel und grinst breit. »Die Sehne ist brutal stramm. Das dürfte für eine normale Frau nicht machbar sein, höchstens sie ist *Superwoman*.« Er greift nach der Armbrust, positioniert sie zwischen seinen Füßen, nimmt mir die Spannhilfe ab, hängt die Haken an die Sehne und zieht sie unter sichtbarer Anstrengung langsam fast bis in den Einrasthaken, doch kurz vor dem Einhaken bringt er die Sehne genauso langsam wieder zurück in die Ausgangsposition.

»Ein Leerschuss würde die Sehne zerstören, deshalb habe ich sie nicht einrasten lassen«, erklärt er mir.

»Gibt es einen Trick?«, frage ich beeindruckt.

»Keinen Trick. Nur Kraft.«

»Aber eine Frau könnte damit schießen?«

»Schießen ja, spannen eher nein. Ich habe aber gehört, dass es ein Modell gibt, das sich automatisch spannt. Ob diese Waffe allerdings eine so hohe Abschussgeschwindigkeit erzeugt, wie man sie für eine solche Tat braucht, bezweifle ich«, sagt Daniel abwesend, weil er einen Blick auf sein Smartphone wirft. »Die App sagt eine hundertprozentige Chance für Nordlichter voraus. Lass uns was Warmes anziehen und rausgehen.«

In diesem Winter hat es nur sehr selten Nordlichter gegeben, und auf die Vorhersage der Aurora-App ist Verlass. Rasch haben wir uns für einen längeren Aufenthalt in der arktischen Kälte eingepackt. Daniel holt zwei Klappstühle aus der Abstellkammer, ich schnappe mir eine Tasche, in die ich zwei Gläser und eine Flasche Rotwein packe, außerdem zwei warme Decken, dann stapfen wir beide hinunter auf den zugefrorenen See und machen es uns bequem.

Die Dunkelheit ist schwärzer als schwarz, aber über uns glimmen Milliarden kleine Leuchtpunkte am Himmel. Selbst ein Sternenhimmel in der Karibik könnte mit diesem Anblick nicht konkurrieren. Ich lege den Kopf in den Nacken und schaue in die unendliche Dunkelheit, in die irgendwer kleine Nadelstiche gebohrt haben muss, durch die das funkelnde Licht hindurchscheint. Schon dieses Sternenmeer versetzt uns in ehrfurchtsvolles Staunen. Mir scheint, als würde ich hinter der ersten Galaxie eine zweite und dahinter eine dritte sehen können.

»Wir können unmöglich allein hier im Universum sein«, murmele ich.

»Mit Sicherheit nicht«, stimmt mir Daniel zu. »Schau. Es geht los.«

Eine erste grünliche Schliere schleicht sich über unseren Köpfen langsam heran. Dieser Vorbote eines Nordlichts gleitet über den Himmel, noch zögerlich, fast unentschlossen, doch auf einen Schlag verändern sich Form und Farbe. Anfangs ist das Grün kaum zu ahnen, aber mit jeder Sekunde vertieft sich die Farbe, bis sie in einem satten Neongrün erstrahlt. Das Universum startet wie angekündigt seine magische Lichtshow für uns. Ich ziehe einen Handschuh aus und greife nach Daniels Hand, die er tief in die Jacke seines Anoraks geschoben hat.

»Das ist so unfassbar schön«, flüstere ich leise. »Danke, dass du mich hierher verschleppt hast.«

Daniel grinst. »Du bereust es nicht, alles in Stockholm aufgegeben zu haben, um dein Leben hier im eisigen Polarkreis mit einem nordischen Jäger zu teilen?«

Ich beuge mich zu ihm. »Was könnte es Besseres geben? Außerdem bist du doch die Liebe meines Lebens«, füge ich hinzu.

»Und du meine.«

In bauschenden Wellen breitet sich über unseren Köpfen das Nordlicht aus. Die Choreographie ist nicht vorhersehbar, jedes Nordlicht ist einzigartig. Aus anfänglichen schmalen, leuchtenden Streifen erwachsen breite Lichtkaskaden, die in weichen und schwingenden Bewegungen vor einer dunklen Leinwand umhertanzen, fluoreszierende Schleier, die weiterziehen und sich auflösen, um neuen Formationen Raum zu geben. Die Farben wechseln heute von Grün in Pink und Orange. Der ganze Himmel glüht.

15

Am nächsten Morgen brechen Daniel und ich gemeinsam auf, um nach diesem Pfeil zu suchen. Wir haben uns sehr warm angezogen, weil die Wettervorhersage Temperaturen von minus fünfzehn Grad vorhergesagt hat, was nicht viel ist, sich aber bei einem stundenlangen Aufenthalt im Freien unaufhaltsam in den Körper schleicht. Die Sonne scheint von einem fast wolkenlosen Himmel und wird uns zusätzlich ein wenig Wärme schenken.

Auf dem Trailer haben wir zwei Schneemobile vertäut. Während der Fahrt informiere ich Sigge telefonisch über Daniels Verdacht. Ich bitte ihn, herauszufinden, wer hier in der Region eine Armbrust besitzt. Doch Sigge will unbedingt bei der Pfeilsuche helfen, daher lasse ich mich umstimmen. Ich rufe Arne an und frage ihn, ob er die Recherche nach den hiesigen Armbrustbesitzern übernehmen kann. Außerdem bitte ich ihn, die Kollegen der Spurensicherung aus Lulea, die in ein paar Stunden in Jokkmokk eintreffen sollten, zu Stigs Anwesen zu begleiten und mich zu informieren. Ich werde dann dazustoßen.

Sigge erwartet uns bereits am Parkplatz des früheren Versorgungspunktes, der gerade abgebaut wird. »Kommt es jetzt zu dieser berühmten Suche nach der Nadel im Heuhaufen?«, begrüßt er uns aufgekratzt.

Der schwedische Hüne steckt in einem blauen Overall. Dazu

trägt er eine Pelzmütze mit Ohrenschützern und eine verspiegelte Sonnenbrille. Wer es nicht besser weiß, würde annehmen, er ginge schick gestylt auf eine Polarexpedition. Ich atme die kalte, frische Winterluft ein und blase sie mit dampfendem Atem aus, während die Männer routiniert die beiden Schneemobile vom Hänger fahren. Als diese startklar sind, nimmt Sigge hinter Daniel auf dessen Skooter Platz, ich nehme den anderen. Daniel fährt voraus auf der Spur, die wir beim letzten Mal gelegt haben. Er steht mit leicht gebeugten Knien auf dem Skooter und balanciert ihn mit seinem Körpergewicht. Mein Gefährt schneidet sich dahinter mit lautem Brüllen durch den Schnee.

Am Ziel angekommen, stellen wir die Schneemobile ab und stapfen die letzten Meter durch den Schnee zu der Stelle, an der Stig zusammengebrochen ist. Zu dritt schauen wir uns noch mal die Fotos der Liegeposition unseres Opfers an. Ich bin gespannt, was Daniel nun unternehmen wird. Diesmal werde ich nur Beobachterin sein und auf seine Fähigkeiten als Jäger und Spurenleser vertrauen. Er bittet Sigge, sich wie das Opfer in den Schnee zu legen. Danach stellt er sich dahinter und geht einen Schritt rückwärts, um herauszufinden, wie Stig vor dem Sturz positioniert gewesen sein muss. Dann lässt er Sigge genau an dieser Stelle eine Skiabfahrtshaltung einnehmen. Das Gelände ist leicht abschüssig und hat es den Läufern erlaubt, kraftsparend Tempo zu machen, erfahren wir von Daniel. Da ist es wieder, dieses Besondere an ihm, sein Jagdinstinkt ist förmlich greifbar. Konzentriert und fokussiert geht er langsam um Sigge herum, bleibt seitlich vor ihm stehen und schaut sich genau die Umgebung der möglichen Schussrichtung an. Wir beobachten Daniel genau. Plötzlich verändert sich sein Blick, und ich spüre, wie mir ein leichter Schauer über den Rücken läuft.

»Stig war ungefähr einen Kopf größer als du, Anelie, oder?«, fragt Daniel.

»Ja«, antworte ich.

»Könntest du jetzt bitte die Position von Sigge einnehmen?« Sigge und ich tauschen die Plätze.

»Bleib bitte hier stehen, Anelie. Und du, Sigge, kommst mit mir«, sagt Daniel und stapft davon.

Ich sehe den beiden nach, wie sie die leichte Anhöhe hinaufsteigen. Der Warnschrei eines Vogels erschallt aus dem Nadelwald. Ich schaue mich suchend nach ihm um, kann ihn aber nicht entdecken. Daniel hätte ihn gesehen. Ich weiß seit Langem, dass er diesen besonderen Instinkt hat. Was er wahrnimmt, geht weit über das Offensichtliche hinaus. Er kann immer sofort sehen, welchen Punkt jemand ansteuert, wo die beste Schussposition ist oder wo sich der Schütze verstecken würde. Ich drehe mich um und sehe Daniel in der Ferne, wie er zielstrebig durch den wadenhohen Schnee hinauf zu dem sanft ansteigenden Wald pflügt. Sigge ist hinter ihm. Dann verschwinden beide aus meinem Blickfeld.

Während ich allein auf meinem Posten verharre, lasse ich meinen Blick über die endlose weiße Landschaft und die Berge in der Ferne an der Grenze zu Norwegen gleiten. Dorthin wollten wir eigentlich übermorgen aufbrechen, jetzt ist dieser Plan Vergangenheit. Wir werden das nachholen, beschließe ich und vergesse für einen kurzen Moment den Grund, warum wir hier sind. Es ist schön hier, nein, es war schön hier bis vorgestern, denke ich. Dieser grausame Mord hat diese Schönheit zum Erstarren gebracht wie die Hand der Schneekönigin, die allein durch ihre Berührung ein Herz vereisen kann.

16

Während Sigge hinter Daniel hergeht, hat er zum ersten Mal Gelegenheit, sich in Ruhe eine Armbrust aus der Nähe anzusehen. Daniel hat seine Armbrust mitgebracht und trägt sie auf dem Rücken geschnallt. In Sigges Augen ist es eine sehr martialische und bedrohlich aussehende Waffe.

»Was denkst du, Daniel, warum hat sich der Mörder für diese Tatwaffe entschieden?«, fragt er, während er hinter Daniel hergeht.

Daniel bleibt kurz stehen und dreht sich um. »Weil sie lautlos tötet. Ein Schuss hätte viele aufgeschreckt und sofort seinen Standort verraten. So konnte er ungesehen wieder verschwinden.« Dann geht er weiter.

Nach ungefähr hundert Metern bleibt er erneut stehen. Als Sigge zu ihm aufgeschlossen hat, versteht er sofort, warum. Hier sind deutlich die Spuren eines Schneemobils und Fußabdrücke zu erkennen.

»Wir brauchen unser forensisches Team hier«, murmelt Sigge leise, während er auf die Spuren starrt.

Als er sich schließlich zu Daniel umdreht, kniet dieser in der Deckung eines großen Felsens am Boden. Er hat die Armbrust im Anschlag und visiert offensichtlich Anelie durch das Zielfernrohr an. Dabei dreht er leicht an der Schärfe, wobei er unverändert seinen Anschlag hält, und zwar ohne jegliches Zittern, wie Sigge erstaunt bemerkt.

Dann setzt Daniel abrupt die Waffe ab und steht auf, ohne seinen Blick aus seiner Blickrichtung zu nehmen. »Von hier hat er geschossen. Der Läufer vor Stig hatte Glück, dass ihn der Pfeil nicht ebenfalls durchbohrt hat. Wenn er nicht Stigs Kopf, sondern etwas tiefer getroffen hätte, hätte es vermutlich zwei Tote gegeben.«

»Verdammt, vielleicht wollte er gar nicht Stig, sondern Sergei töten?«, sagt Sigge irritiert.

Daniel schüttelt den Kopf. »Nein, er hatte es auf Stig abgesehen.«

Sigge beobachtet Daniel ganz genau und muss sich ein weiteres Mal eingestehen, dass dessen Fähigkeiten ihn extrem faszinieren.

»Du wärst ein verflucht guter Ermittler geworden«, stellt er beeindruckt fest. »Hat die Polizeiarbeit dich eigentlich nie interessiert?«

Statt einer Antwort dreht sich Daniel langsam zu Sigge um. »Wie lange seid ihr eigentlich schon ein Paar?«

»Äh … ich verstehe nicht?«, stottert Sigge total überrumpelt.

»Na, du und meine Schwester?«

Sigge ist vollkommen perplex. Er und Liv waren unglaublich vorsichtig gewesen. Er spürt, wie seine Kehle staubtrocken wird und ihn schlagartig eine Hitzewelle durchflutet. Er verlagert unbehaglich das Gewicht von einem Fuß auf den anderen.

»Äh … ja … äh … wir wollten es langsam angehen und … erst etwas sagen, wenn wir uns ganz sicher sind«, stammelt er.

»Aber das seid ihr doch längst«, stellt Daniel ungerührt fest und taxiert Sigge mit festem Blick.

Sigge fühlt sich von Daniels Blick förmlich wie an einen Baum genagelt. »Hat Liv von uns erzählt?«, fragt er mit krächzender Stimme.

»Kein Sterbenswort«, antwortet Daniel mit einem leichten Grinsen.

Sigge steht stocksteif da.

»Entspann dich, Sigge, alles ist gut.« Daniel kommt ein paar Schritte näher und streckt seine Hand aus. »Ich denke, Liv und du, ihr zwei passt gut zusammen. Willkommen in unserer Familie. Und von mir erfährt niemand etwas.« Er schüttelt kurz Sigges Hand, dann macht er auf dem Absatz kehrt und lässt ihn stehen.

Sigge blickt ihm nach, und ihm wird bewusst, wie sehr er Daniel bewundert und wie sehr er ihn mag. Er erinnert sich an dessen Suche nach Anelie, damals in den Bergen, als es um Leben und Tod ging.

»Dieser Kerl ist echt unglaublich …«, murmelt Sigge zu sich selbst.

17

Mich fröstelt. Das pausenlose Verharren hat die Kälte in meinen Körper kriechen lassen. Hier unten in der Talsohle hat sich Kaltluft angesammelt, und ich kann sehen, dass ein Wetterumschwung bevorsteht. Über unseren Köpfen bauen sich unaufhörlich immer größere dunkle Kumuluswolken auf. Inzwischen habe ich gelernt, die hiesigen Wetterphänomene zu deuten. Diese Wolken werden im Laufe des Tages Schnee bringen, und dieser Schnee wird alle Spuren begraben. Die Zeit drängt.

»Kannst du bitte hierherkommen, Anelie?«, höre ich Daniel mit lauter Stimme aus dem Wald rufen.

Endlich werde ich erlöst. Ich mache mich sofort auf den Weg und laufe Daniel, so schnell ich kann, entgegen, auch um mich aufzuwärmen.

»Habt ihr etwas gefunden?«, frage ich atemlos, als ich ihn auf halber Strecke treffe.

»Schau selbst«, erwidert er grinsend und geht, ohne zu stoppen, an mir vorbei.

Natürlich hast du etwas gefunden. Schnell laufe ich die Anhöhe hinauf. Sigge ist bereits damit beschäftigt, Fotos von den Spuren zu machen, als ich bei ihm eintreffe. Als Hilfsmittel benutzt er einen Zollstock, um die Fußabdrücke so genau wie möglich zu dokumentieren.

»Die stammen von unserem Täter«, sage ich langsam.

Sigge nickt. »Mit Daniels Hilfe sind wir ihm einen großen Schritt näher gekommen. Jetzt suchen wir den Pfeil.«

Ich verharre einen Augenblick hier oben und schaue mir alles an. Hier hat der Mörder also gelegen und auf sein ahnungsloses Opfer gewartet. Ein seltsamer Gedanke überfällt mich. Was, wenn wir wüssten, dass wir heute sterben müssen, dass es die letzten Schritte sein werden, die wir gehen, die letzten Atemzüge, die wir tun? Was, wenn einem der Mensch, dem man täglich begegnet, uns tief in seinem Innern Böses wünscht? Würden wir es überhaupt erkennen, wenn wir unserem Mörder gegenüberstünden? Könnte es Stig so ergangen sein, kannte er seinen Mörder, ohne es zu ahnen?

»Daniel sagte etwas Eigenartiges hier oben. Wenn der Schütze nicht Stigs Kopf, sondern tiefer getroffen hätte, hätte der Pfeil auch Sergeis Körper durchbohrt.«

Ich schaue Sigge entgeistert an, doch er winkt sofort wieder ab. »Daniel ist sich aber trotzdem sicher, dass der Schütze auf Stig gezielt hat.«

»Ich glaube auch nicht, dass es um Sergei ging«, sage ich entschieden. »Stig sollte sterben. Der Schuss war perfekt platziert und hundertprozentig tödlich. Er hätte problemlos noch einen zweiten Pfeil abfeuern können, um nach Stig auch Sergei zu töten. Niemand wusste in diesem Moment, was geschehen war. Sergei war völlig schutzlos. Aber das hat der Mörder nicht getan. Er hatte sein Ziel getroffen. Wir werden aber trotzdem auch alle anderen Möglichkeiten bei unseren Ermittlungen in Betracht ziehen.«

Sigge und ich gehen zurück zu Daniel, der unten steht und in den Wald hineinstarrt, als wolle er ihn hypnotisieren. Ich muss an Sigges Worte von vorhin denken, es ist tatsächlich die berühmte Suche nach der Nadel im Heuhaufen.

»Glaubst du, wir haben überhaupt eine realistische Chance, diesen Pfeil hier zu finden?«, frage ich Daniel skeptisch. »Der Schnee ist durch Verwehungen verdammt hoch, und es gibt unendlich viele Bäume hier.«

»Wir müssen sehr konzentriert und aufmerksam sein. Jedes kleinste Zeichen kann extrem wichtig werden. Er könnte zum Beispiel einen Baum gestreift und seine Richtung verändert haben«, sagt Daniel nachdenklich. »Ich schlage vor, ich laufe in der Mitte und gebe Richtung und Tempo vor. Ihr bleibt jeweils einen großen Schritt rechts und links von mir! Los geht's!«

Augenblicklich setzt sich Daniel in Bewegung. Wir schließen uns ihm an. Zentimeter für Zentimeter suchen wir jeden Baum und die Umgebung ab. Wir setzen immer nur einen halben Fuß vor den anderen, doch die Zeit verrinnt, und unsere Suche bleibt erfolglos. Mir ist kalt, ich habe Hunger und Durst. Ich bin mir sicher, den anderen geht es ebenso. Aber sie lassen sich nichts anmerken, und so beiße auch ich die Zähne zusammen.

Nach zwei weiteren Stunden mühseliger, aber erfolgloser Suche bin ich kurz davor, diese Aktion hier abzublasen, als mir an einem Baum etwas Eigenartiges ins Auge sticht. Es sieht aus wie eine Kerbe, die fast horizontal am Baum verläuft. Ich mache Daniel darauf aufmerksam. Er kommt zu mir und schaut sich meine Entdeckung an.

»Hier hat der Pfeil diesen Baum mit seiner Spitze gestreift und die Richtung gerändert«, stellt er fest. Er zwinkert mir zu. »Gut erkannt, Anelie.«

Meine Hoffnungslosigkeit fliegt davon wie ein aufgeschreckter Vogelschwarm. Diese Entdeckung verleiht uns neuen Auftrieb. Sofort richten wir uns anhand meines Fundes neu aus und setzen hochmotiviert unsere Suche fort.

»Hier ist er!«, ruft Daniel plötzlich. »Ich hab ihn!«

Er hat tatsächlich den Pfeil entdeckt, der knapp unter der Schneegrenze kaum sichtbar in einem Baumstamm steckt. Ein breites Grinsen überzieht sein Gesicht. Daniel zückt sein Messer und befreit den Pfeil vorsichtig aus dem Stamm, um ja keine Spuren zu verwischen. Ich fische mein Telefon aus der Jackentasche, um Filip anzurufen, erreiche aber nur seine Mailbox: »Filip, wir haben den Pfeil! Wir haben ihn tatsächlich gefunden. Ich lasse ihn dir heute noch bringen.«

Danach rufe ich Ylva an und informiere sie über die neuesten Entwicklungen. Ich brauche die Forensiker nicht nur in Stigs Anwesen, sondern auch hier am Tatort zur Spurensicherung und das so schnell wie möglich, bevor die Schneefront kommt und alle Spuren unter dem Neuschnee verschwinden. Ylva ist einverstanden, und sie informiert mich über das Ergebnis, das die in meinen Augen sowieso überflüssige Überprüfung der thailändischen Familie ergeben hat. Jeder hat eine ordnungsgemäße Aufenthaltsgenehmigung und eine Arbeitserlaubnis, woran ich nie einen Zweifel hatte. Über Dana hat sie nichts Nennenswertes herausgefunden.

»Lasst uns jetzt zurückfahren«, rufe ich den beiden zu, als ich mein Telefonat beendet habe.

»Moment noch«, höre ich Daniels Stimme hinter mir. »Ich würde mir gerne noch einmal die Spuren am Ort des Schützen ansehen, bevor eure Spurensicherer alles zertrampeln.«

Sigge und ich wechseln einen kurzen Blick.

»Denkst du, dass wir etwas übersehen haben oder übersehen werden?«, frage ich.

»Das kann ich nicht sagen. Ich weiß ja nicht, was ihr seht«, meint Daniel und grinst mich an.

Zu dritt steigen wir noch einmal die Anhöhe hinauf und durchqueren das Wäldchen.

»Du hast vorhin zu Sigge gesagt, dass der Pfeil auch Sergei hätte durchbohren können, wenn der Schütze nicht Stigs

Kopf, sondern tiefer getroffen hätte. Könnte es vielleicht doch sein, dass nicht Stig das Opfer sein sollte, sondern Sergei. Was glaubst du?«

»Was denkst du?«, fragt Daniel und dreht sich zu mir um.

»Ich glaube, Stig sollte sterben.«

»Ja, das sehe ich auch so«, stimmt mir Daniel zu. »Wenn er geplant oder versehentlich zuerst Stig erschossen hätte, wäre es kein Problem gewesen, mit einem zweiten Schuss danach Sergei zu töten. Wie ich schon sagte, diese Waffe tötet absolut lautlos. Keiner der Anwesenden dort wusste, was geschehen ist. Dem Schützen wäre genug Zeit für einen zweiten Schuss geblieben.«

Wir gehen weiter bis zur Abschussstelle. Schweigend betrachten wir alles noch einmal ausgiebig. Ich schaue zu Sigge, der mit den Schultern zuckt. Auch mir fällt nichts Neues auf.

»Und was siehst du, was wir nicht sehen?«, frage ich Daniel deshalb.

»Diese Schuhabdrücke«, murmelt er.

»Ich habe sie gemessen, Schuhgröße neununddreißig«, sagt Sigge.

»Das ist eher klein, wenn wir von einem männlichen Täter ausgehen«, stelle ich fest.

Ich selber trage Größe vierzig. Auch wenn ich zu diesem Zeitpunkt nichts ausschließen kann und möchte, kann ich mir nach Daniels Erklärungen und meinen Versuchen, diese Armbrust zu spannen, eine Frau als Schützen nur schwer vorstellen.

»Hast du die Tiefe des Schuhabdrucks gemessen und dir auch die Breite der Skooterspur, vor allen Dingen aber die Fahrspur als Ganzes angesehen?«, fragt Daniel.

Sigge schüttelt verständnislos den Kopf.

»Die Breite der Raupenspur deutet auf einen Tiefschnee-Skidoo-Schneemobil hin«, erklärt uns Daniel. »Seht ihr die Fahrspur? Das ist definitiv ein ungeübter Fahrer gewesen. Überall kann man erkennen, dass er das Gleichgewicht auf dem Fahrzeug nicht richtig halten konnte. So ein Tiefschneeskooter ist sehr sensibel und verzeiht keine Fahrfehler. Auch der Einfahrwinkel in den Winterweg dort drüben … so fährt kein geübter Fahrer. Er kann hier nicht aufgewachsen sein. Hier lernen die Kinder schneller, ein Schneemobil zu fahren, als zu laufen.«

Doch eine Frau? Ich weiß aus Erfahrung, dass diese Tiefschneeschlitten wirklich schwer zu fahren sind und dass man viel Kraft braucht, um sie sauber zu lenken und in der Spur zu halten. Oder ein Fremder, der nur für diesen Mord angereist ist?

»Könnte ein Leihfahrzeug gewesen sein«, überlegt Sigge laut. »Wir müssen alle Verleiher überprüfen.«

»Die Fußabdrücke sind für diese kleine Schuhgröße extrem tief«, fährt Daniel fort. »Entweder ist die Person sehr schwer, oder sie hat etwas sehr Schweres getragen. Dann muss sie wiederum sehr kräftig sein. Und seht ihr, wie die Abdrücke im Schnee aussehen? Sigge, du solltest die Tiefe im Abdruck vorn und hinten messen. Diese Abdrücke sehen auf jeden Fall sehr ungewöhnlich aus. Und dann ist da noch die Schussposition hinter dem Felsen. Der Schütze muss längere Zeit hier verbracht haben. Er hatte extra ein Rentierfell mitgebracht. Wenn er nur kurz hier gewesen wäre, hätte er das nicht gebraucht. Der Schnee unter dem ausgelegten Fell ist stark komprimiert und hart. Eure Techniker werden bestimmt Fellhaare sicherstellen können. Der Schütze hat hier längere Zeit auf sein Opfer gewartet, und seine Waffe lag auf einem vorbereiteten Sandsack, wie dieser Abdruck beweist. Er war sich seines Standortes sehr sicher, also war er ganz bestimmt häufiger hier, und er hat sich gut getarnt, mit Kleidung und allem, was dazu gehört, sonst hätte er das nicht riskiert. Aber ...« Daniel macht eine kurze Pause.

»Was aber?«, frage ich elektrisiert.

»Er ... oder sie ... ist zwar ein extrem guter Schütze, aber kein erfahrener Jäger. Diese vielen Spuren, die er hinterlassen hat, sprechen eine zu deutliche Sprache.« Daniel schüttelt den Kopf. »Nein, er hat nicht viel Erfahrung hier draußen. Doch er hat eindeutig Schießerfahrung. Er hat diese Stelle gut ausgekundschaftet.« Daniel zeigt mit seinem Kopf in Richtung der Stelle, an der das Opfer sterben musste. »Etwa hundert Meter hinter der Stelle, an der Stig getroffen wurde, hängt ein Windfähnchen an einem Baum, um Windrichtung und Windstärke zu berechnen. Der Schütze war also mehrfach hier und hat alles gut vorbereitet. Aber er muss woanders geübt haben. Das konnte er hier nicht tun. Das ist, was ich hier sehe.«

Mein Telefon klingelt schrill und zerreißt die kurze Stille, die nach Daniels Ausführung entstanden war. Es ist Arne. Ich sehe auch, dass der Akku meines Smartphones bereits im roten Bereich ist. Die Kälte frisst die Batterieladung unfassbar schnell auf. Arne informiert mich, dass er mit den Kollegen aus Lulea auf dem Weg zu Stigs Anwesen ist. Ich werfe einen Blick auf meine Armbanduhr. Während unserer Suche ist die Zeit verflogen.

»Wir müssen zurück«, sage ich zu Daniel und Sigge. »Die Kriminaltechniker aus Lulea sind da.«

Wir treten den Rückweg an, fahren mit den Schneemobilen zurück zu unseren Autos und verladen sie auf den Hänger. Dann brechen wir auf.

18

Daniel fährt nach Hause, Sigge und ich müssen weiter nach Vaikijaur. Dreißig Minuten später treffen wir auf Arne und das Trainerpaar vor Stigs Haus.

»Hej, hej«, begrüße ich die drei. »Wie viele Kollegen sind denn gekommen?«, will ich von Arne wissen.

»Vier. Und einer für die Safes.«

»Scheiße«, fluche ich leise, als ich die geringe Zahl höre, und will mich an Arne vorbeischieben. Doch er hält mich zurück und drückt mir Papieroverall, Latexhandschuhe und Schutzüberzieher für Schuhe und Kopf in den Arm.

»Aber das ist kein Tatort«, protestiere ich, »und wir waren da schon drin.«

»Ihr sollt das anziehen, ansonsten darf ich euch nicht reinlassen, sagt Nils.« Arne bedenkt uns mit einem süffisanten Lächeln und versperrt mir den Weg. »Befehl ist Befehl.«

Widerwillig schlüpfe ich in die Schutzkleidung, die verhindern soll, dass wir einen Tatort mit Haaren, Hautschuppen und Fasern unserer Kleidung kontaminieren. Sigge und ich haben hier allerdings längst unsere Spuren hinterlassen.

»Brauchst du mich hier?«, will Arne wissen.

Ich schüttle den Kopf. Sigge und ich betreten wie zwei Teletubbies das Blockhaus. Wir gehen durch die Eingangshalle, dann durch die linke offene Tür in den Wohnbereich. Ich entdecke dort drei andere Teletubbies, die damit beschäftigt sind, die Oberflächen nach Spuren und Fasern abzusuchen. Wir begrüßen uns mit einem stummen Nicken. In der Küche stoßen wir auf Nils Bergquist, den Chef der Truppe. Wenigstens ein Lichtblick, denke ich. Ich kenne ihn noch aus meiner Zeit in Stockholm, bis er sich nach Lulea hat versetzen lassen. Ich bin froh, dass er hier ist. Nils ist ein sehr kompetenter Kollege.

»Hej, Nils«, begrüße ich ihn, von dem nur das Gesicht unbedeckt ist.

Der Rest steckt wie bei uns in einem weißen Schutzanzug. Auf seinem vom Alkohol aufgedunsenen Gesicht, das genauso wie die gewaltige Nase in der Mitte von einem rot und blau schimmernden Netz aus feinen Adern überzogen ist, breitet sich ein Lächeln aus. Schweiß glänzt auf seiner Stirn.

»Anelie, da hast du uns ja was ganz Feines serviert«, sagt er. Er macht eine ausholende Bewegung. »Ich hatte ja nicht die blasseste Ahnung, dass sich hier oben im Polarkreis auch Superreiche niedergelassen haben. Ich dachte, die sitzen alle im Süden. Wem gehört denn diese schicke Bude?«

»Unserem Mordopfer«, antworte ich. »Wir haben inzwischen herausgefunden, von wo und mit was er erschossen wurde. Diesen Tatort müsst ihr euch auch noch vornehmen.«

»Okay, aber zuerst hier. Wonach suchen wir denn?«, will Nils wissen.

»Gute Frage. Wenn du es gefunden hast, wissen wir, wonach wir gesucht haben.«

»Verstehe. Na ja, mit Fingerabdrücken sieht's echt mau aus«, stellt er fest. »Irgend so ein Putzteufel hat einfach alles abgewischt. Klinisch sauber, die Bude. Hier findest du rein gar nichts mehr, was auf menschliches Leben hindeuten könnte. Hier gibt's noch nicht mal Einzeller.« Er verzieht sein Gesicht, als wäre ihm ein Elch auf den Fuß getreten.

»Ich weiß, aber schau dich bitte trotzdem mit deinem Röntgenblick um, ob dir irgendetwas auffällt«, sage ich zu ihm. »Checkt danach bitte auch das Gästehaus, in dem die beiden Trainer wohnen. Und nehmt von den beiden zum Abgleich die Fingerabdrücke und eine DNA-Probe.« Damit lasse ich ihn stehen und gehe weiter in Stigs Arbeitszimmer.

Vor dem Stahlschrank kniet ein weiterer Teletubbie und hantiert an einem Laptop, das vor ihm auf dem Boden steht. Auf dem Bildschirm laufen in rasend schnellem Tempo Zahlenkombinationen und Buchstabenreihen herunter. Was er da genau macht, verstehe ich nicht im Entferntesten, aber es sieht ziemlich kompliziert aus. Ich stelle mich vor und erfahre, dass Henry von der Herstellerfirma kommt. Er schaut mich mit großen Augen hinter seiner Brille an, die in ihrer Dicke an Glasbausteine erinnert.

»Wie lange wirst du brauchen?«, will ich von ihm wissen und mache mich auf eine stundenlange Warterei gefasst.

»Hab's gleich«, meint Henry gelassen.

Nach wenigen Augenblicken klappt er den Laptop zu. Dann tippt er eine Zahlenkombination in das Display auf der Tresortür ein, die kurz darauf mit einem leisen Klicken aufspringt.

»Nummer eins«, sagt er. »Jetzt nehme ich mir den anderen

vor. Wenn wir Glück haben, hat der Besitzer hier dieselben Zahlen verwendet.« Ein erneutes Klicken gewinnt meine Aufmerksamkeit. »Dachte ich mir's doch, dieselben Zahlen«, sagt Henry und beginnt unverzüglich damit, seine Sachen zusammenzupacken.

»Verrätst du mir die Safekombination?«

Ich zücke mein Mobiltelefon und tippe die Zahlen ein, die er mir diktiert. »0 – 4 – 0 – 4 – 8 – 2«, wiederhole ich. Ich kenne diese Zahlen. Da hätte ich auch von selbst darauf kommen können, ärgere ich mich.

»Gibt's sonst noch etwas, was ich für euch tun kann?«, fragt er uns.

»Kann man dich mieten?«, meint Nils, der mittlerweile zu uns gestoßen ist, mit einem schelmischen Gesichtsausdruck. »Zum Beispiel für den Safe in der Landesbank von Lulea?«

Henry reißt die Augen so weit auf, dass sie hinter den dicken Brillengläsern wie zwei riesige Kugelfische in einem Aquarium wirken. Dazu rollt sein kehliges Lachen durch den Raum. »Wenn ich den aufmachen wollte, wofür bräuchte ich dann dich?« Dann wirft er mir einen vielsagenden Blick zu.

»Zum Tragen der Beute zum Beispiel«, meint Nils schulterzuckend.

Wieder rollt ein tiefes Lachen aus Henrys Kehle. »Vielleicht komme ich darauf zurück.«

Mit dieser Antwort gibt sich Nils zufrieden. Ich bedanke mich bei Henry für seine schnelle Hilfe und verabschiede mich von ihm. Als er verschwunden ist, ziehe ich die Safetür komplett auf. Der Schrank ist in mehrere Fächer unterteilt. Hier hat Stig viele Unterlagen aufbewahrt. Während Nils den

Schrank nach Fingerabdrücken absucht, stöbere ich vorsichtig durch den Inhalt des Safes, hole einen Aktenordner heraus und werfe einen Blick hinein.

»Das sind Steuerunterlagen«, stelle ich fest und lege den Ordner hinter mich in einen der Plastikcontainer, die Nils dort bereits zum Abtransport hingestellt hat.

Weitere Ordner und Mappen wandern aus dem Schrank durch meine Hände und nach einem flüchtigen Blick hinein in die Containern. Bislang hat nichts mein Interesse geweckt. Mit Stigs Finanzen müssen sich die Kollegen in Lulea auseinandersetzen. Dafür habe ich weder das geschulte Personal noch die Zeit. Mich interessieren ausschließlich die Auswertungen. Nach und nach leere ich den Schrank zu einem Drittel, ohne dass ich etwas von Belang finden kann.

Nils wirft einen Blick in eine Unterlage. »Er hat mit Bitcoins extrem viel Kohle gemacht«, stellt er beeindruckt fest.

Ich zucke mit den Achseln. Davon verstehe ich nichts.

»Wonach suchst du denn?«, will Nils wissen. Ich glaube, eine gewisse Ungeduld in seiner Stimme zu hören, was nicht verwunderlich ist angesichts der wenigen Spuren, die es hier für einen Spurensucher zu finden gibt.

»Ein Testament zum Beispiel.«

»Soll ich mich mal ein bisschen nützlich machen?«, fragt er. »Zeit hätte ich im Überfluss.«

Ich verstehe seine Anspielung und trete beiseite, um Nils den Schrank zu überlassen. Er braucht keine dreißig Sekunden, bis er mit einem Umschlag vor meinem Gesicht herumwedelt.

Ich nehme ihm den Umschlag ab, auf dem »Testament« steht.

»Schade nur, dass ich es nicht öffnen kann«, seufze ich. »Kannst du in Lulea Druck machen, damit ich möglichst schnell den Inhalt dieses Testaments erfahre?«

»Klar, denn wer den ganzen Schotter erbt, hat schließlich ein starkes Motiv«, meint Nils zutreffend.

Ich suche nach etwas Handschriftlichem auf Stigs Schreibtisch. Eine Notiz über irgendwelche Aktien, die er vermutlich kaufen oder verkaufen wollte, fällt mir in die Hände.

»Nimm diese Vergleichsprobe mit, falls wir ein grafologisches Gutachten brauchen«, sage ich zu Nils.

Unter Umständen muss ein geschulter Blick darüber entscheiden, ob Stig sein Testament tatsächlich selbst geschrieben hat. Es wäre nicht die erste Fälschung, die durch das Gutachten eines Handschriftexperten als solche entlarvt wird.

»Gibt es vielleicht eine Frau, die alles bekommt?«, stellt Nils die naheliegende Frage. »Vielleicht wollte sie nicht warten und alles sofort für sich haben. Soll ja schon vorgekommen sein.« Er grinst schief.

»Sie hat ein Alibi. Und das ist auf den ersten Blick auch wasserdicht.«

»Ach weißt du, ganz gleich, wie gut man etwas geplant hat, wenn man an einem Ort gewesen ist und jemanden umgebracht hat, während man behauptet, an einem ganz anderen Ort gewesen zu sein, kann man den zeitlichen Ablauf niemals hundertprozentig sicher machen. Es wird immer Risse geben, selbst wenn es nur Haarrisse sind. Und wenn wir uns darauf konzentrieren und zu graben anfangen, werden diese kleinen Risse größer und schließlich das gesamte Lügengebäude zum Einsturz bringen.«

»Absolut richtig«, stimme ich ihm zu. »Dann müssen wir nur noch diese Risse finden.«

»Ich gebe mein Bestes.«

Ich ziehe die Tür des anderen Stahlschranks auf und erblicke diverse Jagdwaffen und eine Armbrust.

Nils pfeift leicht durch die Zähne. »Was haben wir denn hier«, sagt er und deutet auf die Armbrust.

Auch ich starre die Waffe verblüfft an. »Das ist ja sehr seltsam. Mit so einer Waffe ist unser Opfer ermordet worden. Den Mordpfeil habe ich im Auto. Den gebe ich dir für die Untersuchung mit.«

»Da haben wir doch unseren ersten Riss. Ich werde alle Waffen hier nach Spuren untersuchen lassen«, sagt Nils. »Aber der Täter wird ja wohl kaum die Mordwaffe im Safe des Opfers deponiert haben, oder?«

»Ihr solltet mal herkommen«, ruft einer von Nils Männern, »Ich habe etwas Interessantes entdeckt.«

Nils und ich reißen uns los und gehen hinüber.

»Anelie, das ist Ole, meine Superspürnase. Ole, das ist Anelie, unser Supercop«, macht Nils uns miteinander bekannt.

Ole ist ein Riesenteletubbie, der seinen weißen Anzug stramm ausfüllt. Am Abdruck seiner Muskeln und seiner Statur tippe ich auf Bodybuilding. Er erinnert mich ein wenig an die Filmfigur Hulk. Wir folgen ihm in die Küche, wo er den Weinkühlschrank öffnet und ein Fach herauszieht. Dahinter liegt gut versteckt eine kleine Box. Er nimmt sie heraus.

»Die muss da hinuntergerutscht sein, oder sie wurde dort gezielt deponiert«, meint Ole. Er öffnet die Box. Darin liegen ein paar kleine Fläschchen, Ampullen und Schachteln. Nils und ich werfen einen Blick darauf.

Ich schaue Ole ratlos an. »Was ist das denn für Zeug?«

Er legt den Kopf zur Seite. »Ich tippe auf Dopingmittel.«

»Dopingmittel?«, wiederhole ich verblüfft.

»Er hat gedopt?«, fragt Nils genauso überrascht wie ich.

Ole kratzt sich am Hals. »Wenn man wie ich viel Zeit in der Muckibude verbringt, kriegt man so einiges mit und auch angeboten. Unter der Hand versteht sich, und natürlich interessiert es mich, was die da so verkaufen.«

»Aber Stig war Amateur«, entgegne ich.

Ole lacht kurz auf. »Die sind am allerschlimmsten, wenn's um leistungssteigernde Mittel geht.«

»Dann klär uns mal über deinen Verdacht auf«, sagt Nils.

»Ich bin kein Fachmann, aber soviel ich weiß, ist das hier ein Asthmamittel«, er deutet auf eine Packung, »das aber auch im Ausdauersport sehr beliebt ist. Damit bekommt man mehr Sauerstoff in die Lungen.« Er legt es zurück und nimmt eines der Fläschchen heraus. »Epoetin«, liest er vom Etikett. »Das könnte auf EPO hindeuten.« Er tauscht das Fläschchen gegen eine Ampulle. »Und hier handelt es sich um ein anaboles Steroid zum Muskelaufbau, glaube ich. Aber das muss sich ein Fachmann ansehen.«

Nils stößt einen leisen Pfiff aus.

»Ich kann es gar nicht glauben, dass Stig mit unfairen Mitteln versucht hat, den Wettkampf zu gewinnen«, sage ich und erinnere mich augenblicklich an Mattis Beschreibung, dass Stig immer gewinnen wollte, egal wobei.

»Dieses Zeug hier sieht allerdings nicht wie der übliche

Kram vom Schwarzmarkt aus«, sagt Ole. »Das hier kann er nur von einem Arzt oder Apotheker bekommen haben.«

»Ich bin mir sicher, ihr werdet herausbekommen, was das ist und woher es stammt. Und ich werde Filip informieren, damit er alle notwendigen Laboruntersuchungen veranlasst«, sage ich.

»Wir nehmen uns die Müllcontainer draußen vor. Vielleicht finden wir da noch mehr von diesem Zeug«, sagt Nils.

Ole tippt sich zustimmend an die Stirn.

»Und vielleicht bietet die Überwachungsanlage ja auch noch eine Quelle für weitere Überraschungen«, schlage ich vor.

»Mal sehen«, meint Ole mit einem kumpelhaften Lächeln und entblößt bräunliche Zähne, die mir verraten, dass er Kautabak im Mund hin und her schiebt. Eine schreckliche Gewohnheit, die hier weit verbreitet ist.

Dann macht er sich gemeinsam mit Nils über die technische Anlage her. Es beruhigt mein Gemüt, den beiden Kriminaltechnikern bei ihrer professionellen Spurensuche zuzusehen. Im Grunde tun wir das Gleiche. Wir suchen nach Antworten, nur auf unterschiedliche Art und Weise. Allein sind wir nichts, aber im Team unschlagbar.

»Es existieren keinerlei Aufzeichnungen von den Überwachungskameras.« Nils' Worte beenden meine Hoffnungen auf bewegte Bilder abrupt. »Da wurde nie etwas aufgezeichnet. So gesehen, ist es im Prinzip nur eine Attrappe.«

Wäre auch zu schön gewesen.

19

Mein Magen knurrt bedenklich. Nils wirft mir einen fragenden Blick zu. Offensichtlich kann er meinen laut winselnden inneren Wolf knurren hören. Ich streife Handschuhe und Schuhüberzieher ab und entledige mich endlich des lästigen Schutzanzuges. Nils nimmt mir die Sachen ab und stopft sie in einen großen Abfallbeutel, in dem auch seine und Oles Sachen landen.

»Ihr macht hier allein weiter«, weist Nils seine beiden anderen Mitarbeiter an. »Nehmt euch auch das Gelände, das Gästehaus, den Fitnessbereich und den Fuhrpark vor. Wir brauchen außerdem die Fingerabdrücke und DNA-Proben von den beiden im Gästehaus. Wenn ihr fertig seid, könnt ihr direkt nach Lulea fahren. Wartet nicht auf mich.«

Ich beauftrage Sigge, ebenfalls hierzubleiben. »Wir treffen uns dann später in der Polizeistation, wenn ihr hier fertig seid.«

Dann gehen Nils, Ole und ich zu unseren Autos.

»Fahrt mir hinterher!« Ich steige in meinen Volvo und fahre los.

Zum Glück habe ich im Auto ein paar Proteinriegel, die ich während der Fahrt schnell vertilge. Bei der Polizeistation angekommen, hänge ich den Trailer mit dem Schneemobil an meinen Wagen. Dazu brauche ich keine Hilfe. Außerdem hole ich die Geschosse, die Arne von den getöteten Rentieren sichergestellt hat. Dann setzen wir unsere Fahrt fort und erreichen eine gute halbe Stunde später dasselbe Ziel wie am Morgen. Ich bringe zuerst Nils mit meinem Schneemobil an die Stelle, wo Stig gestorben ist. Dann fahre ich zurück, um Ole zu holen.

»Erzähl mir mal, was hier passiert ist, damit ich mir ein Bild von der Situation machen kann«, bittet mich Nils, als ich mit Ole zurück bin.

»Am späten Samstagnachmittag ist genau an dieser Stelle Stig Eriksson während des *Nordenskiöldsloppet* zusammengebrochen und auf den Läufer gefallen, der vor ihm gefahren ist. Anfangs schien es, als hätte dieser Läufer Stig mit dem Skistock ein Auge ausgestochen. Die beiden hatten während des Rennens hart um die Führung unter den Amateuren gekämpft. Bei einer ersten Leichenschau gestern Morgen durch Filip wurde aber klar, dass Stig unmöglich durch einen Stockstoß sein Auge verloren und daran gestorben sein konnte. Inzwischen wissen wir, dass er mit einem Pfeil aus einer Armbrust erschossen worden sein muss. Der Schütze hat von da oben auf Stig geschossen.« Ich deute auf die kleine Anhöhe. »Wir haben da oben Spuren gefunden. Der Täter muss mit dem Schneemobil dorthin gefahren sein. Dann hat er sich auf die Lauer gelegt und gewartet. Außerdem hat er ein Windfähnchen aufgehängt, um gut vorbereitet zu sein«, sage ich mit einem Nicken in die Richtung, die Daniel uns gezeigt hat. »Ich werde mich da oben gründlich umsehen, du checkst hier unten alles und findest dieses Windfähnchen«, weist Nils Ole an und wendet sich zu mir. »Lass uns da hochgehen, Anelie. Es bleibt ja nicht ewig hell.«

»Und Schnee ist im Anflug«, füge ich hinzu. »Was ihr heute nicht findet, ist morgen weg.«

Nils überholt mich mit großen Schritten, offenbar bin ich ihm zu langsam. Auch wenn er den Weg nicht kennt, kann er unseren alten Spuren folgen. Länge und Tempo seiner Schritte zwingen mich beinahe zum Laufschritt, um an ihm dranzubleiben. Oben angekommen, lässt Nils seinen Blick schweifen.

»Ist das schön hier«, sagt er leise, während er sich langsam um seine eigene Achse dreht. »Hier könnte es mir gefallen. Und es ist tausendmal besser als dieses triste Lulea. Hast du nicht einen Job für mich?«

Ich muss grinsen und zucke die Achseln. »Zwischen uns steht eine Frau.«

»Ylva … ich weiß.« Er verzieht den Mund zu einer gequälten Grimasse, die wohl ein Lächeln sein soll, aber völlig verrutscht.

»Ich bin froh, dass sie mich nicht wegrationalisiert hat, wie ursprünglich geplant«, erzähle ich ihm.

»Du bist in Lulea eine Berühmtheit seit deinem letzten Fall. Das hätte man ihr verdammt übel genommen, wenn sie dich aufgegeben hätte. Da hätte auch Leif dazwischengegrätscht.«

»Leif?«, frage ich überrascht.

Nils nickt und beginnt mit seiner Arbeit, während er über die Schulter anfügt: »Er ist ein großer Fan von dir.«

Daniels Jagdinstinkt hat uns hierhergeführt, jetzt muss Nils mit seinem kriminaltechnischen Knowhow alle Spuren finden, sichern, dokumentieren und deuten. Ich kann sehen, wie er in seiner Arbeit aufgeht, vor allem hier, wo es endlich Spuren in Hülle und Fülle gibt, im Gegensatz zu Stigs Haus, das für einen Kriminaltechniker von Nils' Schlag ein steriler Albtraum gewesen sein muss. Er lässt sich von mir Daniels Sicht der Spurenlage schildern und beschäftigt sich lange mit den Fußabdrücken und dem Platz, an dem der Schütze längere Zeit gewartet haben muss. Nils braucht eine gute Stunde, bis er seine Sachen wieder zusammenpackt.

»Ich habe alles. Jetzt würde ich mir noch gerne die Stelle ansehen, wo ihr den Pfeil gefunden habt.«

Ich stapfe los, die Anhöhe hinunter, vorbei an Ole, der auf seinem Koffer sitzt, in dem er sein Werkzeug hat, und einen braunen Brocken Kautabak in den Schnee spuckt. Er wedelt mit einem Plastikbeutel, in dem sich vermutlich das Windfähnchen befindet.

»Mitkommen«, sagt Nils knapp zu ihm im Vorbeigehen.

Zu dritt gelangen wir zu dem Baum, an dem Daniel den Pfeil gefunden hat. Nils beäugt die Stelle, wo der Pfeil erst abgeprallt und danach in den Stamm eingedrungen ist, dann schießt er ein paar Fotos.

»Anelie, ich habe schon einiges über deinen Mann gelesen und gehört. Ich würde Daniel echt gerne mal kennenlernen. Die Art, wie er Spuren liest und welche Rückschlüsse er daraus zieht, sind nicht nur hochinteressant, sondern auch wirklich spannend. Selbst für mich.«

Dann fahre ich die beiden nacheinander mit meinem Schneemobil zurück zu ihrem Auto. Gemeinsam laden wir den Skooter auf den Hänger und vertäuen ihn.

»Eigentlich wäre jetzt Zeit für ein gepflegtes Bierchen«, sagt er, »aber wir fahren sofort zurück nach Lulea.«

Ich setze an, ihn danach zu fragen, wann ich seinen Bericht

bekomme, aber ich schlucke meine Frage hinunter. Ich weiß, dass Nils nicht trödelt.

»Du hörst von mir, sobald ich erste Ergebnisse habe«, sagt er, als hätte er meine Gedanken gelesen. »Und was ist mit dem Pfeil?«

Ich öffne die hintere Seitentür meines Volvos und hole den Pfeil heraus, der fein säuberlich in einer großen Plastiktüte verpackt ist.

»Damit ist Stig umgebracht worden«, erkläre ich ihm. »Sein Auge haben wir nicht gefunden. Aber Zellreste davon müssten noch daran halten.«

Nils nimmt den Pfeil in Empfang, wirft einen kurzen Blick darauf und verzieht angewidert das Gesicht. Dann reicht er ihn an Ole weiter. Bevor er mir die Hand zum Abschied geben kann, hole ich ein weiteres Plastiktütchen mit den Geschossen aus den toten Rentieren aus meinem Auto und drücke es ihm in die ausgestreckte Hand.

Er schaut mich verwundert an. »Wurde damit auch noch auf ihn geschossen?«

»Nein, die gehören zu einem anderen Fall. Könntest du die Projektile auf Fingerabdrücke oder sonstige Auffälligkeiten untersuchen lassen?«

»Okay. Brauchst du auch eine Blutuntersuchung?«

»Nein. Ich weiß, von wem das Blut darauf stammt. Ich hoffe nur, dass der Täter eventuell seine Fingerabdrücke oder andere brauchbare Spuren hinterlassen hat.«

»Wer ist das Opfer?«

Ich zögere mit einer Antwort.

Nils spürt mein Zaudern und erlöst mich. »Erzähl's mir ein

andermal. Das hier wird nicht in meinem offiziellen Bericht auftauchen«, meint er und steckt das Tütchen ein. »Bis dann. Hejdo.«

Die beiden steigen in ihren Wagen und fahren davon, und ich trete den Rückweg nach Jokkmokk an.

20

In der Polizeistation treffe ich auf Sigge und Arne, die beide über Unterlagen zu brüten scheinen.

»Hej, hej«, begrüße ich sie und ziehe meine warmen Wintersachen aus. »Habt ihr noch was Interessantes bei Stig entdeckt?«

»Wie man's nimmt. Etwas abseits gelegen hatte er einen Schießplatz«, erzählt Sigge. »Den sieht man nicht auf den ersten Blick, weil er in einem Waldstück versteckt liegt. In der Mitte ist ein Schussfeld gerodet. Er war ja ein passionierter Jäger, wahrscheinlich hat er dort geübt. Aber das muss länger her sein, es gibt keine frischen Spuren dort.«

»Was kannst du uns denn aus deinen Erinnerungen heraus noch Weiteres über Stig erzählen?«, frage ich Arne.

Ich weiß, dass Arne fast jeden hier kennt und noch mehr Geschichten über sie erzählen kann. In dieser Hinsicht ist er ein wandelndes Lexikon auf zwei Beinen und eine lebendige Klatschzeitung.

Arne lehnt sich zurück. »Ich kannte Stigs Eltern besser als ihn. Der Vater war ein hohes Tier bei Vattenfall und viel für den Konzern unterwegs. Seine Frau, Stigs Mutter, hatte er in Finnland kennengelernt, wo sie als Architektin gearbeitet hat. Er hatte sie hergeholt, damit sie ihm dieses Blockhaus baut. Das hat sie auch getan und ist danach gleich geblieben. Sie hat daraus ein Business gemacht und war ebenfalls ziemlich erfolgreich.«

»Dann hat Stig ja ein paar gute Gene mitbekommen«, stellt Sigge fest.

»Aber was hat es ihm genutzt? Jetzt liegt er tot in der Kühlkammer«, brummt Arne.

»Das klingt fast, als würdest du ihm dafür selbst die Schuld geben«, werfe ich ein.

»Nein, so hab ich das nicht gemeint. Aber irgendwer hat es aus irgendeinem Grund böse mit ihm gemeint. Und dazu gehören immer zwei, oder? Und so viel Geld verdienst du nicht, indem du dich an alle Gesetze hältst.«

Ich lasse diesen Gedanken unkommentiert stehen. Wenn Stig sein Geld mit Bitcoins gemacht hat, wie Nils sagte, dann hat er weder etwas Illegales getan noch jemandem geschadet.

»Stig hat es nie an die große Glocke gehängt, dass er reich ist«, erzählt Arne weiter. »Er hat mit seinem Geld nicht geprotzt. Ich denke, die wenigsten hier wissen, wie vermögend er tatsächlich gewesen ist.«

»Hast du die Verleihfirmen gecheckt, Sigge? Und mit dem Flughafen wegen der Privatjets telefoniert?«, frage ich unvermittelt, weil meine Gedanken schon wieder fliegen.

Sigge schlägt sich erschrocken die Hand vor den Mund. »Das habe ich ja völlig vergessen. Ich klemme mich sofort nach unserem Meeting dahinter.«

»Wir kennen noch nicht das Mordmotiv, aber Stigs Reichtum könnte ein Grund dafür gewesen sein, dass er sterben musste«, sage ich. »Vielleicht hat ihm jemand Geld geschuldet, vielleicht hatte er Feinde. Morgen, wenn das Testament endlich geöffnet wird, wissen wir vielleicht mehr.« Ich wende mich erneut Arne zu. »Was kannst du uns noch über Stig erzählen?«

»Soviel ich weiß, hat Stig in Stockholm und später in den USA irgendwas mit Wirtschaft und Finanzen studiert. Danach hat er lange in London und Frankfurt bei Investmentbanken gearbeitet. Wahrscheinlich hat er deswegen auch perfekt Englisch und Deutsch gesprochen.«

»Woher weißt du das?«, hake ich nach.

»Das hat mir seine Mutter mal erzählt.«

»Wann ist Stig hierher zurückgekommen?«

»Vor knapp fünf Jahren, als sein Vater überraschend gestorben ist. Seitdem hat er mit seiner Mutter auf dem Anwesen gelebt. Sie ist dann vor knapp drei Jahren gestorben.«

Genau in dieser Phase hat er Dana kennengelernt, schießt es mir durch den Kopf. »Wir haben es also mit einem internationalen Business-Mann zu tun, der lange im Ausland gelebt hat und erst seit fünf Jahren wieder hier wohnte«, fasse ich zusammen. »Dann muss Stig auch entsprechende internationale Kontakte gehabt haben. Was ist mit seinem Mobiltelefon? Irgendeine Nachricht dazu aus Lulea?«

Sigge rollt mit den Augen. »Noch nichts.«

»Mach bitte Druck, wir brauchen diese Informationen dringend«, sage ich. »Außerdem müssen wir Dana Novaks Verbindungsdaten überprüfen. Sie war nicht beim Rennen, hat aber mit Sofia in Kontakt gestanden. Wir überprüfen, wo ihr Telefon eingeloggt war.«

Sigge nickt.

»Seine beiden Trainer waren nur Montag bis Freitag mit Stig zusammen, nie an den Wochenenden«, fahre ich fort. »Das müssen wir überprüfen, ob sie tatsächlich immer nach Norwegen geflogen sind. Sie wollen nicht gewusst haben, wie und mit wem Stig an den Wochenenden seine Zeit verbrachte. Ich werde dazu morgen noch einmal Sanya und Arun befragen. Sie müssen doch irgendetwas mitbekommen haben.«

Ich werfe einen Blick auf meine Armbanduhr. »Filip sollte eigentlich schon längst ein paar Ergebnisse von der Obduktion für uns habe. Ich rufe ihn mal an.« Sekunden später habe ich ihn am Telefon und stelle auf laut.

»Das Opfer wurde zweifelsfrei von so einem Armbrustpfeil getötet«, bestätigt Filip. »Wenn ich morgen den Pfeil untersucht habe, den ihr gefunden habt, kann ich euch auch sagen, ob es sich dabei tatsächlich um unseren Tatpfeil handelt, wovon nach Lage der Dinge auszugehen ist.«

Ich erzähle Filip bei dieser Gelegenheit persönlich von den Medikamenten, die wir gefunden haben.

»Ich werde alles Notwendige veranlassen, aber das dauert etwas länger, bis wir die Laborergebnisse bekommen, wenn die Medikamente überhaupt noch nachweisbar sind«, sagt er und legt auf.

»Es steht also fest, dass Stig mit einer Armbrust erschossen wurde«, wende ich mich wieder an Arne und Sigge.

»Dann muss das ein echter Scharfschütze gewesen sein«, erwidert Arne.

»Wer verfügt hier über derartige Fähigkeiten?«, frage ich. »Müsste der Schütze dazu nicht vielleicht sogar eine militärische Vergangenheit haben?«

»Nicht zwingend. Aber ich habe schon mal herausgefunden, wer hier offiziell eine Armbrust besitzt«, wirft Arne ein. »Es sind in Norrbotten nur vier Besitzkarten erteilt worden. Stig besaß eine. Dann ist da ein Typ namens Albin Holgersson aus Vuollerim sowie ein Frans Sandberg aus Gällivare. Und Daniel.« Arne sieht mich streng und forschend an, doch schnell überzieht ein Lächeln sein Gesicht. »Ich wette, Daniel könnte einen solchen Schuss ausführen. Wenn er nicht dein Mann wäre und wir ihn nicht persönlich kennen würden, stünde er jetzt unter Generalverdacht. Das ist dir doch klar, oder?«, meint Arne mit einem Grinsen.

»Sofort festnehmen«, sage ich mit ernstem Gesicht. Dann grinse ich. »Aber er hat ein Alibi. Also wenn wir ihn mal außen vor lassen, was wissen wir über die anderen beiden?«

»Dieser Albin ist schon einige Male durch häusliche Gewalt auffällig geworden«, fährt Arne fort. »Und Frans ist Mitglied in einem Schützenverein und gilt dort als der beste Schütze.«

»Dann kämen beide grundsätzlich infrage«, meint Sigge, »aber es wäre auch ziemlich dumm, wenn ausgerechnet einer von ihnen mit seiner Armbrust einen Mord begehen würde.«

»Wir werden die beiden befragen und deren Waffen auf Spuren untersuchen lassen«, sage ich. »Wir bestellen sie für morgen ein, mit ihren Waffen. Könnt ihr sie vorladen?«

Beide nicken.

»Nils wird übrigens die Projektile aus den toten Rentieren kriminaltechnisch untersuchen«, informiere ich Arne.

Er steht auf, geht an seinen Schreibtisch und kommt mit einem Laptop zurück. »Anas Laptop.«

Ich nehme den Laptop an mich. »Ich fahre auf dem Rückweg

bei Liv vorbei.« Damit erhebe ich mich. »Wir sollten für heute Schluss machen«, schlage ich vor. »Sigge, du wohnst doch sicher wieder im Akerlund während dieser Ermittlung. Ich komme mit. Wir müssen noch einmal mit Sergei reden, nur um sicherzugehen, dass er nicht das eigentliche Ziel gewesen ist.«

»Äh ... ja, okay.«

21

Wir treffen Sergei im Hotelrestaurant beim Abendessen und setzen uns zu ihm. Ich berichte ihm kurz von unseren neuesten Erkenntnissen zum Mord und der Mordwaffe.

»Armbrust?«, wiederholt Sergei sichtlich erschüttert. »Deswegen keine Geräusch. Er einfach umfallen.« Er legt sein Besteck beiseite und schiebt den Teller weg. Offensichtlich ist ihm der Appetit vergangen. »Wer tun das?«

»Das müssen wir herausfinden ... Sergei, ich muss dich etwas Wichtiges fragen«, hebe ich an. »Hast du Feinde? Gibt es jemanden, der dir nach dem Leben trachtet?«

»Ja«, antwortet er ungerührt.

Irritiert lehne ich mich zurück. »Wir müssen sichergehen, dass der Pfeil tatsächlich Stig gegolten hat und nicht womöglich dir.«

Sergei verzieht sein Gesicht zu einem schiefen Grinsen. »Wenn jemand mich umbringen, dann nicht hier, sondern zu Hause«, antwortet Sergei gelassen. »Schon versucht. Nicht geklappt. Habe Bodyguards.«

Ich sehe mich um.

»Nicht hier, in Heimat. Hier sein alles gut.«

Meine Mutmaßung scheint ihn in keiner Weise zu beunruhigen.

»Wie kannst du dir da so sicher sein?«, frage ich.

»Niemand wissen, dass ich hier bin und bei Rennen …«, erzählt er in seinem gebrochenen Schwedisch. »Haben nix erzählt.«

»Das heißt nicht, dass es niemand gewusst hat«, widerspreche ich. »Du musstest dich vor vielen Wochen dafür anmelden, ein Hotel buchen. Jemand könnte das mitbekommen haben.«

Er schüttelt den Kopf. »Nicht möglich. Ich wollte diesmal nix Rennen machen. Meine Bruder, er angemeldet. Aber dann krank sein und ich eingesprungen. Niemand wissen von Tausch.«

Die Sache wird immer verworrener, denke ich. Wenn Sergei gar nicht vorgehabt hatte hierherzukommen und nur kurzfristig die Position seines Bruders eingenommen hat, dann konnte ein Mörder nicht geplant haben, Sergei ausgerechnet hier zu ermorden.

»Wann hast du dich entschieden, statt deines Bruders nach Jokkmokk zu kommen und am Rennen teilzunehmen?«

»Donnerstag. Freitag herfahren. Samstag Rennen. Sonntag heim. Das Plan«, sagt Sergei. »Ich haben ganze Jahr mit meine Bruder immer trainiert … Ich fit, er aber besser als ich … und jünger.«

Sigge und ich wechseln kurz die Blicke. Aber ich sehe nur in ein ratloses Gesicht.

»Könnte dein Bruder ein mögliches Ziel gewesen sein?«, bohre ich nach.

Sergei lacht. »Igor? Nein. Nur ich. Igor Sportlehrer an Schule. Warum umbringen?«

Ich schaue Sergei fragend an.

»Ich hohe Position in Firma«, fährt er fort. »Da immer Feinde.«

Wir reden noch eine Weile über Sergeis berufliche Situation, aber am Ende sehe ich mich in meiner Vermutung bestärkt. Stig musste sterben, nicht Sergei oder dessen Bruder Igor. Sergei gibt uns zum Abschied seine geheime Mobilfunknummer mit der Bitte, ihn zu informieren, wenn wir Stigs Mörder gefunden haben. Mit diesem Versprechen verabschiede ich mich von ihm und Sigge, von dem ich annehme, dass er ebenfalls gleich im Hotel bleiben möchte. Bevor ich losfahre, rufe ich Liv an, um mein Kommen anzukündigen. Dabei erfahre ich, dass Daniel sie zu uns zum Abendessen eingeladen hat. Umso besser, das erspart mir einen Umweg.

22

Daniel erwartet mich auf unserem Parkplatz am See, wo er lässig auf seinem Schneemobil sitzt.

»Hallo, Schatz«, sage ich, »willst du noch mal weg?«

Daniel steigt ab, kommt näher und gibt mir einen Kuss.

»Wir lassen dein Schneemobil für Liv hier, damit sie nicht übers Eis laufen muss«, erklärt er mir.

Ich setze mich auf Daniels Skooter und lege meine Arme um ihn. So gleiten wir über den zugefrorenen See. Ich genieße die kurze Fahrt bis zu unserem Haus, und es fällt mir leicht, alle Gedanken an die Ermittlungen loszulassen. Im Blockhaus empfangen mich eine kuschelige Wärme und ein köstlicher Duft. Auf dem Herd köchelt Daniels legendäre Rentiersuppe vor sich hin. Hoffentlich kommt Liv bald, denke ich voller Vorfreude auf das Essen. Daniel reicht mit ein Glas Rotwein und prostet mir zu.

»Nachher bist du fällig«, flüstert er mir ins Ohr. Daniels Stimme, gepaart mit seinem Blick, treibt mir eine Gänsehaut über den Rücken.

»Warum warten?«, sage ich leise und knabbere an seinem Ohrläppchen.

Ohne ein weiteres Wort stellen wir unsere Gläser ab, öffnen ungeduldig gegenseitig unsere Hosen und streifen sie samt Unterwäsche ab. Daniel hebt mich auf unseren Tisch, und wir fallen begierig übereinander her. Wie verliebte Teenager treiben wir es ausgelassen und schnell und kommen gleichzeitig zu einem heftigen Höhepunkt.

»Wir müssen uns wieder anziehen, bevor wir hier noch überrascht werden«, sage ich und küsse Daniel zärtlich.

»Aber nur unter Protest. Fortsetzung folgt, versprochen«, erwidert er.

Sein Lachen wird von dem nahenden Geräusch eines Skooters unterbrochen. In Windeseile schlüpfen wir in unsere Sachen und werden gerade so fertig, als die Tür geöffnet wird und wir ein lautes »Hej, hej« vernehmen.

Liv bleibt im Eingang stehen, sieht uns amüsiert an und fragt mit einem süffisanten Lächeln: »Störe ich etwa?«

»Nein, nein«, antworte ich, obwohl ich mich ertappt fühle und meine Wangen heiß sind.

»Ich habe jemanden mitgebracht. Ich hoffe, das ist okay für euch. Ich würde euch gerne meinen neuen Freund vorstellen«, sagt Liv, schlüpft aus ihren Schuhen und ihrer Jacke.

»Äh … ja … natürlich«, antworte ich verdutzt und werfe Daniel einen fragenden Blick zu, der jedoch nur die Achseln zuckt, sich weiter ungerührt um seine Suppe kümmert und dabei laut ruft: »Komm rein, Sigge.«

Meine Kinnlade klappt schlagartig nach unten.

»Hej, hej.« Sigges Begrüßung schallt durch die Eingangstür.

Mit offenem Mund bewege ich den Zeigefinger meiner rechten Hand zwischen Liv und Sigge hin und her, während die beiden mich angrinsen.

»Moment mal«, sage ich und drehe mich um.

Daniel lehnt lächelnd an der Küchentheke und grinst.

»Du hast das gewusst und hast mir nichts gesagt?« Ich boxe ihm mehrfach leicht auf Brust, Schulter und Arm.

»Wer ist denn hier die Superspürnase?« Daniel lacht und weicht mir geschmeidig aus. »Na, dann kommt schnell rein und lasst uns essen, bevor ich hier noch auf die Bretter gehe.«

Daniel genießt meine Verblüffung sichtlich. Meine Überraschung weicht Neugier.

»Jetzt will ich aber alles wissen? Wie lange geht das denn schon mit euch beiden«, frage ich, während wir gemeinsam den Tisch decken und dann Platz nehmen, um uns über die verführerisch duftende Rentiersuppe herzumachen.

Wir genießen Daniels wunderbares Essen und amüsieren uns köstlich, als Sigge uns erzählt, wie Daniel ihn gefragt hatte, seit wann er schon mit Liv zusammen ist und wie er sich dabei gefühlt hat.

»Ich kann nicht mehr«, stöhnt Sigge nach seinem fünften Teller. »Mannomann, ist die Suppe gut, aber ein Glas von diesem leckeren Rotwein würde ich noch schaffen.« Wir plaudern noch eine Weile ausgelassen, bis Daniel zum Aufbruch bläst. »Sorry ihr zwei, doch jetzt wird es Zeit, ich muss hier noch ein Versprechen wahrmachen.« Sein Blick zu mir spricht Bände.

Bevor die beiden gehen, drücke ich Liv noch den Laptop in die Hand. »Könntest du da mal einen Blick darauf werfen?«, frage ich sie. »Wir brauchen die Absender der Hassmails. Sigge kann dir alles erklären.«

Dann gibt es nur noch Daniel und mich.

23

Eisige Luft umfängt mich, als ich am nächsten Morgen aus dem Haus ins Freie trete. Schlagartig bin ich hellwach wie nach einer kalten Dusche. Ich habe wunderbar geschlafen, nur viel zu kurz, weil es gestern später als üblich geworden ist und ich zu allem Übel auch schon um fünf Uhr früh aufgewacht bin. Um Daniel nicht zu wecken, habe ich mich wie ein Dieb aus dem Schlafzimmer geschlichen. Nun stehe ich auf der Terrasse vor unserem Blockhaus und sehe im Schein meiner Stirnlampe, dass es über Nacht sehr viel geschneit hat. Innerhalb weniger Stunden hat sich die Landschaft komplett verwandelt. Der Neuschnee hat sich, wie von einem Konditor großzügig verteilt, als dicke Sahneschicht über alles gelegt.

Zum Glück haben wir noch rechtzeitig alle Spuren sichern können, so dass ich mich über den Neuschnee nicht grämen muss, der nun sämtliche Spuren begraben hat. Es wäre auch völlig sinnlos, darüber zu lamentieren und sich über die hiesigen Gegebenheiten zu ärgern. Wer im Polarkreis lebt, braucht eine ordentliche Portion Gelassenheit und Geduld. Aber dass wir alle relevanten Spuren gesichert haben, lässt mich diesen frühen Morgen entspannt beginnen.

Ich werfe einen Blick auf das schneebedeckte Dach. Wir müssen es bald von dieser Last befreien, damit es nicht unter dem stetig wachsenden Schneegewicht zusammenkracht oder als Lawine herunterstürzt und uns im schlimmsten Fall darunter begräbt. Das Gleiche gilt für die Eiszapfen, die sich an der Regenrinne gebildet haben und wie Speere herunterhängen. Sie sind zwar hübsch anzuschauen, aber diese Stalaktiten stellen eine echte Gefahr dar. Das alles muss jedoch warten.

Ich wate durch den wadenhohen Schnee zu meinem Schneemobil und starte es. Während es sich warm läuft, fege ich den Schnee vom Sattel und Lenker. Dann fahre ich über den verschneiten, gefrorenen See zum anderen Ufer hinüber und parke es neben meinem Wagen. Bevor ich in meinen Volvo steigen kann, muss ich auch ihn erst von seiner weißen Hülle befreien, was angesichts des staubtrockenen Schnees aber keine große Sache ist.

Meine Fahrt nach Jokkmokk verläuft problemlos, weil der Räumdienst die Straße bereits vom Neuschnee befreit hat. So gleite ich durch die Dunkelheit, während vor mir in meinem grellen Scheinwerferlicht die tief verschneite Winterszenerie wie eine Theaterkulisse erscheint. Gestern sind die Tannen und Fichten noch komplett grün gewesen, heute ist von ihnen nur noch der Umriss zu erkennen.

Trotz des schönen Anblicks merke ich, dass mehr als ein halbes Jahr mit Schnee und Eis allmählich an meinen Nerven zerrt. Es wird Zeit, dass dieser lange Winter zu Ende geht und endlich der Frühling kommt.

Vierzig Minuten später bin ich in der noch verwaisten Polizeistation angekommen, mache mir eine große Tasse Kaffee, schwarz, mit viel Zucker, und trage sie zu meinem Schreibtisch hinüber. Ich schalte meinen Computer an und logge mich in den Zentralrechner ein, um die aktuellen Berichte und Erkenntnisse sofort abzurufen und ohne auf Nachricht aus Lulea warten zu müssen. Seit Liv mir mit ihren Hackerkünsten einen heimlichen Zugang zum Zentralcomputer installiert hat, habe ich glücklicherweise auf alles Zugriff. Von dieser Hintertür weiß Ylva nichts, und ich hoffe, dass es auch so bleibt. Meine früheren Skrupel über diesen nicht genehmigten Zugang sind längst verflogen, diese Hintertür ist Gold wert und erleichtert mir meine Arbeit ungemein.

Zuerst studiere ich in Ruhe Filips Autopsiebericht, der mir allerdings keine wesentlichen neuen Erkenntnisse liefert. Ich weiß, dass Laborergebnisse Zeit brauchen, aber Ungeduld ist mein zweiter Vorname. Ich suche vergeblich nach Angaben zu dem Pfeil, den wir gefunden haben.

Ob dieser Mord die Folge einer perfekten Planung und einer unglaublichen Kunstfertigkeit eines Scharfschützen geschuldet ist oder ob der Mörder nur unglaubliches Glück gehabt hat, ist aufgrund der Spurenlage noch nicht eindeutig entschieden. Ich hege jedoch keinerlei Zweifel daran, dass Stig kein Zufallsopfer gewesen ist. Der Mörder wollte ihn töten. Um ihn zu finden, brauche ich Antworten auf zwei Schlüsselfragen: Was war das Motiv für diese Wahnsinnstat, und woher kannten sich Opfer und Täter? Ich nehme mir Nils' vorläufigen und unvollständigen Bericht zur Spurenlage vor. Die aktuellen Erkenntnisse sind dürftig, weil die labortechnischen Ergebnisse ebenfalls noch auf sich warten lassen.

Der Mangel an Fortschritt zerrt an meinem Geduldsfaden. Fast drei Tage liegt der Mord schon zurück, und wir haben keine einzige heiße Spur. Zeit ist jedoch ein wesentlicher Faktor, je länger wir brauchen, umso kälter wird die Spur. Das verschafft dem Täter einen großen Vorteil, vor allem wenn er möglicherweise nicht von hier stammt und nur zu dem Zweck angereist ist, Stig während des Rennens zu töten. Oder vielleicht hat ihn jemand genau dafür engagiert, und der Auftraggeber ist selbst nie in Erscheinung getreten.

Eine Notiz in Nils' Bericht fesselt mein Interesse. Die kriminaltechnische Untersuchung der Armbrust, die wir in Stigs Waffenschrank gefunden haben, ist ungewöhnlich. Die Armbrust weist keinerlei Fingerabdrücke oder sonstige Spuren auf außer einer starken Abnutzung, was auf häufigen Gebrauch schließen lässt. Diese Information birgt einen offensichtlichen Widerspruch in sich: keinerlei Spuren eines Schützens, obwohl mit der Waffe häufig geschossen worden ist. Dafür kann es nur zwei Erklärungen geben: Entweder hat sich jemand die Mühe gemacht, diese Waffe peinlich genau zu reinigen, was zu Stigs Putzfee Sanya passen würde, die auch in dessen Haus für eine nahezu spurenfreie Sauberkeit gesorgt hat. Oder jemand wollte alle verräterischen Spuren auf dieser Waffe beseitigen, weil sie uns zu ihm führen könnten. Dies würde aber bedeuten, dass es sich bei Stigs Armbrust tatsächlich um die Tatwaffe handelt. Dann würde sich wiederum die Frage stellen, wie der Täter an die Armbrust gelangen konnte. Er müsste sie mehrfach in der Hand gehabt haben, um damit zu üben. Aber warum sollte er sie nach dem Mord wieder in den Safe zurückstellen? Das alles ergibt überhaupt keinen Sinn, und ich kann mir eine solche Vorgehensweise nicht erklären. Denn dann müsste der Mörder nicht nur in engem Kontakt zu Stig gestanden, sondern auch die Safekombination gekannt haben.

Ich lasse diesen Gedanken wie eine Glasmurmel in meinem Kopf hin und her rollen. So absurd diese Vorstellung erscheint, irgendetwas an dem Gedanken lässt mich nicht los. Auf einmal überkommt mich ein beklemmendes Gefühl. Es beginnt tief in meinem Bauch und breitet sich bis in meine Fingerspitzen und Haarwurzeln aus. Ich weiß nicht, was dieses Gefühl zu bedeuten hat, aber es sagt mir, dass hier irgendetwas nicht stimmt. Wer hatte Zugang zu Stigs Waffenschrank? Sanya? Arun? Dana? Sofia? Matti? Soweit uns bekannt ist, haben sich diese fünf Personen im letzten Jahr in Stigs Nähe aufgehalten, waren in seinem Hause gewesen und hätten Zugang zum Waffenschrank erlangen können, wenn sie die Safekombination gekannt hätten, was nicht unmöglich ist.

Ich gehe online, gebe Stig Erikssons Namen ein und versuche, im Internet mehr über ihn herauszufinden. Normalerweise kann man in Schweden sehr viele und sehr private Informationen von seinen Mitmenschen übers Internet erfahren. Es gibt eine offizielle Seite, auf der steht, wo jemand wohnt, welche Personen noch in diesem Haushalt leben, wann und wo er geboren wurde, welche Haustiere er hat, welche Schneemobile und Autos er fährt und so weiter. Wir Schweden geben fast alles preis. Bei Stig jedoch fehlen diese sonst öffentlich zugänglichen Informationen. Dafür kann es nur eine Erklärung geben: Er hat sich *cleanen* lassen. Das habe ich von Liv gelernt, wer nicht gefunden werden will, muss alles, was es im Internet über ihn geben könnte, säubern.

Ich gebe meine Namen ein und werde mit Informationen überschüttet. Wer sich über mich schlaumachen möchte, kann das problemlos. Die Fülle an Informationen über meine Person schockiert mich. Je mehr ich recherchiere, umso größer wird mein Unbehagen. Ich werde Liv bitten, mich auch zu cleanen. Denn ich möchte kein derart offenes Buch sein.

Ich hole mir einen zweiten Kaffee und gehe hinüber in Arnes und Sigges Büro, um mir die Pinnwand anzusehen. Dort haben die beiden inzwischen alle relevanten Fotos befestigt. Mein Verstand beginnt zu surren, Erinnerungen an die vergangenen Tage und Ermittlungsschritte blitzen in chronologischer Ordnung auf. Ich nehme mir methodisch Bild für Bild vor. Die Tatortfotos zeigen die grausigen Details dieses Verbrechens. Niemand hat dort einen Schuss gehört. Genau das muss der Schütze bezweckt haben, um nach dem Mord ungesehen verschwinden zu können.

Mein Blick gleitet über die Aufnahmen vom Auffindeort der Leiche, der Abschussstelle sowie einer Armbrust samt Pfeil. Ich bleibe bei einem Porträt des Opfers hängen, das zeigt, wie er einst ausgesehen hat. Ein durchschnittlich aussehender Mann, der zufrieden auf das blicken konnte, was er in seinem Leben erreicht hatte. Daneben hängen Fotos von Sanya, Arun und deren Sohn sowie von Matti, Sofia und Dana. Sie alle standen in engstem Kontakt zum Mordopfer.

Matti und Sofia haben laut eigener Aussage den ganzen Tag an der Rennstrecke verbracht und Stig betreut. Wäre es ihnen möglich gewesen, sich unbemerkt davonzumachen, um einen Mord zu begehen? Und wenn ja, was wäre dann ihr Motiv gewesen. Ging es um das Doping? Daran habe ich große Zweifel. Denn sie haben durch Stigs plötzlichen Tod eine hohe Gewinnprämie verloren. Noch habe ich sie nicht mit Stigs Doping konfrontiert, ich möchte erst auf die Ergebnisse von Filips Analyse warten.

Sanya und Arun wollen den Samstag im Restaurant verbracht haben, was laut den Aussagen anderer Zeugen der Wahrheit entspricht. Ihr Sohn Huy, den ich noch nicht persönlich befragt habe, soll zum Tatzeitpunkt in Stockholm gewesen sein, wie seine Eltern beteuert haben. Und Stigs Lebensgefährtin will den ganzen Tag zu Hause gewesen sein. Ohne die Verbindungsnachweise können wir das nicht wirklich überprüfen.

Laut Daniel wäre es jedoch unmöglich für eine Frau, die straffe Sehne der Armbrust eigenhändig zu spannen. Dann müsste ihr jemand dabei geholfen haben. Aber laut eigener Aussage hat Dana nichts mit Waffen am Hut, was eine Lüge sein kann. Die Vorstellung, dass Dana als Scharfschützin auf Stig geschossen haben könnte, will allerdings nicht vor meinen Augen erscheinen.

Dann sehe ich mir die spärlichen Hinweise aus der Bevölkerung an. Sie liefern jedoch keinerlei interessanten Informationen. Auf dem Schreibtisch finde ich Sigges Notizen. Er hat sich inzwischen beim Flughafen nach Landungen und Starts von Privatmaschinen erkundigt. Während der vergangenen sechs Monate hat es keine gegeben, was bei diesen winterlichen Wetterverhältnissen kaum verwunderlich ist.

Ich finde auch die endlosen Listen der Autovermietungen. So ziemlich jedes verfügbare Fahrzeug ist während des *Nordenskiöldsloppet* vermietet gewesen. Es wird unmöglich sein, alle Fahrer ausfindig zu machen und zu befragen. Die Zahl ist einfach zu groß. Nichts von alldem bringt mich einen Schritt weiter bei der Aufklärung dieses heimtückischen Mordes. Ohne das Testament stecken wir in einer Sackgasse.

24

Kurz vor sieben Uhr tauchen Sigge und Arne in der Polizeistation auf.

»Warst du über Nacht hier?«, fragt Arne und hebt die Augenbrauen.

Ich überhöre seine Frage.

»Hej, Anelie.« Sigge zieht Handschuhe und Stiefel aus, gefolgt von Mütze, Schal, Anorak und Skihose. Alles landet in der Ecke, wo auch Arne seine Winterkleidung achtlos hinwirft.

Er wirkt ebenso einsatzbegierig wie erholt. Das ist der Vorteil, in den Zwanzigern zu sein, man ist noch immun gegen Schlafmangel und Stress. Mir fehlen definitiv drei Stunden, und diesen Mangel werde ich wohl den ganzen Tag über spüren.

»Wie lange bist du denn schon hier?«, bohrt Arne weiter.

Ich zucke mit den Schultern. »Ich habe ein bisschen recherchiert. Aber das Einzige, was ich in Nils' Bericht finden konnte, ist, dass es auf Stigs Armbrust keinerlei Fingerabdrücke gibt trotz starker Gebrauchsspuren.«

Ich kann an ihren Gesichtern ablesen, dass sie wie ich zuvor über diese Erkenntnis erst einmal nachdenken müssen.

»Jemand schießt häufig mit dieser Armbrust, um sie dann komplett von Fingerabdrücken zu reinigen«, sagt Sigge schließlich. »Das ist doch Bullshit … Könnte der Mörder Stig mit dessen eigener Waffe erschossen haben?«

»Nils wird es uns bald verraten«, hoffe ich.

»Wer aber soll das dann gewesen sein?« Arne runzelt die Stirn. »Sanya oder Arun haben ein Alibi. Sofia? Matti?«

»Die hatten keine Zeit am Renntag. Die waren den ganzen Tag an der Rennstrecke. Dafür gibt es zu viele Zeugen«, sagt Sigge. »Ich habe das recherchiert. Es lässt sich zwar nicht alles lückenlos feststellen, da sie ja immer auch zu den neuen Servicepunkten unterwegs waren, aber dass einer von beiden länger verschwindet, um Stig zu erschießen, ist nicht machbar gewesen. Sie mussten ihn während des ganzen Rennens betreuen und an den jeweiligen Serviceposten bereitstehen. Ich habe mir die Strecke auf der Karte genau angesehen. Das Zeitfenster für so eine Aktion ist einfach zu klein. Und Liv und ich haben uns alle Fotos in den sozialen Medien angeschaut, die während des *Nordenskiöldsloppet* von Zuschauern gepostet wurden. Immer wieder gibt es Bilder von Stig an den Servicepunkten, wo Matti und Sofia bei ihm sind. Ich habe die Bilder auf meinem Rechner, wenn ihr sie auch sehen wollt.«

Ich nicke. »Gut gemacht«, lobe ich Sigge.

Sigge fährt seinen Computer hoch und öffnet die Datei mit den Fotos aus den sozialen Medien.

»Es wurden Tausende Bilder gepostet«, sagt er, »aber Liv hat so ein Gesichtserkennungsprogramm darauf angesetzt, und so konnten wir die Fotos von Stig, Matti und Sofia herausfiltern.«

Wir sehen uns die vielen Fotos gemeinsam an, und zum ersten Mal bekommen wir einen sehr lebhaften Eindruck von Stig und seinen beiden Trainern. Da ich Stig nicht gekannt habe, lasse ich mir Zeit, alle Bilder genau zu studieren.

»Wie gesagt, ich habe die Bilder den jeweiligen Servicepunkten zugeordnet«, erklärt Sigge. »Sofia und Matti mussten immer rechtzeitig an diesen Punkten sein, um Stig zu betreuen. Ich wüsste nicht, wie sie das angestellt haben könnten, an zwei Orten gleichzeitig zu sein.«

»Okay«, sage ich, »lassen wir das mal so stehen. Dann wären da Sanya und Arun.«

»Sie waren definitiv den ganzen Tag im Restaurant«, merkt Arne an. »Dafür gibt es etliche Zeugen. Deren Alibi ist hieb- und stichfest.«

»Was ist mit Huy, ihrem Sohn?«

»Mit ihm habe ich telefoniert«, sagt Sigge. »Er will in Stockholm gewesen sein. Er hat mir zwei Zeugen genannt, die das bestätigt haben. Bleibt momentan also nur diese Dana.«

»Aber sie will den ganzen Tag zu Hause verbracht haben«, sage ich nachdenklich mit Blick auf die Pinnwand, wo ihr Foto hängt. »Außerdem hasst sie Waffen laut eigener Aussage, und es ist eine Tatsache, dass sie allein die Armbrust nicht schussfertig gemacht haben kann. Wir können nur noch die Zeiten der Anrufe überprüfen, ob Sofia und Dana tatsächlich regelmäßig telefoniert haben. Sind die Verbindungsnachweise immer noch nicht da?«

Sigge schüttelt den Kopf. »Was hast du erwartet? Das ist nicht Stockholm.«

»Verdammt«, fluche ich und schlucke alles hinunter, was mir eigentlich über die Lippen kommen will.

»Dann muss es jemand sein, von dem wir noch nichts wissen«, stellt Arne lapidar fest. »Wir suchen den großen Unbekannten.«

»Mal sehen, was die Befragung der beiden Armbrustbesitzer bringt. Die sollten ja jetzt bald hier auftauchen, oder?«, sage ich. »Danach werden wir Sofia und Matti noch mal ausgiebig in die Mangel nehmen. Wie steht's mit den Verleihfirmen der Skooter?«

»Die habe ich alle abgefragt«, antwortet Sigge. »Die hatten zum fraglichen Zeitpunkt sämtliche Schneemobile verliehen. Wir können unmöglich herausfinden, ob der Täter sich eines davon geliehen hat.«

»Wir brauchen nur die Namen derer, die sich ein Tiefschneemobil für Samstag ausgeliehen haben«, widerspreche ich ihm.

»Okay. Aber das waren immer noch über dreihundert. Sollen wir sie alle befragen?«, fragt Sigge.

Ich nicke. »Das müssen wir. Wir teilen uns auf. Jeder nimmt sich hundert vor. Organisierst du uns die Listen mit den Namen und Kontaktdaten?«

Sigge rollt die Augen. »Mach ich.«

Albin Holgersson trifft mit fast fünfundzwanzig Minuten Verspätung ein, aber immerhin erscheint er, und er hat auch seine Armbrust dabei. Sigge nimmt sie ihm sofort ab. Albin lässt sich schwer auf den ihm zugedachten Stuhl in meinem Büro fallen. Er ist ein unscheinbarer Mann mit kurzem Haar und einem ungepflegten Zottelbart. Sein Körper wirkt schlaff, unter seinem Pullover drückt sich ein Schmerbauch heraus, seine rechte Hand ist bandagiert. Ich weiß aus seiner Akte, dass er mehrfach wegen häuslicher Gewalt auffällig geworden ist. In seiner Strafakte sind Fotos von seiner Exfrau zu sehen, die er regelmäßig verprügelt hat. Wenigstens hat sie sich nach Jahren der Misshandlung von ihm getrennt und sich scheiden lassen. Seitdem ist er nicht mehr auffällig geworden. Von seiner äußeren ungepflegten Erscheinung wirkt er völlig harmlos, aber sein Gesicht ist gerötet, und in seinen Augen kann ich ein bösartiges Lodern erkennen. Ich rieche förmlich sein cholerisches Temperament. Diese Eigenschaft spricht gegen mein Täterprofil, das in meinem Kopf immer mehr Gestalt annimmt.

»Du weißt, warum du hier bist?«, beginne ich ohne Umschweife meine Befragung.

Er schüttelt stumm den Kopf. Ich kann sehen, dass er ungeduldig mit dem rechten Fuß wippt.

»Wir ermitteln im Fall Stig Eriksson.«

»Kenne ich nicht.« Albin starrt an mir vorbei, die Finger seiner linken Hand trommeln auf der Tischplatte.

»Willst du gar nicht wissen, warum wir dich einbestellt haben?«

Er hebt kurz den Blick. »Was wollt ihr mit meiner Armbrust?«

»Sie ist für unsere Ermittlungen von Belang. Wir werden sie auf Spuren untersuchen lassen.«

Er lässt ein kurzes Grunzen verlauten.

»Wo warst du am Samstag?«

»Weiß ich nicht mehr«, knurrt er ungehalten.

»Denk nach.«

Es folgt ein langes Schweigen, aber sein Unmut darüber, hier zu sein, strömt aus allen Fasern. Dieser Mann hat definitiv eine kurze Zündschnur, er zählt zu denjenigen, deren Unbeherrschtheit die Adern auf der Stirn sichtbar werden lässt. Mit diesem Temperament kommt dieser elende Stockfisch als Täter nicht infrage. Ich werde die Befragung kurz halten.

»Du hast zwei Möglichkeiten«, sage ich mit ruhiger Stimme. »Entweder du sagst mir jetzt, wo du am Samstag gewesen bist, oder ich behalte dich hier, und du landest bis auf Weiteres in U-Haft.«

Zack und schon brennt seine Zündschnur lichterloh, meine Drohung hat direkt einen Schalter bei ihm umgelegt. Er schlägt mit der flachen Hand auf den Tisch, springt auf und will meinen Arm umklammern. Ich packe seine Finger und biege sie nach hinten, bis er aufstöhnt. Erst dann lasse ich los. Arne stürmt herein, um nach dem Rechten zu sehen. Aber Albin hat sich schon wieder beruhigt. Er sitzt auf dem Stuhl und reibt sich die Hand.

Dann hebt er seine andere Hand, die in einem Verband steckt. »Ich habe mir die Hand gequetscht und war den halben Tag im Krankenhaus.«

»Hier in Jokkmokk?«

»Wo sonst?«, bellt er.

»Wer hat dich behandelt?«

»So 'n Schwarzer«, stößt er verächtlich hervor.

»Dr. Kimbawa?«

Er zuckt mit den Schultern.

»Wann warst du dort? Wie lange?«

Er kratzt sich am Hals. »Muss gegen zwei gewesen sein. Hat ewig gedauert.«

Ich wende mich Arne zu, der immer noch in der Tür steht.

»Könntest du Dr. Kimbawa anrufen und fragen, ob er ihn am Samstag behandelt hat? Und wie lange er im Krankenhaus geblieben ist?«

Arne nickt und verschwindet.

»Wenn du Glück hast, erreichen wir Dr. Kimbawa sofort, und er bestätigt deine Aussage. Dann kannst du gehen. Ansonsten behalte ich dich hier.«

Albin lehnt sich zurück, verschränkt die Arme vor der Brust und funkelt mich böse an. Seine Füße wippen hektisch auf und ab.

»Hast du deine Armbrust in letzter Zeit mal jemandem geliehen?«, will ich wissen.

»Nein. Ich gebe niemandem meine Waffen.«

Ich hoffe inständig, dass Arne den Arzt sofort am Telefon hat, damit ich mir Albins dumme Visage nicht länger ansehen muss. Doch er tut mir diesen Gefallen nicht. Nach einer gefühlten Ewigkeit taucht Arne in der Tür auf und schüttelt den Kopf.

»Dann bleibst du so lange hier, bis wir den Arzt erreicht haben«, sage ich zu Albin, der so heftig von seinem Stuhl aufspringt, dass dieser umfällt.

Ich wappne mich für eine Attacke, die jedoch ausbleibt.

»Ich hab die Wahrheit gesagt!«, schreit er. »Ich war bei diesem Neger. Schafft ihn her!« Fuchsteufelswild fuchtelt er mit den Armen und schreit, dass ich seine Spuckefetzen im Gesicht spüren kann.

»Setz dich hin und halt deine Fresse!«, schneidet Arne ihm mit herrischer Stimme das Wort ab. Sein autoritärer Ton lässt keinen Widerspruch zu.

Albin steht unschlüssig da und starrt erst zu Arne, dann zu mir.

»Hinsetzen!«, befehle ich ihm ebenfalls barsch.

Wider Erwarten folgt Albin dieser Anweisung. Diese Tonart versteht er. Er hebt den Stuhl auf und setzt sich wieder.

»Und rühr dich nicht von der Stelle«, schärfe ich ihm ein. »Eine falsche Bewegung, und du wanderst in die Zelle.«

»Ich konnte den Doktor noch nicht erreichen«, sagt Arne. »Er ist bei einem Patienten. Aber er ruft zurück, sobald er Zeit hat.«

Ich ziehe Arne beiseite. »Der ist nicht unser Täter. Er ist ein Schwachkopf. Er hat weder den Grips noch die Ruhe für so eine Tat. Wo bleibt der andere?«

Arne zuckt mit den Schultern. »Sigge versucht herauszufinden, wo dieser Frans steckt.«

Wenigstens lässt der Rückruf des Arztes nicht allzu lange auf sich warten. Dr. Kimbawa bestätigt Albins Alibi und befreit mich von der Gegenwart dieses Zeitgenossen.

»Du kannst gehen«, informiere ich Albin. »Die Armbrust behalten wir vorerst noch hier.«

Er zögert kurz, doch dann besinnt er sich und verschwindet wie ein geölter Blitz.

»Albin ist unbeherrscht, gewalttätig und dumm, das genaue Gegenteil von dem, hinter dem wir her sind«, stelle ich fest.

»Vielleicht passt dieser Frans besser ins Profil«, meint Arne. »Er gilt als der beste Schütze in seinem Schützenverein.«

»Er weiß doch, dass er herkommen muss, oder?«, frage ich, verärgert über dessen Nichterscheinen.

Arne zuckt mit den Schultern. »Ich habe ihn gestern mehrmals angerufen, aber nicht persönlich erreicht und ihm dann auf den Anrufbeantworter gesprochen.«

»Dann hat er die Nachricht vielleicht gar nicht erhalten?«, befürchte ich.

Wir gehen in das andere Büro, wo Sigge auf der Couch sitzt und telefoniert.

»Dieser Frans ist seit fast einer Woche von niemandem mehr gesehen worden«, sagt er, als er sein Telefonat beendet hat. »Im Schützenverein gehen sie davon aus, dass er zum Jagen unterwegs ist.«

»Und wie kriegen wir ihn hierher?«, will ich wissen.

»Wenn er tatsächlich irgendwo in der Wildnis unterwegs ist, können wir ihn nicht erreichen«, erklärt Arne.

»Schafft ihn her, und in der Zwischenzeit findet alles über ihn heraus«, sage ich ungeduldig.

Arne hat gerade an seinem Schreibtisch Platz genommen, als sein Mobiltelefon klingelt. Schweigend lauscht er dem Anrufer. Nachdem er aufgelegt hat, starrt er gefühlt eine volle Minute vor sich auf den Tisch. Dabei atmet er hörbar tief ein und aus.

»Alles in Ordnung?«, frage ich beunruhigt. Ich schnipse mit den Fingern, um ihn zurück in die Wirklichkeit zu holen.

Endlich scheint er aus seiner Trance zu erwachen, doch statt mir eine Antwort zu geben, sagt er nur: »Ich muss weg, ich hab was Dringendes zu erledigen. Ihr kommt ohne mich aus?«

Das ist weniger eine Frage als eine Feststellung. Ich nicke verdutzt, denn Arne ist ziemlich aufgebracht und, ohne meine Antwort abzuwarten, stürmt er davon.

Dann klingelt mein Mobiltelefon. Auf meinem Display erkenne ich Filips Nummer. »Hej, Filip, hast du was Neues für mich?«

Als Filip und ich unser Telefonat beendet haben, gehe ich sofort in mein Postfach und rufe die Mail auf, die er mir soeben geschickt hat. Ich öffne den Anhang und sende alles an unseren Drucker.

»Sigge«, rufe ich ganz laut, »komm bitte mal rüber zu mir.« Eine Sekunde später taucht er bei mir auf. »Das wirst du nicht glauben«, sage ich, während ich das Ausgedruckte sortiere und an meinen Schreibtisch zurückkehre.

Ich informiere meinen Kollegen über den Inhalt meines Telefonats mit Filip und den Inhalt der E-Mail, die ich gerade ausgedruckt habe.

Sigge lehnt sich in seinen Stuhl zurück. »Das ist ja krass.«

»In wenigen Minuten sollten Matti und Sofia hier auftauchen, dann werden wir sehen, was passiert«, sage ich. »Ich habe die beiden kurzfristig einbestellt. Die zwei haben uns einiges zu erklären.«

Sigge verzieht sich zurück an Arnes Schreibtisch, ich rufe im Ga La Mair an, um Sanya zur Vernehmung einzubestellen. Wir verabreden uns für elf Uhr.

Im Gegensatz zu Albin erscheinen Sofia und Matti pünktlich an der Polizeistation und klingeln an der Tür. Sigge öffnet ihnen und bringt sie in mein Büro, wo sie, meiner Handbewegung folgend, auf den beiden für sie vorbereiteten Stühlen vor meinem Schreibtisch Platz nehmen.

»Hej, Anelie«, begrüßen mich beide wie aus einem Mund.

Ich lehne mich in meinem Stuhl zurück, mein Blick wandert abwechselnd zwischen Matti und Sofia hin und her.

Sigge hat sich ebenfalls einen Stuhl geholt und setzt sich seitlich an meinen Schreibtisch zu uns. Weder ich noch Sigge sagen etwas. Nach einer gefühlten Ewigkeit ist es Sofia, die das Schweigen durchbricht.

»Warum wolltest du uns sprechen, Anelie?«, fragt sie vorsichtig.

Ich warte noch einen Moment mit meiner Antwort und beobachte beide genau. Schweigen verunsichert Menschen mehr als reden. Ich kann sehen, dass sie unruhig werden.

»Zuerst muss ich euch fragen, in welchem Kontakt ihr am Renntag mit Dana gestanden habt.«

Sofia schaut zu Matti, der sich einen Ruck gibt. »Sie war nicht dabei. Stig wollte nicht, dass sie beim Rennen anwesend ist.«

»Warum?«

Er zuckt mit den Schultern. »Er meinte, das würde ihn ablenken.«

»Stimmt das?«, hake ich nach. »Ich hätte mir das Rennen nicht entgehen lassen, wenn mein Mann daran teilnimmt.«

Sofia schaut erneut zu Matti, der jedoch keine Reaktion zeigt.

Sie räuspert sich. »Wir haben uns da nicht eingemischt. Dana hatte uns nur darum gebeten, sie auf dem Laufenden zu halten. Und das haben wir gemacht.«

»Wie?«

»Ich habe sie regelmäßig angerufen. So wusste sie immer Bescheid, wo Stig ist und wie es läuft. Und natürlich habe ich ihr auch von dem Gerücht berichtet, dass Stig einen Unfall gehabt hat …«

»Dana will den ganzen Tag zu Hause gewesen sein, sagt sie.«

Sofia nickt. »Das können wir bestätigen.«

Erstaunt ziehe ich die Augenbrauen hoch. »Wie das?«

»Dana wollte unbedingt, dass wir immer einen Videocall machen und ihr Stig zeigen. Dabei haben wir gesehen, dass sie im Haus gewesen ist.«

»Verstehe.« Damit hat Dana ein ziemlich gutes Alibi. »Und ihr habt sie regelmäßig angerufen?«

»Stündlich, würde ich sagen.«

»Immer als Videocall.«

Sofia nickt. Dana hat, wie es scheint, ein bombenfestes Alibi. Ich wüsste nicht, wie sie solche Videocalls faken könnte. Ich wechsle das Thema. »Was hier vor mir liegt, ist das Obduktionsergebnis von Stig«, sage ich schließlich, während ich meine rechte Hand auf die Mappe auf meinem Schreibtisch lege.

»Du meinst, ihr wisst jetzt, wie Stig zu Tode gekommen ist?«, stößt Matti hervor.

»Er wurde von einem Pfeil getötet, abgefeuert durch eine Armbrust.«

»Mit einem Pfeil?«, wiederholt Sofia schockiert.

»Aus einer Armbrust?« Matti sieht mich fassungslos an.

Beide beugen sie sich wie auf Kommando nach vorn, stützen ihre Ellbogen auf die Knie und legen ihre Köpfe in die Hände. Es wirkt einen Moment lang wie einstudiert, aber ich glaube, sie kennen sich einfach nur sehr gut. Wie ein altes Ehepaar werden sie sich offensichtlich immer ähnlicher.

»In Stigs Waffenschrank haben wir eine Armbrust gefunden. Habt ihr damit mal geschossen?«

»Wir?«, fragt Sofia. »Nein.«

»Nie«, bestätigt Matti. »Wir haben gelegentlich auf seiner Schießanlage mit seinen Jagdwaffen geschossen. So zum Spaß. Aber nie mit einer Armbrust.«

Ich lasse diese Aussage so stehen und wechsle das Thema. Ich klappe die Mappe auf, die vor mir auf dem Tisch liegt, nehme sie in beide Hände, so dass ich lesen und den beiden über den Rand der Mappe ins Gesicht sehen kann. »Stig war bis unter die Haarspitzen gedopt.«

Schlagartig versteinern ihre beiden Gesichter. Wie abgesprochen, lehnen sie sich in Zeitlupe wieder an die Rückenlehne ihrer Stühle. Es ist ein seltsames Schauspiel, ihre synchronen Bewegungen zu beobachten.

»Das Labor hat unterschiedliches Erythropoetin feststellen können. Epoetin, MirCera, HemAssist und Aranesp. Also Epo«, lese ich aus Filips Analyse vor. »Das sind ausdauersteigernde Mittel, um maximalen Sauerstofftransport zu generieren. Dazu kommen Halotestin und Vebenolol. Das sind zwei unterschiedliche anabole Steroide, die beide die Kraft massiv steigern, ohne dass man dabei an Körpergewicht zulegt.« Ich hole kurz Luft. »Außerdem wurde die Einnahme von Spiropent festgestellt. Dabei handelt es sich um ein Asthmamittel, das Lungen und Bronchien auf Maximalleistung zur Sauerstoffaufnahme trimmt und die Fettverbrennung anregt.« Ich lege eine Pause ein und beobachte beide genau.

Sofias Augen füllen sich langsam mit Tränen. Mit einem leisen *Pffffffffff* atmet sie hörbar aus. Zeitgleich lässt Matti seinen Kopf langsam nach hinten kippen und starrt an die Decke. Für einen kurzen Moment scheint die Zeit stillzustehen.

»Was habt ihr mir dazu zu sagen?«

Wieder ist es Sofia, die das betretene Schweigen bricht. »Ich schwöre, und das kann ich für uns beide tun, Matti und mich, wir haben damit nichts zu tun.«

Matti nickt heftig. »Wir haben unter uns selbst ein paarmal über Stigs unglaubliche Werte diskutiert. Schon beim Eingangstest zu Beginn unserer Zusammenarbeit sah es so aus, als ob er schon seit Jahren auf höchstem Niveau trainiert hätte.«

»Habt ihr ihn niemals darauf angesprochen, habt ihr nie einen Dopingtest gemacht oder gefordert?«, frage ich ungläubig nach.

»Matti hat mal nach einer Leistungsdiagnostik im Scherz zu Stig gesagt, dass er Werte wie bei gezieltem Doping hätte«, berichtet Sofia.

»Und wie hat Stig reagiert?«, hake ich nach.

»Er hat gelacht und mir geantwortet: Wieso sollte ich bei solchen Werten dopen müssen?«

»Trotzdem hättet ihr einen Dopingtest machen müssen«, beharre ich.

»Nein, Anelie. Stig war kein Profisportler, und im Amateurbereich werden keine Dopingtests verlangt oder gemacht«, widerspricht Matti kopfschüttelnd. »Dafür bestand kein Anlass.«

»Stig hatte schon beim Eingangstest Hammerwerte«, fährt Sofia fort »und er hat uns nie auf das Thema Doping angesprochen, nie dazu gefragt, geschweige denn um Hilfe gebeten.«

»Ihr wollt damit sagen, dass er schon gedopt war, bevor er euch als Trainer engagiert hat?«

Wieder wechseln die beiden rasch einen Blick.

»Das ist meiner Meinung nach die einzige logische Erklärung«, erwidert Matti.

»Woher könnte er all diese Mittel gehabt haben?«, will ich wissen.

Sofia räuspert sich. »Man kann alles im Internet bestellen. Sie sind mittlerweile frei verkäuflich. Aber mit dem Besorgen allein ist es ja nicht getan. Der Umgang damit, wie, wann und wohin man es spritzt, sowie die individuelle Dosierung, das muss geschult werden. Irgendwer muss Stig dabei zur Seite gestanden haben. Aber wir wissen nicht, wer. Wir haben nie etwas beobachtet, was auf Doping hätte schließen lassen.«

»Ihr wüsstet aber, wie so etwas geht und was zu tun wäre?«

Beide blicken betroffen zu Boden. Sie antworten nicht.

»Ihr wüsstet es?«, wiederhole ich meine Frage mit Nachdruck und betone dabei jedes einzelne Wort.

»Nein ...« Matti verstummt und verbessert sich. »Ja ... natürlich wüssten wir, wie das geht. Sofia war lange Profi, und auch ich bin lange genug in diesem Geschäft tätig.« Er sieht mir direkt in die Augen. »Aber nein, Sofia und ich, wir haben nichts damit zu tun.«

»Oder wolltet ihr es nicht wissen.« Ich bekomme darauf nur

beredtes Schweigen als Antwort. »Und ihr habt also nie jemanden bei Stig gesehen, der als Lieferant, Vertrauter oder Helfer infrage käme?«

Matti schüttelt vehement den Kopf.

»Ihr wart ein Jahr ganz nah an ihm dran, habt dort gewohnt und wollt nichts gesehen oder mitbekommen haben?«, legt Sigge nach. »Ehrlich, das ist wirklich schwer zu glauben.«

Matti wendet den Blick ab. Sofia schaut betreten zu Boden.

»Wir haben nichts damit zu tun«, wiederholt Matti. »Das müsst ihr uns glauben. Sein Lieferant muss an den Wochenenden gekommen sein, wenn wir weg waren. Oder er hat alles irgendwo abgeholt. Verabreichen konnte er sich alles vermutlich selbst.«

Ich bin unschlüssig, was ich von alldem hier halten soll.

»Für heute war's das erst mal«, beende ich die Vernehmung. »Aber ich muss euch unter den gegebenen Umständen bitten, vorerst weiter hierzubleiben.«

Ihr gleichzeitiges Nicken sagt mir, dass sie verstanden haben. Sie verabschieden sich und verschwinden wie zwei geprügelte Hunde.

»Was denkst du?«, will Sigge wissen, als die beiden gegangen sind, und schaut mich fragend an.

Ich zucke mit den Schultern. »Sie sind vom Fach und könnten definitiv ein systematisches Doping betreiben. Ob sie es bei Stig getan haben …«, breche ich ab. »Ihre Emotionen wirkten echt, als ich sie mit dem Doping und der Medikamentenliste konfrontiert habe.«

Sigge nickt. »Ja, der Schock war nicht gespielt. Das wäre uns sicher aufgefallen.«

»Und was hat das alles mit dem Mord zu tun? Ich sehe einfach keinen Zusammenhang, kein Mordmotiv. Okay, Stig hat gedopt, aber deswegen bringt man doch keinen um«, sage ich.

Nachdenklich schaue ich Sigge an.

»Was denkst du gerade?«, fragt er nach einer Weile.

»Sergei … hat er nicht für einen russischen Pharmakonzern gearbeitet?«

Sigge nickt. »Du denkst, er könnte Stig beliefert haben?«

Ich zucke die Achseln. »Dagegen spricht, dass er Stig damit einen Wettbewerbsvorteil verschafft hätte und ja eigentlich gar nicht am Rennen teilnehmen wollte.«

»Aber hätte Stig gewonnen, hätte Sergei ihn als Dopingsünder melden können«, meint Sigge.

»Möglich. Aber Sergei hat behauptet, Stig nicht zu kennen. Trotzdem werden wir das auf jeden Fall überprüfen.«

»Ich kümmere mich darum«, sagt Sigge. »Sergei ist vermutlich schon abgereist. Das wird nicht so einfach, aus Weißrussland Informationen zu bekommen. Aber wir haben ja seine Geheimnummer.«

In meinem Kopf hallen die Worte von Ole aus unserem Forensik-Team wider, dass Amateure am allerschlimmsten seien, wenn es um leistungssteigernde Mittel geht. Ich weiß, dass Doping ein Millionengeschäft ist, bei dem viele Kriminelle ihre Hände im Spiel haben. Könnte hier ein Motiv für den Mord liegen?

25

Punkt elf Uhr taucht Sanya auf. Sigge öffnet ihr die Tür. Ohne dass ich einen Luftzug spüre oder Schritte höre, betritt sie mein Büro und setzt sich völlig lautlos an meinen Besprechungstisch, gerade so, als wäre sie ein Geist. Stig muss das geschätzt haben, ahne ich.

Ich biete ihr Kaffee an, den sie aber ablehnt; stattdessen bittet sie um Tee. Offensichtlich hat sie sich nicht das allgegenwärtige Kaffeetrinken zu eigen gemacht, das hier üblich ist, sondern ist der thailändischen Teetradition treu geblieben.

Sie hat uns zwei Styroporboxen mit Essen mitgebracht. Ich muss ihr dafür zweihundert Kronen geben, auch auf die Gefahr hin, sie damit zu beleidigen. Aber ich darf derartige Geschenke nicht annehmen. Widerwillig nimmt Sanya meinen Geldschein entgegen, als ich ihr meine Situation erklärt habe.

»Wisst ihr schon, wer Stig das angetan hat?«, fragt sie mich, nachdem wir diese Angelegenheit geklärt haben.

»Nein, aber du könntest uns bei unseren Ermittlungen helfen«, sage ich. »Du kanntest Stig vermutlich am besten.«

Sanya schüttelt den Kopf. Ihre Bewegungen sind zart und elegant zugleich.

»Du warst in seinem Haus, in seinen Privaträumen«, widerspreche ich. »Da erfährt man einiges über den Bewohner.«

Meine Augen ruhen auf der kleinen Thailänderin, die ihre tropische Heimat irgendwann gegen Schwedisch-Lappland getauscht hat. Der Unterschied zwischen diesen beiden Ländern könnte nicht größer sein. Von Stockholm hierherzuziehen war ein riesiger Schritt, den viele meiner Freunde und Bekannten nicht verstanden haben. Was willst du da oben, bei den Hinterwäldlern, in dieser eisigen, dunklen Einöde?, bin ich mehrfach gefragt worden. Aber ich musste weder meinen Kulturkreis verlassen noch eine neue Sprache lernen. In meinen Augen hat Sanya dagegen den Planeten gewechselt. Gerne hätte ich sie nach den Gründen gefragt, aber es tut nichts zur Sache.

»Wir wissen, dass Stig das vergangene Jahr sehr hart für dieses Rennen trainiert hat«, beginne ich. »Aber an den Wochenenden waren seine beiden Trainer immer fort, du und Arun ebenfalls. Das heißt, Stig und Dana waren allein?«

Sanya schaut mich mit großen Augen an.

»Hatte Stig an den Wochenenden Besuch?«, frage ich konkreter. »Hatte er Gäste oder Freunde, die vorbeischauten oder über Nacht blieben?«

Sanya schüttelt den Kopf. »Ich kann dazu nichts sagen.«

»Doch, Sanya, du kannst, und du musst sogar. Es geht hier um einen Mord. Du begehst keinen Verrat an Stig, wenn du uns mit Informationen hilfst, die uns zu seinem Mörder führen könnten«, erkläre ich ihr mit sanfter Stimme.

Ich kann an ihrem Gesicht ablesen, dass sie darüber nachdenkt. Sie senkt den Blick. Ich werde ihr weder drohen noch sie in die Enge treiben, ich weiß, dass ich vorsichtig mit ihr umgehen muss.

»Du bist eine loyale Frau, Sanya, aber es geht hier um ein Verbrechen, bitte hilf uns bei der Aufklärung.« Ich warte und lasse ihr Zeit.

Schließlich geht ein Ruck durch ihren Körper, und sie richtet sich auf. »Ja, es kamen manchmal Besucher an den Wochenenden. Nicht oft. Und keine Schweden, glaube ich. Stig hat mit ihnen englisch gesprochen«, beginnt sie schließlich zu erzählen.

»Hast du sie kennengelernt?«

»Nein, ich habe sie nur kurz gesehen, wenn es freitags für mich bei Stig später geworden ist, weil ich noch für den Abend oder den kommenden Tag vorgekocht habe. Ich habe aber nie mit ihnen geredet«, sagt Sanya in fehlerfreiem Schwedisch mit ihrem sympathischen Akzent.

»Kennst du vielleicht ihre Namen?«

»Nein. Wenn ich am Montagmorgen wieder bei Stig war, um alles aufzuräumen, waren sie schon fort. Im letzten halben Jahr kamen aber gar keine Gäste mehr wegen seines Trainings. Mehr kann ich nicht dazu sagen.« Sanya legt die Hände in den Schoß.

Wir werden über Stigs Telefonverbindungen herausbekommen, mit wem er Kontakt gehabt hat, vermute ich. Deswegen belasse ich es dabei.

»Und was kannst du uns über Dana erzählen?«

»Sie ist eine freundliche Frau.«

»Ja. Haben die beiden sich gut verstanden?«

Sanya nickt stumm.

»Gab es nie Streit zwischen ihnen?«

Sanya sieht zu Boden. »Ich weiß nicht.«

Ich spüre, dass sie etwas verschweigt. »Sanya, bitte sag mir auch hier die Wahrheit.«

Es ist unübersehbar, wie sie mit sich ringt. Schließlich hebt sie den Kopf. »Wenn ich das Schlafzimmer aufgeräumt habe, habe ich gesehen, dass sein Bett manchmal unbenutzt gewesen ist.«

»War das oft der Fall?«
»Erst in letzter Zeit.«
»Seit wann?«
Sie überlegt. »Seit ungefähr drei Monaten.«
»Aber du hast bestimmt mal einen Streit mitbekommen?«, schicke ich als Versuchsballon los, um Sanya aus der Reserve zu locken.
»Nein. Nie.« Ihre ganze Körperhaltung spricht Bände.
Mehr werde ich nicht erfahren, sie hat erzählt, was sie weiß oder preisgeben kann. Trotzdem will ich noch nicht aufgeben und bohre sanft weiter. Ohne Erfolg, Sanya liefert mir keine neuen Antworten. Es ist unübersehbar, wie unwohl sie sich mit dieser Situation fühlt. Stig muss ihre Verschwiegenheit sehr geschätzt haben.
»Kannst du mir noch irgendetwas sagen, was ich über Stig wissen sollte?«, bitte ich sie.
Sanya schaut mich mit großen Augen an. »Er war ein guter Mensch, sehr ruhig und sehr freundlich. Er hat mir und meiner Familie viel Gutes getan. Ich verstehe nicht, warum er getötet wurde. Das ist nicht gerecht.« Tränen füllen ihre Augen, aber sie bleibt gefasst. »Wann wird Stig beerdigt?«
»Wenn alle Untersuchungen abgeschlossen sind und der Leichnam freigeben wird. Das wird noch ein paar Tage dauern.«
»Wer kümmert sich um die Beerdigung?«
»Gute Frage«, stelle ich fest. »Seine Lebensgefährtin, vermute ich. Eine allerletzte Frage, Sanya. Du hast für Stig sauber gemacht. Hast du auch seine Waffen gereinigt?«
Sie starrt mich mit erschrockenen Augen an. »Waffen? Nein! Nie!«

»Du hattest nie eine seiner Waffen in der Hand?«

Sie schüttelt heftig mit dem Kopf. »Ich habe seine Waffen nie gesehen.«

»Kennst du die Kombination für den Safe?«

»Nein.« Sie schaut mir dabei direkt in die Augen, und ich weiß, dass sie die Wahrheit sagt.

»Und Arun?«

Sie schüttelt heftig den Kopf. »Nein.«

»Vielen Dank, Sanya. Du kannst jetzt gehen. Wenn wir noch Fragen haben, melden wir uns.«

Sanya verabschiedet sich und huscht genauso lautlos davon, wie sie gekommen ist. Ich gehe hinüber in Arnes altes Büro, wo Sigge am Schreibtisch vor dem Computer sitzt und gerade ein Telefonat beendet.

»Stig hatte an den Wochenenden gelegentlich Besuch, und wir müssen wissen, von wem. Haben wir die Handyauswertung?«

Sigge schüttelt den Kopf.

»Das kann doch nicht wahr sein? Mach denen in Lulea bitte richtig Druck.«

Sigge nickt. »Ich habe mit einer Kollegin Lykke telefoniert. Das Testament wird leider erst morgen früh um neun Uhr eröffnet. Aber wir bekommen sofort eine Kopie. Ansonsten ist bislang nichts Auffälliges in seinen Unterlagen zu finden. Er hat wohl alles sehr korrekt gehandhabt. Lykke hat die letzten zehn Jahre gesichtet, aber nichts gefunden. Und es gibt auch keine Rechnungen für diese Dopingmittel. Das bedeutet, Stig hat dieses Zeug von jemandem bezogen, der alles für ihn besorgt hat, und diesen wahrscheinlich bar bezahlt.«

Ich nicke nachdenklich. Mein Magen knurrt unüberhörbar.

»Das hier sind übrigens die Listen der Verleihfirmen.« Er tippt auf einen dicken Stapel Papier. Diesmal rolle ich die Augen. Diesen Teil der Ermittlungsarbeit hasse ich. In Stockholm gab es dafür eine eigne Abteilung, aber hier kann ich diese mühevolle Recherche nicht delegieren.

Sigge grinst mich fragend an. »Vielleicht sollten wir zuerst was essen, bevor wir weitermachen«, schlägt er vor.

Wir gehen zurück in mein Büro, packen die beiden Styroporbehälter aus und verteilen den wunderbar duftenden Inhalt auf zwei Teller.

»Schmeckt echt lecker«, stellt Sigge fest, während er genüsslich mit seiner Gabel Gemüse und Huhn aufspießt. »Ich wundere mich nur, wo sie hier in Jokkmokk all die Zutaten und Gewürze bekommen, um thailändisch zu kochen.«

»Ich tippe, die fahren dafür regelmäßig nach Lulea. Das kriegst du hier weder im Coop noch im IKA-Supermarkt. Wo ist Arne eigentlich abgeblieben?«

»Keine Ahnung, aber er verpasst auf jeden Fall etwas«, antwortet Sigge vergnügt. »Und seine hundert Namen wird er sich auch vornehmen müssen.«

Das Klingeln des Telefons stört unser Mittagessen.

»Du oder ich?«

Sigge beantwortet meine Frage, indem er mit seiner Gabel auf mich zeigt, während er genüsslich kaut. Ich lege mein Besteck beiseite, stehe auf, gehe an meinen Schreibtisch und greife nach dem Hörer.

»Anelie Andersson, Polizei Jokkmokk.«

»Frans Sandberg«, dröhnt es so laut an mein Ohr, dass ich den Hörer weghalten muss. »Ihr wollt irgendetwas von mir, wie man sich hier erzählt.«

Ich stelle auf laut, damit Sigge mithören und ich mein Ohr schützen kann. »Wir hatten dich zu einer Vernehmung einbestellt, zu der du allerdings nicht erschienen bist.«

»Hatte Besseres zu tun«, knurrt er. »Worum geht's?«

»Darüber müssen wir hier in der Polizeistation mit dir sprechen«, erwidere ich barsch. »Also komm her.«

»Das könnt ihr vergessen«, bellt er zurück. »Von Gällivare bis nach Jokkmokk sind es über zehn Meilen. Da möchte ich vorher schon genau wissen, warum ich mir diese lange Fahrt antun soll und worum es geht.«

Es gibt hier die sogenannten nordschwedischen Meilen, eine Meile entspricht zehn Kilometern. Also müsste Frans rund hundert Kilometer fahren, um zu uns zu kommen.

»Es geht um deine Armbrust und darum, wo du am Samstag gewesen bist«, sage ich in deutlich schärferem Ton.

»Ich war am Stora Lulevatten zum Jagen, wenn ihr überhaupt wisst, wo das ist.« Seine Verachtung dringt durchs Telefon an mein Ohr. »Wenn ihr etwas von mir wollt, dann müsst ihr euch schon selbst hierher bewegen. Ich bin jetzt bis zum Abend hier und fülle meine Vorräte auf. Ab heute Nacht bin ich wieder für fünf Tage draußen.« Damit legt er auf.

»Was war das denn?«, fragt Sigge empört. »Für wen hält sich dieser Clown?«

»Na, dann wollen wir doch mal sehen, ob dieser Frans immer noch so eine große Klappe hat, wenn wir vor ihm stehen«, sage ich. »Schnappen wir uns diesen Kerl.«

Sigge springt augenblicklich auf. »Der wird uns noch kennenlernen.«

»Lass uns erst zu Ende essen«, schlage ich vor. »Wäre jammerschade, das alles stehen zu lassen.«

26

Während der rund neunzigminütigen Fahrt denke ich über unseren Ermittlungsstand nach. Sigge steuert den Wagen und hängt seinen eigenen Gedanken nach.

»Was denkst du?«, holt mich Sigge nach langer Fahrt irgendwann aus meinen Gedanken.

»Der vermutlich reichste Mann in ganz Norrbotten wird während des *Nordenskiöldsloppet* mit einer Armbrust erschossen. Was sagt uns das? Der Mörder hat einen sehr speziellen Ort für seine Tat gewählt, um verdeckt und zeitgleich vor aller Augen einen Mord zu begehen. Er wollte die große Bühne und uns zeigen, dass er uns überlegen ist. Dazu hat er sich einer Mordwaffe bedient, die ein großes Risiko birgt. Was, wenn er nicht tödlich getroffen hätte? Er muss sich absolut sicher gewesen sein, dass er nicht danebenschießt. Er muss ein Könner auf diesem Gebiet sein, und er hat ein großes Ego. Könnte das auf diesen Frans zutreffen? Was hast du über ihn herausgefunden?«

»Er ist der beste Schütze in seinem Verein und gilt als exzellenter Jäger«, berichtet Sigge, »aber für einen solchen Schuss reicht das meines Erachtens nicht. Das können eigentlich nur Scharfschützen, die das speziell trainieren. Und besonders helle scheint er nach Aussagen einiger Vereinskollegen auch nicht zu sein.«

»Na ja, warten wir es ab.«

Sigge wirft mir einen kurzen Seitenblick zu. »Hattest du schon mal etwas Ähnliches in deiner Stockholmer Zeit?«

»Nein. Es gab einige extreme Fälle, aber dieser Mordfall sticht alle aus.«

»Vermisst du diese Zeit?«

Über diese Antwort muss ich keine Sekunde nachdenken. »Ich möchte nirgendwo anders sein als hier oben. Stockholm aufzugeben war eine meiner besten Entscheidungen. Und wie ist es mit dir? Arbeitest du gerne als Polizist?«

»Ja«, kommt schnell die Antwort. »Aber lieber hier mit dir als in Lulea.«

Ich muss lächeln. »Du bist ein guter Polizist, Sigge. Ich bin froh, dich in meinem Team zu haben. Deine Familie ist doch bestimmt auch sehr stolz auf dich.«

»Meine Mutter ist mehr erleichtert als stolz. Ich war nämlich früher ein ziemlich übler Bursche«, beginnt er zu erzählen.

Ich werfe ihm einen ungläubigen Seitenblick zu.

»Du würdest dich wundern«, sagt er. »Mein Vater ist gestorben, als ich sieben war. Er ist einfach umgefallen und war tot.«

»Das tut mir leid.«

»Muss es nicht. Meine Mutter hat mich dann alleine großgezogen, und ich habe es ihr weiß Gott nicht leicht gemacht. Ich hatte eine ziemlich große Klappe und mich oft in Schwierigkeiten gebracht. Ich habe mich geprügelt, viel Mist gebaut. Ich war ein miserabler Schüler, stinkfaul, und ich habe oft geschwänzt. Ich glaube, ich habe meine Mutter an den Rand der Verzweiflung und darüber hinaus getrieben.«

»Du erzählst mir gerade Märchen«, sage ich misstrauisch.

»Nein. Das Problem war, dass ich mich tierisch gelangweilt habe. Die Schule stellte keine Herausforderung dar, im Gegenteil, ich war permanent frustriert und unterfordert. Deswegen habe ich mir Kicks gesucht.«

Ich mustere Sigge skeptisch von der Seite.

Er lacht laut auf. »Heute bin ich ein völlig anderer. Aber damals ...« Er bricht ab. »Ehrlich, ich war ein richtiges Arschloch, und ich hätte auch leicht auf der schiefen Bahn landen können.«

»Was hat die Wende gebracht?«

»Ein Nachbar, der neu zu uns gezogen war. Er war Polizist. Irgendwann wurde ich beim illegalen Autofahren erwischt, und ich hatte außerdem getrunken. Ich war erst fünfzehn. Meine Mutter muss ihm das erzählt haben, denn er hat sich eingemischt. Er hat mich damals von der Polizei abgeholt, dort alles geregelt und mich nach Hause gebracht. Meine Mutter war fix und fertig gewesen, und ich habe mich geschämt wie noch nie in meinem Leben. Wer weiß, wie es ohne ihn gelaufen wäre. Aber von da an hatte er ein Auge auf mich. Zuerst hat er mir einfache Jobs gegeben, damit ich beschäftigt war und mir ein bisschen was dazu verdienen konnte. Ich habe ihm beim Umbau seines Hauses geholfen, und er hat gut bezahlt. Dann hat er mich mit zum Jagen genommen und mir alles gezeigt. Wir waren oft tagelang draußen unterwegs. Schlussendlich hat er mir geholfen, dass meine Noten in der Schule besser wurden, und dafür gesorgt, dass ich die Aufnahmeprüfung bei der Polizeischule machen konnte.«

»Er war so was wie dein Ersatzvater?«

»Könnte man so sagen.«

»Habt ihr noch Kontakt?«

»Ja, aber er lebt inzwischen in Umea. Er hat geheiratet und zwei eigene Kinder. Deswegen sehen wir uns nicht mehr so oft. Aber wir telefonieren regelmäßig.«

»Ich glaube, jeder braucht solche Menschen in seinem Leben, die einem Alternativen aufzeigen und einem zur Seite stehen, wenn es schwer ist«, sage ich. »Daniel ist einer dieser Menschen in meinem Leben.«

»Witzigerweise sind Liv und ich uns ziemlich ähnlich. Sie hat mir erzählt, dass sie früher auch ein ziemlich böses Mädchen gewesen ist, immer mit einem Fuß im Gefängnis.«

Jetzt muss ich herzhaft lachen. Ich kenne Livs Geschichte aus Daniels Erzählungen und meinen eigenen Erfahrungen mit ihr.

»Aber jetzt stehen wir alle auf der guten Seite«, meint Sigge und zwinkert mir verschwörerisch zu.

»Meistens jedenfalls«, ergänze ich.

Wir haben inzwischen Gällivare erreicht und fahren zu Frans Sandbergs Adresse. In der Einfahrt vor dessen Haus steht ein heruntergekommener alter Mitsubishi *Pajero*. Das ist spanisch und bedeutet wörtlich übersetzt *Wichser*, wie ich weiß. Wir betreten die kleine Veranda. Sigge gibt mir ein Zeichen, ihm den Vortritt zu lassen. Dann klopft er energisch an der Tür. Ein mittelgroßer rothaariger Typ, Ende vierzig, mit schief sitzender Mütze und geröteter Nase, öffnet die Tür, und sofort breitet sich starker Alkoholgeruch aus.

»Frans Sandberg?«, fragt Sigge mit eiskaltem Klang in der Stimme.

Der Mann nickt.

»Ich bin Sigge Nordström, das ist Anelie Andersson, Polizei Jokkmokk. Wir haben telefoniert. Hiermit beschlagnahmen wir deine Armbrust und fordern dich auf, die Waffe an uns zu übergeben. Danach werden wir dich zur Vernehmung nach Jokkmokk bringen.«

Frans lässt ein Grinsen auf seinem Gesicht erscheinen. »Du denkst wohl, weil du 'ne Uniform anhast, kannst du dich hier aufspielen«, sagt er, während er leicht torkelnd einen Arm nach Sigge ausstreckt, um ihm mit seinem ausgestreckten Zeigefinger auf die Brust zu tippen.

Noch bevor er Sigges Brust erreicht, knallt er hart mit Gesicht und Oberkörper gegen den Türrahmen, während mein junger Kollege seinen Arm hinter dessen Rücken fixiert hat. Sigge hat kurzen Prozess mit diesem Dummkopf gemacht. Ich werde ihm ab sofort immer den Vortritt lassen, wenn wir irgendwelche Idioten aufsuchen, beschließe ich.

»Was ist hier los? Was hast du verdammter Idiot wieder angestellt?«, hören wir eine keifende Frauenstimme aus dem Innern des Hauses.

Als Nächstes kracht eine dicke zusammengerollte Zeitschrift wuchtig auf den Kopf von Frans, und erst dann wird die dazugehörige Frau hinter der Tür sichtbar. Sie ist einen Kopf größer als Frans und dreimal so breit. »Entschuldigung, bitte kommt rein«, begrüßt sie uns freundlich. »Ich bin Marita Sandberg.«

Sigge lässt Frans los, der sofort ins Innere eilen will, als die

Zeitschrift ein zweites und drittes Mal auf seinem Kopf landet. Frans zieht den Hals wie eine Schildkröte ein und huscht hinter seiner Frau ins Haus. Sigge folgt ihnen, und bevor ich eintrete, muss ich mir erst das Grinsen aus dem Gesicht wischen.

Marita führt uns in die Küche. »Was wollt ihr von Frans?«

»Wir brauchen seine Armbrust«, sagt Sigge.

»Sein Jagdzimmer findet ihr hinter der zweiten Tür rechts im Flur«, sagt Marita.

Sigge bleibt bei Frans, während ich zu dem Jagdzimmer gehe. Im Gegensatz zum restlichen Haus, das sauber und aufgeräumt wirkt, herrscht in dem Jagdzimmer eine heillose Unordnung. Auf einem Tisch am Fenster entdecke ich eine fast komplett in ihre Einzelteile zerlegte Armbrust, an der die Abschusssehne fehlt. Ich rufe die anderen zu mir.

»Was soll das?«, frage ich Frans und deute auf das, was einmal eine Armbrust gewesen ist. »Seit wann ist diese Waffe zerlegt?«

Frans kommt gar nicht dazu, mir zu antworten, weil Marita sofort das Wort ergreift. »Dieser Trottel hat sie seinem noch dussligeren Freund in die Hände gedrückt, um ihn spüren zu lassen, wie schwer sie zu spannen ist. Der hat dann den Abzug gedrückt und dabei ist die Sehne zerrissen. Dann haben diese beiden Spezialisten sie auseinandergebaut, um sie zu reparieren, und jetzt bekommen sie das Ding nicht mehr zusammengebaut.«

Ich warte auf die Zeitschriftenroulade, aber diesmal hat Marita nichts in der Hand, um ihrem Ehemann eine überzubraten. *Schade eigentlich.*

»Und wann war das?«, frage ich.

»Letzte Woche«, antwortet Marita.

»Und du warst dabei?«, frage ich.

»Nein, ich habe im Wohnzimmer ferngesehen und dabei gestrickt. Ich habe nur das Ergebnis gesehen und das Geschrei gehört«, erzählt sie.

Diese Aussage reicht mir. »Danke, Marita. Sigge, gehen wir.« Während ich an Sigge vorbeilaufe, kann ich sehen, dass mein Kollege mit Zeige- und Mittelfinger seiner rechten Hand erst auf seine eigenen Augen und dann auf Frans zeigt, und ich muss erneut gegen ein Grinsen ankämpfen.

Auf unserer Rückfahrt nach Jokkmokk amüsieren wir uns köstlich über Marita und Frans.

»Mit so einer Frau bist du gestraft«, meint Sigge.

»Mit so einem Kerl an deiner Seite aber auch. Damit sind zwei weitere mögliche Verdächtige raus, und wir haben keine Spur, die uns zu Stigs Mörder führen könnte.«

Schlagartig ist unsere heitere Stimmung wie weggeblasen.

Zurück in Jokkmokk, schreibt Sigge den Bericht zur Vernehmung von Frans Sandberg, während ich mich ans Telefon hänge und Sergei anrufe. Wider Erwarten nimmt er sofort ab.

»Hej, Sergei, hier ist Anelie Andersson von der Polizei Jokkmokk.«

»Hej, Anelie. Du wissen wer Mörder?«, fragt er ohne Umschweife.

»Nein. Aber wir haben etwas anderes entdeckt. Stig hatte gedopt. In seinem Körper wurden viele Spuren von Dopingmitteln gefunden.«

Sergei schweigt. Ich kann nur an seinem Atem hören, dass er noch da ist.

»Kannst du mir etwas dazu sagen?«, frage ich ihn ebenfalls direkt.

»Ich? Nein … Ich Stig zum ersten Mal bei Rennen treffen … Er in sehr guter Form … besser als ich«, erzählt er in seinem gebrochenen Schwedisch. »Hätte gewonnen. Aber dann nicht guter Sieg.«

»Hast du eine Idee, woher er die Medikamente bezogen haben könnte?«

»Ist einfach … kann in Internet bestellen. Kein Problem.«

»Aber du arbeitest für einen Pharmakonzern.«

»Aber ich nix haben damit zu tun«, erwidert er hörbar entrüstet. »Ich arbeiten in Rechtsabteilung. Machen Verträge, nicht Doping.« Damit legt er auf.

Ich wähle Arnes Nummer, aber sein Telefon ist immer noch ausgeschaltet. Allmählich werde ich unruhig. Er ist seit heute Morgen verschwunden, und wir wissen weder, wo er hingefahren ist, noch was er tut. *Verdammt, Arne, wo steckst du bloß?*

27

Als ich am nächsten Morgen kurz nach sechs Uhr die Tür unserer Polizeistation in Jokkmokk aufschließe, strömt mir frischer Kaffeeduft entgegen. Heute bin ich ausnahmsweise nicht die Erste. Ich gehe in mein Büro und entledige mich meiner Winterkleidung. Durch die Glasscheibe zwischen unseren Büros kann ich Arne beobachten. *Gott sei Dank, er ist wieder da, und er scheint wohlauf zu sein.*

Er hat eine zweite Pinnwand aufgebaut, vor der er steht und völlig vertieft auf etwas starrt, was ich von meiner Position aus nicht sehen kann. Er hat mich noch nicht bemerkt. Um ihn nicht zu erschrecken, gehe ich möglichst geräuschvoll zu ihm hinüber. »Hej, Arne.«

»Hej, hej«, murmelt er abwesend, ohne mich anzusehen. Sein Blick klebt förmlich auf der Pinnwand, seine Mimik wirkt erstarrt.

Dann geht er langsam rückwärts zu seiner Couch und setzt sich, ohne seinen Blick von der Pinnwand zu nehmen.

»Schön, dass du wieder da bist«, sage ich. »Wir hatten uns schon Sorgen um dich gemacht, nachdem du gestern so plötzlich verschwunden und dann den ganzen Tag unauffindbar warst.« Ich setze mich neben ihn. »Wo warst du denn? Kommst du gut voran in dem Fall?«

»Ich bin nah dran … ganz nah dran, um genau zu sein«, flüstert er, als würde er mit sich selbst reden.

Ich schaue mir die Pinnwand genauer an. Auf der linken Seite hat Arne Fotos von toten Rentieren verschiedenen Kartenabschnitten zugeordnet. Ich sehe Bilder von zwei für mich gleich aussehenden Patronen und den gefundenen Projektilen. Daneben hängt der Bericht von Nils, den ich, ohne ihn zu lesen, an Arne weitergeleitet hatte. Dazu hatte ich gestern keine Zeit mehr.

Auf der Pinnwand gibt es auch Bilder von zwei Waffen, die mit handschriftlichen Notizen von Arne versehen sind, die mir im Moment noch nichts sagen. Außerdem hat er die Blätter dazugepinnt, auf denen er die Drohmails, die Angriffszeiten und Tatorte in zeitliche Raster gepackt hat. Von den meisten dieser Bündelungen deuten Pfeile auf zwei Worte, die fett geschrieben danebenstehen:

MONTAG & DIENSTAG.

Das alles ergibt für mich noch keinen Sinn, aber Arne wird es mir sicher gleich erklären. Auf der rechten Seite der Pinnwand sind außerdem Fotos von vorbeifahrenden Autos und Vergrößerungen der Nummernschilder und Insassen. Bis auf eine Ausnahme handelt es sich dabei um männliche Insassen, in fünf der neun Fahrzeuge sitzen mehr als eine Person. Von den Bildern mit den Waffen und der Vergrößerung eines der Nummernschilder hat Arne zwei dicke Pfeile auf eine andere Vergrößerung gezeichnet, die beide Insassen dieses Wagens zeigen. Das Gesicht des am Steuer Sitzenden hat er dick eingekreist, über dem Mann auf dem Beifahrersitz prangt ein großes Fragezeichen, darunter klebt ein Zettel mit der roten Aufschrift *ERGEBNIS LIV*.

»Kannst du mir das alles hier erklären?«, bitte ich ihn.

»Lass uns warten, bis ich alle Informationen von Liv bekommen habe«, sagt er. »Sie müsste gleich hier sein.«

Ich übe mich in Geduld und versuche, Arnes Bilderrätsel zu lösen. Ohne Erfolg. Wenig später hören wir, dass die Eingangstür aufgeschlossen wird. Es sind Sigge und Liv.

»Voilà, wie bestellt«, sage ich lächelnd zu Arne und wende mich den beiden Ankömmlingen zu. »Hej, hej. Kaffee?«

»Klar, immer«, antwortet Liv und reicht den Laptop an Arne weiter. »Den brauche ich nicht mehr. Der Job ist erledigt, und ich habe alles Wichtige ausgedruckt.«

Arne nimmt Laptop und Ausdrucke entgegen und vertieft sich augenblicklich in diese Unterlagen. So sehr im Jagdfieber habe ich ihn lange nicht gesehen. Wir lassen Arne allein und versammeln uns um die Kaffeemaschine im Flur. Während ich den beiden einschenke, erscheint Arnes Kopf in der Zwischentür.

»Liv, kannst du bitte mal kommen? Ich bräuchte dich noch mal.«

»Mit dem größten Vergnügen«, zwitschert Liv fröhlich und folgt Arne in dessen Büro, nicht ohne Sigge noch einen Handkuss zuzuwerfen.

»Raucht ihr heimlich irgendwelches verbotenes Zeug?«, frage ich Sigge kopfschüttelnd. »So kenne ich Liv gar nicht.«

Sigge grinst verlegen. »Gibt's in unserem Fall was Neues?«, versucht er abzulenken.

Ich antworte ihm nicht, sondern schaue neugierig durch die offene Tür in Arnes Büro, wo dieser aufgeregt an seiner Pinnwand hantiert, während Liv ihm etwas vorliest. Plötzlich wird er ganz ruhig und starrt die Pinnwand erneut wie paralysiert an. Nach einer gefühlten Ewigkeit dreht er sich um und winkt uns zu sich. Wir setzen uns auf die Couch.

»Anelie, Sigge, jetzt hab ich sie«, platzt es aus ihm heraus. »Ich habe diese verdammten Schweine.«

Liv rollt lässig zurückgelehnt im Schreibtischstuhl zu uns, und zu dritt schauen wir auf Arne und dessen Pinnwand. Er erinnert mich in diesem Augenblick ein wenig an einen Kartenspieler, der sich die ganze Partie über an seine Trumpfkarte geklammert und auf den optimalen Moment gewartet hat, um sie auszuspielen. Dieser Moment scheint nun gekommen zu sein.

»Also …« Er räuspert sich. »Ich mache euch zuerst mit den einzelnen wichtigen Bausteinen vertraut, bevor ich dann das ganze Puzzle zusammensetze. Ein entscheidender Hinweis kam durch Nils, der die Geschosse aus den toten Rentieren untersucht hat. Er hat herausgefunden, dass es sich um Patronen des Kalibers 223 handelt. Ihm war aber durch die Art der Verformungen aufgefallen, dass diese mit einer stärkeren Treibladung in den Patronen abgefeuert worden sind. Nils hat ein paar Tests durchgeführt und festgestellt, dass es sich um sogenannte NATO-Munition des Kalibers 5.56 x 45 handeln muss, im Prinzip das gleiche Kaliber, wie es eine Kaliber-223-Jagdwaffe hat, aber eben mit stärkerer Treibladung.« Seine Finger fliegen zwischen einzelnen Bildern hin und her, doch jetzt legt er eine kurze Atempause ein. »Könnt ihr mir so weit folgen?«

»Äh … noch nicht ganz«, gebe ich offen zu. »Aber mach einfach weiter.«

»Und jetzt wird es interessant. Diese Munition ist eigentlich nur für militärische Waffen geeignet, da ein deutlich höherer Druck beim Abfeuern im Verschluss der Waffe entsteht. Durch diesen höheren Druck wird eine Waffe quasi erst vollautomatisch, da dieser Druck benötigt wird, um die automatische Nachladung der nächsten Patrone zu erzeugen. Eine herkömmliche Jagdwaffe würde diese Druckverhältnisse auf Dauer nicht überstehen. Sie würde brüchig werden und regelrecht explodieren. Deswegen habe ich recherchiert, ob es Jagdwaffen auf dem Markt gibt, die baugleich, aber nicht wie militärische vollautomatische Waffen dauerfeuertauglich und damit bei uns verboten sind, sondern nur halb automatisch, also immer nur eine Patrone nachführen und somit bei uns jagdlich zugelassen sind. Alles klar?«

Wir nicken ergeben, wenngleich Arne uns gerade mit Informationen flutet.

»Tatsächlich bin ich fündig geworden«, fährt er aufgedreht fort. »Das Steyr AUG ist das vollautomatische Sturmgewehr der österreichischen Armee.« Er zeigt auf eines der Waffenbilder, die an der Pinnwand hängen. »Das AUG Z hier ist absolut identisch bis auf eine Sache. Es ist keine vollautomatische, sondern nur eine halb automatische Version, also eine zivile Variante, die somit eine jagdliche Zulassung besitzt. Auch bei uns.«

Arne zeigt auf das zweite Waffenbild an der Pinnwand. Ich versuche, die vielen Informationen über diese speziellen Waffen nachzuvollziehen, kann mir aber noch keinen Reim darauf machen. Auch wenn ich als Ermittlerin mit Waffen vertraut bin, so fehlt mir doch das Detailwissen über all diese feinen Unterschieden bezüglich militärischer und ziviler Waffen.

Arne holt tief Luft, seine Augen funkeln, auf seinem Pokerface erscheint ein Lächeln. Ich spüre, sein Moment, die Trumpfkarte auszuspielen, ist gekommen.

»Ich habe dann überprüft, ob jemand dieses spezielle Gewehr hier in Nordschweden als Jagdwaffe hat eintragen lassen. Und siehe da, es gibt sogar zwei solcher Waffen hier bei uns. Und so bin auf ihn hier gestoßen«, sagt Arne und tippt mit seinem Zeigefinger auf ein Foto, das den eingekreisten Kopf des Fahrers zeigt, der in einem der Fahrzeuge sitzt. »Das ist Lasse Sjögren.«

»Wow«, sage ich, beeindruckt von Arnes Vortrag und seinen Recherchen. »Und wie bist du an das Foto seines Autos und seines Nummernschildes gekommen?«

»Durch dich, Anelie.«

Ich blicke ihn verständnislos an.

Arne nickt heftig. »Als wir zum ersten Mal über diesen Fall gesprochen haben, hast du den Vorschlag gemacht, die Tiere in bestimmten Gebieten zu sammeln und die Umgebung mit Jagdkameras zu überwachen. Erinnerst du dich?«

»Aber die Züchter hatten unseren Vorschlag abgelehnt. Oder haben sie ihre Meinung geändert?«

»Nein, aber dann kam der Anruf von Ana. Sie und ihre Familie waren gerade mit ihren Rentieren kurz vor Kvikkjokk unterwegs, als sie Schüsse hörten. Sie haben dann zwei angeschossene Rentiere gefunden und mussten sie erlösen«, fährt Arne leise fort.

»Ach, darum ging es in dem Anruf, der dich so aufgewühlt hat?«, frage ich.

»Ja«, stimmt Arne mir zu. »Ich saß an meinem Schreibtisch und war so unglaublich wütend.« Er macht sich gar nicht erst die Mühe, seine Emotionen zu unterdrücken.

»Das war nicht zu übersehen«, meint Sigge.

»Und dann fielen mir deine Worte ein, Anelie, und mir wurde schlagartig klar, dass es nach Kvikkjokk nur eine einzige Straße gibt. Wer auch immer das dort getan hat, musste mit dem Auto unterwegs sein und konnte nur auf dieser Straße fahren. Also habe ich mir unsere Kamera beim Rauslaufen geschnappt, bin in mein Auto gesprungen und losgefahren. Ich hatte keine Zeit mehr, euch das alles zu erklären. Dann habe ich mich bei eurem Parkplatz bei Randijaur als lebende Jagdkamera auf die Lauer gelegt und gewartet, wer mir in die Fotofalle tappt«, sagt Arne.

»Genial«, jubelt Sigge und schlägt sich auf die Oberschenkel.

»In den nächsten Stunden sind insgesamt neun Autos an mir vorbeigefahren. Beim Überprüfen der Nummernschilder kam dann dieser Treffer. Dieser Lasse war nicht nur zur fraglichen Zeit auf der Straße unterwegs, er besitzt auch besagte Waffe.«

»Und was ist mit seinem Beifahrer?«, hake ich nach. »Der mit dem Fragezeichen über seinem Kopf?«

»Ich habe Lasse Sjögren überprüft. Er hat fünf Einträge wegen Gewalt und Trunkenheit«, sagt Arne. »Und alles immer zusammen mit diesem Typen. Dieser Vogel hier heißt Kimi Holmgren. Und er hat auch ein ziemliches Vorstrafenregister.«

Sigge klatscht in die Hände, und ich nicke Arne zu.

»Wie gesagt, es gibt nur zwei eingetragene Steyr AUG Z in ganz Nordschweden. Dieser Kimi hat die zweite«, sagt Arne und kreist das zweite Gesicht auf dem Foto mit seinem roten Filzstift dick ein. »Und er war mit im Auto und damit also auch vor Ort. Und zu guter Letzt wohnen diese beiden Penner auch noch seit zwei Jahren unter derselben Adresse in Vajmat zusammen, nur wenige Autominuten von hier.«

»Und was ist mit den Drohmails?«, frage ich Liv.

Liv bedenkt mich mit einem schelmischen Grinsen und bedeutet mir mit einer Kopfbewegung in Richtung Arne, dass er mir meine Frage beantworten wird.

»Liv hat herausgefunden, dass diese Mails von dem Computer eines Schützenvereins verschickt worden sind. Auf ihn hat jedes Mitglied dieses Vereins Zugriff. Und diese beiden Arschlöcher hier«, sagt Arne langsam mit einer Kunstpause, »sind dort Mitglieder.«

Für einen langen Moment schweigen wir, bis ich die Stille unterbreche. Ich erhebe mich und gehe auf Arne zu. »Das war unglaublich gute Polizeiarbeit, Arne.« Ich kann nicht anders, ich muss ihn umarmen.

Arne strahlt von einem Ohr zum anderen. Sigge ist inzwischen auch aufgesprungen und klopft ihm anerkennend auf die Schulter. »Arne, du bist echt genial und der coolste Rentner in ganz Norrbotten.«

»Aber erst Liv hat mit ihrer Arbeit den Deckel draufgemacht«, stottert Arne tief bewegt.

»Nein, Arne«, widerspricht ihm Liv sanft. »Das hier ist ganz allein dein Erfolg.«

»Dann werden Sigge und ich diese beiden jetzt abholen, damit Arne sie festnageln kann. Das wird eine schöne Frühstücksüberraschung für sie werden.«

28

Nach Vajmat sind es nur zwanzig Minuten Fahrzeit. Langsam rollen wir auf den Vorplatz vor dem Haus, in dem Lasse Sjögren und Kimi Holmgren wohnen. Wir steigen aus und schließen so geräuschlos wie möglich unsere Türen. Schon auf der Fahrt hierher haben wir uns darauf geeinigt, im Umgang mit diesen Tierquälern keine Samthandschuhe auszupacken. Wir ziehen unsere Dienstwaffen und nähern uns vorsichtig einem der Fenster an der Seite des Hauses. Ein schneller Blick ins Innere verrät uns, dass die beiden Männer am Küchentisch sitzen, und wir sehen eine Glastür, die hinter dem Haus ins

Freie führt. Wortlos verständigen wir uns darauf, diesen Zugang zum Haus zu nutzen. Ich zeige Sigge an, dass er als Erster eintreten soll, und zähle lautlos mit meiner linken Hand von drei herunter, während Sigge die Türklinke greift und leise hinunter drückt. Die Tür ist wie so oft hier oben unverschlossen.

Sigge reißt die Tür mit einem Ruck auf und springt hinein. »Polizei Jokkmokk, keine Bewegung. Lasst eure Hände auf dem Tisch, so dass ich sie sehen kann.« Seine Worte durchschneiden scharf die Morgenstille.

Vollkommen überrascht von unserem überfallartigen Auftritt, erstarren die Männer förmlich zu Salzsäulen und glotzen mit weit aufgerissenen Augen in die Läufe unserer Waffen. Einer der beiden hat vor Schreck seine Kaffeetasse umgeschüttet, die braune Brühe läuft als Rinnsal über die Tischplatte und tropft langsam auf den Boden.

»Lasse Sjögren, Kimi Holmgren, wir verhaften euch wegen schweren Diebstahls unter Waffeneinsatz, Tierquälerei mit Todesfolge und Bedrohung in mehreren Fällen«, rufe ich ihnen zu. »Ihr habt das Recht zu schweigen, alles, was ihr sagt, kann und wird vor Gericht gegen euch verwendet werden.«

Ich mache eine kurze Pause und schwenke den Lauf meiner Waffe auf Lasse Sjögren. »Aufstehen! Hände hinter den Rücken und langsam rückwärts auf mich zubewegen!«

Er folgt augenblicklich meiner Aufforderung, und Sekunden später klicken zum ersten Mal die Handschellen. Ich stelle ihn, mit breiten Beinen vorgebeugt, an die Küchenzeile, so dass Sigge und ich ihn gut im Blick haben.

»Jetzt du«, wende ich mich an den anderen. »Du hast gesehen, wie es geht.«

Kimis Schockstarre ist mittlerweile einer angespannten Körperhaltung gewichen, sein Blick ist extrem feindselig. Ich lege meine Hand erneut auf den Griff meiner Waffe, die ich mittlerweile zurück in den Holster gesteckt habe. Es sieht für einen Moment so aus, als ob er tatsächlich etwas versuchen wolle. Im Gegensatz zu dem schmächtigen Lasse wirkt Kimi bullig. In seinem Gesicht sind die Anzeichen vergangener Schlägereien noch deutlich zu erkennen. Seine Gesichtszüge spannen sich ganz leicht an, und sein flackender Blick wandert von mir zu Sigge.

»Na los«, sagt Sigge plötzlich. »Tu mir den Gefallen und gib mir einen Grund.«

Er zielt mit seiner Waffe direkt auf Kimis Brust. Seine eiskalte Stimmfarbe ist unmissverständlich, sein Blick spricht Bände und jagt mir einen eisigen Schauer über den Rücken. So habe ich meinen jungen Kollegen noch nie erlebt. Mit jeder Faser seines Körpers macht Sigge klar, dass er zum Äußersten bereit ist. Augenblicklich verändert sich Kimis Körperhaltung. Langsam steht er auf, bewegt seinen Oberkörper Richtung Tischplatte und legt die Arme auf seinen Rücken. Zum zweiten Mal an diesem Morgen klicken die Handschellen.

»Wo sind eure Waffen?«, will ich wissen.

Lasse beantwortet meine Frage, indem er seinen Kopf in Richtung Garderobe dreht. Während Sigge die beiden in Schach hält, gehe ich dorthin und finde beide Waffen, unverschlossen, ungesichert und mit vollen Magazinen unter den Jacken am Garderobenständer hängend.

»Dann kommt jetzt auch noch grober Verstoß gegen das Waffengesetz hinzu. Beide Waffen sind hiermit beschlagnahmt.« Ich entlade die Gewehre und nehme eine Sicherheitsüberprüfung vor.

Weder Lasse noch Kimi sagen ein Wort. Wir bringen die beiden zum Auto, wo wir sie auf die Rückbank platzieren und die Waffen im Kofferraum sicher ablegen. Sigge setzt sich mit gezückter Dienstwaffe seitlich auf den Beifahrersitz, so dass er beide genau im Blick hat.

»Keiner rührt sich, verstanden?«, fährt Sigge sie an.

»Du kannst froh sein, dass du eine Waffe hast«, faucht Kimi zurück und bedenkt Sigge mit einem bitterbösen Blick.

»Und du kannst froh sein, dass ich Polizist und kein Rentierzüchter bin. Sonst würde ich jetzt das Auto anhalten und euch Dreckschweinen das verpassen, was ihr verdient habt.«

Ich werfe meinem Kollegen einen kurzen Seitenblick zu, denn Sigges Stimme beschert mir erneut eine Gänsehaut, und sein Blick verrät mir, dass er genau das meint, was er gesagt hat.

Die restliche Fahrt vergeht, ohne dass ein weiteres Wort gesprochen wird. Ohne Zwischenfälle erreichen wir die Polizeistation. Nachdem wir die beiden in zwei Zellen gesperrt haben und auch die Waffen verschlossen sind, brauche ich erst einmal einen Kaffee. Die Vernehmung soll Arne zusammen mit Sigge führen, ich will Arne nicht allein mit diesen beiden Typen lassen.

»Hättest du wirklich auf ihn geschossen, wenn er etwas versucht hätte?«, frage ich.

»Typen, die unschuldige Tiere misshandeln und zum qualvollen Sterben zurücklassen, haben in meinen Augen kein Mitleid verdient«, sagt Sigge langsam.

Ich treffe im Hinblick auf die anstehende Vernehmung eine neue Entscheidung und gehe hinüber zu Arne, der an seinem Schreibtisch sitzt und an seinem Bericht schreibt.

»Arne, wäre es für dich in Ordnung, wenn ich diese beiden Verbrecher sofort nach Lulea überstellen lasse, damit die Kollegen dort die Vernehmungen führen?«, frage ich ihn.

Arne blickt auf. »Am liebsten würde ich die beiden windelweich prügeln. Ich kann mich kaum zurückhalten, und ich habe den Eindruck, Sigge geht es genauso. Uns fehlt die nötige Distanz. In Lulea haben die Kollegen nicht diese Nähe zur Natur und den Bewohnern wie wir hier. Rechtlich ist es ja keine Wilderei, sondern Diebstahl, da alle getöteten und verstümmelten Tiere Besitzer haben«, sagt er aufgebracht. »Lassen wir diesen Abschaum hier abholen. Sollen die in Lulea sich mit denen herumschlagen. Ich kümmere mich darum.«

Er greift sofort zum Telefonhörer, um die Kollegen in Lulea zu informieren und alles Notwendige in die Wege zu leiten. Je früher die beiden weg sind, umso besser. Und wir können uns um unseren Mordfall kümmern.

Ich ziehe mich an meinen Schreibtisch zurück, um mich durch die Namensliste zu wühlen, die Sigge von den Verleihfirmen der Schneemobile organisiert hat. Nachdem ich die ersten fünf Telefonnummer erfolglos angewählt, aber niemanden erreicht habe, entdecke in meinem E-Mail-Postfach eine Nachricht von Ylva mit einem Anhang. Endlich, es ist eine Kopie des Testaments. Ich starte den Drucker, es sind nur zwei Seiten, die das Gerät mit lautem Getöse ausspuckt. Bei einem so großen Vermögen, das Stig hinterlässt, hatte ich ein umfangreicheres Testament erwartet. Ich setze mich an meinen Schreibtisch und vertiefe mich in Stigs Letzten Willen. Je mehr ich lese, umso größer wird mein Unbehagen.

»Arne! Sigge! Kommt ihr mal zu mir!«, rufe ich meine beiden Kollegen. »Es gibt Neuigkeiten!«

Sekunden später sind sie bei mir.

»Ich lese euch jetzt Stigs Testament vor, wenn man davon ausgehen will, dass Stig dieses Testament tatsächlich selbst verfasst hat.«

29

Vor mir liegen die Kopien von zwei handgeschriebenen Seiten. Sigge und Arne sehen mich erwartungsvoll an. Dann lese ich vor.

TESTAMENT

Ich, Stig Eriksson, geboren am 4. April 1982 in Jokkmokk, bin unverheiratet und kinderlos. Ich bin in meiner Testierfähigkeit nicht durch frühere Verfügungen beschränkt.

Ich vermache meinen gesamten Besitz einschließlich Aktienvermögen, Grund- und Immobilienbesitz inklusive aller sich dort befindlichen Gegenstände, Einrichtungen und Fahrzeuge Frau Dana Novak, geb. am 27. November 1987 in München, Deutschland.

Ich wünsche, feuerbestattet zu werden.

Jokkmokk, 2. Januar 2020

Stig Eriksson

Arne und Sigge starren mich sprachlos an. Ich wedle mit den beiden Seiten.

»Das ist alles?«, fragt Arne fassungslos. »Mehr nicht?«

»Das glaub ich jetzt nicht«, sagt Sigge zweifelnd.

»Doch, das ist sein ganzes Testament«, sage ich. »Auf Seite zwei ist dann alles sauber aufgelistet, was in seinem Besitz ist.«

»Stig hätte nie und nimmer Sanya und Arun völlig leer ausgehen lassen, und er hätte auch die Studiengebühren für deren Sohn Huy weiter übernommen«, faucht Arne aufgebracht. »Das stinkt doch zum Himmel.«

Ich nicke nachdenklich. »Nach allem, was ich von unserem Mordopfer gehört habe, kann ich auch nicht glauben, dass dies tatsächlich sein Letzter Wille sein soll. Wir werden das Testament grafologisch untersuchen lassen.« Meine Augen fliegen erneut über die spärlichen Zeilen. »Ich glaube, hier will uns jemand für dumm verkaufen.« Ich schaue zu beiden. »Damit ist Dana unsere Hauptverdächtige, auch wenn sie den Mord eventuell nicht selbst begangen hat. Sie könnte einen Komplizen haben.«

Da wir gleich eine Videokonferenz mit Ylva und Leif haben, setzen wir uns um meinen Computer herum und warten. Kurz darauf erwacht der Bildschirm zum Leben, und wir konzentrieren uns auf ihn. Ich drücke auf die Videotaste, das Bild baut sich langsam auf, und unsere Gesprächspartner erscheinen auf dem Schirm.

»Hej, Anelie, hej, Arne, hej, Sigge«, begrüßt uns der Staatsanwalt freundlich.

»Hej«, sagt Ylva. »Ihr habt das Testament gesehen?« Small

Talk ist glücklicherweise nicht ihr Ding. »Damit ist diese Dana Novak nun eine sehr reiche Frau.«

Ich schüttle nachdenklich den Kopf. »Dieses Testament kann nicht echt sein. Wir müssen es auf Echtheit prüfen lassen.«

Ylva runzelt die Stirn, doch bevor sie wie üblich Einwände erheben kann, ergreift Leif das Wort. »Worauf stützt du deine Vermutung?«

»Nach allem, was wir über Stig bei unseren Recherchen in Erfahrung bringen konnten, ist er ein sehr großzügiger Mann gewesen. Er hat seine beiden Trainer extrem gut bezahlt wie auch seine beiden Angestellten Sanya und Arun. Stig finanzierte deren Sohn außerdem ein Studium in Stockholm. Ich halte es für undenkbar, dass er ihnen und dem Sohn nichts hinterlässt. Er hätte dem Jungen mit Sicherheit wenigstens dessen Studiengebühren noch bezahlt. Das passt nicht zu dem Bild, das wir hier von ihm während unserer Ermittlungen bekommen haben. Stig hätte alle ebenfalls bedacht.«

»Gibt es denn schon einen konkreten Verdacht gegen irgendwen?«, kommt die unvermeidliche Frage von Ylva.

Ich schüttle den Kopf und informiere die beiden über den aktuellen Stand und Danas Alibi.

»Seine Lebensgefährtin hat ihn nicht umgebracht ... Also habt ihr nichts gegen sie in der Hand«, stellt Ylva fest.

»Trotzdem brauchen wir ein grafologisches Gutachten«, fordere ich. »Und das sehr schnell.«

»Ich denke, genau das brauchen wir nicht«, entgegnet Ylva mit einem triumphierenden Lächeln. »Wir haben einen Verdächtigen. Wir gehen davon aus, dass er den Mord an Stig begangen hat.«

Ich starre sie an. »Wer soll das sein?«

»Gunnar Martinsson. Er hat sieben Jahre wegen Totschlags gesessen und ist seit knapp drei Monaten wieder auf freiem Fuß. Er ist ein Armeeveteran mit einem langen Vorstrafenregister. Er war von kleineren Betrügereien zu ernsteren Sachen übergegangen, zu sehr ernsten Sachen.«

»Was hat das mit Stig zu tun?«, frage ich völlig perplex.

»Stig hat ihn damals mit seiner Zeugenaussage ins Gefängnis gebracht. Er hatte beobachtet, wie Gunnar eine Frau vor ein Auto gestoßen hat. Die Frau wurde überfahren und tödlich verletzt. Das Opfer war Gunnars Ehefrau, die sich von ihm trennen wollte.«

»Aber warum sollte dieser Gunnar sich jetzt an Stig rächen, wenn er diesen Totschlag tatsächlich begangen hat?«

»Gunnar hat behauptet, dass seine Frau damals gestolpert sei und er sie nicht gestoßen habe. Es stand Aussage gegen Aussage«, mischt sich Leif nun ein. »Aber mit Gunnars Vorgeschichte hat ihm niemand geglaubt. Außerdem hatte sich Gunnar mit seiner Frau in einem üblen Scheidungskrieg befunden. Das Gericht hat Stigs Aussage Glauben geschenkt.«

»Er hat während seiner Zeit im Gefängnis häufiger Drohungen gegen Stig ausgestoßen«, fügt Ylva hinzu. »Wir werden diesen Gunnar in Lulea vernehmen und sein Alibi überprüfen. Aber ich vermute, wir haben damit den Täter und werden den Fall schnell abschließen können.« Sie macht ein zufriedenes Gesicht. »Für euch sind die Ermittlungen damit beendet. Ihr könnt eure Arbeit an diesem Fall einstellen. Von dir, Anelie, erwarte ich umgehend einen Abschlussbericht, und du, Sigge, kannst nach Lulea zurückkommen.«

Ich gebe mich noch nicht geschlagen. »Wir müssen trotzdem das Testament prüfen lassen«, beharre ich. »Dana erbt sehr viel Geld. Das ist ein starkes Motiv.«

»Rache auch«, widerspricht mir Ylva. »Und diese Dana hat ja wohl ein Alibi, sie kann also nicht die Mörderin sein, wie du selbst gesagt hast.«

»Vielleicht hat sie mit Gunnar gemeinsame Sache gemacht«, erkläre ich wütend. »Und ihr habt nichts gegen diesen Gunnar in der Hand außer ein paar angeblichen Drohungen. Es wäre absolut unprofessionell, auf ein grafologisches Gutachten zu verzichten.«

Ylva funkelt mich bitterböse an. Ich kann sehen, wie sie auf meinem Vorwurf herumkaut. Ich schaue zu Leif. Er wirkt unschlüssig.

»Wir müssen zweifelsfrei wissen, ob es wirklich Stigs Letzter Wille ist, dass Dana alles erbt, oder ob es sich um eine Fälschung handelt«, beharre ich stur.

Leif nickt Ylva zu. Sie sieht mich lange nachdenklich an. »Auf deine Verantwortung lasse ich das Testament prüfen«, sagt sie und betont dabei jedes Wort. Wären es Schrotkugeln, ich läge durchsiebt am Boden. »Ich hoffe für dich, dass du mit deinem Verdacht richtig liegst und wir nicht unnötig Steuergelder verschwenden.« Sie bedenkt mich mit ihrem Raubtierblick.

Ich ignoriere ihre unterschwellige Drohung und sage stattdessen: »Wenn die Überprüfung von Stigs Testament eine Sackgasse ist, stelle ich meine Ermittlungen ein. Wenn es allerdings so sein sollte, wie ich vermute, dann ermitteln wir mit derselben Intensität weiter wie bisher.«

Ylva presst die Lippen zusammen, doch sie antwortet nicht.

»Deutet in seinen Unterlagen nichts darauf hin, wer ihn mit Dopingmitteln versorgt haben könnte?«, bohre ich nach.

Ylva schüttelt den Kopf. »Dazu haben wir nichts gefunden. Aber die Presse sitzt uns im Nacken und beklagt längst den fehlenden Ermittlungserfolg. Gut, dass wir ihnen in Kürze mitteilen, dass wir diesen Mordfall aufgeklärt haben.«

Damit beendet sie abrupt die Videokonferenz.

»Kawumm. Wir sind im Arsch«, sagt Sigge. »Sagt mir bitte, dass das hier gerade nicht wirklich stattgefunden hat.«

»Erst lassen sie uns hier am langen Arm verhungern, und dann zaubern sie einen Mörder aus dem Hut«, schimpft Arne aufgebracht. »Was für eine Rentierscheiße!« Die Ungläubigkeit in seiner Stimme schlägt in Zorn um. »Wie zum Henker kann das überhaupt sein?«

Ich schweige, das war kein Marschbefehl, sondern eine Vollbremsung.

»Und ich muss morgen zurück«, meint Sigge bestürzt.

»Dann war's das für uns?«, fragt Arne.

Ich schüttle bedächtig den Kopf. So leicht lasse ich mich nicht beirren, wenn ich einmal Witterung aufgenommen und einen Entschluss gefasst habe. Nachdenklich sehe ich die beiden an.

»Ich spiele mal den Advocatus Diaboli«, sage ich langsam. »Was, wenn wir beweisen, dass wir richtigliegen und sie falsch?«

Arne legt den Kopf schief. »Wie willst du das tun?«

Ich denke nach.

»Ylva hat uns wirklich den Fall entzogen«, sagt Sigge frustriert.

Ich kann mir ein Grinsen nicht verkneifen. »Na und ... Wir müssen einfach unter dem Radar bleiben.«

»Aber ich bin morgen weg«, sagt Sigge enttäuscht.

»Und wenn du Urlaub nimmst?«, schlägt Arne vor.

Sigge muss nicht lange nachdenken. »Ich habe noch ziemlich viele Überstunden abzubauen. Dann werde ich mal ein paar Tage Urlaub einreichen.«

»Dann wäre das geklärt«, sage ich und klatsche in die Hände.

Arne wirft einen Blick auf seine Armbanduhr. »Wollen wir erst noch schnell im Museum was essen, bevor wir loslegen? Es ist schon nach zwölf. Und mit leerem Magen ermittelt es sich nicht gut.«

»Moment noch«, sage ich und rufe Dana an. Ich bestelle sie für nachher auf die Polizeistation ein.

Dann brechen wir auf. Wir gehen zu Fuß, und ich genieße die klare frische Luft. Die Wolkendecke zeigt große Lücken, und die Sonne blinzelt mir ins Gesicht. Der Schnee knirscht unter unseren Schuhen, während wir durch den Schnee stapfen. Wir passieren die Sami-Schule hinter dem Museum. Einige Kinder, in Tracht gekleidet, tummeln sich vor dem Eingang. Sie reden samisch, und ich verstehe kein Wort. Aber ich weiß, dass diese Kinder bald mit ihren Müttern und Vätern in die Berge gehen werden, um die Rentiere hinauf auf die Sommerweiden zu treiben. Oben in den Bergen werden dann die kleinen Rentiere geboren. Erst kurz vor Wintereinbruch werden die Tiere wieder heruntergebracht. Ich bin froh, dass wir wenigstens diesen schrecklichen Fall um die getöteten Rentiere aufklären konnten, und hoffe, dass dieser Fahndungserfolg wieder für Ruhe in der Region sorgen wird. Ob Sami oder Nicht-Sami, eigentlich wollen die meisten hier in Frieden zusammenleben.

Neben der Schule befinden sich weitere Sami-Gebäude, und mein Blick fällt auf ein Plakat. Hier wird zu einer Gemeindeversammlung am kommenden Samstag eingeladen, um über die Eingriffe in die Natur durch den schwedischen Energieriesen Vattenfall und die anderen Konzerne zu diskutieren. Es soll über mögliche Gegenmaßnahmen beraten werden. Früher galt Lappland als unwirtlich und bedeutungslos, doch seit Politik und Industrie den Wert der Region als Rohstofflieferant erkannt haben, hat sich das dramatisch verändert.

Die unendlich große Seenlandschaft lässt sich hervorragend mit Stauseen zur Energiegewinnung ausnutzen. Die Holzwirtschaft bedient sich schonungslos der endlosen Wälder und verwandelt das für die umherziehenden Rentiere wichtige Weideland mit schnell wachsenden Fichten, Kiefern und Birken in einen reinen Nutzwald. Die Minenkonzerne betreiben Raubbau an der Natur, um an die unter der Erde ruhenden Eisenerze und anderen Bodenschätze zu gelangen. Da Daniel in Kiruna als Ingenieur bei der dortigen Mine arbeitet, weiß ich um die Probleme und Folgen bestens Bescheid. Ob die Sami auch in Zukunft ihren traditionellen Lebensstil weiterführen können, hängt maßgeblich davon ab, inwieweit dieser Ausbeutung Lapplands Einhalt geboten werden kann.

Wir biegen hinter der Sami-Schule ab und haben unser Ziel, das Sami-Museum, erreicht, um im dortigen Restaurant zu essen. Wie im Hotel Akerlund gibt es auch hier ein Mittagsbuffet. Als wir dort eintreffen, ergattern wir gerade noch den letzten freien Tisch. Ein Sami, der eine Luhka, den typischen

Sami-Poncho, in einem tiefdunklen Blau trägt, tritt an unseren Tisch.

Die folgenden Sekunden dehnen sich, denn hinter ihm, mit einigen Metern Abstand entdecke ich Olvin, den Sohn von Leyla. Sie hatte während der Ermittlungen in unserem letzten Fall ihr Leben verloren. Sein böser Blick streift mich, wandert zu Sigge und bleibt dort hängen. Er schießt uns mit seinen Augen salvenweise Schrotkugeln in den Leib. Mir ist, als würde Olvins Mutter wieder vor mir stehen. Meine Erinnerungen an diesen Fall sind schlagartig zurück. Es sind die gleichen hasserfüllten, kalten Augen, und in ihnen spiegelt sich seine Anklage. Er lässt keine Zweifel daran, dass er uns für den Tod seiner Mutter verantwortlich macht. Mein Blick wandert zurück zu dem an uns herangetretenen Sami, der nun zu uns spricht.

»Wir sind sehr froh, dass ihr euch um unser Problem gekümmert habt«, sagt der Sami, der mit ernstem Gesicht an unserem Tisch steht. »Vielen Dank.« Mit einem Nicken verabschiedet er sich und zieht Olvin mit sich fort.

»Diese Ehre gebührt dir, Arne«, sage ich, immer noch entsetzt von Olvins kalten Augen.

Doch Arne schüttelt den Kopf. »Nein, das hat er anders gemeint. Er wollte nur in der Öffentlichkeit und vor den anderen Sami im Raum sein Gesicht wahren. Das muss ihn eine Menge Überwindung gekostet haben, sich bei uns zu bedanken, denn wir alle hier sind aus seiner Sicht nicht wirklich erwünscht. Und dieser hier gerade gehört zu der kleinen Gruppe von absoluten Hardlinern.«

Ich lasse meine Teller halb voll stehen. Das Ganze hat mir den Appetit verdorben. Schnell brechen Sigge und ich wieder auf und kehren in die Polizeistation zurück. Arne ist nicht mitgekommen. Er will sich in Jokkmokk umhören, ob irgendjemand etwas über Dana Novak weiß. Er kennt so gut wie jeden hier im Ort und wird mit seinen Fragen bestimmt auf offene Ohren stoßen.

30

Während wir auf Danas Ankunft warten, widmen Sigge und ich uns der Internetrecherche. Sigge versucht, Informationen über Dana einzuholen, um möglichst viel über die Frau herauszufinden, die laut eines fragwürdigen Testaments in den Besitz eines dreistelligen Millionenvermögens kommen soll. Außerdem müssen wir herausfinden, ob sie mit Gunnar Martinsson in Verbindung gestanden hat. Ich habe Sigges Vorschlag zugestimmt, Liv dabei um Hilfe zu bitten. Ihre Möglichkeiten können uns Türen öffnen, die wir ohne sie noch nicht einmal finden würden.

Während Sigge sich die sozialen Medien vornimmt, logge ich mich in den Zentralcomputer ein, suche Gunnar Martinssons Akte und lese mich in den Fall ein. Der Mann stammt aus Lulea, und ob ich will oder nicht, dieser Gunnar hat tatsächlich ein Motiv. Wenn er damals seine Frau wirklich vor ein Auto gestoßen hat, dann hätte er bereits einmal gemordet. Und nichts macht einen Verbrecher zu einem besseren Verbrecher als seine Zeit im Gefängnis.

Ich studiere Stigs damalige Aussage. Er war zu dieser Zeit wegen diverser Termine in Lulea gewesen und hatte erklärt, zufällig beobachtet zu haben, wie es zu diesem tragischen Tötungsdelikt oder Unfall gekommen war. Stig hatte zu Protokoll gegeben, dass der Mann ohne jeden Zweifel die Frau gestoßen hatte, auch wenn Gunnar das immer wieder bestritten hatte. Letztlich ist es Stigs Aussage gewesen, die zu einer Verurteilung geführt hatte. Und nun ist dieser Mann wieder auf freiem Fuß und hat nichts Besseres zu tun, als den Mann, der ihn hinter Gitter gebracht hat, zu töten? Denkbar, aber auch möglich?

Aus der Akte kann ich nichts entnehmen, was darauf schließen lässt, dass Gunnar ein Scharfschütze ist, der zu so einem Schuss mit einer Armbrust fähig ist. Um so präzise schießen zu können, braucht es jahrelange Erfahrung und sehr viel Übung, vor allem mit dieser speziellen Waffe. Aus diesem Grund hege ich größte Zweifel daran, dass Gunnar Stig auf dem Gewissen hat: Er war sieben Jahre weggesperrt gewesen und hatte somit keine Gelegenheit, diesen Mord vorzubereiten oder dafür zu üben. Wie hätte er alles planen sollen? Ich kann es mir beim besten Willen nicht vorstellen. Außer er hatte Hilfe. Ich sehe mir die Namensliste all derer an, die Gunnar während seiner Haft im Gefängnis besuchten. Niemand hat ihn besucht, denn es gibt keinen, der ihn besuchen wollte, außer seinem Anwalt. Ich muss mir selbst ein Bild von diesem Gunnar machen und schreibe Ylva eine E-Mail mit der Bitte, dass ich bei der Vernehmung dabei sein darf. Dann gehe ich nach nebenan.

»Kommst du voran?«, frage ich Sigge.

Er schüttelt den Kopf. »Dana ist nicht in den sozialen Medien aktiv. Stig auch nicht. Vermutlich wollte er nicht, dass sie Privates preisgibt. Und du?«

»Ich glaube nicht, dass dieser Gunnar etwas mit unserem Fall zu hat«, sage ich und erkläre Sigge, warum ich zu diesem Schluss gekommen bin. »Aber ich will bei dieser Vernehmung dabei sein und mir selbst eine Meinung bilden.«

Arne kommt in die Polizeistation. Er geht geradewegs in sein altes Büro, wo er sich auf die Couch fallen lässt und die Füße hochlegt.

»Meine armen Füße«, seufzt er und macht ein gequältes Gesicht, als hätte er gerade den Sarek-Nationalpark durchquert.

Ich muss lächeln. »Hast du was herausfinden können?«

Er schüttelt müde den Kopf. »Außer dass ich einen halben Marathon zurückgelegt und mir die Füße wund gelaufen habe, ist meine Ausbeute äußerst mager, um nicht zu sagen, dieser Ausflug war ein Schuss in den Ofen. Das Einzige, was ich in Erfahrung bringen konnte, ist, dass Dana angeblich eine *Stuga* in den Bergen hat.«

Ich werde hellhörig. »Wo soll das sein?«

»In der Nähe von Nattavaara.«

Ich kenne diese Gegend, weil ich dort schon mit Daniel zum Wandern war. Sie liegt nur knapp eine Autostunde östlich von Jokkmokk unterhalb des Muddus-Nationalparks.

Es klingelt an der Tür. Sigge geht hinaus und kommt mit Dana zurück. Ich setze mich an meinen Schreibtisch, sie nimmt mir gegenüber Platz. Sigge bleibt in der Tür stehen. Arne lässt sich nicht blicken. Vermutlich braucht er eine Pause.

»Danke, dass du so schnell kommen konntest«, begrüße ich Dana.

»Habt ihr den Mörder fassen können?«, fragt sie ohne Umschweife.

»Es gibt einen dringend Tatverdächtigen, aber ich kann dazu noch nicht mehr sagen. Hast du darüber nachgedacht, wer aus Stigs Umfeld ein Motiv haben könnte?«

Sie legt ihren schlanken Zeigefinger an die Lippen und berührt ihn ganz zart mit der Zungenspitze. »Ich weiß wirklich niemanden, der dazu fähig wäre.«

»Aber ihr hattet an den Wochenenden gelegentlich Besuch«, fahre ich fort. »Da hast du ja bestimmt einige von Stigs Freunden und Bekannten kennengelernt.«

»Ja, aber je näher der Termin für das Rennen heranrückte, umso weniger Besuch ist gekommen«, antwortet sie. »Stig wollte keine Ablenkung mehr so kurz vor dem Rennen. Er war total auf diesen Wettkampf fokussiert.«

»Könntest du mir die Namen der Besucher aufschreiben?«, bitte ich sie und schiebe ihr einen Zettel und Kugelschreiber hin.

»Jetzt?«, fragt sie irritiert.

»Ja, bitte.«

»Da muss ich nachdenken. Von vielen kenne ich nur den Vornamen.«

Ich nehme ihr Papier und Stift wieder ab. »Dann werde ich schreiben, während du erzählst.«

Dana scheint in sich zu gehen. »Einmal war ein Paar aus London bei uns. Susan und Greg. Stig kannte sie aus seiner Zeit dort. Aber ich kenne nicht ihren Nachnamen.«

»Wer noch?«

Sie runzelt die Stirn. »Stigs Anwalt ist einige Male bei uns gewesen. Er heißt Einar und hat seine Kanzlei in Malmö. Am häufigsten hat uns sein Jagdfreund aus Namibia besucht. Stig hat ihm die Flüge nach Schweden bezahlt, damit er hierherkommen konnte. Er stammt ursprünglich aus Deutschland und ist irgendwann nach Namibia ausgewandert. Er hat dort eine Lodge. Ich glaube, Stig hat Geld in diese Lodge investiert.«

»Wie ist sein Name?«

»Alexander. Seinen Nachnamen kenne ich auch nicht. Aber ich weiß, wie die Lodge heißt. Das habe ich mir gemerkt, weil Stig mit mir dorthin fahren wollte. Sie heißt Mobola Lodge.«

»Wann war dieser Alexander zuletzt hier?«, hake ich nach.

Dana denkt lange darüber nach. »Ich habe ihn im November zuletzt gesehen. Aber irgendwann habe ich zufällig gehört, wie Stig mit ihm telefonierte. Da gab es wohl Streit. Ich habe allerdings nicht wirklich hören können, worüber die beiden gestritten haben.«

»Weißt du sonst noch jemanden?«

»Ich habe meinen Kalender zu Hause, da könnte ich nachsehen«, schlägt sie vor. »Ich habe alle Einladungen eingetragen.«

Ich nicke. »Kannst du mir die Liste mailen?«

»Ja. Ich mache das gleich, sobald ich zurück bin«, verspricht sie.

»Weißt du vielleicht von noch jemandem, dem Stig Geld gegeben oder geliehen hat?«

»Nein. Er hat mit mir nie über solche Dinge gesprochen.«

»Sagt dir der Name Gunnar Martinsson etwas?«

Wieder Kopfschütteln. »Diesen Namen habe ich noch nie gehört.«

»Hat Stig dir einmal erzählt, dass er vor sieben Jahren einen Unfall in Lulea beobachtet hat, bei dem eine Frau ums Leben gekommen ist?«, frage ich weiter.

»O Gott.« Sie schlägt die Hand vor den Mund. »Wie furchtbar! Nein … er hat nie davon gesprochen.«

»Verstehe«, sage ich. »Wer war denn Stigs behandelnder Arzt?«

Sie sieht mich völlig überrascht an. »Äh … wieso?«

»Jeder Mensch braucht Ärzte«, antworte ich lapidar. »Vor allem als Sportler.«

»Ach so … ja … stimmt … aber dafür ist er immer nach Stockholm geflogen. Stig ist nur zu Spezialisten gegangen.«

»Waren diese Spezialisten auch mal bei euch bei Besuch?«

Sie verneint.

»Und was ist mit dem Zahnarzt, bei dem du arbeitest? War Stig bei ihm in Behandlung?«

»Er war nur ein einziges Mal für eine Zahnreinigung bei Dr. Herwig. Dabei haben wir uns kennengelernt. Dr. Herwig ist ein guter Zahnarzt, aber Stig wollte immer nur die Besten der Besten, und die gibt es hier nicht. Alle seine Ärzte waren in Stockholm. Ich habe ihn einige Male begleitet. Wir sind immer für ein paar Tage dortgeblieben, haben uns eine schöne Zeit in Stockholm gemacht, und Stig hat dabei seine Arzttermine wahrgenommen. Er hat ja auch ein sehr schönes Apartment in der Stadt.«

Ich lehne mich zurück und sehe Dana forschend an. Wenn sie lügt, dann tut sie es extrem gut. Ihre Antworten klingen glaubwürdig, und ihre Mimik zeigt keine verräterischen Spuren.

»Wir haben in Stigs Safe sein Testament gefunden.«

In ihren Augen blitzt etwas auf, ein fast unmerklicher Ruck geht durch ihren Körper.

»Ich kenne den Inhalt noch nicht«, lüge ich. Ich will dieses Thema noch nicht anschneiden, sondern erst das grafologische

Gutachten abwarten. »Das Testament wird ein Justiziar aus Lulea öffnen.«

»Aha. Und wie lange wird das dauern?«

»Ich sage dir Bescheid, sobald ich den Inhalt kenne. Eine letzte Frage hätte ich noch. Du besitzt eine *Stuga* in den Bergen bei Nattavaara?«

Ein Lächeln breitet sich auf ihrem Gesicht aus. »Stig hat sie mir zu meinem Geburtstag im letzten Jahr geschenkt.«

»Wie schön!«

»Ja, er war wirklich ein sehr großzügiger Mensch«, sagt sie mit leiser Stimme. Tränen füllen ihre Kulleraugen. Aber diesmal bewahrt sie die Fassung. »Ich habe dort viel Zeit verbracht, wenn Stig seine Ruhe haben wollte wegen seines anstrengenden Trainings.«

Irgendwie komme ich hier nicht weiter und entlasse Dana. Ich bleibe noch eine Weile an meinem Schreibtisch sitzen und denke über das Gespräch nach. Eines der größten Probleme eines Ermittlers ist die Unkenntnis bestimmter Milieus. Ein Ermittler kann nur so gut sein wie sein Wissen über die möglichen Tatverdächtigen und deren Milieu. Stigs Leben wirkt wie ein Mikrokosmos auf mich, in dem nur Platz für fünf Menschen gewesen sein mag, von denen keiner ein Motiv oder die Möglichkeit für diesen grausamen Mord gehabt hat.

»Was hältst du von ihr?«, reißt mich Sigge aus meinen Gedanken.

Doch bevor ich antworten kann, klingelt es wieder an der Tür. Wir erwarten eigentlich nur noch Liv. Aber Sigge, der zur Tür geht, kommt zu meinem Erstaunen mit Ana Maenpaa zurück.

»Ich bin gekommen, um für euch zu joiken, denn es hat mich persönlich und meine kleine Gemeinde zutiefst berührt, dass ihr euch so intensiv um die Aufklärung gekümmert habt«, sagt sie.

Wir setzen uns alle zu Arne ins Büro. Ana schließt die Augen und bleibt bewegungslos stehen. Dann öffnet sie ihre Augen und stimmt den Joik an, den sie für uns kreiert hat. Ihre klare Stimme schallt durch den Raum und bereitet mir augenblicklich eine Gänsehaut. Ein archaischer, mystischer Klang strömt aus Anas Kehle und schwebt wie eine Wolke über uns. Ich kann nicht verstehen, was Ana für uns in ihrer Sprache joikt, aber ich spüre, dass es um die Liebe zu ihren Rentieren und zu ihrem Land geht.

Ein Joik hat eine spirituelle Bedeutung, er kommt von Herzen und spricht die Sprache des Herzens. Er drückt Liebe, Dankbarkeit, Stolz, Identität, Erinnerungen aus und handelt von der Verbundenheit mit der Natur, mit den Tieren und mit den Menschen. Er kann viele hundert Jahre existieren und in einer Familie weitergegeben werden. Ich weiß, dass es bei den Sami üblich ist, Menschen, denen man nahesteht oder die man liebt, mit Gesang zu beschenken, statt ein Kompliment zu machen.

Ana hat uns einen Joik geschenkt und uns damit eine große Ehre erwiesen. Als sie gegangen ist, sitzen wir noch lange schweigend da und lassen Anas Stimme in uns weiterklingen. Es fällt mir schwer, diese ehrfürchtige Stimmung loszulassen.

Das erneute Klingeln an der Tür holt uns in unsere Wirklichkeit zurück.

»Das muss Liv sein«, sagt Sigge und läuft hinaus, um kurz darauf mit ihr zurückzukommen.

Liv wirbelt herein wie ein frischer Polarwind, zieht sich die Pelzmütze vom Kopf und schüttelt ihr langes schwarzes Haar. Was für eine Veränderung, denke ich. Seit sie wie ich Stockholm den Rücken gekehrt hat, um hier oben im Polarkreis zu leben, ist sie völlig verändert. Früher hatte sie ihr Haar immer zu einem strengen Dutt hochgezwirbelt. Jetzt trägt sie es meist offen, was sie femininer erscheinen lässt. Auch ist ihre blasse Gesichtsfarbe einem rosig frischen Teint gewichen.

Unwillkürlich muss ich an einen Abend denken, als Daniel in Gällivare war und Liv und ich ein Bad im Hot Tub genossen hatten. Damals hatte ich sie zum ersten Mal nackt gesehen, ihre schneeweiße Haut, ihre umwerfende Figur, schlank und athletisch, und ihr Tattoo in Form eines roten Drachen, der sich über ihren gesamten Rücken schlängelt.

»Hej, Anelie«, begrüßt mich Liv aufgekratzt und schlüpft aus ihrer Daunenjacke. »Alles in Ordnung mit euch? Ihr seid so seltsam, irgendwie verklärt. Ist etwas passiert?«

Verklärt trifft es auf den Punkt, denke ich. »Ana war gerade hier und hat für uns gejoikt.«

Mehr muss ich nicht sagen. Liv ist hier geboren und aufgewachsen und versteht, was ich gerade ohne viele Worte gesagt habe.

»Willst du an meinen Computer?«, frage ich sie.

Sie lacht schallend auf. »Mit euren antiquarischen Geräten komme ich nicht weit. Ich brauche nur ein gutes Briefing. Den Rest mache ich zu Hause.«

»Eine Frage, Liv«, sage ich und fische mein Handy heraus.

Dann zeige ich ihr die Fotos, die ich in Stigs Arbeitszimmer gemacht haben. »Was hältst du von Stigs Equipment?«

Sie wirft einen schnellen Blick darauf. »Gutes Material, damit kann man arbeiten. Und doch ist es nichts Besonderes. Aber was kann ich für euch tun?«

»Wir bräuchten alles über diese Dana Novak, was du finden kannst. Sie ist die Lebensgefährtin von Stig Eriksson, die laut Testament alles erben soll. Ich würde gerne mehr über ihren Hintergrund wissen, wo sie herkommt, wo sie gelebt hat, mit wem sie Kontakt hatte, ob sie irgendwann einmal mit einem Gunnar Martinsson zu tun hatte. Ich habe da nur so ein Bauchgefühl, aber kannst du bitte jeden Stein umdrehen?«

»Du und deine Bauchgefühle.« Liv lächelt hintergründig. »Kennen wir das nicht? Ich melde mich, wenn ich fündig geworden bin. Kann aber ein bisschen dauern, weil ich erst noch eine andere Sache fertig machen muss. Aber ich versuche, mich zu beeilen«, fügt sie noch hinzu, als sie meinen gequälten Blick sieht.

Zeit ist das, was wir am wenigsten haben. Sie gibt Sigge einen leidenschaftlichen Kuss, winkt mir und Arne zum Abschied zu, und schon ist sie wieder weg.

»Ihre gute Laune ist wirklich ansteckend. Was könnte nur der Grund dafür sein?« Ich werfe Sigge einen vielsagenden Blick zu, den er mit einem vielsagenderen Lächeln beantwortet.

Wir diskutieren kurz noch eine Weile über den Fall, aber für heute hat es keinen Sinn mehr, länger in der Polizeistation Zeit totzuschlagen. Wir brauchen Ergebnisse, und die bekommen wir frühestens morgen. Daher machen wir Schluss.

31

Zu Hause empfängt mich leise Musik und gedämpftes Licht, gespendet von einem Dutzend flackernder Kerzen. Mit einem Lächeln auf den Lippen hänge ich meine Jacke auf, als ich Daniels Stimme leise hinter mir höre: »Nicht erschrecken, mein Schatz.«

Ich will mich gerade umdrehen, als Daniel mir ein »Nicht bewegen« ins Ohr haucht.

Ich rühre mich nicht von der Stelle, und Daniel verbindet mir von hinten mit einem Tuch die Augen.

»Vertraust du mir?«

»Klar vertraue ich dir«, antworte ich lachend. »Aber was wird das?«

»Du hast gesagt, du vertraust mir«, flüstert Daniel amüsiert, während er beginnt, mir meinen Pullover auszuziehen.

»Schaaaatz … was tust du da?«

»Pssssscht«, bekomme ich zur Antwort, während Daniel mich von hinten umfasst und anfängt meine Hose aufzuknöpfen.

»Heb deinen rechten Fuß vorsichtig an.«

Sein warmer Atem streift jetzt meinen Bauch, während er mir erst den rechten, dann den linken Socken entlockt. Wenig später stehe ich mit verbunden Augen splitterfasernackt vor Daniel, der sich mit sanften Küssen von meinem Bauch bis zu meinem Hals langsam wieder aufrichtet. Dann streift er mir meinen flauschigen Bademantel über. »Bereit?«, flüstert Daniel in mein Ohr, während er seine Arme von hinten um meine Taille legt und meinen Bademantel zubindet. »Gib mir deine Hand, ich führe dich. Achtung, nicht erschrecken, es geht nach draußen.«

Ich stelle mich auf den nahenden Kälteschock ein, denn es herrschen minus fünfzehn Grad, und ich bin nur mit einem Bademantel bekleidet und barfuß. Die eisige Luft empfängt mich, und die Hitzewelle meines Körpers wird augenblicklich schockgefroren. Daniel nimmt mir die Augenbinde ab, und endlich darf ich sehen, was er wirklich im Schilde führt. Er trägt ebenfalls nur seinen Bademantel. Wir schlüpfen aus unseren Mänteln und lassen sie achtlos auf die Terrasse fallen, um in den heißen, dampfenden Hot Tub zu gleiten, den Daniel für uns aufgefüllt und angeheizt hat. Eine wunderbare Wärme umfängt meinen Körper, als ich mit einem wohligen Seufzer in das heiße Wasser eintauche. Auch hier ist alles in Kerzenlicht gehüllt. Es spendet gerade so viel Licht, um zu erkennen, dass Daniel ein großes Holztablett mit Sashimi und Ceviche vorbereitet hat, das er als schwimmendes Floß aufs Wasser setzt.

»Heute alles frisch gefangen, lass es dir schmecken, mein Schatz.« Daniel gibt mir einen leichten Kuss, drückt mir ein Glas Rotwein in die Hand und prostet mir zu.

Mit den Stäbchen, die auf dem Tablett bereitliegen, schnappe ich mir den ersten Happen. Der frische, rohe Fisch schmilzt förmlich auf meiner Zunge.

»O Gott, ist das gut«, stöhne ich.

Diesmal hauche ich ihm einen flüchtigen Kuss auf die Lippen, dann machen wir uns hungrig über das Essen her, während das heiße Wasser unsere Körper umhüllt.

Irgendwann liegen wir satt und glücklich im dampfenden Wasser, schauen still in die Sterne und nippen an unserem Rotwein.

»Wie konntest du wissen, dass ich genau an einen solchen Abend gedacht habe?«, frage ich ihn.

»Oh, ich kann hellsehen«, antwortet Daniel lächelnd, während er sich zu mir herüberbeugt, mich kurz küsst und mir ins Ohr flüstert: »Und der Abend ist noch nicht zu Ende.«

32

Als der Wecker um sechs Uhr klingelt, versuche ich, das hartnäckige Geräusch zu ignorieren. Ein nächtlicher Schneesturm war mit lautem Heulen um unser Haus gezogen, hat an unseren Fensterläden gerüttelt und mich aufgeweckt. Ich habe die halbe Nacht wach gelegen und über eine Strategie nachgedacht, wie ich bei den Ermittlungen in diesem Mordfall weiter vorgehen soll, und bin erst sehr spät eingeschlafen.

»Mach endlich den Wecker aus«, murmelt Daniel schläfrig und wälzt sich auf die andere Seite.

Ich überwinde mich, richte mich auf, schalte das nervtötende Ding aus und stehe auf. Müde schlurfe ich aus dem Schlafzimmer ins Bad und nehme eine lange heiße Dusche, die zwar nicht meine Müdigkeit vertreibt, aber meine Lebensgeister weckt.

Als ich aus dem Haus auf die Terrasse trete, versinke ich knietief im Neuschnee. Der Schneesturm hat seinem Ruf alle Ehre gemacht. Sosehr ich den Winter hier liebe, so sehr geht er mir jetzt auf die Nerven. Ich füge mich dem Unvermeidlichen und beginne damit, das unter den Schneemassen begrabene Schneemobil freizuschaufeln. Dabei komme ich ordentlich ins Schwitzen. Da der Neuschnee die schon vor Monaten angelegte Spur über den See komplett begraben hat, muss ich auf meine Erinnerung vertrauen und sehr vorsichtig übers Eis fahren, um nicht von der verdichteten Spur abzukommen und in einem Schneeloch zu landen, was eine längere Bergungsaktion zur Folge haben würde.

Zum Glück erreiche ich ohne Zwischenfälle das andere Ufer und den Parkplatz, wo ich erneut erst einmal meinen Volvo freischaufeln muss. Dann zockle ich langsam über den verschneiten Feldweg und bete inständig, nicht in einer Schneewehe stecken zu bleiben, was jedoch prompt passiert. Windtränen strömen über meine Wangen und kitzeln kalt auf meiner Haut. Ich fluche lauter und wütender, als der Wind heult. Wenigstens hat mir Daniel schon vor Langem einmal gezeigt, wie ich da wieder herauskomme. Ich mache mich also an die Arbeit.

Zuerst schaufele ich hinter meinem Volvo die Fahrspur auf etwa fünf Meter Länge frei, danach entferne ich so viel wie möglich von dem unter meinem Fahrzeug liegenden Schnee, lege die Fußmatten aus meinem Auto hinter meine Vorderreifen, breche zwei große Tannenzweige ab, drapiere je einen auf die Fußmatten und fahre mein Auto erst einmal nur langsam zurück. Ich steige aus und begutachte die Schneemengen, die nun noch vor meinem Wagen liegen, und entscheide mich dafür, mehr Schnee mit meiner großen Schneeschaufel aus der weiteren Fahrspur Richtung Straße zu entfernen, was mich zusätzliche dreißig Minuten kostet. Zuletzt breche ich erneut Zweige ab und lege sie in die Fahrspur, um meine Räder mit einem besseren Gripp zu versorgen.

»Und diesmal nicht so zögerlich«, spreche ich mir selbst laut Mut zu, trete gefühlvoll, aber energisch auf das Gaspedal und lenke meinen Wagen durch den vorbereiteten Fahrweg. Zu meiner großen Erleichterung funktioniert alles wie erhofft, und ich komme ohne weitere Probleme bis zur bereits geräumten Hauptstraße.

Als ich mit über einer Stunde Verspätung endlich in der Polizeistation eintreffe, empfängt mich ein vertrauter Geruch. Arne macht gerade frischen Kaffee.

»Hej, hast du schlecht geschlafen?«, fragt er und sieht mich forschend an.

»Nein, nur viel zur kurz, und mein Morgensport hat sicherlich auch nicht gerade geholfen«, erwidere ich und nehme dankbar eine große Tasse Kaffee in Empfang, die er für mich eingeschenkt hat. »Ich bin heute Nacht noch mal unseren Fall durchgegangen und habe über unser weiteres Vorgehen nachgedacht.«

»Schlechter Zeitpunkt, weder um bis in die Morgenstunden zu grübeln noch für Fahrfehler mit anschließendem Frühsport«, brummt er. »Hast du lange schaufeln müssen?« Ich verziehe mein Gesicht. Was soll ich sagen, er weiß selbst aus eigener Erfahrung, wie es hier laufen kann. »Besser du bist ausgeschlafen und hellwach, statt hier als Zombie herumzulaufen.«

»Ich bin kein Zombie«, sage ich empört. »Ich bin trotzdem voll da. Du auch?«

»Logisch.« Er schnalzt mit der Zunge. »Übrigens, Ylva hat angerufen. Die Vernehmung findet heute statt.« Er wirft einen Blick auf seine Armbanduhr. »Und zwar in knapp drei Stunden.«

»Scheiße«, fluche ich aufgebracht. »Und das hat Ylva gestern noch nicht gewusst?«

Arne grinst. »Ich denke, sie will dich nicht dabeihaben.«

»Da hat sie sich geschnitten. Ich fahre sofort los, und ihr beide haltet hier die Stellung. Könntet ihr bitte versuchen, mehr über diesen Alexander, der diese Lodge in Namibia besitzt, herauszufinden? Dana hat erzählt, dass die beiden gestritten haben sollen. Und ihr müsstet euch weiter durch die Listen arbeiten. Vielleicht hat sich der Mörder ja doch ein Schneemobil geliehen.«

Arne nickt. »Machen wir alles. Und bitte fahr vorsichtig.«

Fünf Minuten später sitze ich bereits im Auto unterwegs nach Lulea, was bei diesen Straßenverhältnissen eine mehrstündige Fahrt bedeutet. Aber wenn Ylva gedacht hat, sie könne mich auf diesem Weg kaltstellen, muss ich sie enttäuschen. Ich fahre schneller, als es die Straßenverhältnisse eigentlich zulassen, aber ich will auf keinen Fall zu spät ankommen. Glücklicherweise erreiche ich das Polizeipräsidium ohne Zwischenfälle. Schnell haste ich die Treppen hoch, den Flur entlang, zu Ylvas Büro. Sie begrüßt mich frostig, als ich in ihrem Büro auftauche. Ihr scheint sowohl mein Auftauchen als auch die Unterbrechung sehr zu missfallen. Das lässt jedenfalls das leichte Zucken ihrer linken Augenbraue vermuten.

»Du hättest den weiten Weg nicht zurücklegen müssen,

denn die Befragung werden zwei Kollegen führen, die mit dem Fall vertraut sind.«

Damit hatte ich gerechnet, so dass ich nicht protestiere. Ich will Gunnar gar nicht selbst befragen, sondern ihn nur bei der Vernehmung beobachten.

»Gibt es schon ein grafologisches Gutachten zum Testament oder die Ergebnisse zur Überprüfung von Danas Handydaten am Tattag?«, frage ich.

»Nein beim Testament, und die Verbindungsdaten müsstest du schon längst haben«, schnaubt Ylva.

»Ich habe nichts bekommen.«

Ylva greift zum Telefon. Drei Minuten später erscheint ein Mitarbeiter mit einem Stapel Papieren, die er Ylva wortlos in die Hand drückt. Ohne einen einzigen Finger zu rühren, hat Ylva mit ihren Blicken den Mitarbeiter geviertailt.

»Kannst du bitte kurz draußen warten«, fordert sie mich auf, und ich verdrücke mich schnellstens aus ihrem Büro.

Ich kann Ylva schreien hören. Kurz darauf erscheint ein geprügelter Hund und verdrückt sich schleunigst. Dann taucht Ylva auf, gibt mir den Papierstapel und läuft im Stechschritt los. Ich schließe mich ihr an. Ich laufe hinter ihr her bis zu dem Raum, der an den Vernehmungsraum angrenzt und von wo wir hinter dem venezianischen Spiegel die Befragung verfolgen können. Der Raum ist abgedunkelt, so dass ich die Unterlagen mit den Verbindungsdaten nicht einsehen kann, das muss leider warten.

Ich kenne die beiden Ermittler flüchtig vom Sehen. Es sind Stine Nyberg und Anders Mankell. Dann wird Gunnar Martinsson von einem Polizeibeamten hereingeführt, begleitet von einer Frau. Ich vermute, dass es sich dabei um seine Anwältin handelt. Gunnar sieht aus wie der Mörder, der er sein soll, muskulös, tätowiert, hart und unsympathisch. Aber ich habe mich noch nie vom äußeren Eindruck täuschen lassen.

Leif kommt zu uns und setzt sich neben mich.

»Du hier, Anelie?«, fragt der Staatsanwalt überrascht. »Dich habe ich gar nicht erwartet.«

»Das will ich mir nicht entgehen lassen«, sage ich mit sarkastischem Unterton.

Das Mikrofon wird eingeschaltet, die Befragung beginnt. Ich habe nur Augen für den Verdächtigen. Anders erklärt ihm, warum man ihn vorgeladen hat. Er bezichtigt Gunnar mit drohender Stimmlage des Mordes an Stig Eriksson und fordert ihn direkt auf, ein Geständnis abzulegen, was sich vorteilhaft für ihn auswirken würde, da alles für ihn als Täter sprechen würde. Offensichtlich hat er die Rolle des *bad cops* übernommen. Dann wird Stine den *good cop* mimen, ahne ich.

Erwartungsgemäß tut Gunnar ihm diesen Gefallen nicht. Stattdessen kontert er die Vorwürfe. »Sieben Jahre habe ich in einer verfickten Zelle geschmort … Wenn man da drinnen ist, dann kreisen alle Gedanken um das eine, immer nur um das eine. Wisst ihr, um was?«

Bad cop und *good cop* bleiben ihm eine Antwort schuldig.

»Um die verbleibende Lebenszeit da draußen«, fährt Gunnar wütend fort. »Man denkt jede Sekunde, jede Minute, jede Stunde, jeden Tag daran. Die letzten sieben Jahre haben sich ausschließlich darum gedreht, und ich hatte verdammt viel Zeit, in mich zu gehen, zu planen, wie mein Leben in Freiheit sein würde, und mir die Zukunft auszumalen.« Er lässt ein verächtliches Lachen vernehmen. »Ja, ich habe mir vorgestellt, wie ich dem, der mich da reingebracht hat, seine Lebenszeit nehme, die er mir gestohlen hat. Aber …« Er legt eine Pause ein. »Aber habt ihr wirklich gedacht, dass ich rauskomme, ihn umbringe, um wieder hier zu landen?« Jetzt spricht er monoton und langsam. »Dass ich länger als unbedingt nötig hier drinbleiben würde … was für ein Bullshit!«

Applaus, denke ich, und ich kann ihm nur zustimmen, das alles ist verdammter Bullshit. Er war die letzten sieben Jahre weggesperrt, hatte keinen Kontakt zur Außenwelt. Abgesehen von seinem Anwalt hat er kein einziges Mal Besuch empfangen. Er hat nie einen Brief erhalten oder geschrieben, hat nie mit jemandem telefoniert. Da kann man schon mal durchdrehen und auf Rache sinnen. Aber niemand hält das sieben Jahre lang durch. Und ich halte ihn nicht für so dumm, gleich nach seiner Entlassung seine Freiheit erneut zu verspielen, aber auch nicht für intelligent genug, einen derart perfiden Mordplan zu entwickeln. Ich lehne mich zufrieden zurück.

Wenig überraschend fordert die Anwältin die sofortige Beendigung dieser Befragung, wenn man nicht augenblicklich Beweise für diese absurde Behauptung auf den Tisch legen würde. Es ist das übliche Geplänkel zwischen den Ermittlern und den Anwälten, das ich nur zu gut kenne. Aber Tatsache ist, Beweise müssen auf den Tisch. Ich bin äußerst gespannt, was die beiden zu bieten haben.

Es folgt Stines Einsatz, die als *good cop* eine oscarreife Vorstellung abliefert. Sie unterbreitet Gunnar diverse freundliche Angebote, was die Anklageformulierung und ein mögliches Strafmaß betrifft, Gunnars Anwältin jedoch kategorisch ablehnt, weil ihr Mandant unschuldig sei. Immer wieder beteuert Gunnar seine Unschuld, doch es ist, als würde er gegen eine Wand reden.

An Anders' *bad-cop*-Miene kann ich ablesen, dass er sich mit einem »Nein, ich hab das nicht getan, ich bin unschuldig« oder »Ihr habt den Falschen«, wie es Gunnar herunterbetet, nicht abfinden wird. Er hat ihn bereits mit dem Etikett »schuldig in allen Anklagepunkten« versehen. Gunnar soll hier auf diesem Stuhl so lange schmoren, bis er ein Geständnis abgelegt hat. Das könnte ein langer Tag werden, befürchte ich. Aber Gunnars Anwältin ist gut. Sie kontert alle Behauptungen, stellt die angeblichen Beweise infrage und schmettert sämtliche Vorwürfe ab. Es ist ein Katz-und-Maus-Spiel, das sich erfolglos im Kreis dreht.

Die Zeit kriecht elend langsam, und ich rutsche ungeduldig auf meinem Stuhl hin und her. Seit mehr als vier Stunden dauert diese Befragung nun schon, und sie führt zu nichts. Zwischendurch gehe ich hinaus, um mit Arne, Sigge und Daniel zu telefonieren.

Zurück in dem abgedunkelten Raum, werfe ich Ylva immer wieder Blicke zu, die sie jedoch nicht erwidert. Aber ich kenne sie inzwischen gut genug, um zu wissen, dass sie mit dem Verlauf dieser Befragung alles andere als zufrieden ist. Außer Behauptungen haben sie offensichtlich nichts gegen diesen Mann in der Hand, und wegen ein paar angeblicher Drohungen gegen unser Opfer kann Leif ihn unmöglich weiter festhalten.

»Er hat Stig nicht auf dem Gewissen«, sage ich, an Leif gerichtet, und wende mich Ylva zu. »Ihr habt den Falschen.«

»Begründung?«, fragt Leif.

»Er ist seit drei Monaten auf freiem Fuß. Wie soll er in dieser kurzen Zeit zum Scharfschützen werden und diesen Mord planen? Er ist nicht dumm genug, um nach seiner Freilassung alles zu riskieren, und er hat nicht genug Grips, den Mord an Stig so zu planen, wie er ausgeführt wurde. Und er hatte keine Gelegenheit, für einen solchen Schuss zu üben.«

»Er hat kein Alibi«, widerspricht Ylva scharf. »Und er hat ein Motiv.«

»Das reicht nicht«, widerspreche ich.

»Die Sache ist noch nicht entschieden«, sagt Leif. »Wir können ihn sechsunddreißig Stunden festhalten und behalten ihn eine Nacht hier. Dann sehen wir weiter.«

Für mich endet diese Vernehmung, denn ich habe noch einen langen Rückweg durch die Dunkelheit vor mir. Aber bevor ich aufbreche, möchte ich Solveig Norberg von der Vermisstenstelle noch einen kurzen Besuch abstatten.

Ich klopfe, höre ein »Herein« und trete ein. Eine junge Frau sitzt an einem Schreibtisch und lächelt mich an. »Hej, Anelie, schön, dich zu sehen.«

»Solveig?« Ich hätte sie fast nicht wiedererkannt. Sie trägt ihr ursprünglich strohblondes, kurz geschnittenes Haar inzwischen kinnlang und schwarz gefärbt. Die Veränderung könnte nicht größer sein.

Solveig steht auf, kommt auf mich zu, streckt mir die Hand entgegen und grinst vielsagend. »Ich bin's wirklich.«

»Gefällt mir«, sage ich. »Aber auf dem Flur wäre ich an dir vorbeigelaufen.«

Sie lacht auf. »Geht vielen so, aber ich brauchte mal eine Typveränderung.«

Dann berichte ich ihr kurz von meinem neuen Mordfall, der heutigen Vernehmung und meiner Einschätzung.

»Ylva steht unter extremem Druck«, erzählt Solveig. »Dein letzter Fall mit den vielen Vermissten, nach denen jahrelang keiner gesucht hat außer dir, hat zu einer internen Untersuchung geführt. Ich kenne das Ergebnis nicht, aber in wenigen Monaten wird über die Verlängerung von Ylvas Stelle als Polizeipräsidentin verhandelt. Und ihre Feinde, von denen sie hier nicht wenige hat, sägen bereits an ihrem Stuhl. Ich vermute, deswegen braucht sie einen schnellen Ermittlungserfolg.«

»Aber dafür können wir keinen Unschuldigen eines Mordes bezichtigen.«

Sie zuckt die Achseln. »Wenn er unschuldig ist, können sie ihn nicht anklagen.«

Ich trinke einen schnellen Kaffee mit ihr, dann breche ich auf.

Gut drei Stunden später biege ich von der Straße auf den Feldweg ein, der zu unserem Parkplatz am Seeufer führt. Ich steige auf mein hier geparktes Schneemobil und warte darauf, dass es die nötige Betriebstemperatur erreicht. Dann lenke ich das mächtige Gefährt zum zugefrorenen See hinunter und gleite schnell wie der Wind über das Eis bis zum anderen Ufer hinauf zu unserem hell erleuchteten Blockhaus.

Schon beim Eintreten empfängt mich ein wunderbarer Duft. Ich entledige mich meiner Winterkleidung, dann gehe ich zu Daniel in die Küche und küsse ihn.

»Ich bin am Verhungern«, sage ich und schaue durch die Glasscheibe in den Ofen. »Was gibt's denn Feines?«

»Ich habe heute ein paar Truthennen geschossen«, antwortet Daniel.

Dann genießen wir sein wunderbares Essen. Im Kamin knistert ein behagliches Feuer und sorgt für eine gemütliche Atmosphäre. Ich berichte Daniel von dem heutigen Tag, der trotz allem nicht sinnlos gewesen ist. Ich habe mir selbst ein Bild von dem Verdächtigen machen können und weiß, dass er nicht Stigs Mörder ist. Dann erzähle ich Daniel von Danas *Stuga* in der Nähe von Nattavaara.

»Ich könnte in der Region morgen zum Jagen gehen und mir bei dieser Gelegenheit diese *Stuga* einmal ansehen«, schlägt er spontan vor. »Ich frage Liv, ob sie mitkommen will. Wir könnten ihre Drohne mitnehmen, uns dem Haus, ohne Spuren zu hinterlassen, nähern und uns ein wenig umschauen.«

33

Am nächsten Morgen treffe ich als Letzte in der Polizeistation ein. Sigge und Arne sind schon da und wirken sehr geschäftig. Ich berichte ihnen kurz von der gestrigen Vernehmung.

»Dana hat gestern die Namensliste ihrer Bekannten vorbeigebracht«, berichtet Sigge. »Wir haben alle überprüft. Von denen war keiner während des Rennens hier. Und sie haben alle ein Alibi. Aber dieser Alexander von der Mobola Lodge ist während des Rennens hier gewesen. Er hat am Samstagabend den letzten Flug nach Stockholm genommen und ist am Sonntag nach Namibia zurückgeflogen.«

»Scheiße«, fluche ich. »Wie sollen wir dann an ihn herankommen?«

Arne kratzt sich am Kopf. »Keine Ahnung. Aber wir wissen, dass er die Lodge führt und dass er ein passionierter Jäger ist.«

»Okay, dann müssen wir versuchen, aus der Ferne mehr über ihn herauszubekommen. Und ich werde mit ihm telefonieren«, sage ich.

»Wen wir auch noch nicht erreichen konnten, ist Stigs Anwalt Einar Alsin«, berichtet Sigge mit neutraler Stimme. »Ich habe in der Kanzlei in Malmö angerufen, um ihn zu sprechen. Aber er ist seit einer Woche auf Großwildjagd in Südafrika unterwegs. Der scheint auch zu viel Zeit und zu viel Geld zu haben. Er kommt erst übermorgen nach Schweden zurück. Ich konnte nicht viel rauskriegen, außer dass sich Stig und Einar seit dem Studium kennen, eng befreundet sind und dass Einar Stig in allen rechtlichen Fragen berät. Ich habe nicht erzählt, dass Stig tot ist. Die wussten dort in Malmö noch nichts davon.«

»Sehr gut«, sage ich und lege die Verbindungsdaten auf seinen Schreibtisch. »Ich habe endlich die Auswertung von Danas Verbindungsdaten und auch über Stigs E-Mail-Verkehr. Die haben seit zwei Tagen bei einem Kollegen in der Ablage gelegen. Er hatte vergessen, sie an uns weiterzuleiten.«

Solche Fehler und Schlampereien sind ein häufiger Grund für Ermittlungspannen. In jedem Team gibt es, wenn man Glück hat, ein paar Überflieger, Genies und Engagierte, aber der überwiegende Teil ist wie in allen Berufen Mittelmaß, ein weiterer kleiner Teil wird von Idioten besetzt.

»Arne, könntest du dir Danas Handydaten vornehmen? Ich werde Stigs E-Mails checken. Mal sehen, was wir da finden.«

Ich nehme meinen Stapel, setze mich an meinen Schreibtisch und starre auf den Berg von Unterlagen, die sich vor mir türmen, als warte ich insgeheim darauf, dass sie zu mir sprechen. Tun sie aber nicht, und so arbeite ich mich durch Stigs E-Mails, lese Zeile für Zeile und speichere jede Information ab, um damit bei Bedarf zu jonglieren. Während mir eine private Verabredung entfallen kann, vergesse ich in meinem Beruf nie ein Detail. Damit habe ich schon manchen Verdächtigen zu einem Geständnis gebracht, weil ich so die Lügen entlarven konnte. Mit Tatsachen, Fakten und Beweisen in die Enge getrieben, geben sie irgendwann auf und gestehen. Aber in diesem aktuellen Fall gibt es nur lose Fäden, aus denen sich kein Strick drehen lässt, um ihn einem Verdächtigen um den Hals zu legen. Selbst für einen roten Faden, um aus diesem Labyrinth herauszufinden, ist die Sachlage zu dünn. Das Gefühl, etwas Wichtiges übersehen zu haben, lässt mich schon seit Tagen nicht los. Konzentriert arbeite ich mich weiter durch Stigs Korrespondenz der letzten Monate.

Nach zwei Stunden bleibe ich zum ersten Mal bei einer Nachricht hängen. Darin gibt Stig seinem Anwalt eine weitere private E-Mail-Adresse durch mit der Bitte, ab sofort nur noch diese *für unsere besprochene Sache* zu verwenden. Sofort leite ich die Mail an Liv weiter mit einer eindeutigen Bitte: Ich brauche das Passwort, um mir diesen Briefwechsel ansehen zu können. Die restlichen E-Mails liefern mir keine aufschlussreichen Informationen außer der Tatsache, dass Stig auch während des vergangenen Jahres erfolgreich an der Börse spekuliert hat, vor allem mit Bitcoins, mit Wasserstoffaktien und dem Minenkonzern Beowulf.

Ich gehe zu den beiden nach nebenan. »Ich habe etwas in Stigs E-Mails gefunden, dem wie nachgehen müssen. Stig stand in letzter Zeit häufiger in Kontakt mit seinem Anwalt, aber in einer Nachricht hat Stig ihn gebeten, ab sofort unter einer anderen E-Mail-Adresse miteinander über *die besprochene Sache* zu korrespondieren. Liv sitzt schon dran, diese für uns zu knacken. Vielleicht hat er befürchtet, dass bezüglich dieser Sache jemand mitliest. Vielleicht bringt uns das ja weiter. Habt ihr etwas Auffälliges entdeckt?«

»Dana hat tatsächlich kontinuierlich mit Sofia während des Rennens telefoniert«, antwortet Arne. »Die Abstände zwischen den Telefonaten sind definitiv zu kurz, um von Stigs Haus zu dem Ort zu fahren, von wo aus der Schütze geschossen hat, und wieder zurück. Es besteht überhaupt kein Zweifel daran, dass sie den Tag in Stigs Haus verbracht hat. Ihr Mobiltelefon war die ganze Zeit an demselben Ort eingeloggt, es ist die Funkzelle in der Nähe von Stigs Haus.«

Wir diskutieren alle denkbaren Varianten, aber kommen zu keinem anderen Ergebnis: Wir müssen Dana definitiv als Mörderin ausschließen.

»Wir haben nichts gegen sie in der Hand.« Arne zieht eine Grimasse und rollt die Augen. Er bläst die Backen auf und lässt die Luft langsam entweichen.

Ich muss über Arnes umfangreiches Mienenspiel staunen und nicke beeindruckt.

»Sie könnte den Mord in Auftrag gegeben und einen Scharfschützen angeheuert haben. Vielleicht hat sie gemeinsame Sache mit diesem Typen aus Namibia gemacht«, denkt Sigge laut. »Ihre Telefonate mit Sofia dienen ja nicht nur als Alibi. So wusste sie auch immer genau, wo sich Stig während des Rennens befunden hat. Der Schütze musste nur auf der Lauer liegen und schießen. Danach hat er seine Sachen gepackt und hat sich aus dem Staub gemacht.«

»Was geht dir durch den Kopf?«, fragt Arne.

Ich denke laut nach. »Die Spurenlage ist derart seltsam. Da sind die kleinen seltsamen Fußabdrücke, die eigentlich auf eine Frau tippen lassen. Aber eine Frau kann diese Armbrust nicht schussfertig machen.«

Arne schaut uns nachdenklich an. »Ich habe heute zwei Nummern größere Füße als vor zwanzig Jahren«, beginnt er zu erzählen. »Plattfüße halt. Wartet nur, bis ihr so alt seid wie ich, dann kriegt ihr das auch.«

Wir schauen ihn verständnislos an.

»Auf jeden Fall hatte ich noch ein paar Wanderschuhe im Schrank, die zwar alt, aber noch tadellos waren. Die habe ich dann einmal zur Jagd angezogen. Dieser Tag war die Hölle, abends hatte ich Blasen und blutunterlaufene Fußnägel.«

»Arne, ist alles in Ordnung?«, fragt Sigge stirnrunzelnd.

»Was ich damit sagen will«, fährt Arne unbekümmert fort, »Wer sagt uns, dass der Täter nicht absichtlich zu kleine Schuhe angezogen hat, um uns zusätzlich auf eine falsche Fährte zu locken.«

Ich stütze meinen Kopf auf die Hand und sehe Arne lange an. »Ein guter Gedanke.«

»Ich musste beim Laufen die ganze Zeit meine Fußzehen einziehen und bin quasi die meiste Zeit auf den Fersen gelaufen, weil es echt wehgetan hat.« Arne lächelt gequält. »Das könnte vielleicht die seltsamen Fußabdrücke erklären, die ihr im Schnee gefunden habt.«

»Daniel hat gesagt, dass die Fußabdrücke für diese kleine Schuhgröße extrem tief sind«, sagt Sigge, »was bedeuten würde, dass die Person entweder sehr schwer sein oder etwas sehr Schweres getragen haben muss, was wiederum bedeuten würde, dass sie sehr kräftig sein muss.«

»Also ein Mann, der extra zu kleine Schuhe getragen hat, um uns zusätzlich zu verwirren«, fasse ich zusammen.

»Warum nicht?«, meint Arne. »Er spielt mit uns.«

»Aber das bringt uns vorläufig auch nicht weiter«, sage ich.

»Wann kriegen wir eigentlich das grafologische Gutachten?«, fragt Arne.

»Gute Frage. Ich befürchte, Ylva hat es noch gar nicht in Auftrage gegeben.«

»Wenn das Testament gefälscht sein sollte, stellt sich die Frage, wie es in Stigs Safe gelangt sein könnte«, meint Sigge zutreffend.

»Stig hat seine Geburtsdaten als Zahlenkombination für den Safe und den Waffenschrank verwendet«, sage ich.

»Wie einfallsreich.« Arne lächelt süffisant.

»Dana könnte das gewusst haben, auch wenn sie das Gegenteil behauptet. Sie könnte Stig beobachtet oder es einfach ausprobiert haben«, denke ich laut.

»Und dann hätte sie die Möglichkeit gehabt, an Stigs Armbrust zu kommen«, schlussfolgert Arne.

»Kann alles sein, aber wilde Spekulationen bringen uns gar nichts außer noch mehr Frust«, analysiere ich unsere Lage. »Außerdem stellt sich dann die Frage, wer das Testament gefälscht hat.«

Mein Telefon klingelt, Ylva ist am Apparat. Ich bedeute den anderen, leise zu sein, ehe ich abnehme und auf Mithören stelle.

»Stigs Leichnam wurde heute freigegeben«, informiert sie mich. »Außerdem liegt mir die kriminaltechnische Untersuchung des Pfeils vor, mit dem Stig erschossen worden ist, sowie des Windfähnchens, das ihr gefunden habt. Es wurden DNA-Spuren an Pfeil und Windfähnchen sichergestellt, genauer gesagt, in der Einkerbung des Pfeils hinten, an der er in die Sehne gelegt wird, und am Stoff des Fähnchens.«

»Fremd-DNA?« Ich atme laut aus.

»Wir haben nach unserer ersten Überprüfung mit der zentralen Datenbank keine Übereinstimmung gefunden«, fährt Ylva fort. »Wir können bisher nur sagen, dass es sich um die DNA einer Frau handelt.«

»Einer Frau?«, wiederhole ich perplex. »Wir müssen diese Spur mit Danas DNA abgleichen.«

»Dazu brauchen wir ihre Probe«, sagt Ylva.

»Ich kümmere mich sofort darum. Wann bekomme ich das grafologische Gutachten zum Testament?«

»So schnell wie möglich.«

»Was ist mit Gunnar?«

»Wir mussten ihn aus der U-Haft entlassen, aber er bleibt unser Hauptverdächtiger.« Damit legt Ylva auf.

Arne und Sigge schauen mich erwartungsvoll an.

»Wie gehen wir weiter vor?«, will Sigge wissen.

»Ich werde Dana sofort einbestellen und sie informieren, dass sie jetzt eine sehr reiche Frau ist. Mal sehen, wie sie reagiert.«

»Gute Idee«, sagt Sigge.

Arne grinst vielsagend.

»Daniel will sich heute zusammen mit Liv ihre *Stuga* in den Bergen ansehen«, wende ich mich an Arne. »Könntest du ihm die genauen Daten durchgeben, wo diese *Stuga* steht?«

»Mache ich gleich.« Arne verschwindet nach nebenan.

»Und wir müssen uns um diesen Alexander in Namibia kümmern.«

»Glaubst du, Dana hat mit ihm gemeinsame Sache gemacht, um an Stigs Millionen zu kommen?«, fragt Sigge.

Ich zucke mit den Achseln. »Glauben bringt uns nicht weiter, wir brauchen Beweise dafür. Lass uns den Fall noch einmal gedanklich von vorn aufrollen«, schlage ich vor. »Ein schwerreicher Mann wird hinterrücks erschossen, und das auf eine extrem seltsame Art. Warum hat sich der Mörder für diesen Modus operandi entschieden, warum ist er dieses enorme Risiko eingegangen?«

Sigge schaut mich fragend an.

»In meinen Augen gibt es dafür nur eine Antwort«, fahre ich fort. »Weil er es konnte. Der Mörder beherrscht das Schießen mit einer Armbrust perfekt, er verfügt über die Fähigkeiten eines Scharfschützen, er muss dafür trainiert haben, und er hat sein Risiko genau kalkuliert.«

»Wir suchen einen Scharfschützen, aber er muss nicht zwangsläufig von hier stammen«, schlussfolgert Sigge treffsicher. »Wenn dieser Alexander der Täter ist, könnte er in Namibia ungestört geübt haben.«

»Aber trotzdem muss er für diesen Schuss hier den richtigen Ort gesucht haben, um dann für diesen speziellen Schuss trainiert haben«, widerspreche ich. »Das schafft man nicht in ein paar Tagen. Ein bewegliches Ziel zu treffen, selbst wenn es stürmt oder schneit, dafür braucht es intensives Training, niemand konnte wissen oder vorhersagen, wie unser Wetter hier am Renntag sein würde.«

»Stimmt«, meint Sigge. »Er muss für längere Zeit hier gewesen sein.«

»Dieser Alexander war nur drei Tage hier.«

»Aber was wollte er hier?«, fragt Sigge.

»Finden wir es heraus!«

34

Ich suche im Internet nach der Lodge in Namibia und wähle die Nummer. Auch wenn die Telefonkosten explodieren werden, muss ich mit diesem Verdächtigen reden. Das Glück ist auf meiner Seite. Ich habe ihn sofort am Apparat und stelle mich auf Englisch vor.

»Ich bin Anelie Andersson von der Polizei in Jokkmokk.«

Er bleibt stumm.

»Ich ermittle im Mordfall Stig Eriksson.«

»Was?… Ich verstehe nicht.«

»Stig Eriksson ist am Samstagnachmittag ermordet worden«, wiederhole ich. »Würdest du mir einige Fragen beantworten?«

»Aber er war doch in dem Rennen und noch am Leben als ich …« Alexander bricht ab.

»Du warst am Samstag in Jokkmokk.«

»Ja.«

»Warum?«

»Wie wurde Stig umgebracht?«

»Du hast dir das *Nordenskiöldsloppet* angesehen, da musst du doch mitbekommen haben, was passiert ist?«, frage ich misstrauisch.

»Nein«, widerspricht er scharf. »Ich war nur am Vormittag beim Rennen. Ich bin gegen ein Uhr aufgebrochen. Ich musste zurück nach Lulea zum Flughafen, um meinen Rückflug nicht zu verpassen.«

»Hat dir Dana nicht gesagt, was geschehen ist?«

»Dana?« erklärt er abfällig. »Wir sind nicht die besten Freunde.«

Mein Misstrauen wächst. Genau so müssen Antworten lauten, wenn man einen Verdacht von sich ablenken will.

»Warum warst du überhaupt gerade jetzt in Jokkmokk?«

»Ich musste letzte Woche nach Deutschland zu meiner Familie. Mein Vater hat seinen siebzigsten Geburtstag gefeiert. Stig wusste das und hat mich gebeten, kurz nach Schweden zu kommen. Wir hatten etwas Geschäftliches zu besprechen, er wollte bei mir investieren. So bin ich am Donnerstag nach Lulea geflogen.«

»Wo hast du gewohnt?«

»Im Hotel Akerlund.«

»Und Stig wollte bei dir Geld investieren?«

»Er wollte sich bei mir einkaufen, die Lodge ausbauen, sie vergrößern, mehr Geld investieren und Jagdreisen anbieten«, erzählt er. »Aber ich war dagegen.«

»Wieso?«

»Die Lodge funktioniert perfekt so, wie sie ist. Je größer sie wird, umso mehr Personal braucht man. Mehr Gäste bedeuten mehr Stress und Probleme. Alles wird komplizierter, und außerdem bin ich kein wirklicher Freund der Großwildjagd.«

»Habt ihr deswegen gestritten?«

»Na ja, wir haben nicht wirklich gestritten. Ich habe Stig gesagt, dass ich da nicht mitmachen kann und dass er selbst eine Lodge aufbauen müsste, wenn er das wirklich tun möchte.«

»Und wie hat er reagiert?«

»Noch gar nicht. Er wollte nach dem Rennen darüber nachdenken.«

»Aber er könnte so eine Lodge nicht von Schweden aus führen, oder?«

»Genau das habe ich ihm klargemacht, und darüber wurde es etwas lauter, da ich eindeutig gesagt habe, dass ich es nicht mache.«

»Ich muss dein Alibi überprüfen.«

Alexander schweigt.

»Ich brauche …«

»Ich habe keine Hotelrechnung, weil Stig alles bezahlt hat. Auch den Leihwagen. Aber ich kann dir meinen Boardingpass mailen«, unterbricht er mich.

»Tu das. Ich brauche auch die Daten zu deinen früheren Aufenthalten hier, also von wann bis wann du in Jokkmokk oder bei Stig gewesen bist.« Ich gebe ihm meine E-Mail-Adresse durch und bitte ihn, dies sofort zu erledigen. Dann lege ich auf und rufe im Akerlund an, um herauszufinden, ob Alexander die Wahrheit gesagt hat. Katrin, die Hotelchefin, bestätigt seine Aussage.

Dann taucht Dana auf. Wir setzen uns an meinen Schreibtisch, während Sigge und Arne am Besprechungstisch Platz nehmen.

»So schnell hatte ich gar nicht mit dir gerechnet«, sage ich.

»Ich war in der Nähe.«

»Wie geht es dir?«, erkundige ich mich freundlich.

»Nicht gut …«

Ich nicke mitfühlend. »Ich habe nur wenige Fragen.«

»Weißt du schon, wer Stig das angetan hat?«

»Wir stehen kurz vor dem Durchbruch«, werfe ich ihr diese Nebelkerze vor die Füße.

»Ich wusste, dass du den Fall bald aufklären wirst«, sagt sie. »Du bist ja bekannt dafür, eine hervorragende Ermittlerin zu sein.«

»Wir sind guter Dinge, diesen Mordfall bald abschließen und den Täter hinter Gitter bringen zu können. Wir haben eine Spur.«

Ihre Augen werden noch größer. Ich hole ein Testkit aus meiner Schreibtischschublade.

»Ich müsste einen Abstrich für die DNA-Probe von dir nehmen«, sage ich. »Als Vergleichsprobe, um dich auszuschließen.«

»Selbstverständlich.« Widerspruchslos öffnet sie ihren hübschen kleinen Schmollmund und lässt geduldig das Prozedere über sich ergehen.

»Einen Moment bitte«, sage ich zu ihr, gebe Sigge ein Zeichen, mir zu folgen, und verlasse das Büro.

»Kannst du diese Probe sofort nach Lulea bringen?«, frage ich ihn.

»Logisch. Ich müsste eh mal nach Hause fahren und frische Sachen holen. Ich war ja gar nicht für so einen langen Aufenthalt eingestellt. Reicht es, wenn ich morgen früh wieder da bin?«

»Selbstverständlich.«

Ich kehre ohne Sigge an meinen Schreibtisch zurück. Einer inneren Eingebung folgend, entscheide ich, Dana mit dem Testament zu konfrontieren. »Stigs Testament, das wir in seinem Safe gefunden hatten, wurde von einem Justiziar im Polizeipräsidium in Lulea geöffnet«, sage ich. »Und darin steht, dass du alles erben wirst.«

Ich kann an ihrem Blick nicht erkennen, ob sie den Inhalt bereits kennt oder überrascht ist. Sie hat sich sehr gut im Griff und verzieht keine Miene. Im Gegenteil, ihre Mimik scheint regelrecht einzufrieren. Dann schlägt sie die Hände vors Gesicht, und ich kann leises Schniefen vernehmen. Ich fische ein Papiertaschentuch aus meiner Schreibtischschublade und reiche es ihr. Sie nimmt es und tupft sich mit dem zerknüllten Taschentuch in ihrer zitternden Hand die Augenwinkel.

»Außerdem wurde sein Leichnam freigegeben. Stig kann also bald beerdigt werden. Da er laut Testament feuerbestattet werden will, haben wir die Einäscherung bereits angewiesen. Sollen wir seine Urne danach zu dir bringen lassen?«

Sie nimmt die Hände vom Gesicht, und ich blicke in ihre feuchten Augen. »Heißt das, ich kann jetzt in unserem Haus wohnen bleiben?«

»Ja, dagegen spricht nichts, auch wenn es noch einige Formalitäten zu erledigen gibt, bis du vollends dein Erbe antreten kannst.«

Ich sehe sie an, und sie weicht meinem Blick aus. Zusammengesunken sitzt sie auf ihrem Stuhl.

»Willst du dich um Stigs Beerdigung kümmern?«

Sie nickt.

»Darf dich etwas Persönliches fragen?«

Sie sieht mich mit verweinten Augen an.

»Wie war deine Beziehung mit Stig?«

»Ich habe ihn geliebt«, kommt es, ohne zu zögern. Ihr Blick verliert sich im Nirgendwo.

»Aber Sanya hat uns erzählt, dass Stig in den letzten Wochen häufiger nicht in eurem gemeinsamen Bett geschlafen hätte«, erwidere ich mit unschuldigem Blick und hole sie in die Gegenwart zurück. »Was war der Grund?«

»Entschuldige, ich war in Gedanken. Was willst du wissen?«

Ich wiederhole meine Frage.

»Ich hatte in letzter Zeit sehr unruhig geschlafen und war oft nachts wach. Deswegen hat er manchmal unten auf der Couch geschlafen.«

»Wieso hast du schlecht geschlafen?«

Sie zögert lange mit der Antwort. »Weil … ich schwanger bin.«

»Schwanger?«, wiederhole ich verblüfft.

Sie nickt heftig. »Stig hat sich darüber gefreut, obwohl wir das nicht geplant hatten. Aber mir ist es körperlich nicht sehr gut gegangen. Mir war ständig übel. Ich konnte fast nichts essen. Aber das ist inzwischen vorbei.«

Diese Information bringt mich aus dem Konzept.

»Hast du schon einen Schwangerschaftsnachweis?«, frage ich so freundlich wie möglich.

Dana öffnet ihre Handtasche und zieht ein Bild heraus, das einen Embryo zeigt. Ich kann kaum etwas kennen, aber es ist zweifelsfrei das Ultraschallbild einer Schwangerschaft, und ihre Daten stehen unter dem Foto.

»Wann ist es denn so weit?«

»In einem halben Jahr.«

»Ihr hattet also keine Probleme in eurer Beziehung?«

»Natürlich haben wir uns auch einmal gestritten, wie jedes Paar«, erwidert sie. »Aber es ging dabei immer nur um unwichtige Dinge.«

Ich lehne mich zurück. »Was war Stig eigentlich für ein Mensch?«

Sie sieht mich eine Weile an. »Es war fast so, als hätte er ein Geheimnis gehabt«, beginnt sie zu erzählen, »etwas, was er mit niemandem teilen wollte. Auch nicht mit mir. Er war immer etwas zurückhaltend, auch in den intimsten Momenten. Aber vielleicht ist das auch nur typisch schwedisch.«

»Was könnte das für ein Geheimnis gewesen sein?«

Sie schaut mich traurig an. »Wenn ich das wüsste! Ich habe ihn oft darauf angesprochen, aber er hat immer abgestritten, ein Geheimnis vor mir zu haben, und felsenfest behauptet, dass es keines gebe und dass er auch nicht distanziert sei.«

»Vielleicht hast du dich getäuscht?«

»Nein«, widersprich Dana entschieden, »da war etwas, gerade so, als wäre er von einem undurchsichtigen Raum umgeben.«

Ich kenne das schwedische Temperament, vor allem hier im Norden sind die Menschen trotz aller Herzlichkeit eher zurückhaltend mit Gefühlsäußerungen. »Vielleicht war er einfach nur ein introvertierter Mensch?«

»So wie du?« Sie lässt den Kopf etwas sinken, so dass die Haare vor ihren Blick fallen.

»Ich?«

Sie blickt auf. »Ja«, antwortet sie, »du umgibst dich auch mit so einer Aura des Geheimnisvollen.«

So hat mich noch nie jemand beschrieben. Aber ich bin Ermittlerin und gebe nie mehr preis, als ich will. Auch was sie und ihre Rolle in diesem Mordfall betrifft. Insofern hat Dana recht. Es gibt Geheimnisse.

»Vielen Dank, dass du noch einmal vorbeigekommen bist. Ich melde mich, wenn wir weitergekommen sind.« Damit verabschiede ich sie.

»Sie ist schwanger. Ist das zu glauben. Dann würde sie auch ohne Testament an Stigs Geld kommen«, stellt Arne fest.

Er hat recht. Mit einem Kind gibt es auch kein Mordmotiv mehr für sie. Das schwedische Recht sieht eine großzügige Absicherung der Mutter vor, auch bei einem unehelichen Kind. Und dieses Kind wäre zu hundert Prozent erbberechtigt gewesen.

»Vielleicht wollte sie nicht warten und alles haben«, meine ich und stehe auf. »Ich gehe kurz rüber zur Tankstelle und hole mir etwas zu essen. Soll ich dir was mitbringen?«

Arne winkt ab, daher laufe ich allein los. Ich besorge mir einen Burger und eile zurück in die Polizeistation.

Arne sitzt in seinem Büro und telefoniert. Ich mache es mir am Schreibtisch bequem und versuche mit Anstand meinen Hamburger zu verdrücken, aber das Ketchup tropft mir zwischen den Finger herunter auf die Tastatur. Zu allem Übel klingelt auch noch mein Telefon, und ich habe große Mühe, die Tomatensauce abzuwischen, um sie nicht überall zu verteilen. Mit spitzen Fingern greife ich nach meinem Mobiltelefon. Es ist Nils.

»Einen Moment, Nils«, sage ich, lege das Telefon auf den Tisch und drücke auf laut.

Jetzt kann ich das Ketchup abwischen und ihm gleichzeitig zuhören.

»Wir wissen jetzt, um wessen DNA es sich an dem Pfeil und auch an dem Windfähnchen handelt«, berichtet er und legt eine kunstvolle Pause ein, um mich auf die Folter zu spannen. »Rate mal von wem.«

»Nils!« Mir ist nun wirklich nicht nach einem Ratespiel zumute.

»Na gut … es ist Sofias DNA.«

»Was? Nein!« Das ergibt für mich überhaupt gar keinen Sinn mehr.

»Ich hab's doppelt gecheckt«, entgegnet Nils ruhig.

»Irrtum ausgeschlossen?«, frage ich ungläubig.

»Ich mache keine Fehler«, sagt Nils, bevor er auflegt.

Diese Nachricht ist schier unglaublich. Ich gehe zu Arne hinüber und erzähle ihm, was ich gerade von Nils erfahren habe.

»Das wird doch immer verrückter«, erklärt Arne, der genauso verwirrt ist wie ich.

»Aber wie soll Sofias DNA an den Pfeil gekommen sein?«, überlegt er laut.

»Fragen wir sie«, sage ich und greife zum Telefon, um Stigs Trainer einzubestellen. Bei beiden erreiche ich nur den Anrufbeantworter. Ich hinterlasse ihnen eine Nachricht mit der unmissverständlichen Aufforderung, sich umgehend hier einzufinden. Dann rufe ich Sigge an, um ihm von der neuesten Entwicklung zu erzählen. Er ist genauso fassungslos wie Arne und ich.

»Soll ich umkehren und zurückkommen?«

»Nein«, sage ich. »Bring die Probe zu Nils. Wir werden sie vielleicht noch brauchen.«

Sigge setzt seine Fahrt nach Lulea wie geplant fort, und ich lasse mich auf Arnes Couch nieder, um mit ihm den Fall zu diskutieren.

»Und jetzt haben wir Sofias Spuren an Mordpfeil und Windfahne. Als Biathletin hat sie das Schießen geübt, auch unter schlechten Wetterbedingungen. Aber ihr Ziel war immer nur eine feste Scheibe, nicht ein sich wegbewegender Mensch.«

»Und sie hat dafür keine Armbrust benutzt«, bemerkt Arne.

»Aber sie hätte Stigs Waffe benutzen können.«

»Doch was wäre ihr Motiv?« Arne runzelt die Stirn. »Abgesehen davon, dass sie und Matti den ganzen Tag an der Rennstrecke gewesen sind.«

»Das alles ergibt überhaupt keinen Sinn«, murmele ich leise.

35

Nach ungefähr zwei Kilometern biegt Daniel langsam von der Hauptstraße, die von Jokkmokk in Richtung Karats führt, nach links in eine private Zufahrt ab. Das große weiße Schild mit der roten Aufschrift »Privat – Zutritt verboten« lässt ihn schmunzeln. Er weiß, dass seine Schwester das nicht für die Einheimischen, sondern für die Touristen hat aufstellen lassen. Schon von hier oben aus kann man erahnen, dass sich gleich eine wundervolle Aussicht auf den Stor-Skabram-See auftun wird. Viele Besucher des Arctic Circle fahren mit ihren Wohnmobilen in abzweigende Wege, die zu einem See führen oder führen könnten, nur um dann festzustellen, dass sie sich auf einem privaten Grundstück mit Haus wiederfinden und umkehren müssen. Das Schild soll diesen Urlaubern bei ihrer Entscheidung helfen, das hier gar nicht erst zu versuchen. Während er die rund hundert Meter zu Livs Haus zurücklegt, hat er genug Zeit, sich alles in Ruhe anzuschauen. Seit ihrer Einweihungsparty ist er nicht mehr hier gewesen.

Mittlerweile sind zu dem Haupthaus mehrere Nebengebäude und zwei Garagen hinzugekommen. Das gesamte Haupthaus wird von einer sehr schön angelegten überdachten Terrasse umfasst. Liv hat hier ebenfalls einen Hot Tub zur Seeseite hin einbauen lassen. Eine Sauna in Kuppelform, die an drei Seiten und der Decke verglast ist und ebenfalls Richtung Seeseite in die Terrasse integriert ist, rundet das Ensemble perfekt ab.

»Meine kleine Schwester …«, ruft Daniel lachend aus, »schau sich das einer an.«

Da alles geräumt und penibel vom Schnee befreit ist, fragt er sich, wer ihr dabei geholfen hat. Das kann unmöglich Liv selbst gemacht haben, dazu kennt er seine Schwester zu gut. Er parkt den Wagen und steigt aus. Während er sich draußen weiter umsieht, erscheint auch schon Liv in der Haustür.

»Hej, komm rein, Bruderherz.«

»Hej, Liv. Weißt du, wer hier wohnt?«, fragt er. »Und warum hast du einen Schlüssel für dieses Anwesen bekommen?«

Mit zwei federnden Sprüngen steht er vor seiner Schwester, und Liv boxt ihm laut lachend leicht vor die Brust.

»Wann wolltest du mir eigentlich hiervon erzählen?«, fragt Daniel, während er im Haus Jacke und Schuhe abstreift.

»Das kommt davon, weil ihr mich nie besucht. Ich muss ja immer zu euch kommen.«

»Ich koche halt besser.« Daniel blickt durch die großen Fenster auf den zugefrorenen See, derweil Liv in der offenen Küche hantiert. »Aber dieser Blick ist unschlagbar. Und deshalb werden Anelie und ich hier einziehen ... Ach, so ein verdammter Mist ... das geht ja gar nicht. Hier wohnt ja jetzt schon dieser andere große Kerl.« Daniel seufzt. »Da hast du gerade noch mal Glück gehabt.«

Liv kommt grinsend mit zwei Kaffeetassen und stellt sich neben ihn.

»Nicht so übel hier, oder?«, meint sie zufrieden.

Daniel nickt. Die beiden schauen einträchtig in die verschneite Weite.

»Ich freue mich für dich, und ich meine damit alle Bereiche. Deinen beruflichen Erfolg, deine Entscheidung, Stockholm den Rücken zu kehren, wie du das alles hier so machst und auch deine Beziehung zu Sigge«, sagt Daniel nach einem stillen Moment.

Liv lehnt ihren Kopf an Daniels Schulter, und wieder blicken beide einen Moment still in diese wunderschöne Winterwelt.

»Ohne dich gäbe es all das hier nicht«, murmelt sie leise. »Du hast mir immer Mut gemacht und mich die ganze Zeit dabei unterstützt, meinen Weg zu gehen, als ich fortwollte. Und auch jetzt hast du mich mit offenen Armen empfangen und dafür gesorgt, dass ich mich sofort wieder wie zu Hause gefühlt habe. Du bist wirklich ein wundervoller Bruder. Außerdem sehe ich bei jeder Gelegenheit, wie glücklich du Anelie machst, und auch das, Daniel, du bist für mich eine unfassbare Inspiration. Und du hast dem Mann das Leben gerettet, der mich jetzt glücklich macht. Ich bin so stolz auf meinen großen Bruder.«

Daniel ist zutiefst berührt von Livs Worten, und er kann sehen, dass sie Tränen in den Augen hat.

»Na ja«, wiegelt er ab, »in Wahrheit habe ich Sigge gedroht, ihn tief in der Wildnis auszusetzen, wenn er das mit dir in den Sand setzt. Aber jetzt genug mit der Gefühlsduselei.«

»Du Blödmann«, kichert sie und boxt Daniel auf den Arm.

»Vorsicht«, warnt er ernst und versucht, ihren Schlägen auszuweichen. »Meine Frau ist bei der Polizei, und mit versuchter Körperverletzung ist nicht zu spaßen.«

»Apropos Polizei, ich hole mein Equipment, dann kann's sofort losgehen.« Sie verschwindet kurz nach nebenan.

»Wer befreit hier eigentlich alles vom Schnee?«, ruft Daniel ihr durch die geöffnete Tür hinterher. »Und erzähl mir jetzt nicht, dass du das selber machst.«

»Darum kümmern sich Olga und ihr Mann Jaap. Die beiden sind total nett und wohnen hier in der Nähe. Sie haben eine kleine Firma namens *Jokkmokk Arctic Dream*, die aber noch im Aufbau ist und noch nicht so viel einbringt. Deswegen sind sie froh, dass sie bei mir etwas hinzuverdienen können, und ich bin froh, dass ich die beiden habe, da Jaap über die kompletten Gerätschaften verfügt, um hier, Sommer wie Winter, alles in Schuss zu halten«, ruft Liv von nebenan. »Eine echte Win-win-Situation.«

Dann kommt sie mit einem Koffer und ihrem Laptop zurück. Liv und Daniel schlüpfen in ihre Stiefel und schnappen sich ihre Jacken.

»Wir nehmen mein Auto«, sagt Liv, während sie die Haustür abschließt, wobei sie Daniels hochgezogene Augenbrauen und sein Schulterzucken nicht sehen kann.

»Wie du meinst. Dann hole ich nur schnell meine Sachen aus dem Auto.«

Als Liv die Garage geöffnet hat, hört sie Daniels erneut lachende Stimme. »Die Überraschungen gehen also weiter: Ist das dein neues Auto?«

Liv fällt ein, dass Daniel ihren neuen Grand Cherokee SRT noch nicht zu Gesicht bekommen hat. Grinsend wirft sie ihm die Schlüssel zu. »Testfahrt gefällig?«

Daniel fängt den Schlüssel spielerisch auf und will auf den Öffnungsknopf drücken.

»Brauchst du nicht. Einfach nur am Türgriff ziehen. Das System erkennt, ob der Schlüssel am Fahrzeug ist, und entriegelt dann selbständig.«

Kopfschüttelnd öffnet Daniel die Fahrertür und setzt sich hinters Steuer. Liv nimmt neben ihm Platz.

»Da ist der Startknopf. Bremse treten und einfach kurz antippen«, erklärt sie ihm.

Als Daniel den Motor startet, verbreitet sich ein tiefer, grollender Sound in der Garage. »Ach du Scheiße! Wie viel PS hat dieses Monster denn?«

»Fünfhundertzwanzig, glaube ich.« Liv weiß, dass Daniel

gute SUV mag, aber niemals einen Kredit aufnehmen würde, um sich so einen Wagen zu kaufen. Er steckt seinen Verdienst in sein Anwesen, kauft nur die wirklich wichtigen Dinge.

Liv deutet auf eine Armatur zwischen den Sitzen. »Dieses Einstellrad musst du auf Schnee/Eis stellen, Automatikhebel auf D, alles andere regelt das Monster selbst. Du musst nur Gas geben oder bremsen.«

»Und du bist sicher, dass das kein Raumschiff ist?«, fragt Daniel schmunzelnd, während er Livs Anweisungen befolgt und langsam aus der Garage fährt.

Noch bevor sie die Hauptstraße erreicht haben, hört sie ihn brummen: »Okay, ich muss zugeben, der Wagen fährt sich echt super. Den würde ich auch nehmen.«

Liv kennt ihren Bruder gut und kann spüren, dass er sich gerade ein wenig verliebt hat.

»Kennst du den Weg, oder brauchen wir Mr. Spock?«, fragt sie, während sie mit der Hand auf das Display zeigt, auf dem alle möglichen Informationen rund um ein Computerbild des Autos angezeigt werden.

Wieder sprechen Daniels hochgezogene Augenbrauen Bände, und beide müssen lachen.

»Was hat deine Drohne eigentlich für eine Reichweite bei diesen Temperaturen?«, fragt er.

Liv wirft einen kurzen Blick auf das Display, wo auch die Außentemperatur angezeigt wird. Minus sechs Grad ist dort zu lesen. Durch den vergangenen Schneesturm ist die extreme Kälte wieder für eine Weile verbannt worden.

»Bei diesen Temperaturen schafft die Drohne drei bis vier Kilometer, und wir haben eine halbe Stunde, vielleicht etwas länger. Ich habe zwei Akkus miteinander verbunden. Dazu ist alles vorgewärmt und stark wärmeisoliert.«

»Das sollte reichen«, stellt Daniel zufrieden fest. »Ich möchte dort so wenig Spuren wie möglich hinterlassen. Nach dem Schneesturm könnte man an den neuen Spuren sofort erkennen, dass Besuch da war.«

Mittlerweile haben sie Jokkmokk passiert und hinter sich gelassen. Daniel biegt von der E45 ab, die in Richtung Gällivare führt, und folgt der kleinen Straße, die sie nach Nattavaara bringen wird. Einige Kilometer vor ihrem Ziel hält er in einer kleinen Parkbucht am Straßenrand und zieht eine große Karte, die das ganze Gebiet zeigt, aus seiner Tasche.

»Du bist so was von *old school*.« Liv lacht und deutet auf die Karte.

Daniel überhört es und vertieft sich in seine Karte. »Wir sind hier«, sagt er schließlich. Er fischt einen Stift aus seiner Tasche und markiert damit ihren Standort auf der Karte. »Dazu muss man *old school* sein«, meint er währenddessen und verzieht sein Gesicht zu einem schiefen Grinsen. »Die *Stuga* steht hier.« Diesmal kreist er eine andere Stelle ein und studiert die Höhenlinien auf der Karte und die infrage kommenden Wege. »Wollen wir hoffen, dass nicht allzu viel Neuschnee auf diesem Weg liegt. Wenn wir ihn benutzen könnten, kämen wir bis auf etwas mehr als einen Kilometer an das Haus heran, ohne dass wir Spuren hinterlassen.«

Nach wenigen Fahrminuten bleibt Daniel erneut kurz stehen und zeigt mit dem Daumen in eine Lücke zwischen den Bäumen, die nur mit etwas Phantasie überhaupt als Weg zu erkennen ist.

»Traust du deinem Raumschiff Enterprise das hier zu?«, fragt er skeptisch.

»Klaro, nur Mut«, entgegnet Liv grinsend.

Ohne ein weiteres Wort biegt Daniel von der Straße in den zugeschneiten Seitenweg ab. Wie auf Schienen pflügt der schwere Wagen problemlos durch den hohen Schnee. Immer tiefer bahnen sie sich ihren Weg in den Wald. Nach einer fünfzehnminütigen Fahrt erreichen sie den Ort, den Daniel angepeilt hat.

»Ich muss zugeben, ich bin von diesem Wagen echt beeindruckt.« Daniel nickt anerkennend. »Der kann wirklich mehr als nur hübsch aussehen und gut klingen. Dieses Ding ist wahrhaftig ein Monster. Perfekt für hier.«

Sie steigen aus, und Liv öffnet den Kofferraum, um ihre Drohne startklar zu machen. Während sie mit ihrem technischen Equipment beschäftigt ist, studiert Daniel die Karte und schaut dann durch sein Fernglas. Sie befinden sich etwa 1300 Meter oberhalb von Danas Blockhaus, aber es ist der perfekte Beobachtungsposten. Daniel studiert ausgiebig die Gegend, und Liv, die längst ihre Vorbereitungen abgeschlossen hat, beobachtet ihren Bruder aufmerksam. Daniels Verwandlung, sobald er in der Natur unterwegs ist, ist auch für sie immer wieder aufs Neue faszinierend. Liv erinnert sich, dass Daniel schon als Kind so gewesen ist. Er gehört einfach hierher. Nach einer gefühlten Ewigkeit setzt er sein Fernglas endlich ab.

»Das könnte spannend werden«, raunt er leise. »Bist du so weit?«

Liv startet ihre Drohne. »Wo soll's hingehen?«

»Zuerst auf geradem Weg zur *Stuga*.«

Liv lässt ihre Drohne steigen, und das begleitende Summen entfernt sich schnell. Beide verfolgen die Aufnahmen der Kamera auf Livs Laptop. Das Fluggerät ist schon nach wenigen Sekunden am Ziel angekommen. Liv lässt die Drohne im Tiefflug das Haus umkreisen.

»Können wir durch ein Fenster ins Innere schauen?«

Statt einer Antwort verändert Liv den Zoom an der Kamera und nähert sich bis auf wenige Zentimeter einem Fenster. Auf den ersten Blick ist zu erkennen, dass das hier mehr als ein reines Wochenendhaus ist. Die *Stuga* ist sehr geschmackvoll und hochwertig eingerichtet. Liv wechselt die Position der Drohne zu einem anderen Fenster, so können sie sich einen guten Überblick über das Innere dieses Hauses verschaffen.

»Kannst du jetzt über das Haus fliegen und mir einen Rundumblick verschaffen?«, bittet Daniel.

Ohne zu antworten, lässt Liv ihr Fluggerät circa fünfundzwanzig Meter über dem Dach schweben und passt die Kameralinse an, während sich die Drohne langsam um die eigene Achse dreht. Sie sehen eine Garage, die zu dem Haus gehört, eine Terrasse, einen kleinen Anbau, der sich als Sauna entpuppt, und einen überdachten Jacuzzi. Die lange eingeschneite Zufahrt offenbart, dass seit dem Schneesturm noch niemand hier gewesen ist. Die Kamera fängt den kleinen gefrorenen und zugeschneiten See ein und schwenkt weiter in den anschließenden Wald.

»Stopp!«, ruft Daniel plötzlich laut aus.

Beide schauen auf den Bildschirm, doch Liv kann nicht erkennen, was Daniels Aufmerksamkeit auf sich gezogen haben könnte.

»Kannst du bitte fünfzig Meter nach links in Richtung Bäume fliegen und dort tiefer gehen.«

Liv folgt seinen Anweisungen.

Daniel zeigt mit seiner Bleistiftspitze auf den Bildschirm ihres Laptops. »Kannst du mir das hier heranzoomen?«

Liv vergrößert das Bild, und ein kleines Band erscheint auf dem Bildschirm, das an einem Ast hängt und sich kaum bewegt.

»Was soll das denn sein?«, fragt Liv verständnislos.

Daniel antwortet nicht, sondern studiert hoch konzentriert jeden Millimeter des Bildschirms. »Können wir da näher ran?« Er tippt mit seinem Bleistift erneut auf den Bildschirm.

Liv lässt die Drohne langsam sinken und steuert sie vorsichtig zwischen die Bäume in den Wald. Dann vergrößert sie das Bild maximal und fliegt so nah wie möglich an den Ort, den Daniel ihr auf dem Bildschirm zeigt. Das Fluggerät schwebt nun vor einem Baum, an dem starke Verletzungen an der Rinde zu erkennen sind, die an kleine Löcher erinnern.

»Können wir das und das Bändchen fotografieren?«, fragt Daniel, der einzig Augen für das Geschehen auf dem Monitor hat.

»Na klar.«

Liv macht mehrere Screenshots von dem Baum und dem Bändchen, das etwa sechs Meter daneben an einem Baum hängt. Dann lässt sie die Drohne vorsichtig zwischen den Bäumen zurück ins Freie fliegen.

»Stopp!« Wieder ist Daniels Anweisung klar und deutlich. »Jetzt brauche ich noch ein Foto von diesem ganzen Bereich.«

Liv erfüllt seine Bitte und macht erneut einige Screenshots.

»Das war's! Du kannst die Drohne zurückholen.« Daniel studiert in aller Ruhe die letzte Totalaufnahme.

»Verrätst du mir endlich, was du gesehen oder gefunden hast?«, fragt Liv neugierig.

»Das hier«, er deutet auf das Foto, »das ist ein Windfähnchen.« Daniels Bleistiftspitze zeigt auf das kleine Band. »Damit überprüft man Windrichtung und Windstärke. Die Verletzungen der Rinde hier in diesem Baum wiederum sind Einschusslöcher von Pfeilen, die von einer Armbrust abgeschossen worden sind. Sie haben eine davor aufgebaute Zielscheibe durchschlagen und mit ihrer verbleibenden Restenergie den Baum verletzt.« Daniels Bleistiftspitze bewegt sich auf dem Bildschirm von einer Stelle zur nächsten. »Und das alles hier«, sagt er und markiert dabei mit seinem Stift einen großen Bereich, »das ist eine Schießbahn, und ich wette, dass wir hier die Ausgangsposition des Schützen finden«, sagt er abschließend, während sein Bleistift über den Bildschirm gleitet und dann auf eine freie Stelle hinter einem eingeschneiten, aber trotzdem gut sichtbaren Felsen zeigt. »Und zwar genau hier.« Daniel wendet seinen Blick vom Bildschirm ab und sieht seine Schwester an. »Ich denke, der Schütze, also Anelies Täter, hat hier das Schießen mit einer Armbrust geübt.«

»Wie zur Hölle konntest du das alles aus so großer Entfernung sehen? Du wirst mir echt unheimlich, Daniel, ernsthaft!«

»Uhhhhh.« Daniel hebt beide Arme, als wäre er ein Gespenst und grinst schon wieder von einem Ohr zum anderen.

Liv schüttelt ihren Kopf und murmelt vor sich hin, während sie ihre Drohne verpackt, zurück in den Kofferraum legt und die Heckklappe schließt. Was muss man sehen, um so was zu erkennen, fragt sie sich, und sie kann sich einfach nicht erklären, wie ihr Bruder so etwas entdecken kann. Immer noch kopfschüttelnd, steigt sie zu Daniel ins Auto.

»Dann wollen wir doch mal sehen, ob wir hier auch wieder herauskommen«, meint Daniel, während er den Jeep in Zentimeterarbeit auf dem Waldweg wendet. Er lenkt Livs SUV wieder auf die Hauptstraße in Richtung Jokkmokk. »Was für ein Gerät! Dieses Auto ist echt völlig abgefahren«, stellt er erneut voller Bewunderung fest.

»Wieso hast du mir eigentlich nie die Geschichte von diesem Bären erzählt, der dich angegriffen hat?«, wechselt Liv unvermittelt das Thema.

»Was meinst du?«

»Du weißt genau, was ich meine«, beharrt Liv. »Sigge hat mir alles erzählt und auch, wie knapp das wohl ganz offensichtlich war.«

»Du solltest nicht alles glauben, was so erzählt wird.«

Daniel wirft seiner Schwester einen kurzen Seitenblick zu.

»Allein die Tatsache, dass du das jetzt so runterspielst, zeigt mir, dass diese Geschichte stimmen muss. Ich hätte meinen Bruder verlieren können, und du erwähnst es mit keinem Wort.«

»Hätte es denn etwas geändert?«, erwidert Daniel ruhig, während er Liv einen weiteren kurzen Blick zuwirft. »Ich hätte dich grundlos verängstigt, obwohl die Situation längst vorbei war. Wozu? Dafür gab es absolut keinen Grund.«

Beide verfallen für einen Moment in Schweigen.

»Wie läuft es eigentlich mit dir und Sigge? Ist alles gut? Hat er es drauf? Muss ich ihn tief in die Wälder fahren? Oder soll ich vielleicht schon eure Hochzeit vorbereiten?«

»Du bist so blöd.« Liv lacht auf.

Auf der restlichen Fahrt sprechen sie über den hoffentlich bald bevorstehenden Frühling, und Daniel weiht seine Schwester in seinen Plan ein, mit Anelie einen Sommerurlaub in Montenegro zu verbringen.

»Montenegro, das hört sich ja cool an. Und Anelie ahnt noch nichts?«, fragt Liv begeistert.

»Nein, das soll eine Überraschung werden. Ein alter Freund von mir ist vor Jahren mit seiner Freundin, die aus dieser Gegend kommt und die Sprache spricht, dahin ausgewandert und hat dort ein kleines Feriendorf mit dem Namen Malo Selo gebaut.«

»Malo Selo«, wiederholt Liv, »das klingt schön. Weißt du denn, was es bedeutet?«

»Ja, Malo Selo bedeutet übersetzt *kleines Dorf*. Es ist wirklich toll geworden«, antwortet ihr Daniel.

Dann erzählt er seiner Schwester alles, was er über dieses urwüchsige, bergige Land hinter Kroatien und über Malo Selo weiß und dass er mit Anelie in der Tara-Schlucht, der tiefsten Schlucht Europas, eine Raftingtour machen möchte.

»Hej, vielleicht möchtet ihr ja mitkommen, du und Sigge? Ich würde allerdings mit dem Auto fahren, da ich noch kurz einen Zwischenstopp in Deutschland machen möchte, um weitere Freunde, Jim und Eva, zu besuchen, bei denen wir bestimmt auch übernachten können. Und Jim hat die besten Zigarren und den besten Whiskey, garantiert!«, sagt Daniel und biegt in Livs Privatweg ein.

Liv runzelt die Stirn. »Mit deinem alten Wagen? Wie weit ist das denn?«

»Ungefähr fünftausendzweihundert Kilometer, einfach.« Daniels Stimme klingt sehr amüsiert, während er den Wagen zurück in Livs Garage lenkt.

Die beiden steigen aus und laufen zu Daniels Auto.

»Und mit dieser alten Gurke willst du hin und zurück über zehntausend Kilometer zurücklegen?« Liv deutet zuerst auf Daniels in die Jahre gekommenen Wagen und tippt sich anschließend mit ihrem Zeigefinger mehrfach gegen ihre Stirn. »Vergiss es. Du bist ja verrückt geworden.« Lachend schüttelt sie ihren Kopf.

Daniel nimmt seine Schwester kurz zum Abschied in den Arm.

»Ich bearbeite die Bilder noch schnell am Computer, damit alles klar und deutlich zu sehen ist, und schicke dir dann alles per E-Mail zu«, sagt Liv.

»Danke! Überleg's dir, könnte ein cooles Abenteuer werden …« Damit verschwindet er in seinem Auto.

Liv sieht Daniel von ihrer Terrasse aus hinterher, bis er aus ihrem Blickfeld verschwunden ist, und ein Gedanke schießt ihr durch den Kopf, der sie augenblicklich grinsen lässt.

36

Wie ich es drehe und wende, ich kann mir einfach nicht vorstellen, dass Sofia Stig erschossen haben soll. Mein kriminalistischer Instinkt opponiert gegen diese Möglichkeit. Aber ich brauche mehr Informationen über Sofia und recherchiere ihre sportliche Karriere im Internet.

Als erfolgreiche Profi-Biathletin aus Norwegen hat sie einige wichtige Wettkämpfe gewonnen und zahlreiche Medaillen errungen. In vielen Artikeln, die ich im Internet finde, werden ihre läuferischen Fähigkeiten und ihre Ausdauer hervorgehoben, vor allem aber ihre Schießkünste hoch gelobt. Aber macht sie das zu einer Scharfschützin, wenn sie normalerweise nur mit einem Kleinkalibergewehr schießt, das durch seine kurze Reichweite und der Windanfälligkeit stark eingeschränkt ist? Und wann hätte sie Stig auflauern können?

Wir haben ihr Alibi überprüft, sie wurde fast lückenlos mit Matti an der Strecke gesehen. Daran gibt es eigentlich nichts zu rütteln. Ich überprüfe zur Sicherheit, ob sie eine Zwillingsschwester hat, die ihr Alibi untermauert haben könnte. Fehlanzeige, es gibt nur zwei ältere Brüder. Also welche Rolle könnte Sofia in diesem Mordfall spielen, und was hat es mit ihrer DNA an dem Mordpfeil auf sich? Ob sie vielleicht als Komplizin an dem Mord beteiligt war?

Unwillkürlich muss ich an ein Rätsel denken, das mir mein Vater einmal vor langer Zeit gestellt hat. Ein Bauer steht neben einem Turm auf einem weißen Feld, und er weiß, dass er bald sterben wird. Warum? Mir ist es damals nicht gelungen, dieses Rätsel zu lösen. Meine Idee, dass der Bauer vorhatte, sich von dem Turm zu stürzen und Selbstmord zu begehen, war jedenfalls nicht des Rätsels Lösung. Erst nach tagelangem Hinhalten hatte meine Mutter ein Einsehen und mir den entscheidenden Tipp gegeben.

»Du musst dich von dem Augenscheinlichen lösen und einen neuen Zusammenhang herstellen«, hatte sie damals zu mir gesagt. »Wo könnte ein Bauer, ein Turm, ein weißes Feld noch zusammenkommen?«

Schlagartig war mir damals die Auflösung in den Sinn gekommen. Ich hatte immer nur einen Mann vor Augen gehabt, der auf einem schneebedeckten Acker steht, auf dem sich auch ein Turm befindet. Dieses Bild hatte meinen Blickwinkel total eingeschränkt. Als ich dann darüber nachgedacht hatte, wo ein Bauer, ein Turm und weißes Feld noch eine Rolle spielen konnten, hatte die Antwort auf dem Tisch gelegen: Es handelt sich um ein Schachspiel. Der Turm musste nur zur Seite ziehen und damit den Bauern, der auf einem weißen Feld stand, aus dem Spiel zu werfen.

Ich versuche also meinen Blick auf diesen Mordfall zu verändern. Könnte Sofia möglicherweise die treibende Kraft gewesen sein, hat sie den König zu Fall gebracht, oder ist sie nur ein Läufer, der als Komplize mit unter der Decke steckt? Und welche Rolle hätten Matti und Dana in so einem perfiden Spiel? Dana ist augenscheinlich die Gewinnerin. Aber es gibt noch zwei Randfiguren, Gunnar und Alexander, deren Rolle wir nicht kennen. Gunnar schließe ich aus, Alexander jedoch noch nicht. Sollten sie alle zusammen diesen Mord ausgeheckt haben, um an Stigs Vermögen zu kommen?

Strategie ist eine Sache, aber Menschen, vor allem Mörder denken, fühlen und handeln anders. Mit Kalkül lässt sich ein Mord planen, aber für die Tat braucht es eine extreme kriminelle Energie und Skrupellosigkeit. Diese Eigenschaften konnte ich bisher bei keinem der Verdächtigen erkennen.

Gedankenversunken gehe ich zur Kaffeemaschine und setze frischen Kaffee auf. Während er durchläuft, überlege ich, wie viele Tassen ich heute schon getrunken habe, und komme auf sieben. Zu viel, ich muss das ändern, entscheide ich, aber nicht heute. Jetzt brauche ich dringend eine achte Tasse. Während ich darauf warte, dass der Kaffee fertig ist, stelle ich mich ans Fenster und starre hinaus in das winterliche Jokkmokk.

Meine Gedanken schweifen ab, zurück in meine Kindheit. Ich bin bis zu meinem zwölften Lebensjahr im südschwedischen Lund aufgewachsen, einer historischen Universitätsstadt mit jugendlichem Charme, für den die vielen Studenten sorgen. Die quirlige Stadt hat viel zu bieten, im Gegensatz zu Jokkmokk, wo es nur drei, vier Läden, eine Handvoll Restaurants, ein Café, zwei Supermärkte und ein Sami-Museum gibt.

Mein Vater war in der Stockholmer Unterwelt als Ermittler gefürchtet und seine Arbeit stets Tischgespräch gewesen, sehr zum Leidwesen meiner Mutter. Ich hingegen fand es spannend, wenn er von einem spektakulären Drogen- oder Waffenfund berichtete. Mein Vater war der Grund, warum ich zur Polizei gegangen bin, ebenfalls zum Leidwesen meiner Mutter. Sie hätte mich lieber in einem weniger aufreibenden und weniger gefährlichen Beruf gesehen.

Von meinem Vater habe ich Schach spielen gelernt. Wir beide konnten uns stundenlang bekriegen und bekämpfen, bis einer von uns den König des anderen in die Ecke getrieben hatte. Schachspiel schult das vorausschauende logische und strategische Denken, pflegte mein Vater immer zu sagen. Ich gebe ihm recht, durch Schach habe ich gelernt, mehrere verschiedene Züge im Voraus sehen zu können, eine Fähigkeit, die mir bei der Aufklärung in vielen Mordfällen sehr zugute gekommen ist. Aber im Moment stehe ich vor dem Bild und kann das Große und Ganze nicht erkennen. Ich muss einen großen Schritt zurücktreten.

»Tu einfach dein Bestes«, sage ich zu mir selbst.

Alles, was wir bislang haben, sind nur Puzzlestücke, die Lücken sind zu groß. Um sie zu füllen, braucht es Wissenschaft, Logik, Recherchen und Intuition, damit löst man Fälle. Manchmal auch mit etwas Glück, doch darauf kann ich nicht hoffen.

Es klingelt an der Tür, und Arne geht hinaus, um zu öffnen. Sekunden später taucht er mit Sofia und Matti im Schlepptau auf. Wir setzen uns an meinen Besprechungstisch.

»Sofia, Matti, könnt ihr euch denken, warum ich euch so dringend einbestellt habe?«, frage ich die beiden.

»Nein«, sagt Matti.

»Habt ihr den Täter?«, fragt Sofia.

Ich verneine.

Bevor ich weitersprechen kann, ergreift Sofia das Wort. »Matti und ich haben gestern lange geredet, über unser Jahr mit Stig und unsere Arbeit mit ihm hier. Wir mussten uns eingestehen, dass wir unseren Verdacht, was das Doping betrifft, verdrängt hatten. Wir haben sehr viel über Sigges Satz gesprochen, es würde unglaubwürdig klingen, dass wir weder etwas gesehen noch gehört haben wollen. Und wir mussten uns letztlich eingestehen, dass wir Stigs Doping hätten bemerken müssen. Dafür gibt es keine Ausreden oder Entschuldigungen. Darüber sind wir selbst erschrocken. Wir kannten Stig eigentlich gar nicht, obwohl wir mehr als zweihundert Tage mit ihm gearbeitet haben.«

Ich lasse diese Information so stehen, weil ich im Moment noch nicht sehe, was sie uns bei den Ermittlungen bringen soll. Wir müssen einen anderen Sachverhalt aufklären.

»An dem Pfeil und an dem angebrachten Windfähnchen am Tatort wurden DNA-Spuren gefunden, die nicht von Stig stammen«, informiere ich die beiden.

Matti und Sofia tauschen Blicke aus, auf die ich sofort reagiere. »Diese gefundene DNA stammt von dir, Sofia.«

Totenstille. Sofia erbleicht, was eigentlich angesichts ihrer hellen Gesichtsfarbe kaum möglich erscheint. Sie taxiert mich misstrauisch mit dem Sag-mir-dass-das-nicht-stimmt-Blick, gefolgt von dem Da-muss-eine-Verwechslung-vorliegen-Ausdruck.

»Meine DNA? Aber … aber das kann nicht sein«, stammelt sie.

»Doch«, widerspreche ich ihr. »Die Spurenlage ist eindeutig, Sofia, Irrtum ausgeschlossen. Das wurde mehrfach überprüft.«

Schlagartig wirkt Sofia erschöpft, resigniert, wie betäubt vor Entsetzen. Ich sehe sie mir genau an. Einblicke in ihre Seele bekomme ich dabei nicht. Sie ist ruhig, finster und gebrochen und scheint allen Kummer dieses Lebens in den Augen zu tragen.

»Anelie, das muss ein Fehler sein«, stellt Matti so entsetzt wie empört fest. »Wir waren am Samstag den ganzen Tag zusammen. Unzählige Menschen können bestätigen, dass wir an jeder Station auf Stig gewartet haben, um ihn zu versorgen. Ihr müsst euch irren!«

Ich wende mich direkt an Matti. »Matti, das mag zurzeit so erscheinen, aber bislang ist es so, dass ihr euch vor allem gegenseitig ein Alibi gebt. Stellt sich also die Frage, welche Rolle du dabei spielst?«

Matti wirft Sofia einen Seitenblick zu, die diesen mit einem Ausdruck völliger Verzweiflung erwidert. Ich lehne mich zurück und lasse die beiden nicht aus den Augen. Ausgerechnet in diesem Augenblick klingelt mein Handy. Ich werfe einen Blick aufs Display. Es ist Einar Alsin, der Anwalt aus Malmö.

»Verzeihung, da muss ich kurz rangehen«, sage ich und verlasse das Zimmer.

Das Gespräch dauert nur wenige Sekunden. Missmutig schalte ich das Telefon aus. Einar sitzt bereits in einem Flugzeug, das gleich starten wird. Ich kann erst nach seiner Ankunft in Malmö mit ihm sprechen. Ich gehe zurück an unseren Besprechungstisch und setze mich wieder. Ich kann mir nicht vorstellen, dass Sofia Stig auf dem Gewissen hat, aber die Fakten zeichnen gerade ein völlig anderes Bild. Vielleicht sitzen hier eine Mörderin und ihr Komplize, und wir müssen nur noch ein Geständnis aus ihnen herausholen. Das könnte ein langer Abend werden, denke ich müde.

»Ein Geständnis würde sich strafmildernd auswirken«, beginne ich mit der *good-cop*-Plattitüde. »Warum erleichterst du nicht dein Gewissen, Sofia, und erzählst uns, wie es zu dieser Tat gekommen ist?«

Sofia schüttelt den Kopf. »Ich habe damit nichts zu tun. Das müsst ihr mir glauben.«

»Wir haben deine DNA am Pfeil und am Windbändchen gefunden, was bedeutet, du musst damit in Berührung gekommen sein«, beharre ich.

»Aber das bin ich nicht, ich schwöre bei allem, was mir heilig ist. Ich habe nicht das Geringste mit Stigs Tod zu tun.« Sofia hat sich nur noch schwer unter Kontrolle, ihre Verzweiflung ist greifbar.

»Du giltst als exzellente Schützin«, spreche ich weiter.

Ihr fahriger Blick wandert hin und her, ihre ruhelosen Hände suchen nach einem Versteck, sie wippt hektisch mit dem Fuß. »Ich kann mit einer Waffe schießen, aber nicht mit einer Armbrust. Ich habe so was noch nie in der Hand gehabt, geschweige denn damit geschossen.«

»Und was ist mit dir, Matti? Hast du vielleicht geschossen?«, frage ich.

»Das ist ein Komplott, da will uns jemanden etwas anhängen«, sagt er laut. Er ballt seine Fäuste so stark, dass sein Knöchelknacken wie ein Fingerschnipsen in meinem Gehörgang erklingt. »Wir haben nichts mit Stigs Ermordung zu tun. Sofia sagt die Wahrheit.«

»Ach, wisst ihr«, sage ich ungerührt in *bad-cop*-Manier, »Wahrheit ist so ein dehnbarer Begriff.«

»Traust du mir, traust du uns das wirklich zu, Anelie?«, fragt Sofia.

Ich reagiere nicht auf ihre Frage.

»Und du Arne? Bitte?« Sofia schaut Arne flehend an. Er verzieht ebenfalls keine Miene und schweigt.

»Falsche Frage, Sofia«, antworte ich schließlich. »Die Frage ist, warum wir deine DNA an solchen wichtigen Beweismitteln gefunden haben.«

Genau dieser Punkt geht mir die ganze Zeit durch den Kopf. Dieser Fehler passt nicht in mein Täterprofil, es passt nicht, dass der Täter ausgerechnet an der Mordwaffe und am Tatort so eindeutige Spuren hinterlässt. Er wusste genau, was er tut, und er will uns auf eine falsche Fährte führen. Wie mit seinen Schuhen. Aber diesen Verdacht kann ich Sofia nicht verraten. Im Moment steht sie aufgrund der Spurenlage in unserem Fokus. Ich führe diese unsägliche Vernehmung noch eine Weile fort, aber erwartungsgemäß komme ich keinen Schritt weiter.

»Willst du mir noch etwas sagen, Sofia?«, frage ich sie.

»Ich bin unschuldig. Ich weiß nicht, wieso ihr meine DNA dort finden konntet. Das Ganze muss ein Irrtum sein«, betet sie herunter.

»Wir dachten, du bist eine gute Polizistin, aber jetzt …« Matti bricht mitten in seinem Satz ab.

Ich lasse den Zorn des Mannes an mir abprallen. Ich kann ihn verstehen. Wenn die beiden tatsächlich nichts mit dem Mord zu tun haben, dann ist diese Situation gerade ziemlich übel.

»Ich muss euch beide hierbehalten«, sage ich. »Du, Sofia, stehst unter Mordverdacht, und du, Matti, unter dem Verdacht der Mitwisserschaft und der Falschaussage.«

Beide starren mich an, als würden sie einen Geist sehen.

»Du willst uns einsperren?«, fragt Matti ungläubig.

»Ich kann gar nicht anders handeln«, sage ich ruhig. »Heute

Nacht bleibt ihr hier. Morgen werdet ihr nach Lulea überstellt. Ihr solltet euch einen Anwalt nehmen. Wenn ihr also telefonieren wollt?« Dann schaue ich zu Arne. »Bringst du Matti in seine Zelle?«

Sofia lässt sich widerstandlos von mir in ihre Zelle bringen. Matti wehrt Arnes Arm rüde ab. »Nicht anfassen.« Seine Warnung ist keine leere Drohung. »Was für ein Scheiß!«, schimpft er und läuft mit Arne in den Zellengang. »Das wird sich alles aufklären, Sofia, ganz sicher«, ruft er ihr zu.

Dann fällt auch hinter ihm die Zellentür ins Schloss.

»Ich kann einfach nicht glauben, dass die beiden Stig auf dem Gewissen haben«, meint Arne, als wir wieder allein sind.

»Wir müssen den wahren Täter finden. Bis dahin müssen wir die beiden festhalten. Es geht nicht anders.«

37

Dieser Tag liegt mir schwer im Magen. Ich rufe Daniel an.

»Harter Tag?«, fragt er ruhig.

»Ja.«

»Ich erzähle dir jetzt mal, was Liv und ich herausgefunden haben.« Ausführlich berichtet er mir von dem Windfähnchen sowie von der Schießbahn, die an Danas Grundstück anschließt. Danach simst er mir ein paar Fotos, die mir alle Details auf den Bildern zeigen.

»Der Täter könnte genau auf dieser Schießbahn geübt haben«, meint Daniel. »Dort war er völlig ungestört. Es gibt weit und breit keine Nachbarn.«

Der perfekte Platz, geht mir durch den Kopf, während ich die Bilder betrachte. »Und er hat zynischerweise Stigs eigene Armbrust benutzt. Das heißt, er hatte entweder Kontakt zu Stig, oder Dana hat ihm den Zugang ermöglicht.«

»Was willst du tun?«

»Ich brauche das grafologische Gutachten. Außerdem muss die Spurensicherung diese Schießbahn und die *Stuga* untersuchen. Und ich muss herausfinden, wie Sofias DNA an Pfeil und Windfähnchen gekommen ist.«

»Soll ich zu dir kommen?«, fragt Daniel.

»Nein, Schatz.«

Es ist kein verführerischer Gedanke, die Nacht hier allein verbringen zu müssen, aber es muss sein. Ich werde mir die Akten erneut vornehmen, alle Ermittlungsergebnisse noch einmal überprüfen. Ich muss etwas übersehen haben, irgendeinen Hinweis, der uns auf die Spur des Täters führt. Ich blicke zum Fenster und sehe den schwachen Abglanz meines eigenen Spiegelbildes in der Scheibe. Die Müdigkeit ist mir ins Gesicht geschrieben. Aber an Schlaf ist nicht zu denken.

Während der nächsten Stunden brüte ich über den Ermittlungsakten und suche nach Spuren. Es fällt mir nicht leicht, alles unvoreingenommen zu betrachten, ich bemühe mich jedoch, so neutral wie möglich zu bleiben, gerade so, als würde ich alles zum ersten Mal lesen. Es gibt inzwischen Unmengen von Tatortfotos, Vernehmungsprotokollen, dazu die Berichte der Spurensicherung, natürlich den Obduktionsbericht sowie Aufzeichnungen zu Befragungen von Zeugen und möglichen Verdächtigen. Ich lese ihre Aussagen, hinterfrage die Alibis. Auch die Überprüfung der Leihskooter hat nichts gebracht.

Doch auch die erneute Überprüfung aller Fakten bringt mich keinen Schritt weiter.

Eine große Erschöpfung breitet sich in mir aus. Missmutig schiebe ich die Unterlagen beiseite. Ich gehe zu den Zellen, öffne die kleine Klappe in der ersten Tür. Matti liegt auf der Pritsche und zeigt mir den Rücken. Er rührt sich nicht. Ich kann nicht sehen, ob er schläft. Sofia, die in der anderen Zelle sitzt, ist jedoch wach und sieht mich. Arne hatte sie vorhin noch mit ihrem Handy telefonieren lassen, damit sie sich um einen Anwalt kümmern konnte.

»Ist alles in Ordnung?«, frage ich.

»Gar nichts ist in Ordnung, Anelie. Morgen kommt unser Anwalt. Der holt uns hier raus, ganz sicher. Wir haben nichts getan.«

Ich nicke und überlasse sie ihrem Schicksal. Ihr letzter Satz klingt mir in den Ohren. Ich muss telefonieren. Es ist zwar schon kurz vor Mitternacht, aber darauf kann ich keine Rücksicht nehmen. Ich wähle die Nummer, die in großen Zahlen vor mir liegt, und lasse es sehr lange klingeln. Endlich hebt er ab.

»Ja, was ist denn?«, höre ich eine verschlafene Stimme.

»Anelie Andersson, Polizei Jokkmokk. Es tut mir leid, wenn ich dich geweckt habe, aber es ist sehr dringend. Ich rufe wegen Stig Eriksson an.«

»Wegen Stig? Ist etwas passiert?« Jetzt klingt Einar Albins Stimme schon munterer.

Dann erzähle ich ihm, was geschehen ist. Einar braucht eine Weile, bis er reden kann. Selbst durch das Telefon kann ich spüren, dass ihm die Nachricht von Stigs Tod gerade den Boden unter den Füßen weggezogen hat.

»Laut Testament wird seine Lebensgefährtin alles erben«, informiere ich ihn.

»Sein Testament?«, fragt Einar irritiert. »Das hat er erst vor vier Wochen bei uns in der Kanzlei hinterlegt. Dann müsste er ein Neues verfasst haben, von dem ich nichts weiß. Das wäre aber äußerst ungewöhnlich für Stig, und das würde ich sofort überprüfen lassen.«

»Laut Datum stammt es vom Januar 2020.«

»Unmöglich.«

»Die Überprüfung, ob es eine Fälschung sein könnte, läuft schon. Kennst du denn den Inhalt des Testaments, das bei dir hinterlegt ist?«

»Ja, natürlich, er hat es detailliert mit mir abgesprochen. Stig hat immer zu Jahresbeginn sein Testament aktualisiert oder wenn sich in seinem Leben etwas geändert hat. Ich glaube, er hat bei einem Freund, dessen Frau bei einem tödlichen Autounfall gestorben war, einmal miterlebt, was es heißt, wenn man seinen Nachlass nicht geregelt hat. Das wollte er unbedingt vermeiden. In dem Testament, das in meiner Kanzlei liegt, hat er verschiedene Menschen bedacht. Sanya und Arun, dessen Sohn, selbst seine Trainer sind in seinem aktuellen Testament berücksichtigt. Aber eine Alleinerbin? Nein, das steht nicht in Stigs Testament. Dana sollte nur ihr Haus in Nattavaara bekommen und eine kleinere Summe. Mehr nicht.«

»Warum nicht mehr?«

»Stig wollte sich von ihr trennen. Sie ist nicht die Richtige, hat er zu mir gesagt. Aber ich glaube, Dana muss irgendetwas gegen ihn in der Hand gehabt haben, so dass er gezögert hat, sich deutlicher zu entscheiden. Doch ich weiß nicht was.«

Ich denke kurz darüber nach. »Wusstest du, dass Stig gedopt hat?«

»Gedopt? Stig? Niemals!«

»Daran besteht jedoch kein Zweifel.«

»Das glaube ich nicht«, kommt es scharf zurück.

»Die Laboruntersuchungen sind eindeutig. Wir wissen nur nicht, wie er an die Medikamente gekommen ist. Dana könnte davon gewusst haben. Vielleicht hat sie damit gedroht, ihn bloßzustellen.«

»Ich weiß nicht, was ich sagen soll. Stig war immer so korrekt. Und jetzt das. Ich kann mir das einfach nicht vorstellen«, sagt Einar. Seine Fassungslosigkeit ist selbst durch den Telefonhörer mit Händen greifbar.

»Dana ist übrigens schwanger.«

»Von wem?«

»Na, von Stig.«

Einar lacht scharf auf. »Niemals. Stig war unfruchtbar. Er hat mir das vor vielen Jahren einmal erzählt, weil er damals darüber nachgedacht hatte, ein Kind zu adoptieren. Er war in seiner Jugend an Mumps erkrankt, und eine der vielen möglichen Komplikationen ist eine Entzündung, die seine Hoden befallen hatte. Mehrere Tests hatten seinen Verdacht bestätigt, unfruchtbar zu sein.«

Jetzt brauche ich einen Moment, um diese Information zu verarbeiten. »Wie gut kennest du Dana?«

»Wir haben uns einige Male gesehen. Sie war sehr charmant, sehr nett. Ich kann nichts Negatives über sie sagen. Aber bei Stig war die anfängliche Verliebtheit abgekühlt. Er wollte diese Beziehung beenden. Irgendetwas hat da nicht mehr gestimmt.

Wir wollten nach meiner Rückkehr genauer darüber reden. Er hatte sehr viel darüber nachgedacht, wie es für ihn weitergehen sollte.«

»Wann kann ich den genauen Inhalt seines bei dir hinterlegten Testaments erfahren?«

»Gleich am Morgen, sobald ich im Büro bin.«

Damit beende ich das Telefonat, das mich sehr nachdenklich zurückgelassen hat. Wieder habe ich neue Details über Stigs Lebensgefährtin erfahren, die sie in den Mittelpunkt des Mordfalls stellen. Aber es besteht kein Zweifel daran, sie selbst kann Stig nicht umgebracht haben. Sie muss definitiv einen Komplizen haben, vielleicht den Vater ihres noch ungeborenen Kindes? Vielleicht wollte sie Stig mit der Schwangerschaft an sich ketten, ohne zu ahnen, dass er gar nicht zeugungsfähig war? Wenn sie überhaupt schwanger ist, was ich mittlerweile auch in Zweifel ziehe. Ich gehe in Arnes Büro, lege mich auf die Couch und versuche, ein paar Stunden Schlaf zu bekommen. Aber ich bin weit davon entfernt, Ruhe zu finden. Wie könnte Sofias DNA an den Pfeil gekommen sein? Dafür muss es doch eine Erklärung geben. Ich stehe wieder auf und gehe zu der Zelle, in der Sofia sitzt. Erneut öffne ich die kleine Klappe und werfe einen Blick hinein. Sie liegt ausgestreckt auf der Pritsche.

»Bist du wach Sofia?«, frage ich leise.

»Ja.« Sie rührt sich nicht.

»Weißt du, Sofia, mir geht immer wieder dieselbe Frage durch den Kopf. Wie könnte deine DNA an den Pfeil und dieses Tuch gekommen sein?«

Schlagartig richtet sie sich auf. »Anelie, ich verstehe das auch nicht. Ich hatte diese Waffe nie in der Hand, geschweige denn diesen Pfeil. Bei einem Tuch kann ich das nicht ausschließen. Ich weiß noch nicht mal, um was für ein Tuch es geht. Das muss jemand manipuliert haben.«

»Ja, aber wer? Und wie?«

»Was braucht man denn dafür?«, will Sofia wissen, die sichtlich um ihre Fassung ringt.

»Blut. Speichel. Hautzellen. Gewebe«, zähle ich auf. »Bei Toten werden oft auch Zähne dafür verwendet.«

Sofia schweigt nachdenklich. Ich kann sehen, wie sie grübelt und nach einer Antwort sucht.

»Falls dir etwas einfällt, ruf mich«, sage ich zu ihr. »Ich bin die ganze Nacht da.«

»Ich war vor einem halben Jahr bei einem Zahnarzt«, sagt Sofia plötzlich. »Hier in Jokkmokk.«

Ich schließe die Zellentür auf und bleibe in der Tür stehen.

»Bei diesem Dr. Herwig?«

Sie nickt.

»Sprich weiter.«

»Eines Morgens wache ich auf und habe höllische Schmerzen an einem Backenzahn.« Sofia deutet mit dem Finger auf ihren linken Unterkiefer. »Ich habe eine Schmerztablette eingeworfen. Nach dem Mittagessen wurde es deutlich schlimmer. Beim Nachmittagstraining mit Stig habe ich dann zu Matti gesagt, dass es echt sehr schwer werden wird, am Wochenende einen Termin bei einem Zahnarzt in Norwegen zu bekommen, und dass das ein sehr unschönes Wochenende für mich werden könnte. Stig hat dann Dana gebeten, bei diesem Zahnarzt, wo sie arbeitet, einen kurzfristigen Termin zu organisieren. Keine fünfzehn Minuten später sitze ich bei dem auf dem Behandlungsstuhl.«

»Was genau wurde an deinem Zahn gemacht?«

»Er hat diese Entzündung gut behandelt.«

»Okay, ich werde der Sache nachgehen«, verspreche ich Sofia. Dann verlasse ich die Zelle und verriegle die Tür.

Vielleicht hat Dana sich Blut oder Gewebe nach der Behandlung organisiert und damit den Pfeil präpariert.

Diesem Dr. Herwig werde ich morgen früh direkt einen Besuch abstatten. Mit diesem Gedanken schlafe ich an meinem Schreibtisch ein.

38

Kaffeeduft steigt mir in die Nase, und ich wache davon auf. Arne steht vor mir mit einer Tüte Zimtschnecken und hält mir eine große Tasse entgegen.

»Wie war die Nacht?«

»Kurz.« Ich gähne herzhaft und strecke mich. »Ich mache mich kurz frisch«, sage ich und verschwinde in der Toilette. In dem kleinen Spiegelschrank über dem Waschbecken habe ich Zahnbürste, Zahnpasta und Deo deponiert. Für eine Katzenwäsche reicht es. Danach werfe ich einen erneuten Blick durch die kleine Luke in der Zellentür. Sofia ist ebenfalls wach und sitzt auf ihrer Pritsche.

»Hej, wie geht es dir, Sofia?«, frage ich.

»Wie schon, wenn man als Unschuldige für eine Mörderin gehalten wird?« Sie steht auf und kommt zur Tür.

»Möchtest du Kaffee? Frühstück?«

»Kaffee, sonst nichts.«

Ich bringe ihr eine große Tasse.

»Anelie, ich habe nichts getan. Das ist die volle Wahrheit!«, ruft mir Sofia hinterher.

»Ich weiß, Sofia«, sage ich leise. »Ich halte dich nicht für eine Mörderin, und das werde ich hoffentlich auch schon sehr bald beweisen. Aber ich muss so handeln, bis eure Unschuld zweifelsfrei erwiesen ist. Denkt bitte nicht, dass ich das hier gerne mache.«

Ich gehe zur zweiten Zelle, um nach Matti zu sehen. »Hej, Matti, alles okay bei dir?«

»Verpiss dich!«, zischt er mir zu und zeigt mir den Mittelfinger.

Ich stelle ihm wortlos eine Tasse Kaffee in das kleine Fenster. Dann setze ich mich zu Arne in dessen Büro und erzähle ihm ausführlich von meinem Gespräch mit Stigs Anwalt. Gespannt hängt er an meinen Lippen.

»Die hat's faustdick hinter den Ohren«, stellt er fest, als ich geendet habe. »Aber wir haben nichts, um sie dranzukriegen.«

»Noch nicht.«

Mein Telefon klingelt. Es ist Ylva. Mit dürren Worten erklärt sie mir, dass es sich laut grafologischem Gutachten tatsächlich um ein gefälschtes Testament handelt. Ich kann in ihrer Stimme deutlich hören, wie schwer es ihr fällt, mir dies mitzuteilen. Triumphierend balle ich die Faust, lasse Ylva jedoch mein Triumphgefühl nicht spüren. Ich informiere sie, dass ich in Kürze das vermutlich echte Testament von Stigs Anwalt bekomme, und lege auf.

»Das Testament ist gefälscht«, sage ich zu Arne, »und das sogar ziemlich gut.«

»Wusste ich's doch«, jubelt Arne.

»Wir werden Dana mit den neuesten Entwicklungen konfrontieren.«

»Alles klar. Dann bestelle ich sie mal ein«, sagt Arne und geht nach nebenan, um sie anzurufen.

Ich rufe meine E-Mails auf und finde eine Nachricht von Einar. Im Anhang hat er mir eine Kopie des Testaments mitgeschickt. Es enthält keine allzu großen Überraschungen, zumindest nicht für mich. Es passt zu unseren Erkenntnissen und zu Stig als Menschen. Sein Haus soll an eine sehr entfernte Nichte gehen, die in London studiert und vermutlich keine Ahnung hat, was sie da bekommen soll. Wie erwartet, hat Stig Sanya, Arun und deren Sohn Huy in seinem Letzten Willen großzügig bedacht sowie einige andere Menschen, die er aus der Vergangenheit gekannt haben muss. Auch Matti und Sofia bekommen ihren versprochenen Bonus. Dana soll das Haus in Nattavaara behalten, das er ihr laut eigener Aussage zum Geburtstag geschenkt hat, sowie das Auto, das er ihr gegeben hat, plus eine Million Kronen bekommen, mehr nicht. Drei Millionen Kronen hat er der hiesigen Bürgerinitiative vererbt, damit sie sich intensiver gegen die Eingriffe der Konzerne in die Natur zur Wehr setzen kann. Er hat auch seinen Anwalt Einar mit einem üppigen Honorar bedacht, damit er dieser Bürgerinitiative als juristischer Berater zur Seite steht. Ich leite die E-Mail an Ylva weiter und drucke sie aus, um alles Arne zu zeigen.

»Ich habe Dana nur auf den AB sprechen können«, sagt Arne. »Ihr Telefon ist wohl ausgeschaltet.«

Ich drücke Arne die Ausdrucke in die Hand. »Hier ist Stigs echtes Testament.«

Neugierig liest er alles, dann lächelt er zufrieden. »Damit können wir gut leben.«

»Sie arbeitet doch bei diesem Zahnarzt hier«, sage ich. »Ich muss sowieso in diese Praxis. Vielleicht ist sie ja dort.«

»Alles klar«, sagt Arne, »dann halte ich hier die Stellung.«

Leichter Schneefall begleitet mich auf meinem zehnminütigen Fußmarsch zur Zahnarztpraxis. Ich wische den Schnee von meinem Anorak und drücke die Klingel neben dem Praxisschild. Nach einem kurzen Moment ertönt ein leises Summen, und ich kann die Haustür aufdrücken. Ich laufe durch einen kleinen Flur, der in ein Empfangszimmer führt. Der Schreibtisch hinter einer als Barriere dienenden brusthohen Theke ist jedoch unbesetzt, genauso wie die zwei Stühle, die an der gegenüberliegenden Wand stehen. Enttäuscht muss ich feststellen, dass Dana nicht hier ist. »Nimm bitte noch für einen Moment Platz«, ertönt ein angenehm klingender Bariton aus einem Nebenraum durch eine spaltbreit geöffnete Tür, »ich bin hier noch kurz mit einem Patienten beschäftigt.«

Dann startet ein durchdringendes Bohrgeräusch, und ein kalter Schauder durchläuft meinen Körper. Ich nehme nicht wie gebeten Platz, sondern werfe einen Blick über die Theke. Dahinter liegen auf dem Schreibtisch ein aufgeschlagenes Terminbuch, ein paar Stifte und Bürokram. Ich schleiche um die Theke und blättere leise durch das Terminbuch. Na, allzu viel hast du nicht zu tun, schießt es mir durch den Kopf, als ich die wenigen Termine sehe, die hier eingetragen sind. Ärzte beziehen in Schweden ein staatliches Grundgehalt, so dass sie nicht zwingend auf viele Patienten angewiesen sind. Aber auch in Lappland können zusätzliche Leistungen privat abgerechnet werden, die das Arzthonorar erhöhen.

Das Bohrgeräusch verstummt abrupt, leises Gemurmel dringt an mein Ohr. Schnell husche ich zu einem der Stühle, die gegenüber der Theke stehen, und lasse mich darauf nieder. Kurz darauf erscheint ein Mann mit gepeinigtem Blick. Er nickt mir kurz zu, schnappt sich seine Jacke, die an einem Garderobenständer hängt, und verlässt schnell die Praxis. Dann erscheint der Doktor in einem weißen Arztkittel in der Tür.

»Wir hatten keinen Termin, oder?« Er schaut mich forschend an. »Hast du Zahnschmerzen?« Er lächelt kurz. Dr. Herwig ist ein großer, drahtiger Mann. Ich schätze ihn auf mindestens einen Meter fünfundachtzig und Mitte fünfzig. Er hat silbergrau meliertes, dichtes Haar. Tiefe Falten durchfurchen sein Gesicht, was ihm ein markantes Aussehen verleiht. Man könnte ihn definitiv als gut aussehend beschreiben, und er würde mit seinem gleichermaßen gefälligen wie seriösen Aussehen bestens in eine Fernsehwerbung passen, in der er dem Zuschauer eine Versicherung oder eine Geldanlage schmackhaft macht. Umso mehr überrascht es mich, dass er mir hier in Jokkmokk noch nie aufgefallen oder begegnet ist. Der Ort ist so klein, dass man sich eigentlich immer einmal über den Weg läuft.

Ich erhebe mich. »Anelie Andersson. Polizei Jokkmokk«, stelle ich mich vor.

»Dr. Frank Herwig.«

Ich ergreife seine mir entgegenkommende Hand und schüttle sie zur Begrüßung. Ich kann sie nicht loslassen, weil er meine Hand mit sanftem Druck länger als notwendig festhält.

Er legt den Kopf schief und lächelt. Dabei entblößt er ein perfektes Gebiss. Lachfalten umspielen seine Augenwinkel.

»Polizei? Und dann noch in so äußerst attraktiver Form. Was haben wir denn auf dem Herzen?«

Ob er von sich im Majestätsplural spricht oder uns beide meint, weiß ich nicht. Noch immer steckt meine Hand in der seinen.

»Ist Dana auch hier? Ich würde gerne mit ihr sprechen.«

»Sie ist heute nicht gekommen. Ich habe schon bei ihr angerufen, um mich zu erkundigen, aber ihr Telefon ist ausgeschaltet. Vielleicht geht es ihr nicht gut nach dieser Tragödie.«

»Aha … aber wenn ich schon mal da bin, dann würde ich dir gerne ein paar Fragen stellen. Wo können wir uns unterhalten?«, frage ich und entziehe ihm mit einem entschiedenen Ruck meine Hand.

»Nebenan«, schlägt er vor und deutet mir mit einer ausladenden Geste an vorauszugehen.

»Nach dir«, entgegne ich.

Er nickt und geht voraus. Ich folge ihm nach nebenan und betrete einen Behandlungsraum, an dessen Ende ein großer Schreibtisch steht. Er schiebt einen Stuhl zu mir und schaut mich an. »Bitte, nimm doch Platz.«

Er wartet, bis ich sitze, danach geht er um seinen Schreibtisch herum und lässt sich auf seinem Lehnstuhl nieder. Dann lächelt er, um mir seine volle Aufmerksamkeit zu signalisieren.

»Also, was führt eine so umwerfend gut aussehende Vertreterin der Staatsgewalt zu mir, wenn es keine Zahnprobleme sind?«, fragt er. »Und wie ich auf den ersten Blick sehen kann, hast du sehr schöne Zähne.«

Ich bin es nicht gewohnt, derart mit Komplimenten überschüttet zu werden. Und es ist ihm tatsächlich gelungen, mich für einen kurzen Moment aus dem Konzept zu bringen. Er hat es registriert und genießt meine leichte Verwirrung.

»Was genau möchtest du wissen?«, säuselt er mit halb gesenkten Lidern.

»Ich ermittle in der Mordsache Stig Eriksson«, informiere ich ihn sachlich.

Er lehnt sich zurück und faltet die Hände vor der Brust. »Ach so. Also doch keine Zahnbehandlung.« Seine Augen versprühen eine ordentliche Portion Schalk. Dann wird er ernst. »Ja, das ist eine furchtbare Geschichte. Vor allem für Dana.«

»Stig war dein Patient? Wie gut kanntest du ihn?«

»Ich kannte ihn, ehrlich gesagt, gar nicht. Er war nur einmal hier, ich glaube für eine Kontrolle. Aber ich kann mich nicht mehr erinnern, wann das gewesen ist. Möchtest du das Datum wissen?«

»Ja, bitte.«

Er wendet sich seinem Computer zu und hämmert etwas in die Tasten. Dann sieht er zu mir und nennt mir das Datum. Es liegt über zwei Jahre zurück.

»Du hast auch einmal seine Trainerin Sofia Lundqvist behandelt?«, fahre ich fort.

Er zuckt wie in Zeitlupe mit seinen Schultern. »Mag sein, aber daran kann ich mich jetzt wirklich nicht mehr erinnern. Soll ich ebenfalls nachsehen?«

Ich lasse mir den Termin nennen und kurz die Behandlung beschreiben. »Sie hatte eine Zahnfleischtasche, die sich entzündet hatte. Aber zum Glück war sie gleich zur Behandlung gekommen.« Er bedenkt er mich mit einem strahlenden Lächeln und entblößt dabei eine Reihe makelloser Zähne.

»Seit wann arbeitet Dana Novak bei dir?«

Er legt eine Hand an seine Wange, dann fährt er sich mit den Fingern über die Lippen. »Zweieinhalb Jahre müssten das jetzt sein. Sie war eines Tages als Patientin bei mir aufgetaucht. Dabei hatte sie mitbekommen, dass ich gerade ein Personalproblem hatte, weil meine bisherige Angestellte früher als geplant in den Mutterschaftsurlaub gegangen war und ich noch keine Nachfolgerin gefunden hatte. Sie hat sich daraufhin beworben und gute Zeugnisse vorgelegt. Außerdem ist sie Deutsche, was mir in manchen Dingen die Arbeit erleichtert, und sie spricht gut schwedisch.«

»Was kannst du mir über sie sagen?«

»Sie ist eine zuverlässige Mitarbeiterin, die gute Arbeit leistet. Und die Patienten mögen sie. Wieso?«

»Sie stand im engsten Kontakt zu dem Mordopfer. Was weißt du über ihre Beziehung mit Stig?«

Er seufzt leise. »Nicht viel. Sie ist meine Angestellte, aber privat haben wir nichts miteinander zu tun. Ich habe sie nur einmal gefragt, ob ich damit rechnen müsse, dass sie kündigt, weil ihr Freund ja bekanntermaßen sehr wohlhabend war. Aber das hat sie kategorisch ausgeschlossen. Sie wollte unabhängig bleiben. Außerdem war Stig wohl ein viel beschäftigter Mann, soweit ich weiß. Und dann noch diese verrückte Idee mit dem Rennen und dem ganzen Training. Da war ich natürlich froh. Ich hätte sie ungern wieder verloren. So leicht findet man hier im Norden kein gutes Personal, aber das muss ich dir ja nicht erklären.« Er tippt sich an die Stirn. »Oh, ich habe dir gar nichts angeboten. Wie nachlässig von mir. Kaffee? Tee? Oder hättest du lieber ein Wasser?« Er erhebt sich.

»Nein, danke.« Ich winke ab. »Nichts.«

»Wirklich nicht?« Er schaut mir tief in die Augen.

Ich ignoriere stoisch seine Flirtversuche. »Nein, danke. Hast du dir am Samstag das Rennen angesehen?«

»Ich war natürlich wie alle dort, aber gegen Mittag bin ich an einem Verpflegungspunkt auf einer eisigen Stelle ausgerutscht und habe mir dabei fast die Hand gebrochen. Zum Glück nichts Ernstes. Nur eine Verstauchung, aber doch sehr schmerzhaft. Und als Arzt brauche ich selbstverständlich meine Hände.« Er legt eine kurze Pause ein, massiert sich sein rechtes Handgelenk und scheint auf eine Reaktion von mir zu warten, die aber ausbleibt. »Ich war damit beim medizinischen Dienst an einer Servicestation zur Behandlung«, fährt er fort. »Gott sei Dank war nichts gebrochen, aber danach hatte ich keine große Lust mehr, beim Rennen zu bleiben. Das Risiko, noch einmal zu fallen, erschien mir zu groß. Also bin ich nach Hause gefahren.«

»Seit wann bist du denn hier in Jokkmokk?«, wechsle ich spontan das Thema.

»Seit etwas mehr als drei Jahren.«

»Seltsam, dass wir sind uns noch nie begegnet sind.«

»Allerdings und umso bedauerlicher, dass du nie in meine Praxis gekommen bist«, sagt er und lächelt mich vielsagend an.

»Und was verschlägt einen deutschen Zahnarzt nach Schwedisch-Lappland?«

Er lacht leise auf. »Das werde ich oft gefragt, aber dafür gibt es eine einfache Erklärung. Ich liebe diese Region, die Landschaft, die Ruhe. Ich gehe wahnsinnig gerne in dieser inspirierenden Natur wandern, im Sommer wie im Winter. Bevor ich ganz hierhergezogen bin, war ich zuvor schon einige Male hier oben gewesen, um den Sarek-Nationalpark zu durchqueren«, schwärmt er. Dann wird seine Mimik schlagartig ernst. »Deutschland wurde mir mit den Jahren zu laut, zu voll, zu anstrengend. Wenn ich dort so weitergemacht hätte wie gewohnt, hätte ich wahrscheinlich irgendwann einen Herzinfarkt erlitten wie so viele meiner Kollegen. Nein, ich wollte raus aus diesem Hamsterrad und wieder das Leben genießen. Nach meiner Scheidung hat mich nichts mehr dort gehalten. Dann habe ich im deutschen Ärzteblatt zufällig diese Stellenanzeige entdeckt und mich einfach auf gut Glück beworben. Eigentlich hatte ich nicht damit gerechnet, diese Stelle zu bekommen, schon wegen meines Alters.« Er bedenkt mich mit einem intensiven Blick, als würde er auf ein Kompliment von mir warten. »Aber das hat die schwedische Regierung offensichtlich nicht gestört«, fährt er fort. »So kam ich hierher. Die Praxis gab es schon, der vorherige Zahnarzt hatte aus Altersgründen aufgehört. Die Wohnung gehört dazu, und ich muss dafür keine Miete bezahlen. Alles in allem ein guter Tausch.« Er bricht ab und mustert mich. »Bei dir war das doch ähnlich, oder? Ich habe irgendwann mal in der Zeitung gelesen, dass du Stockholm aufgeben hast, um hierherzuziehen.«

Ich überhöre seine Frage. »Dann gehst du vermutlich auch jagen?«

Er schüttelt entschieden den Kopf. »Nein, jagen ist nichts für mich. Ich verabscheue Waffen zutiefst. Das Einzige, was ich totschlage, ist Zeit.«

Ein Klingeln ertönt. Mir scheint, als wäre er nicht unglücklich über diese Störung. »Das wird mein nächster Patient sein.« Er steht auf. »Ich würde unser Gespräch gerne fortsetzen, aber jetzt ruft mich leider die Pflicht.«

Ich erhebe mich ebenfalls und folge ihm nach draußen in das Empfangszimmer, wo er einen kleinen Knopf am Schreibtisch drückt. Eine ältere Frau kommt herein.

»Hej, Maja«, begrüßt er sie freundlich. »Du kannst schon ins Behandlungszimmer gehen. Ich bin sofort bei dir.« Er wartet, bis die Frau nach nebenan verschwunden ist.

»Und wann sehe ich dich wieder? Du hast bestimmt noch viele Fragen? Das hoffe ich zumindest.«

»Ich muss dringend mit Dana sprechen. Kannst du ihr das sagen, wenn du sie siehst oder sie sich bei dir meldet?«

»Selbstverständlich!«

»Hejdo.« Damit mache ich auf dem Absatz kehrt, verlasse die Praxis und trete wegen der eisigen Kälte im Stechschritt den Rückweg an.

39

Als ich in der Polizeistation eintreffe, ist Sigge wieder aus Lulea zurück. Arne hat ihm bereits von den neuesten Entwicklungen berichtet. Dann erzähle ich ihnen von meinem Gespräch mit Danas Chef.

»Wenn ich es nicht besser wüsste, würde ich sagen, er ist ein Heiratsschwindler«, sage ich und blicke in zwei verständnislose Gesichter. »Dieser Dr. Herwig sieht echt gut aus. Er hat gute

Manieren und wirft mit Komplimenten nur so um sich. Für einen gewissen Typ Frau kann das zum Verhängnis werden. Sie wären wie Wachs in seinen Händen«, beschreibe ich den beiden meinen Eindruck.

»Also ganz anders als wir Männer hier oben«, wirft Arne mit einem leicht spöttischen Grinsen ein.

Ich muss lachen. »Ja, ziemlich anders.«

»Stehen Frauen denn auf so einen Mann?«, fragt Sigge irritiert.

»Ein gewisser Typ Frau sicherlich«, erwidere ich.

»Und wie steht's mit dir?« Arne mustert mich mit gesenktem Kopf.

Ich rolle mit den Augen.

»Gut.« Er nickt zufrieden. »Ich wollte nur sichergehen.«

»Dana ist aber heute nicht in die Praxis gekomen, und er konnte sie auch nicht erreichen.«

»Soll ich zu ihr nach Hause fahren und sie herschaffen?«, fragt Sigge.

»Ja, tu das«, stimme ich zu.

»Die Kollegen, die Sofia und Matti nach Lulea überführen, werden gleich hier sein«, informiert mich Arne.

Keine fünf Minuten später tauchen sie auf. Wir erledigen den Papierkram, dann bringen sie Matti und Sofia weg.

»Es ist zum Kotzen«, fluche ich, als sie verschwunden sind. »Nun haben wir schon drei in Haft genommen, die vermutlich unschuldig sind, und der wahre Täter läuft immer noch frei herum.«

Mein Telefon klingelt. »Anelie Andersson …«

Es ist genau zehn Uhr siebzehn, als der Notruf bei mir

eingeht. Ich habe größte Mühe, den Anrufer zu verstehen. Er spricht undeutlich, mit keuchender Stimme und bringt kaum ein Wort hervor. Entweder ist er gerannt, oder er befindet sich in einem Zustand höchster Erregung. Ich vermute Letzteres. Ich lausche eine Weile, ohne etwas zu sagen. Aus meiner anfänglichen Verwirrung wird erst völliger Unglaube und schließlich blankes Entsetzen. Der Anrufer ist Arun, und er ist auf Stigs Anwesen. Ich lege auf und blicke in Arnes und Sigges fragende Gesichter.

»Das war Arun. Ich glaube, Dana ist etwas zugestoßen. Er sagt, sie bewege sich nicht mehr. Er glaubt, dass sie tot sei. Arne, kannst du hierbleiben, solange Sigge und ich weg sind? Und kannst du einen Rettungswagen dorthin schicken?«

Arne nickt stumm, ohne Fragen zu stellen. Wir packen unsere Jacken und stürmen hinaus. Ich setze mich ans Steuer des Volvos und gebe Vollgas. Der Wagen schleudert um die Kurve, doch es gelingt mir, ihn abzufangen. Trotzdem fahre ich auch weiterhin so schnell wie möglich. Die Toreinfahrt zu Stigs Haus steht offen, also fahren wir direkt vor das Blockhaus. Hier steht Aruns Wagen, er ist allerdings nicht zu sehen. Ich parke daneben, Sigge und ich springen aus dem Auto, und ich rufe laut nach Arun.

Sofort erscheint er in der Haustür. »Schnell, sie liegt hier drinnen.«

Wir betreten das Haus. Unten an der Treppe liegt Dana seltsam verrenkt auf dem Rücken, ihr Kopf ruht auf der untersten Treppenstufe, doch ich kann kein Blut entdecken. Ich schalte die Taschenlampe meines Handys an, gehe in die Knie und leuchte damit in Danas geöffnete Augen. Ihre erweiterten Pupillen bleiben starr, also schließe ich langsam ihre Lider. Dann versuche ich, Danas Kopf vorsichtig zu bewegen, er fällt jedoch widerstandslos zur Seite. Unter deutlichem Ausatmen richte ich mich wieder auf. »Wo ist Arun?«

»Er ist ins Wohnzimmer gegangen«, antwortet Sigge, ohne seinen Blick von Dana zu nehmen.

Auf der Couch finde ich ein Häufchen Elend vor.

»Hej, Arun. Warum bist du eigentlich hier?«

»Dana hat gestern Abend angerufen und gesagt, dass ich heute zum Schneeräumen kommen soll. Sie wollte, dass wir wieder arbeiten. Sanya auch. Sie ist beim Einkaufen. Sie muss gleich hier sein.«

»Und dann hast du Dana hier so gefunden?«

Er nickt heftig. »Ich habe sie gesucht, weil ich die Schlüssel für den Schneeräumer gebraucht habe. Ich habe geklingelt und danach angerufen, aber Dana hat sich nicht gemeldet. Dann habe ich gesehen, dass die Tür nur angelehnt war. Also habe ich sie aufgemacht und bin unter lautem Rufen eingetreten. Da habe ich sie dann hier an der Treppe gefunden.«

»In Ordnung. Bitte warte hier, Arun.«

»Darf ich Sanya anrufen?«, fragt er. »Sie soll nicht herkommen.«

Ich nicke und gehe wieder nach draußen. »So wie es aussieht, muss sie die Treppe heruntergefallen und mit dem Genick auf einer der Stufenkanten aufgeschlagen sein«, meint Sigge nachdenklich. »Dabei muss sie sich wohl das Genick gebrochen haben.« Er kratzt sich am Kinn. »Das ist verdammt eigenartig, dass sie gerade jetzt ums Leben kommt.«

Da ich kein Team von der Spurensicherung vor Ort habe

und frühestens am Nachmittag mit den Kollegen aus Luleå rechnen kann, telefoniere ich mit Nils und frage ihn, was er braucht. Seinen Anweisungen folgend, mache ich mit meinem Mobiltelefon Detailfotos von den Treppenstufen. Dann schicke ich alles sofort an ihn, damit er einen Blick darauf werfen kann. Er verspricht, so schnell wie möglich herzukommen.

Während wir auf den Krankenwagen warten, schauen wir uns im Haus um. Aber außer der augenfälligen Tatsache, dass jetzt eine leichte Unordnung herrscht, hat sich nichts verändert. Als Danas Leiche abtransportiert und auf dem Weg ins Krankenhaus von Jokkmokk ist, wo ich gleich noch eine schnelle Leichenschau vornehmen möchte, verschließe ich die Haustür und versiegle sie.

Sigge fährt mit Arun zurück zur Polizeistation. Ich fahre direkt zum Krankenhaus, wo ich auf eine Stationsschwester treffe, die Dienst hat. Freyja zeigt uns einen leeren Raum im Erdgeschoss, wo die beiden Helfer vom Krankentransport Dana hinbringen können. Leider steht uns aktuell kein Arzt zur Verfügung, so dass ich die Leichenschau allein durchführen muss. Aber Freyja bietet mir ihre Hilfe an. Sie holt Einweghandschuhe und Plastiktüten, dann entkleiden wir mit vereinten Kräften die Tote und packen die Kleidung in Plastiktüten. Wir drehen den Körper zuerst auf den Bauch, damit ich mir Danas Hinterkopf ansehen kann. Sie hat eine kleine Wunde, und das Blut ist längst eingetrocknet. Dann drehen wir sie auf den Rücken. Ich kann keine Verletzungen an ihrem Körper entdecken, nur ein paar blasse Hämatome, die vom Sturz herrühren könnten. Wir decken sie mit einem großen Lacken zu. Danas plötzlicher Tod erschüttert mich.

»Sie ist höchstens vier Stunden tot«, meint Freyja. »Die Leichenstarre ist noch nicht voll entwickelt.«

»Woher kennst du dich so gut aus?«, frage ich.

»Ich habe mal eine Zeit lang in der Rechtsmedizin gearbeitet, aber auf Dauer habe ich es dort nicht ausgehalten. Als ich anfing, jede Nacht von den Toten zu träumen, war mir klar, dass ich etwas anderes tun muss. Für mich ist es besser, mit den Lebenden zu arbeiten als mit den Toten.«

Das kann ich gut verstehen. Ich bedanke mich für ihre Unterstützung und rufe den Bestatter an, damit er sich um die Überführung der Toten kümmert. Bevor ich zur Polizeistation zurückfahre, wähle ich Filips Handynummer, erreiche aber nur seinen Anrufbeantworter. Ich hinterlasse ihm eine Nachricht mit der dringenden Bitte, Dana so rasch wie möglich zu obduzieren. Ich schildere ihm, was vorgefallen ist und was mir Freyja gesagt hat. Ich muss möglichst schnell wissen, ob Dana tatsächlich an den Folgen eines Sturzes gestorben ist oder ob womöglich jemand nachgeholfen hat.

Dann rufe ich Ylva an und berichte ihr detailliert, was sich inzwischen alles ereignet hat. Sollte Dana keinen Unfall erlitten haben, sondern absichtlich gestoßen worden sein, kommen weder Gunnar noch Alexander, auch nicht Sofia oder Matti als Mörder infrage. Dieser Fall entwickelt sich mit jedem Tag immer mysteriöser.

Bevor ich zurück in die Polizeistation fahre, mache ich einen Umweg zur Gemeindeverwaltung von Jokkmokk. Ich will herausfinden, wem das angrenzende Grundstück neben Danas Haus in Nattavaara gehört, auf dem Daniel den Schießübungsplatz entdeckt hat. Auf dem Amt erfahre ich, dass dieses Areal einer Familie aus Göteborg gehört. Ich lasse mir die Adressdaten geben, um die Besitzer sofort anzurufen. Mein Anruf bestätigt meine Ahnung, sie wissen nichts von einem Übungsplatz auf ihrem Gelände. Sie sind seit Jahren nicht mehr hier gewesen. Ich bin vollkommen sicher, wer auch immer dort trainiert hat, muss der Täter sein. Aber was ist sein Motiv? Wenn sich Danas Komplize ihrer entledigen wollte, wie will er jetzt an das Erbe aus dem falschen Testament kommen? Nichts von alldem ergibt einen Sinn. Ich könnte dringend etwas vom guten alten Glück gebrauchen.

40

Zurück in der Polizeistation, bitte ich darum, in der nächsten halben Stunde nicht gestört zu werden, und schließe ausnahmsweise meine Tür. Ich gehe zu meinem Schreibtisch zurück und lasse mich schwer auf den Drehstuhl fallen. Das Blut rauscht in meinen Ohren. Ich lockere den Kragen meiner Uniform, ich bekomme irgendwie zu wenig Luft. Dann lege ich die Füße hoch, lehne mich zurück, schließe meine schwer gewordenen Augen und versuche, an nichts zu denken. Die Müdigkeit hat sich bleiern auf mich gelegt. Ich brauche dringend eine Pause. In diesem Zustand kann ich keinen vernünftigen Gedanken fassen. Ich ringe um Antworten, suche nach Möglichkeiten, die bisher vollständige Abwesenheit von Hinweisen in Worte zu fassen, ohne weiterzukommen.

Wider Erwarten gelingt es mir tatsächlich, für ein paar Minuten abzuschalten. Doch dann gleiten meine Gedanken im

Halbschlaf zurück zu meinen Ermittlungen, ohne dass ich sie aufhalten oder kontrollieren kann. In diesem Dämmerzustand entwickeln sie ein Eigenleben. Es ist ein wirres Knäuel aus losen Fäden, die sich zu keinem Strick zusammendrehen lassen. Das Bild, wie Dana tot unten an der Treppe liegt, steigt in mir auf. In meinem Kopf hat sie etwas von einer Filmdiva aus einem alten Hollywoodschinken der fünfziger Jahre, in dem die Schauspielerin elegant nach einem Treppensturz ihr Leben aushaucht. Ein tragischer Unfall? Warum musste sie gerade jetzt sterben? Das kann unmöglich Zufall sein. Arun taucht aus dem Nichts auf. Wer weiß, wie lange es gedauert hätte, bis die Leiche entdeckt worden wäre, wäre er nicht zu dem Haus gefahren. Ein perfektes Drehbuch, kommt mir in den vernebelten Sinn.

Dann gleiten meine Gedanken zu Gunnar, dem verurteilten Mörder, der grausame Rache geschworen hat. Irgendwie bleibt dieser Mann schemenhaft blass, genauso wie dieser Alexander aus dem fernen Namibia. In meinem Halbschlaf streicht er durch das hüfthohe Gebüsch der Savanne mit einer Armbrust im Anschlag. Ein geborener Jäger, den ich nicht zu fassen bekomme. Sofia mischt sich plötzlich ebenfalls in meine Gedanken. Sie sieht aus wie eine kriegerische Amazone und trägt einen Pfeil in der Hand, den sie wie einen Speer davonschleudert. Alles ist wirr und ohne Logik.

An meiner Schulter wird vorsichtig gerüttelt. »Bist du wach, Anelie?«

Ich schlage die Augen auf und blicke in Sigges fragendes Gesicht. »Ich bin wohl kurz eingenickt.«

Sigge hält mir sein Mobiltelefon vor die Nase, und ich lese

die Uhrzeit auf seinem Display. »Ach du meine Güte ... habe ich tatsächlich dreieinhalb Stunden geschlafen?«

»Macht nichts, du hast nichts versäumt«, meint Sigge. »Aber jetzt sind Nils und sein Team in Stigs Haus. Arne ist bei ihnen. Und Filip hat angerufen. Er wird jetzt Dana obduzieren, sie liegt schon in der Rechtsmedizin. Wir werden heute noch das Ergebnis bekommen.«

Ich richte mich auf. »Das sind ja gute Nachrichten. Endlich kommt Schwung in diesen grauvollen Fall.«

Sigge nickt und verschwindet nach nebenan. Ich muss mit jemanden reden, der vielleicht mehr über sie erzählen kann. Und ich weiß auch schon, mit wem. Mit neuer Energie schwinge ich mich aus meinem Stuhl, schnappe mir meinen Anorak und gehe ins Nebenzimmer.

»Ich muss noch einmal zu diesem Zahnarzt, um mit ihm über Dana zu reden«, sage ich zu Sigge und verschwinde.

Diesmal fahre ich die kurze Strecke mit dem Auto, weil das Wetter jetzt zu ungemütlich ist. Die Tür zur Zahnarztpraxis ist nur angelehnt, so dass ich eintreten kann. Es scheint niemand da zu sein. Auch die Tür zum Behandlungszimmer ist einen Spaltbreit offen.

»Hallo, ist jemand da?«, rufe ich.

»Ich komme.« Und schon erscheint der Zahnarzt in der Tür. Er lächelt, als er mich sieht.

»Das ist aber eine schöne Überraschung«, sagt er und reicht mir die Hand zum Gruß. Ich drücke sie kurz, doch diesmal lässt er sie schnell wieder los.

»Was führt dich so schnell erneut zu mir?«, fragt er und bedenkt mich mit einem vielsagenden Blick, als würde für ihn die Sonne aufgehen. »Ich würde so gerne einmal deinen wunderschönen Mund mit seinen perfekten Zähnen begutachten.«

»Ich bin dienstlich hier«, sage ich steif. »Können wir reden?«

Er nickt, lässt mir den Vortritt und wartet wie bei meinem ersten Besuch, bis ich mich an seinen Schreibtisch gesetzt habe, bevor er selbst Platz nimmt. »Also, was kann ich für dich tun?«

»Ich muss dir leider eine traurige Nachricht überbringen … Wir haben Dana zu Hause leblos aufgefunden.«

Er starrt mich mit großen Augen an. »Was? Wie bitte? Das kann nicht sein.«

»Doch … Sie ist wohl die Treppe hinuntergestürzt und dabei zu Tode gekommen.«

Er schlägt bestürzt die Hand vor den Mund. »Aber … nein … das kann ich nicht glauben.«

»Bist du in der Lage, mir ein paar Fragen zu beantworten?«

Er nickt. Seine Augen schimmern feucht.

»Was weißt du über Danas Vergangenheit?«

Er sackt in sich zusammen. »Offen gestanden, nichts. Sie kam zu mir, sie hat sich beworben, sie hatte gute Zeugnisse, sie war sehr charmant und überaus freundlich, um nicht zu sagen, einnehmend. Ich habe nicht gefragt. Ich brauchte dringend jemand als Ersatz für meine bisherige Mitarbeiterin. Wir hatten eine Probezeit vereinbart, die sie mit Bravour bestanden hat. Das war's eigentlich schon.«

»Verstehe. Aber hat sie denn nie mal etwas aus ihrem früheren Leben erwähnt?«

Er schüttelt den Kopf. »Nein, und ich habe auch nicht gefragt. Sie war meine Angestellte, mehr nicht, und ich wollte nicht indiskret oder aufdringlich sein.«

»Aber ihr stammt beide aus Deutschland, da kommt man doch mal ins Reden, oder?«

Für einen Moment flackert Argwohn in seinen Augen, dann fängt er sich wieder. »Nein. Offen gestanden, pflege ich keinen engen Kontakt zu meinen Mitarbeitern. Ich bevorzuge eine professionelle Distanz. Ich bin hierhergekommen, um meine Ruhe zu haben. Ich liebe die Abgeschiedenheit. Dana ist … war eine gute Mitarbeiterin. Aber nicht mehr.«

Irgendetwas stört mich plötzlich sehr an ihm. Während ich ihn mustere, wird mir klar, dass ein Typ wie er versucht hätte, bei einer so schönen Frau wie Dana Novak zu landen. Meine Intuition erwacht. Deshalb entscheide ich mich zu einem ungewöhnlichen Schritt. Ich gebe ihm ein kleines Detail unseres Falls preis, um seine Reaktion zu ergründen.

»Wir gehen davon aus, dass Stigs Testament, das Dana als Alleinerbin vorsieht, eine Fälschung ist.«

In diesem Augenblick verändert sich sein Gesicht schlagartig. Aus dem Ausdruck von Bestürzung und Trauer wird eine Miene der Härte. »Willst du etwa unterstellen, Dana hätte es womöglich gefälscht?«, fährt er mich an.

»Ich unterstelle gar nichts, ich ermittle. Und das sind die Fakten. Stigs angebliches Testament ist gefälscht worden, und Dana hätte davon als Einzige profitiert, wäre sie nicht verunglückt.«

Ich mustere ihn, und er erwidert meine Blicke genauso durchdringend. Er wirkt sehr fit und sieht aus, als könne er ewig rennen, ohne aus der Puste zu geraten. Sein meliertes Haar ist straff zurückgekämmt, seine Stirn natürlich gefurcht, seine hellbraunen Augen leuchten intensiv. Er sieht gut aus, aber dieser Mann hat jetzt nichts Einladendes oder Freundliches mehr an sich.

»Dana war eine hervorragende Mitarbeiterin«, sagt er. »Ich lasse nichts auf sie kommen. Ich hatte nie irgendwelche Probleme mit ihr. Sie war zuverlässig und vertrauenswürdig. Mehr habe ich nicht hinzuzufügen. War's das?«

Deutlicher hätte er mich nicht aus seiner Praxis werfen können. Ich verabschiede mich und trete den Rückweg zur Polizeistation an.

Auf dem Parkplatz vor der Polizeistation entdecke ich Livs Wagen. Sie hat sich einen bulligen Jeep Grand Cherokee SRT zulegt. Eigentlich interessiere ich mich nicht für Autos, für PS und Hubraum. Aber ich weiß von Liv, dass sie sich genau aus diesen Gründen für diesen Wagen entschieden hat. Hier oben müssen Autos und Motoren eine Menge abkönnen, Schnee, Eis und Temperaturen von bis zu minus 45 Grad sind hier im Winter keine Seltenheit. Damit der Motorblock nicht einfriert, hängen wir die Autos an den Strom, um sie vorzuwärmen, wir verwenden einen guten Frostschutz und tanken ein spezielles Benzin. Volvo ist das mit Abstand meistgefahrene Auto hier oben, weil sich die Marke als winterfest und langlebig erwiesen hat. Deswegen ist Livs schwarzer SRT ohne Zweifel ein unübersehbares Statement und erinnert mich an Stig, der zwar seinen Reichtum nicht zur Schau gestellt, aber sich mit vielen luxuriösen Dingen umgeben hat.

Liv und Sigge sitzen bei Arne.

»Da bist du ja endlich«, ruft Arne. »Schnell, setz dich zu uns!«

Er deutet auf den kleinen Rollstuhl vor seinem Schreibtisch.

Ich lasse mich darauf nieder und sehe die anderen neugierig an. »Was ist los?«

»Ich habe inzwischen ein bisschen gegraben«, sagt Liv und zwinkert mir verschwörerisch zu. Sie hält ein iPad in der Hand.

»Und hast du etwas entdeckt?« Ich spüre, dass mein Magen sich schon wieder ein wenig regt. Nicht vor Hunger, sondern vor Aufregung, irgendwas hat sich in den letzten Minuten grundlegend verändert.

Sie nickt bedächtig.

»Jetzt spann mich nicht länger auf die Folter.«

»Unter der Bedingung«, sagt sie, »dass du mir keine Fragen dazu stellst, wie ich an diese Informationen gekommen bin.«

»Warum?«, frage ich misstrauisch.

»Sagen wir einfach, weil du es nicht wissen willst!«

Sigge zuckt mit den Schultern. »So ist sie nun mal.«

Ich hoffe nur, dass mir Livs hintergründiges Lächeln nicht irgendwann teuer zu stehen kommt, gebe mich aber geschlagen, schließlich bin ich es gewesen, die sie um ihre Unterstützung gebeten hat.

»Keine Fragen«, verspreche ich. »Also schieß los!«

Liv grinst – aus welchem Grund auch immer – und holt tief Luft, die sie genauso geräuschvoll wieder aus ihren Lungen entweichen lässt. Dann senken sich ihre Augenbrauen. »Es hat ein bisschen gedauert, weil ich erst einen Suchalgorithmus schreiben musste, um nach Verbindungen zwischen all den Namen aus euren Ermittlungen zu suchen.«

»Äh … einen was?«, fragt Arne verwirrt.

»Damit kann man in einer Datenmenge nach Mustern, Übereinstimmungen, Verbindungen und ähnlichen Kriterien suchen«, erklärt sie. »Das ist ein bisschen wie Malen nach Zahlen. Auf die Schnelle konnte ich nur einen einfachen Algorithmus schreiben, aber …«, sie lächelt uns zufrieden an, »… ich habe ein paar interessante Treffer gelandet.«

Drei Augenpaare starren sie gespannt an.

»Jetzt rück schon raus damit«, dränge ich sie.

Arne knurrt zustimmend, nur Sigge ist die Ruhe selbst. Vermutlich kennt er das Ergebnis schon.

»Dana und Stig haben zwar alle sozialen Medien gemieden«, hebt sie an, »aber nicht ihr ganzes Leben lang. Es gab Zeiten, da hat sich Dana nicht um den Schutz ihrer Privatsphäre gekümmert, da konnte die ganze Welt sehen, was sie tut und wie sie lebt. Und dabei habe ich das gefunden.«

Liv klappt das iPad auf und streckt es mir entgegen. Entgeistert sehe ich mir das Foto an, das sie mir zeigt.

»Aber …«

»Genau«, fällt Liv mir ins Wort. »Das ist ein Hochzeitsfoto. Davon habe ich mehrere gefunden. Einmal gepostet, bleibt es für immer im Netz. Außer du hast jemanden wie mich, der alles cleant.«

»Der Zahnarzt Dr. Herwig und Dana waren oder sind verheiratet?!«

Ich brauche einen Moment, um das zu verarbeiten.

»Von wann ist das?«, frage ich langsam nach.

»Ich habe weiter gestöbert und …« Sie bricht ab.

»Dazu musste ich ein paar weitere Türen öffnen.«

»Okay …« Ich nicke stumm. »Und weiter …«

Sie fischt ein zusammengefaltetes Papier aus ihrer Jackentasche und reicht es mir. »Das ist die offizielle Heiratsurkunde.

Ich weiß auch, woher sich die beiden kennen. Sie hat damals in einem zahntechnischen Labor gearbeitet, das zu der Praxis gehört hat, in der er angestellt war.«

Ich atme laut aus. Schlagartig haben die vielen losen Fäden begonnen, sich zu entwirren, und drehen sich fast wie von selbst zu einem Strick.

»Ich habe auch in seinem Leben geforscht, und dabei bin ich auf etwas Seltsames gestoßen. Bis 1999 hat er in einem Vorort von München praktiziert. In dieser Zeit ist er zweimal verheiratet gewesen. Diese Ehen sind aber wieder geschieden worden. Dann verschwindet er plötzlich völlig von der Bildfläche. Erst 2015 ist er wieder da und beginnt erneut als Zahnarzt in München zu arbeiten, diesmal aber nicht mit einer eigenen Praxis, sondern als Angestellter in einer Zahnarztpraxis, zu der das Labor gehört, in dem Dana gearbeitet hat. 2017 landet er schließlich hier bei uns. Sie kommt wenig später nach.«

»Und wo hat er die vielen Jahre dazwischen gesteckt?«, mischt sich Arne ein.

»Das versuche ich noch herauszufinden. Die Schwierigkeit ist, dass ich kein Deutsch kann und alles nur auf Deutsch geschrieben ist«, sagt sie.

»Vielleicht war er im Ausland«, mutmaßt Sigge.

»Oder im Gefängnis«, denkt Arne laut nach.

»Fünfzehn Jahre lang?«, überlege auch ich laut. »Dann müsste er ein Kapitalverbrechen begangen haben. Und mit so einer Vita hätte er niemals eine Zulassung als Arzt in Schweden bekommen.«

Liv steht abrupt auf. »Ich bin noch nicht fertig mit allem, aber dazu muss ich zurück an meinen Computer.«

Ihre Entdeckung hat mir neue Energie verliehen.«Alles klar. Bis später. Und vielen Dank, Liv!«

Sigge bringt Liv noch zum Auto. Als er wieder bei uns ist, stecken wir die Köpfe zusammen. Endlich lassen sich die verstreuten Puzzleteile zu einem Bild zusammenfügen. »Wenn jetzt die Obduktion noch unseren Verdacht bestätigt, dann zieht sich die Schlinge um seinen Hals zu«, sage ich, »aber wir dürfen ihn nicht mehr aus den Augen lassen.« Ich schaue zu Sigge. »Er weiß, dass wir von dem gefälschten Testament wissen. Er wird also an Stigs Vermögen nicht mehr herankommen, falls das sein Plan gewesen ist.«

»Okay, dann übernehme ich mal die erste Schicht und werde zu seinem Schatten«, bietet Sigge an.

»Sehr gut, und wir beide versuchen, mehr über ihn herauszufinden«, sage ich zu Arne. »Ich werde aber zuerst Ylva anrufen und sie über die neueste Entwicklung informieren.«

Arne schaut auf seine Armbanduhr. »Ob die überhaupt noch im Büro sind? Es ist schon nach sieben Uhr.«

Ich versuche trotzdem mein Glück, aber ich lande in der Zentrale des Polizeipräsidiums und erfahre, dass Ylva auf einer Tagung und erst morgen wieder zu sprechen ist. Danach versuche ich, Filip zu erreichen. Er ist augenblicklich am Apparat.

»Na, das nenne ich mal Gedankenübertragung«, begrüßt er mich. »Dich wollte ich auch gerade anrufen. Es gibt interessante Neuigkeiten. Das Opfer ist nicht an den Folgen eines Sturzes gestorben. Bei der vorliegenden atlantookzipitalen Dislokation handelt es sich um eine ligamentäre Verletzung durch mechanische Krafteinwirkung auf Schädelbasis, Atlas und Axis, die in ihrer maximalen Ausprägung die vollständige Zerreißung der kraniozervikalen Verbindung bedeutet und lethal war.«

»Äh … was meinst du damit?«, unterbreche ich seinen Redefluss, bevor er nicht mehr zu bremsen ist und mich mit seinem unverständlichen Medizinkauderwelsch überschüttet.

Er räuspert sich. »Kurz gesagt, jemand hat ihr mit einem gezielten Griff den vorderen und hinteren Atlasbogen gebrochen. Er hat dabei die Schädelbasis von der Halswirbelsäule getrennt.«

»Ein klassischer Genickbruch durch Fremdeinwirkung?«

»Ja.«

»Also kein Treppensturz?«

»Es gibt Druckspuren an ihrem Unterkiefer, wo ihr Mörder sie festgehalten hat. Er wusste genau, was er zu tun hatte. Alles eine Frage der Technik. Durch einen gegenläufigen Griff an Kiefer und Schädel reicht eine ruckartige Drehbewegung. Der richtige Hebel, kombiniert mit einer gezielten Krafteinwirkung, genügt. Man darf nur nicht halbherzig vorgehen, sondern schnell und rabiat. Vermutlich kam der Angriff unerwartet, es gibt keine Abwehrspuren an ihren Händen.«

»Ein Irrtum ist absolut ausgeschlossen?«, frage ich noch einmal nach, um ganz sicherzugehen.

»Anelie, es besteht kein Zweifel. Sie war schon so gut wie tot, als sie Treppe hinuntergestoßen wurde. Ich maile dir den abschließenden Obduktionsbericht in der nächsten Stunde.«

»Danke, Filip.«

Nachdenklich bleibe ich eine Weile sitzen. Vor meinem geistigen Auge sehe ich das Bild, wie Danas Kopf brutal mit einer heftigen ruckartigen Bewegung um hundertachtzig Grad zur Seite gedreht, ihre Wirbelsäule direkt unterhalb der Schädelbasis gebrochen und ihr Rückenmark, die lebensnotwendige Verbindung zwischen Gehirn und Körper, durchtrennt wird. Dann wird sie völlig wehrlos die Treppe hinuntergestoßen, um es wie einen Unfall aussehen zu lassen. Was für eine perfide Art, sich Dana vom Hals zu schaffen!, denke ich traurig. Ich muss noch mal an Filips Worte denken: Sie war schon so gut wie tot …

Ich weiß, dass der Tod durch einen Genickbruch und ein durchtrenntes Rückenmark nicht so schnell eintritt, wie es in Spielfilmen oft dargestellt wird. Das Ergebnis bedeutet keinen sofortigen Tod, sondern eine Lähmung des gesamten Körpers einschließlich der Atemmuskulatur. Das Opfer kann damit noch weit über eine Minute am Leben bleiben und grauenvolle Qualen erleiden, bis der Atemstillstand eintritt. So muss es Dana in ihren letzten Minuten ergangen sein. Sie hat keine Luft mehr bekommen, und ohne Steuerung durch das Gehirn hörte ihr Herz einfach auf zu schlagen.

Der Tod ist für mich ein jahrelanger Begleiter gewesen. In Stockholm habe ich viele Todesarten gesehen. Aber am Ende ist bei allen Toden das Ergebnis dasselbe: Man stirbt schneller oder langsamer, einfacher oder qualvoller. Ich habe mich selbst schon gefragt, wie es sich anfühlen musste, wenn das Leben zu Ende geht. Was auch immer Dana getan hat, sie hat es bestimmt nicht verdient, auf so grauenvolle Art den Tod zu finden.

Ich schreibe Ylva einen kurzen Bericht über den Stand unserer Ermittlungen, über unseren Verdacht, ohne jedoch das Foto zu erwähnen, das Liv entdeckt hat. Und ich bitte sie dringend, mir sämtliche Unterlagen über diesen Zahnarzt zukommen zu lassen, die er damals für seine Zulassung in Schweden eingereicht hat. Außerdem bitte ich sie, die Originale auf ihre Echtheit überprüfen zu lassen. Dann rufe ich Sigge an, um ihm von Filips Entdeckung zu berichten.

»Sei vorsichtig«, schärfe ich ihm ein. »Wir haben es wahrscheinlich mit einem kaltblütigen Killer zu tun. Er darf nicht merken, dass wir ihn beschatten.«

Danach informiere ich Arne über Filips Befund.

»Jetzt müssen wir ihm das alles nur noch nachweisen«, meint er nachdenklich. »Das wird nicht einfach werden. Übrigens, Liv hat gerade angerufen. Sie hat noch mehr gefunden. Du sollst dringend zu ihr kommen.«

»Dann mach du für heute Schluss, und wir sehen uns morgen«, schlage ich vor.

»Ich werde Sigge noch ein bisschen Gesellschaft leisten«, brummelt Arne, während er sich winterfest kleidet.

Damit trennen sich unsere Wege. Auf der Fahrt zu Liv telefoniere ich kurz mit Daniel und gebe ihm Bescheid, dass es spät bei mir wird und er nicht auf mich warten soll.

Ich treffe Liv zu Hause in ihrer Kommandozentrale, in einem Seitenflügel des großen Wohnzimmers. Ihr Schreibtisch besteht aus drei Tischen, die sie u-förmig zusammengestellt hat. Auf den Tischen verteilt stehen insgesamt sieben Computerbildschirme, die alle in Betrieb sind. Sie hat ihre Haare zu einem Dutt hochgezwirbelt, und auf ihrer Nase sitzt eine große Brille. Da ist sie wieder, die alte Liv, die ich in Stockholm kennengelernt habe. Ein Computernerd in Vollendung.

»In der Küche gibt's frischen Kaffee«, begrüßt sie mich abwesend, ohne ihren Blick von den Bildschirmen zu nehmen.

Ich hole mir eine große Tasse, schnappe mir einen Stuhl vom Esstisch und geselle mich zu ihr.

»Ich habe hier etwas, das dich sehr interessieren wird. Ich hab's mithilfe von copy-paste grob übersetzt.«

Ich mache mich sofort daran, die Unterlagen, die sie für mich ausgedruckt hat, durchzulesen. Doch Liv lenkt mich ab, als sie nach einem kleinen Beutel greift, der auf dem Fensterbrett liegt. Sie fischt drei hauchdünne Blättchen heraus, benetzt den Klebestreifen mit ihrer Zunge und verklebt zwei Blättchen längs nebeneinander, das dritte quer darunter. Dann verteilt sie Tabakkrümel darauf und bröselt getrocknetes Gras darüber. Mit ihren feingliedrigen Händen und flinken Fingern rollt sie ein Tütchen daraus. Während der ganzen Prozedur schaut sie mich unbeteiligt an. Sie leckte den Klebestreifen ab, verschließt das Tütchen und zwirbelt das Papierende zusammen. Dann brennt sie mit einem Feuerzeug die Spitze ab, und als das Tütchen zu glimmen beginnt, nimmt sie einen vorsichtigen ersten Zug. Es folgt ein zweiter, begleitet von einem leichten Hüsteln, ein dritter, dann streckt sie mir ihre Hand mit dem rauchenden Tütchen entgegen. Ich lehne dankend ab. Liv lehnt sich zurück, und ein wohliger Seufzer entfährt ihrer Kehle. Der eigenwillige Geruch ihres Gebildes steigt mir in die Nase.

Ich frage nicht, woher sie das Gras hat, und vergesse, was ich gerade beobachtet habe. Während Liv mit geschlossenen Augen in ihrem Stuhl döst, vertiefe ich mich in die Lektüre, die jedoch mehr Fragen als Antworten liefert. Ich kann nicht glauben, was ich hier zu lesen bekomme. Ich muss mit jemandem reden, der dafür verantwortlich gewesen ist. Liv hat bereits einige Namen für mich herausgefunden, die der beiden

Exfrauen samt Kontaktdaten und die eines deutschen Ermittlers. Mit diesem Ermittler muss ich zuerst sprechen. Aber dafür ist es jetzt vermutlich schon zu spät. Ich verlasse Liv mit vielen Informationen, die ich morgen sofort auswerten werde, verabschiede mich von ihr, und trete den Heimweg an. Von unterwegs rufe ich Sigge an.

»Was tut sich bei dir?«

»Nichts. Alle Lichter sind aus, alle Fenster dunkel. Ich denke, er ist zu Bett gegangen. Soll ich die Nacht hierbleiben?«

»Hältst du das durch?«

»Ehrlich gesagt, nein. Ich bin hundemüde.«

»Ich auch«, erwidere ich. »Dann brechen wir hier ab.«

»Aber wenn er abhaut?«

»Dazu müsste er wissen, dass wir ihn verdächtigen und was die Obduktion ergeben hat. Und das weiß er noch nicht.«

»Stimmt, okay. Dann breche ich jetzt hier ab. Bis morgen.«

Mir ist nicht wohl dabei, aber wenn Sigge auf seinem Beobachtungsposten einschläft, ist niemandem geholfen. Und das Risiko, dass er auffliegt, ist zu groß. Dieser Zahnarzt soll sich in Sicherheit wiegen.

41

Ich liege wach im Bett und kann nicht schlafen. Das Gedankenkarussell in meinem Kopf will einfach keine Pause einlegen. Fragen über Fragen tauchen auf. Warum musste Dana gerade jetzt sterben? Wollte sie nicht mehr mitmachen in diesem teuflischen Plan, oder wollte sie Stigs Erbe nicht teilen? Oder hat er vielleicht befürchtet, dass ich sie zum Reden bringen könnte, und hat deswegen kurzen Prozess gemacht? Welche Rolle spielt er? Ist er der Drahtzieher oder nur Komplize? Ist er der Schütze?

Ich fühle mich wie ein Jagdhund, der Fährte aufgenommen hat. Es gibt nur noch einen Gedanken: dem Geruch zu folgen, der ans Ziel führen soll. Alles andere wird zur Nebensache. Nur so gelangt man zum Kern einer Sache. Aber auf dem Weg dorthin gibt es viel zu tun. Wir haben noch verdammt viel auf dem Zettel. Ich muss mir jetzt jeden weiteren Schritt genau überlegen, um den Mörder von Stig und Dana zweifelsfrei zu überführen.

Doch auch wenn noch viele Fragen unbeantwortet im Raum stehen, befinden wir uns jetzt auf der Zielgeraden. Ich kenne diese Phase in einer Ermittlung nur zu gut. Wir müssen ihm die beiden Morde nachweisen und eine Erklärung dafür finden, wie Sofias DNA an den Pfeil und das Bändchen gekommen ist. Wir brauchen nicht nur Beweise, sondern wir brauchen sein Geständnis. Dazu müssen wir ihn so lange in die Enge treiben, bis er sich in Widersprüche verheddert. Wenn ich ihn damit konfrontiere, dass sein perfider Plan nicht aufgegangen ist, dass der Mord an Stig und an Dana nichts gebracht hat, wird er sein wahres Gesicht zeigen, und die von ihm so mühsam aufgebaute Fassade wird zusammenbrechen. Wenn er mit dem Rücken zur Wand steht, wird er einen Fehler machen. Eine extrem gefährliche Strategie, wie ich weiß, denn ein Raubtier, das keinen Fluchtweg mehr hat, wird zum Angriff übergehen. Und darauf müssen wir vorbereitet sein. Da ich in dieser Nacht kaum Schlaf finden kann, stehe ich wieder auf, schleiche mich davon, um Daniel nicht zu wecken, und fahre zurück nach Jokkmokk aufs Präsidium. Ich lege einen kurzen Umweg über die Zahnarztpraxis ein. Sein Wagen steht noch da.

Ich warte bis sechs Uhr, dann wähle ich die deutsche Telefonnummer des Polizeipräsidiums in München, stelle mich in englischer Sprache vor, erkläre mein Anliegen und frage nach einem gewissen Peter Keller. Ich werde durchgestellt, wiederhole den Grund meines Anrufs und werde erneut durchgestellt. Nach dem vierten Versuch, einen kompetenten Ansprechpartner zu erreichen, bin ich fast versucht aufzugeben. Doch dann erklärt mir eine freundliche Frauenstimme in perfektem Englisch, dass Keller bereits in Rente sei. Zum Glück hat Liv mir seine Kontaktdaten ebenfalls schon organisiert, so dass ich ihn direkt zu Hause anrufen kann. Obwohl es so früh ist, wähle ich die Nummer und lasse es lange klingeln. Aber niemand meldet sich. Es ist vermutlich doch noch zu früh. Ich werde später mein Glück erneut versuchen.

Eine Stunde später taucht Arne in der Polizeistation auf. Dann kommt auch Sigge. Heute sind wir alle früh dran, und ihre müden Gesichter verraten mir, dass auch sie schlecht geschlafen haben.

»Ich habe schon versucht, diesen deutschen Ermittler zu erreichen, leider bislang ohne Erfolg«, sage ich.

»Zu früh für einen Rentner«, meint Arne lapidar.

»Ich dachte, es gäbe die senile Bettflucht«, erwidert Sigge und fängt sich für diese freche Bemerkung einen bitterbösen Blick von Arne ein.

»Könntest du wieder auf deinen Bobachtungsposten gehen?«, frage ich Sigge. »Damit er uns nicht in letzter Sekunde entwischt.«

»Bin schon weg«, erwidert Sigge.

»Und Arne, würdest du versuchen, die beiden Exfrauen ans Telefon zu kriegen?« Ich reiche ihm einen Zettel mit den Namen und Telefonnummern.

Er schnappt sich die Notiz und verdrückt sich in sein Büro.

Mein Telefon klingelt. Es ist Ylva.

»Das sind ja brisante Neuigkeiten«, begrüßt sie mich, ohne sich mit Höflichkeiten aufzuhalten. »Kannst du mich auf den aktuellen Stand deiner Ermittlungen bringen?«

»Die gestrige Obduktion von Dana Novak hat ergeben, dass sie keines natürlichen Todes gestor…«

»Ich habe den Obduktionsbericht bereits gelesen«, fällt sie mir ins Wort. »Wen hast du in Verdacht?«

»Alles deutet auf diesen Zahnarzt hin, diesen Dr. Frank Herwig, einen Deutschen, der in Jokkmokk seit drei Jahren praktiziert. Durch einen Zufallstreffer bei der Durchforstung der sozialen Medien sind wir auf ein paar Fotos von der Hochzeit der Ermordeten gestoßen. Ihr Ehemann auf den Fotos ist zweifelsfrei dieser Herwig. Diese Tatsache haben die beiden uns die ganze Zeit verheimlicht.«

»Zufallstreffer? Aha.«

Ich reagiere nicht.

»Ich habe mich schon um seine Zulassungspapiere gekümmert«, sagt Ylva. »Die sollten in Kürze in Kopie per Mail bei dir eintreffen.«

»Danke. Ich brauche einen Durchsuchungsbeschluss für seine Praxis und seine Wohnung.«

»Auf welcher Basis? Hast du belastbare Beweise? Mit Vermutungen kommen wir nicht weiter.«

Ich ignoriere ihren Einwurf, ich habe damit gerechnet. »Gefahr in Verzug.«

»Du denkst also wirklich, dass dieser Zahnarzt hinter allem steckt?«

»Er hat ein Motiv, er hatte die Möglichkeit, und er hat gelogen. Wenn wir einmal annehmen, dass er und seine Frau Stig vorsätzlich belogen haben, um an dessen Vermögen zu gelangen, so ergibt alles einen Sinn. Die beiden könnten sich Stigs Vertrauen erschlichen haben, sie über eine Liebesbeziehung, er als Arzt, der ihn mit Dopingmitteln versorgte. Ob Stig das irgendwann durchschaut hat, wissen wir nicht. Aber Fakt ist, dass Stig sich von Dana trennen wollte. Das weiß ich von seinem Anwalt. Die beiden mussten handeln.«

»Mmh.« Ylva klingt nicht überzeugt.

»Was haben eure Ermittlungen bezüglich des Tatverdachts gegen Gunnar Martinsson ergeben?«, hole ich zur Gegenfrage aus.

»Seine Anwältin hat drei Zeugen geliefert, die glaubhaft versichern konnten, dass er am Samstag in Lulea und nicht in Jokkmokk war.«

Diese beiläufige Information verschlägt mir kurz die Sprache. Ich muss meinen aufwallenden Ärger hinunterschlucken.

Ylva muss das spüren und steuert das Gespräch sofort auf sicheren Boden zurück. »Welche Rolle spielen Sofia Lundqvist und Matti Fransson in diesem Komplott?«

»Vermutlich keine. Ich gehe davon aus, dass sie nichts damit zu tun haben. Herwig hat Sofia in seiner Praxis behandelt. So könnte er an ihre DNA gekommen sein. Es wäre ein Leichtes für ihn gewesen, diesen Pfeil und dieses Bändchen damit zu präparieren, um den Verdacht auf sie zu lenken.«

»Aber du hast keine Beweise dafür?«

»Deshalb müssen wir seine Praxis durchsuchen …«

Wir drehen uns im Kreis. Ylva verfällt für einen Moment in Schweigen.

»Ich werde sehen, was ich auf dieser dünnen Beweislage tun kann.« Damit legt sie auf.

Ich rufe Sigge an. »Was tut sich bei dir?«

»Sein Auto steht nach wie vor hier.«

»Trotzdem, sei vorsichtig. Ihm ist alles zuzutrauen.«

Danach versuche ich erneut, den deutschen Ermittler zu erreichen, und diesmal habe ich Glück.

42

Peter Keller legt den Hörer auf und lehnt sich in seinem Stuhl zurück. Gerade hat ihn die Vergangenheit eingeholt. Diese schwedische Ermittlerin hat ihn mit ihren Fragen an all das erinnert, was er längst vergessen geglaubt hatte. Seit fast fünf Jahren ist er nun in Pension und hat sich mit jedem Tag ein Stückchen mehr von seinem Beruf als Brandermittler entfernt. Aber nun ist auf einen Schlag alles wieder zurück.

Jahrzehntelang hat sich in seinem Leben alles um Feuer, um Brände und um Brandstiftung gedreht. Keller seufzt, als diese Erinnerungen wieder in ihm aufsteigen. Als Brandermittler hat er damals eine fast romantische Beziehung zu Feuer gehabt. Seine Kollegen hatten ihn deswegen schon für verrückt erklärt als Folge einer Überdosis an Rauchgasen, die er als Ermittler bei Brandstiftungen zu oft und zu lange inhaliert haben musste. Ihn hat dieses Geläster kaltgelassen, weil er wusste, dass Feuer ein lebendiges Wesen ist. In den richtigen Händen tut es ausnahmslos Gutes, schenkt Leben, Licht und Wärme. Einmal außer Kontrolle geraten, entfaltet es jedoch eine zerstörerische Kraft, vernichtet Existenzen, tötet Leben. In den Händen eines Feuerteufels kommt seine allerdunkelste Seite zum Vorschein. Dann frisst es mit bösartiger Gnadenlosigkeit, was sich ihm in den Weg stellt.

Wie bei dem Feuer in diesem speziellen Fall, über den er gerade mit der schwedischen Ermittlerin gesprochen hat. Hier war ebenfalls ein Brandstifter am Werk gewesen, der geglaubt hatte, er könne einem Feuer seinen Willen aufzwingen, um etwas zu vertuschen, was nichts mit dem Brand zu tun hatte. Wie immer hat Keller die Stelle im Haus gesucht, wo das Feuer den größten Schaden angerichtet hatte. Ein Brandherd liegt immer dort, wo am meisten zerstört worden ist. Hier war er auf die angekohlten menschlichen Überreste eines Opfers gestoßen.

Augenblicklich hat er wieder diesen speziellen Geruch von verbranntem Fleisch in der Nase, einen Geruch, der ihm während seiner aktiven Zeit nicht mehr zugesetzt hatte. Seine Nase hatte den Geruch registriert, aber sein Gehirn hatte ihm längst keine Ekelsignale mehr geschickt.

Der Tote, der gekrümmt am Boden gelegen hatte, war jedoch nur teilweise verbrannt. Der Brandstifter hatte sich verrechnet. Doch was war sein Plan gewesen? Keller erinnert sich an das Glas in der Zwischentür, als stünde er am Tatort. Das Milchglas war unter der großen Hitze zerborsten und von einem dicken rußigen Ölfilm überzogen gewesen. Das Feuer war damals zwar sehr schnell sehr heiß geworden, um Glas zum Bersten zu bringen, aber mehr auch nicht. Keller erinnert sich auch an das vom Ruß geschwärzte Mobiliar. In dem Zimmer, wo der Brand ausgebrochen war, hätte es ausreichend brennbares Material gegeben, wenn das Feuer genügend Luft zum Atmen gefunden hätte. Der Brandstifter hatte einfach das Wesen des Feuers nicht verstanden.

Feuer braucht wie jeder Mensch Luft. Ohne Sauerstoff kann es nicht atmen, nicht lodern, nicht brennen. Ohne Luft erstickt es, kaum geboren, wie ein Mensch, dem man die Kehle zudrückt. Wenn diese Luft fehlt, kann das Feuer die Hitze, seine zweite notwendige Eigenschaft, die es zwingend braucht, um alles zu zerstören, nicht entwickeln. Erst wenn diese Komponenten passen, wird Feuer zu einem alles fressenden Ungeheuer.

In diesem Fall hatten die Komponenten nicht gestimmt. Keller hatte damals nicht lange suchen müssen, um herauszufinden, was die angebliche Brandursache gewesen war. Der Brandstifter hatte versucht, es als einen Fehler in der Elektrik aussehen zu lassen, ausgelöst durch eine kaputte Heizdecke. Die Überreste der Heizdecke, die mit dem Sessel verschmolzen war, sollten ihn auf eine falsche Fährte führen. Er hatte nur wenige Minuten gebraucht, um den Fehler zu erkennen. Der Brandstifter hatte einfach vergessen, ein Fenster zu öffnen. Ein Idiot eben, der dafür lange in den Bau gewandert war.

Bei einem Brand sterben die meisten an einer Rauchvergiftung. Hier hatte der Fall jedoch anders gelegen. Der Brandstifter hatte einen raffinierten Plan gehabt, um einen Versicherungsbetrug samt Mord zu vertuschen. Der Tote war an seinem eigenen Blut erstickt, weil sein Mörder ihn zuerst narkotisiert und ihm dann vermutlich mit einem Skalpell sehr tief in die Nasenscheidewand geschnitten hatte. Hätte sich das Feuer richtig entwickelt und wäre der Mann verbrannt, hätte wahrscheinlich niemand diesen heimtückischen Mord nachweisen können. Aber das Feuer hatte dem Mörder einen Strich durch die Rechnung gemacht.

Die Banalität in diesem Verbrechen hatte Keller damals zutiefst erschüttert. Das Mordopfer, ein Steuerberater, war sowohl der Besitzer des Hauses als auch Vermieter der Zahnarztpraxis gewesen, in der der Brand ausgebrochen war. Er hatte seinem Mörder bei einem Versicherungsbetrug im Weg gestanden. Der Zahnarzt hatte geplant, die Praxis in Brand zu setzen, um die hohe Versicherungssumme zu kassieren. Dafür hatte er seinem Vermieter, der auch sein Freund und Patient gewesen war, ein Betäubungsmittel injiziert und ihm den tödlichen Schnitt in die Nasenscheidewand versetzt. Als Arzt hatte er gewusst, was zu tun gewesen war. Nur vom Feuer hatte er keine Ahnung gehabt. So konnten sie den Zahnarzt Dr. Frank Herwig, der nebenan seine Praxis gehabt hatte, als Täter überführen und lebenslang wegsperren.

Das zumindest hatte er geglaubt, bis heute. Denn gerade eben hat er von der schwedischen Ermittlerin erfahren, dass Herwig nicht nur wieder auf freiem Fuß ist, sondern seit drei Jahren auch wieder als Zahnarzt in Schweden praktiziert. Dass ein verurteilter Mörder nach abgesessener Strafe wieder in die Freiheit entlassen werden muss, weiß er, aber mit einem

Doktortitel und einer Zulassung in der Tasche, das kann und will er nicht glauben.

Keller reißt sich aus seinen Erinnerungen los, ruft im Polizeipräsidium an und lässt sich zum Polizeichef durchstellen, der immer noch der alte ist und sich an ihn erinnert. Kurz darauf hat er die Bestätigung, dass Herwig nach vollständiger Verbüßung der Haft von fünfzehn Jahren vor vier Jahren wieder auf freien Fuß gekommen ist. Warum er aber wieder praktizieren darf, darauf kann sich auch der Polizeichef keinen Reim machen.

43

Fassungslos sitze ich an meinem Schreibtisch und versuche zu verstehen, was ich gerade von diesem Keller aus München erfahren habe. Ich muss mit jemandem darüber reden und gehe zu Arne ins Nebenzimmer.

»Kannst du dir vorstellen, dass ein Arzt, der einen heimtückischen Mord begangen hat, nach fünfzehn Jahren Gefängnis wieder auf freien Fuß kommt und seine Zulassung als Arzt zurückerhält?«

»Quatsch!«

»Man hat ihm nicht einmal den Doktortitel entzogen!«

»Wem?«

»Na, Herwig.«

Arne starrt mich an, als hätte ich den Verstand verloren. »Du spinnst! Willst du damit etwa sagen, dass Herwig ein verurteilter Mörder ist?«

»Genau so ist es, Arne!«

Ich gehe zurück in mein Büro und lasse mich schwer in meinen Stuhl fallen. Dann rufe ich Ylva an, die jedoch in einer Sitzung und nicht zu sprechen ist. Ich lasse mich zum Staatsanwalt durchstellen.

»Leif, hast du ein paar Minuten Zeit?«, frage ich ihn. »Ich muss dir von den neuesten Entwicklungen in unserem Mordfall berichten.«

»Habe ich nicht, aber ich nehme sie mir«, antwortet er. »Ich bin ganz Ohr.«

Ohne mich zu unterbrechen, lauscht er meinem Bericht.

»Ich schicke dir sofort den Durchsuchungsbeschluss für seine Praxis und seine Wohnung«, sagt er, als ich geendet habe. »Schnappt ihn euch.«

Es dauert keine Viertelstunde, da habe ich den Durchsuchungsbeschluss in meinem E-Mail-Postfach und drucke ihn aus.

»Arne, wir müssen los. Wir verhaften Herwig.«

Zusammen mit Sigge, der schon vor Ort ist, sollte es kein Problem für uns drei sein, den Zahnarzt festzunehmen. Wir fahren ohne Blaulicht zur Praxis, ich will ihn nicht aufscheuchen oder warnen. Wir fahren zu Sigges Wagen, der in etwa hundertfünfzig Meter Entfernung versteckt hinter anderen abgestellten Autos am Straßenrand geparkt ist.

»Ist irgendetwas passiert, seit du hier stehst?«, frage ich ihn durch die heruntergelassene Fensterscheibe.

»Nein, er hat sich nicht blicken lassen. Und die Praxis scheint auch geschlossen zu sein.«

»Dann holen wir ihn uns jetzt«, sage ich zu beiden.

Gemeinsam fahren wir das letzte Stück zu dem Haus, in dem sich in der oberen Etage über der Praxis die dazugehörige Wohnung befindet, und parken unsere Autos vor der Praxis. Herwigs Wagen steht immer noch hier.

»Arne, du hältst bitte hier vor der Tür die Stellung, falls er fliehen will. Sigge und ich gehen rein.«

Die Tür zur Praxis ist verschlossen, aber die andere Tür daneben, die zur Wohnung gehört, ist wider Erwarten offen. Vorsichtig gehen wir seitlich von der Tür in Position, Sigge links, ich rechts. Wortlos signalisiere ich meinem Partner, dass er die Tür öffnen soll. Sigge nickt und stößt sie auf. Ich entsichere meine Waffe, ehe ich den linken Arm ausstrecke. Dann beuge ich mich ein Stück nach vorn, um ins Haus spähen zu können. Es ist zu dunkel, um irgendetwas zu erkennen.

Ich sehe zu Sigge, dann zähle ich mit den Fingern stumm herunter. Bei null macht Sigge eine halbe Drehung nach rechts. Die Füße schulterbreit auseinander, die Arme nach vorn ausgestreckt, die Waffe schussbereit in beiden Händen haltend, steht er im Türrahmen und sucht nach einem Ziel. Er schüttelt den Kopf, es ist niemand zu sehen. Wir betreten den Flur, wo eine Treppe nach oben in die Wohnung führt.

Sigge steigt langsam Stufe für Stufe mit dem Rücken zur Wand nach oben. Ich bin direkt hinter ihm. Oben angekommen, betritt Sigge den ersten Raum. Es ist die Küche. Er schüttelt den Kopf, um mir zu signalisieren, dass sie leer ist. Ich nehme mir den nächsten Raum vor. Mit der Waffe im Anschlag betrete ich das Wohnzimmer, doch es ist ebenfalls verwaist. Sigge ist bereits wieder auf dem Flur, geht an mir vorbei, um das nächste Zimmer zu überprüfen. Auch im Schlafzimmer ist niemand. Sigge wirft einen prüfenden Blick in das Badezimmer und schüttelt den Kopf.

»Solange ich hier war, hat er das Haus nicht verlassen«, sagt er sichtlich verstört. »Ich verstehe das nicht. Ich war noch nicht mal zum Pinkeln weg. Und sein Auto steht immer noch da.«

»Vielleicht ist er unten. Nehmen wir uns die Praxis vor«, sage ich.

Schnell verlassen wir die Wohnung und laufen die Treppe hinunter. Sigge wirft sich gegen die Eingangstür zur Praxis, und die Tür springt sofort auf. Innerhalb weniger Sekunden haben wir die wenigen Räume überprüft, aber auch hier fehlt von Herwig jede Spur.

»Ich verstehe das nicht«, murmelt Sigge ratlos und wirft mir einen schuldbewussten Blick zu. »Wie kann er …«

»Er muss gestern Abend noch verschwunden sein«, sage ich ruhig, »gleich nachdem du weg warst.«

»Aber sein Auto?«

»Vielleicht ist er mit Danas Wagen unterwegs«, überlege ich. Wir gehen nach draußen zu Arne.

»Er ist ausgeflogen«, sage ich und wende ich mich an Arne. »Nimm Sigges Wagen und fahr zu Stigs Haus. Wenn Danas Auto dort nicht ist, wissen wir, dass der Zahnarzt es hat. Aber sei vorsichtig. Wir wissen nicht, wo er steckt und was er plant.«

Ich gebe Arne die Autoschlüssel, dann wende ich mich an Sigge. »Und wir durchsuchen hier alles gründlich. Fangen wir oben an. Vielleicht finden wir einen Hinweis auf seinen Aufenthaltsort.«

Arne verschwindet, und wir betreten erneut die Wohnung.

Wir ziehen Einweghandschuhe an, dann nimmt sich Sigge das Wohnzimmer vor, ich die Küche. Herwigs Wohnung ist völliger Durchschnitt, die Einrichtung ist praktisch und schwedisch spröde. Ich mache einen schnellen Rundumblick durch alle Schränke, aber mir springt nichts Verdächtiges ins Auge. Ich gehe hinaus in den Flur, vorbei am Wohnzimmer, wo Sigge sich die Schränke und Kommoden vornimmt, und gehe weiter in eines der Schlafzimmer. Dort öffne ich einen Kleiderschrank und entdecke ausschließlich Männerkleidung.

Sigge gesellt sich zu mir. »Ich habe nichts Auffälliges gefunden.«

»Ich auch nicht.«

»Nehmen wir uns die Praxis vor.«

Wir laufen wieder nach unten und durchsuchen Herwigs kleine Praxis.

»Na, schau mal an«, meint Sigge und wedelt mit einem kleinen Fläschchen. »Das ist Epo. Mal sehen, wo er die anderen Dopingmittel versteckt hat.«

Mein Handy klingelt, es ist Arne.

»Hier ist eingebrochen worden. Das Siegel ist aufgebrochen. Ich gehe rein.«

»Nein!«, schreie ich ins Telefon. »Warte auf uns …«, versuche ich ihn davon abzuhalten.

Aber ich höre nur noch eigenartige Geräusche durch das Telefon, es raschelt und rauscht. Ich vermute, er hat sein Handy in die Jacke gesteckt, um ins Haus zu gehen. Ich spüre, wie meine Knie unter mir nachzugeben drohen.

»Wir müssen sofort zu Stigs Haus«, sage ich zu Sigge und renne los. »Dort ist eingebrochen worden. Arne ist allein dort.«

»Scheiße!«, ruft Sigge alarmiert und stellt das Fläschchen beiseite.

Wir rennen los und springen ins Auto. So schnell, wie es die Straßenverhältnisse zulassen, rase ich nach Vaikijaur. Zum Glück ist die Strecke kaum befahren. Die Straße vor uns ist frei, auf der gegenüberliegenden Fahrbahn kommen uns nur wenige Autos entgegen.

»Dieses Auto kenne ich doch«, ruft Sigge unvermittelt und deutet auf ein Fahrzeug, das gerade an uns vorbeigefahren ist. »Dieser Porsche Cayenne gehört doch zu Stigs Fuhrpark. Das muss er sein.«

»Kennzeichen?«

»Hab ich nicht erkennen können. Aber das lässt sich rauskriegen.«

Ich werfe einen raschen Blick in den Rückspiegel, sehe aber nur noch eine Schneewolke.

»Okay. Ich will, dass der Wagen unverzüglich landesweit zur Fahndung ausgeschrieben wird«, sage ich zu Sigge und drücke noch mal aufs Gas, während er die Zentrale anruft und die Kollegen informiert. Am liebsten würde ich umdrehen und dem Porsche hinterherfahren. Aber ich muss mich zuerst um Arne kümmern.

Die Toreinfahrt steht offen, Sekunden später erreichen wir das Haus. Wir springen aus dem Wagen und laufen zu der geöffneten Tür.

»Arne!«, rufe ich. »Wo bist du?«

Sigge betritt zuerst mit gezückter Waffe das Haus, ich folge ihm.

»Arne!«, schreie ich erneut. Keine Antwort.

Dann bleibe ich wie erstarrt stehen, auf dem Fußboden gibt es Blutspuren. Sie sind frisch. »Nein, nein, nein!« Meine Stimme wird immer lauter. »Arne!«

Ich laufe durch das Wohnzimmer, in die Küche, zum Arbeitszimmer. Es fehlt jede Spur von unserem Kollegen. Ich schicke ein stummes Stoßgebet gen Himmel. Sigge rennt nach oben, nimmt dabei zwei Treppenstufen auf einmal, durchsucht die Zimmer, springt die Treppe wieder herunter.

»Oben ist auch niemand«, ruft er atemlos. »Scheiße, Scheiße, Scheiße!«, brüllte er aus vollem Hals. »Was hat er mit Arne gemacht? Hoffentlich hat er ihn nicht umgeb…« Sigge bricht ab.

Sein Gesichtsausdruck jagt mir einen kalten Angstschauer über den Rücken.

Ich schüttle den Kopf. »Das glaube ich nicht. Dann hätte er ihn hier liegen lassen.«

»Aber wo ist Arne dann?« Sigges Augen sind weit aufgerissen. In ihnen steht das nackte Entsetzen.

»Er hat ihn mitgenommen«, sage ich mit fester Stimme.

»Wo will er hin?«

Während Sigge völlig aufgewühlt ist, werde ich innerlich ganz ruhig und gefasst. Ich muss nachdenken, mich in diesen Teufel hineinversetzen, um zu verstehen, was er vorhat. *Was hast du vor? Wo willst du hin?* Mein Kopf dröhnt. Ich fasse mir mit der flachen Hand an die Stirn und beginne mit Daumen und Zeigefinger meine Schläfen zu massieren.

»Wo sollen wir Arne suchen, verdammt?«, reißt mich Sigge aus meinen Überlegungen. »Er weiß, dass wir ihm im Nacken sitzen. Er ist verzweifelt, er muss fliehen. In diesem Zustand, so in die Enge getrieben, tun Menschen riskante Dinge und …«

»Er ist nicht verzweifelt, Sigge«, unterbreche ich seinen Redefluss. »Er ist weder verzweifelt noch in Panik. Er ist nur wütend. Du musst seine narzisstische Natur verstehen. Er verliert auch jetzt nicht die Kontrolle, sondern ist eiskalt. Ein Grund mehr für uns, besonders vorsichtig zu sein.«

Wieder gehe ich in mich und versuche, mich in Herwigs Lage zu versetzen. Viel weiß ich nicht über ihn, mir stehen nur wenige Informationen zur Verfügung. Also was hat er vor?

»Wir fahren nach Nattavaara. Ich glaube, dort könnte er sein. Er weiß wahrscheinlich noch nicht, dass wir diese *Stuga* schon kennen.«

Sigge sieht mich aus schmalen Augen an. »Hoffentlich hast du recht.«

»Wir haben im Moment sonst nichts«, sage ich leise.

Wir hasten zurück zum Wagen.

»Lass mich fahren, ja?«, sagt Sigge und setzt sich ans Steuer, bevor ich intervenieren kann.

Das Thermometer unseres Autos zeigt minus 24 Grad, vereinzelte Schneeflocken fallen vom Himmel. Sigge rast los. Er fährt wie ein Wahnsinniger, viel zu schnell angesichts der Straßenverhältnisse, aber die Spikes in den Winterreifen krallen sich ins Eis. Herwig hat maximal zwanzig Minuten Vorsprung, rechne ich aus, und wenn Sigge den Volvo weiter mit Höchstgeschwindigkeit fährt, vielleicht weniger. Während ich Sigge mein Leben anvertraue, rufe ich Daniel an und berichte ihm von den jüngsten Ereignissen und unserem Ziel. Dann reißt die Funkverbindung ab.

»Daniel, hörst du mich noch?«

Sigge rast über die schneebedeckte Straße. Vor uns taucht ein dunkler Schatten auf. Ein Rentier springt auf die Fahrbahn, bleibt stehen und glotzt uns an.

»Ach du Scheiße!«, stößt Sigge hervor, macht eine Vollbremsung und reißt das Steuer hart nach rechts.

Ein spitzer Schrei ist alles, was ich zustande bringe, dann schlage ich die Hände vors Gesicht und erwarte einen harten Aufprall.

44

Liv döst im Halbschlaf in ihrem Schreibtischstuhl und öffnet blinzelnd die Augen, als Daniel hereinstürmt.

»Hej, Liv. Ich brauch dein Auto.« Daniels Stimme klingt zwar laut, aber irgendwie sehr präzise.

»Warum so eilig?« Liv gähnt herzhaft.

»Liv, den Schlüssel?« Liv kennt Daniel sehr gut, und seine Stimmfarbe, gepaart mit diesen Worten, macht ihr schlagartig Angst.

»Alles in Ordnung?«, fragt Liv deshalb sofort alarmiert und zeigt auf den Tisch.

Daniel schnappt sich wortlos die Schlüssel und ist im nächsten Moment durch die Tür verschwunden.

»Sei bitte vorsichtig!«, ruft Liv ihm hinterher.

Sie ist sich nicht sicher, ob Daniel ihre Worte noch gehört hat, und schaut ihm durchs Fenster zu, wie er in ihrem Wagen verschwindet. Ein heftiges ungutes Gefühl macht sich in ihr breit. Bei ihren Recherchen über diesen Herwig war das auch schon im Ansatz so gewesen. Sie denkt kurz darüber nach, was der Grund sein könnte, warum ihr Bruder so eilig aufgebrochen ist? Plötzlich jagt eine Gänsehaut nach der anderen über ihren Körper, und dieses flaue Gefühl schwillt rasend schnell zu einem wahren Orkan an. Sigge, sie muss Sigge anrufen.

45

Der Wagen dreht sich und dreht sich, wir kommen quer auf der Fahrbahn zum Stehen. Keiner von uns sagt ein Wort. Mein Herz klopft mir bis zum Hals. Sigge hält das Lenkrad so fest umklammert, dass seine Knöchel weiß werden, und starrt durch die Windschutzscheibe hinaus.

»Scheiße, das war knapp.«

»Soll ich fahren?«, frage ich ihn nach einer Weile.

Er sieht zu mir. »Nein, ich schaff das schon.«

Trotzdem brauchen wir noch einen Moment, bevor wir weiterfahren können. Den Rest der Strecke fährt Sigge vorsichtiger, aber kaum weniger schnell. Schließlich erreichen wir die *Stuga*. Der Porsche Cayenne parkt tatsächlich vor dem Haus.

Sigge gibt mir einen leichten Stoß mit seinem rechten Ellbogen: »Da, auf dem Eis.«

Etwa hundert Meter entfernt steht ein typisches kleines Eisangelzelt auf dem zugefrorenen See. Doch auch dort ist Herwig nicht auszumachen. Wir steigen aus dem Wagen und nähern uns langsam der *Stuga*. Weder Sigge noch ich sind zuvor hier gewesen, wir kennen diesen Ort nur von den Fotos, die Liv mit ihrer Drohne gemacht und die Daniel mir später gezeigt hat. Anhand dieser Bilder versuche ich mich zu orientieren. Dann halte ich plötzlich inne.

Meine Augen haben etwas Ungewöhnliches registriert. Aus dem Zelt auf dem Eis ragen zwei Stiefel heraus. Sie sehen aus wie die, die Arne heute Morgen getragen hat. Ich stoße Sigge an und deute auf das Zelt. Dann entdeckt auch er, was ich gesehen habe. Ohne ein Wort zu reden, verständigen wir uns mit Blicken und Handzeichen. Sigge will zu dem Zelt gehen, während ich am Ufer alles im Blick behalte. Ich zücke meine Waffe und halte sie vor meinem Körper.

Sigge läuft schnell über das Eis in direkter Linie zu dem Zelt. In diesem Augenblick schwingt die Tür des Hauses auf, und Herwig tritt heraus.

»Aha. Die Polizei.« Er sieht sich um. »Und das gleich doppelt. Mit euch hätte ich hier nicht so schnell gerechnet.« Er sagt es spielerisch, begleitet von einem Lächeln.

Nichts deutet in diesem Moment auf einen durchtriebenen Mörder hin. Sigge ist nur noch wenige Schritte von dem kleinen Zelt entfernt, als er unvermittelt durch das Eis bricht und mit einem Schrei ins eisige Wasser taucht. Herwig lacht laut auf, dreht sich um und verschwindet wieder im Haus.

Adrenalin schießt durch meine Adern, und ich habe nur einen einzigen Gedanken. Ich muss Sigge zu Hilfe kommen und ihn da rausholen. Schnell laufe ich hinaus auf den See, stolpere und falle, raffe mich auf, dann bremse ich meine Schritte und gehe vorsichtiger weiter, um zu hören, ob das Eis unter meinen Füßen knackt. Auch wenn ich nur noch wenige Meter von Sigge entfernt bin, der in dem Eisloch verzweifelt um sein Leben kämpft, kann ich nicht einfach so zu ihm gelangen.

Wenn ich ebenfalls einbreche, sind wir beide verloren. Vorsichtig taste ich mich Schritt für Schritt näher, lausche, ob das Eis knackt und nachzugeben droht. Aber die Eisdecke scheint zu halten. Trotzdem gehe ich zu Boden, lege mich bäuchlings auf das Eis und robbe nun, die letzten Meter flach auf dem Eis liegend, weiter zu Sigge.

»Ich kann nicht mehr …«, stöhnt er, während er krampfhaft versucht, nicht unterzugehen.

Wenn er unter das Eis rutscht, kann ich ihn nicht mehr retten. Ich bekomme seine eiskalte Hand zu fassen. »Du musst die Jacke ausziehen, Sigge, sofort!«

Seine dicke Daunenjacke hat sich wie ein riesiger Schwamm mit Wasser vollgesogen und droht ihn nach unten zu ziehen. Mit diesem zusätzlichen Gewicht bekomme ich ihn hier niemals heraus. Ich robbe noch näher an ihn heran, ohne dabei seine Hand loszulassen. Um das Eisloch herum ist das Eis dick und fest, Herwig muss diese Stelle präpariert haben. Aus den Augenwinkeln sehe ich Arnes Schuhe, aber von ihm fehlt jede Spur. Das war eine Falle, wird mir schlagartig klar.

»Hör auf zu strampeln, Sigge«, befehle ich ihm und greife nach seiner Jacke, um sie zu mir zu ziehen. Ich erwische die Kaputze und zerre daran. Da der Reißverschluss zum Glück offen ist, rutscht die Jacke über ihn und stülpt sich wie ein Sack über seinen Oberkörper. Ich verliere seine Hand, aber er steckt noch in der Jacke fest.

»Halt die Ärmel fest, so gut du kannst, Sigge«, schreie ich ihn an. »Du darfst sie jetzt nicht loslassen!«

Ich setze mich hin, stemme die Fersen ins Eis, sammle meine Kräfte und beginne mich rückwärts von dem Eisloch wegzuschieben. Dabei ziehe ich die Jacke, in der Sigge hängt, mit mir.

»Halt dich fest, Sigge!«, schreie ich verzweifelt und schiebe mich unter Aufbietung all meiner Kräfte weiter weg von dem Eisloch. Sigges Oberkörper rutscht immer weiter über die Kante. Zentimeter um Zentimeter arbeiten wir uns gemeinsam heraus, bis sein Oberkörper aus dem Eisloch herausragt. Nun liegt er bis zum Bauch auf dem Eis, nur sein Unterleib hängt noch immer im Wasser. Ich krieche zu ihm zurück, greife nach seinem Gürtel und ziehe ihn weiter aus dem Wasser, bis er komplett auf dem Eis liegt.

Völlig ausgelaugt, bleiben wir kurz liegen. Mein Atem geht hart und schnell. Nur wenige Sekunden später und Sigge wäre so unterkühlt und erschöpft gewesen, dass er untergegangen und unter das Eis geraten wäre.

Ich rapple mich auf. »Sigge, wir müssen hier weg. Komm schon … du musst mir helfen!«, schreie ich ihn an und reiße die nasse Jacke weg.

Sigge robbt übers Eis, während ich an seinem Pullover ziehe. Wir kämpfen und fluchen, aber wir schaffen es gemeinsam von dem See zurück auf den festen Boden vor unserem Auto.

»Steh auf, Sigge«, treibe ich an. »Wir müssen ins Auto, sonst erfrierst du … verdammt, Sigge … Du musst mir helfen … ich schaffe das nicht allein.«

Doch erneut erscheint Herwig in der Tür des Hauses. Er fixiert uns mit einem kalten, gefährlichen Blick. Er richtet eine Jagdwaffe auf mich. »Stopp!«

Er deutet auf Sigge. »Ihn musst du mit deinen Handschellen hier festmachen.« Er zeigt auf die vordere Abschleppöse an unserem Auto.

»Er wird erfrieren«, widerspreche ich heftig.

»Und der andere auch«, antwortet er.

»Wo ist Arne?«, stöhnt Sigge mit klappernden Zähnen.

»Was hast du mit ihm gemacht?«, schreie ich Herwig an.

»Wenn du das wissen willst, Frau Polizistin, dann musst du ins Haus kommen. Ohne ihn.«

Sigge schleppt sich mit letzter Kraft zu dem Wagen und geht zu Boden. »Tu, was er sagt, Anelie. Mach mich fest. Ich halte noch eine Weile durch.«

Hin und her gerissen, gehe ich blitzschnell meine Optionen durch. Wie lange kann ich meinen Kollegen in seinen nassen Sachen bei minus 25 Grad hier draußen zurücklassen, bevor er gefährliche Erfrierungen erleidet oder gar daran stirbt? Ich weiß es nicht, genauso wenig wie lange Arne überlebt, wenn ich nicht tue, was Herwig von mir verlangt.

»Anelie, mach mich fest«, wimmert mir Sigge mit schlotternden Gliedern zu.

Mein Körper fühlt sich bleischwer an, als ich ihn mit meinen Handschellen an den Wagen kette. Ich ziehe meine Jacke aus und lege sie über ihn.

»Halte durch, Sigge«, flüstere ich ihm zu.

»Frau Polizistin, nicht trödeln!«, ruft mit Herwig zu. »Und leg deine Waffe ganz vorsichtig hier auf den Boden.«

Ich tue, was er von mir verlangt, und lege die Waffe vorsichtig auf die Terrasse. Er will mir den Vortritt lassen, aber ich deute ihm an, dass er vorausgehen soll. Ich will ihn nicht in meinem Rücken haben. Dann folge ich ihm ins Haus. Ich bin äußerst vorsichtig und wachsam, ich bin sicher, dass er auch für mich eine Falle geplant hat. Herwig geht in den Wohnraum mit der offenen Küche und zieht einen Stuhl am Tisch hervor. »Setz dich doch.«

»Wo ist Arne?«, frage ich, ohne mich zu rühren.

»Gemach, gemach.«

»Ich will wissen, wo mein Kollege ist!«, brülle ich ihn an.

Er lacht fröhlich auf. »Er ist weg.«

Mein Mund wird trocken. »Was soll das heißen, er ist weg?«

»Anfangs habe ich mit dem Gedanken gespielt, ihn zu … na ja … ich habe ihn laufen lassen. Irgendwo unterwegs ist er ausgestiegen«, sagt er und zeigt ein maliziöses Lächeln. »Was glaubst du, wie weit er es ohne Schuhe da draußen schafft?« Ein wegwerfendes Achselzucken.

»Damit kommst du nicht durch!«, schreie ich. »Wir wissen inzwischen, wer du bist und was du alles getan hast.«

»Meinst du Danas tragisches Ableben?« Er bricht ab. Seine Bestürzung wirkt täuschend echt, seine Stimme klingt, als wäre er in tiefer Trauer.

»Du täuschst mich nicht. Du hast ihr das Genick gebrochen und sie dann die Treppe hinuntergestoßen«, fauche ich. »Warum, verdammt, musste sie sterben?«

Herwig schlägt die Hand vor den Mund. »O mein Gott, wie schrecklich! Ich habe ihr so oft gesagt, dass sie aufpassen soll bei dieser Treppe.« Er macht ein todtrauriges Gesicht.

Ich antworte nicht darauf, das ist auch unnötig. Diese Scheinheiligkeit bereitet mir Übelkeit. Ich kann spüren, wie sich mein Körper allmählich komplett anspannt. Auch ich muss mit mir kämpfen, um nicht auf Herwig loszugehen.

Er hebt die Hand. »Hinsetzen!«, sagt er im Befehlston.

Ich rühre mich nicht von der Stelle. Er holt aus und schlägt mir hart ins Gesicht. Ich schmecke Blut auf meinen Lippen.

»Hinsetzen!«

Jeder Muskel in meinem Körper spannt sich an, doch erst mal muss ich tun, was er sagt.

»Und nicht von der Stelle rühren.« Er stellt die Jagdwaffe am Kühlschrank ab. »Dass du mir nicht auf dumme Gedanken kommst.« Er verschwindet nach nebenan, um drei Sekunden später mit zwei großen Taschen zurückzukehren.

»Du kanntest Stig, nicht wahr?«, sage ich. »Du hast ihn mit Dopingmitteln versorgt.«

Herwig stellt die beiden Taschen ab und lässt einen langen Seufzer hören, während sein Gesichtsausdruck Bände spricht und mir sagen will: Okay, ihr habt mich ertappt!

»Ich habe Dana und Stig immer gesagt, dass es herauskommen wird und ich dann in Schwierigkeiten geraten werde«, sagt er mit brüchiger Stimme. »Aber sie wollten nicht auf mich hören. Immer wieder hat Dana mich angefleht, Stig zu helfen, seinen Traum zu erfüllen. Sie hat nicht lockergelassen, bis ich …« Er bricht ab und mimt ein Häufchen Elend.

»Wir wissen, dass du mit Dana verheiratet gewesen bist. Musste sie deswegen sterben, damit du an Stigs Vermögen kommst?«

»Welche Einbildungskraft!«, sagt er milde lächelnd. »Alles aus der Luft gegriffen.«

Ich sehe ein gefährliches Glimmen in seinen Augen.

»Hier ist gar nichts aus der Luft gegriffen. Ich habe eure Heiratsurkunde, und ich habe mit Peter Keller telefoniert.«

Herwigs Gesichtszüge entgleisen für den Bruchteil einer Sekunde.

»Und auch mit deinen beiden Exfrauen haben wir gesprochen.«

Herwigs Mimik versteinert schlagartig. Dann hebt er wie in Zeitlupe beide Arme, als würde ich ihn mit meiner Waffe bedrohen. »Ich wusste, dass Danas Plan auffliegen würde. Erst vor wenigen Tagen, als du ihr gesagt hast, dass sie Stigs Alleinerbin ist, hat sie mir alles gebeichtet, auch den Mord an Stig«, bricht es aus ihm heraus. »Du glaubst mir nicht? Hier, hinter dem Haus, gibt es einen Schießplatz, wo sie monatelang wie besessen geübt hat. Ich wusste nichts von ihren Plänen, sonst hätte ich sie aufgehalten. Ich dachte, sie will nur schießen üben.« Herwig setzt dabei seine Arme zur Untermalung seiner Worte bildgewaltig ein. Ohne mit der Wimper zu zucken, produziert er eine Lüge nach der anderen.

»Nicht Danas, dein Plan ist gescheitert«, sage ich. Meine Stimme hat einen metallischen Klang angenommen. »Du wirst nicht einen Cent von Stigs Geld bekommen.«

Herwig zieht langsam die Augenbrauen hoch. »So, so«, sagt er mit müder Verachtung.

»Wir wissen, dass das Testament, das wir in Stigs Safe gefunden haben, eine Fälschung ist. Uns liegt inzwischen das echte Testament von Stig vor, das er bei seinem Anwalt in Malmö hinterlegt hatte.« Ich lehne mich zurück und lasse ihn keine Sekunde aus den Augen. Doch er zeigt keinerlei Regung. Meine Worte scheinen ihn nicht zu berühren. »Du bekommst gar nichts. Deine ganze Planung, deine Vorbereitungen, deine Morde, deine Lügen, alles war umsonst.«

Er zuckt mit den Schultern.

»Hier endet dein Plan.«

Wieder kommt keine Reaktion. Nach einer gefühlten Ewigkeit zeigt er mir plötzlich ansatzlos sein makelloses Lächeln. »Wie kommst du darauf, Frau Polizistin, dass es nur zwei Tote sein werden?« Er zählt spielerisch mit seinen Fingern. »Ich komme auf vier, vielleicht auf fünf.« Er deutet nach draußen, dann auf mich.

Dieses Katz-und-Maus-Spiel hat etwas unfassbar Ermüdendes. Mir ist, als würde meine ganze Energie von mir abgesaugt werden. Meine Beine fühlen sich an wie aus Blei, und das Atmen fällt mir schwer.

»Du hast Stig und Dana wie Bauern über das Schachbrett geschoben, Figuren, die du entbehren konntest«, werfe ich ihm an den Kopf.

Er lächelt genervt. »Ach, der heilige Stig ... soll ich dir verraten, was er mit Dana gemacht hat? Er hat sie fallen lassen wie eine heiße Kartoffel. Was machst du nur für einen Aufstand um die beiden?«

»Du hast Stig mit seiner eigenen Armbrust erschossen ...«

»Ein wahrer Meisterschuss«, unterbricht er mich, »das musst du zugeben. Das hätte nie ...«

»... und du hast Dana das Genick gebrochen«, falle ich ihm ins Wort.

Er zuckt gleichgültig mit den Achseln und atmet tief aus. »Ach, weißt du«, sagt er, »Stig war ein nützlicher, aber unwichtiger Idiot. Und was Dana betrifft ... sie war zu gierig geworden, wollte plötzlich alles für sich allein haben. Das konnte ich ihr nicht durchgehen lassen. Und letztlich war auch sie entbehrlich, nur eine Schachfigur wie Stig, ein Bauer, wie du es so treffend beschrieben hast. So wie ihr übrigens auch.« Er lässt die Worte ganz langsam von der Zungenspitze gleiten und kostet jede Silbe bis zum letzten Augenblick aus und hinterlässt ein böses Lächeln auf seinen Lippen.

Mein Blick streift die Glastür einer Kommode, und ich sehe in der Spiegelung eine Frau, die beschlossen hat, sich in den Abgrund zu stürzen. Einen kurzen Moment lang habe ich den gespenstischen Eindruck, ganz allein und von allem und jedem verlassen auf der Welt zu sein. Ich bin in einen Albtraum mit ungewissem Ausgang geraten.

»Frau Polizistin … wer sagt, dass ich mit leeren Händen gehen werde?« Er sieht mich von oben herab an. Aus seinen Worten spricht eiserne Entschlossenheit. Er stellt die Taschen neben mir ab, öffnet eine und lässt mich einen Blick hineinwerfen. Sie ist bis oben hin mit Geldbündeln vollgestopft.

»Das sind fünf Millionen amerikanische Dollars«, sagt Herwig. Ein Lächeln umspielt seine Lippen. »So viel hatte Stig als eiserne Reserve in seinem Safe liegen. Es lief nicht ganz so, wie ich es geplant hatte, aber gut genug. Das wird für eine Weile reichen, oder was meinst du? Hawaii ruft. Ich habe die Kälte hier satt. Dein Freund wird da draußen nicht mehr lange durchhalten«, ergänzt er süffisant. »Aber was mache ich mit dir?« Er seufzt gespielt.

»Damit kommst du nicht durch, wir werden dich kriegen«, stöhne ich.

»Sag bloß, Frau Polizistin.«

»Du kommst hier nicht weg.«

»Wie wär's, wenn du mich ein Stück begleitest?«, sagt er.

»An Danas Stelle? Was für eine hübsche Idee … ja, so machen wir's. Aber jetzt müssen wir los.« Er nimmt seine Daunenjacke, die über einem Stuhl hängt, und schlüpft hinein. »Leider muss ich dich bitten, die Taschen zu tragen.« Er macht ein verdrießliches Gesicht. »Ich muss ja das hier nehmen«, sagt er und schnappt sich das Jagdgewehr.

Ich rühre mich nicht von der Stelle.

»Stur wie ein sardischer Esel.« Er lässt ein gackerndes Lachen hören. »Schluss damit. Husch, husch, wir gehen.« Er stößt mir den Gewehrlauf in die Rippen, so dass ich mich schmerzhaft zusammenkrümme. Dann packt er mich an den Haaren und zieht mich hoch. »Die Taschen!«

Ich nehme die beiden Taschen, dann stößt er mich nach vorn. Ich muss eine Tasche abstellen, um die Haustür zu öffnen. Dann nehme ich sie wieder auf und gehe langsam nach draußen. Herwig läuft an mir vorbei und nimmt meine am Boden liegende Waffe an sich.

»Wie schön, dass du sie mir überlässt, vielleicht brauche ich sie noch.« Er schenkt mir ein zynisches Lächeln und bedenkt die Waffe in seiner Hand mit zärtlichen Blicken.

Wie aus dem Nichts hält Herwig plötzlich eine Spritze in der Hand, von der Waffe ist nichts mehr zu sehen. Er zieht die Schutzkappe von der Nadel und drückt die Luft heraus, bis etwas Flüssigkeit herausspritzt.

»Wir beide werden bestimmt noch viel Spaß miteinander haben, bis ich deiner überdrüssig geworden bin. Aber jetzt musst du dich erst einmal etwas ausruhen.« Herwig steht seitlich zu mir und drückt meinen Kopf zur Seite. »Bleib einfach ruhig stehen. Dann tut's nicht so weh.«

Er schiebt meine Haare zur Seite, um meinen Hals freizulegen. Mein Magen krampft sich zusammen. Bevor die Nadel jedoch meine Haut berührt, wird sein ganzer Körper einfach von mir weggerissen. Herwig fliegt förmlich von mir weg und wird durch die noch offene Tür hindurch ins Hausinnere geschleudert. Hart knallt er dort gegen einen Schrank an der gegenüberliegenden Wand, rutscht zu Boden und bleibt sitzen. Auf seiner rechten Brust bildet sich ein großer Blutfleck und breitet sich schnell aus. Das alles geschieht innerhalb eines Wimpernschlags.

Ich stehe wie angewurzelt vor der Tür und suche nach einer Erklärung dafür, was hier gerade passiert ist. Was in aller Welt hat Herwig so abrupt nach innen katapultiert?

46

Herwig rührt sich nicht mehr. Ihm gilt jedoch nicht meine Sorge. Mit zwei Schritten bin ich bei ihm und nehme meine Waffe wieder an mich. Dann laufe ich schnell hinaus zu Sigge, der angekettet an dem Wagen hängt und sich ebenfalls nicht mehr rührt. Hektisch suche ich nach dem Schlüssel, um die Handschellen aufzuschließen. Dann rüttle ich an seinen Schultern.

»Sigge, komm zu dir!«
Sigge regt sich nicht.
»Sigge!«, rufe ich lauter.
Nichts.
»Sigge!«, schreie ich ihn an.

Keine Reaktion.

»Verdammt, Sigge!« Ich schlage ihm mehrfach mit meiner Faust auf die Brust.

Sigge stöhnt leise auf. Er lebt. Ich tätschle seine Wangen, aber er kommt nicht zu sich, bis ich ihm mit richtigen Ohrfeigen ins Gesicht schlage. Er öffnet die Augen und sieht mich verwirrt an. Seine Wimpern sind gefroren, seine Augen matt, seine Lippen blau.

»Wir müssen ins Haus, Sigge, aber das schaffe ich nicht allein. Du musst mithelfen«, flehe ich.

Ich lege seinen linken Arm über meine Schultern, greife um seine Hüfte und versuche, ihn hochziehen. Doch Sigge bewegt sich nicht. Ich greife unter seine Achseln und versuche ihn mit mir zu ziehen. Aber sein Gewicht und sein wie lebloser Körper sind einfach zu schwer für mich.

»Sigge! Ich brauche dich! Wir müssen ins Haus, sonst erfrierst du hier!«, schreie ich ihn an.

Er scheint allmählich zur Besinnung zu kommen und bewegt sich fast unmerklich.

»Reiß dich zusammen, verdammt!«

Endlich bewegt er sich wie in Zeitlupe, zieht sich im Schneckentempo an mir hoch und richtet sich auf. Mit wackligen Beinen steht er neben mir und stützt sich auf mich. Ich habe das Gefühl, unter seinem Gewicht zusammenzubrechen, aber erstaunlicherweise bleibe ich auf den Beinen. Ich beiße die Zähne zusammen und schleppe meinen Kollegen weiter. An der Tür stürzt Sigge erneut und reißt mich mit zu Boden. Ich kann nichts dagegen tun, es funktioniert nichts, um ihn aufrecht zu halten. Ich fühle mich wie erschlagen. Ich löse mich von ihm, stütze mich auf die Knie, mein Atem rasselt. Dann gebe ich mir einen Ruck.

»Sigge, wir haben es gleich geschafft«, schrei ich ihn an. »Steh auf! Verdammt, Sigge!! Du wirst hier nicht sterben! Verstanden?«

Es ertönt ein langer Seufzer, noch einer, dann rollt sich Sigge erneut auf die Knie und zieht sich mit meiner Hilfe am Türstock hoch. Er stützt sich erneut auf mich, und ich muss um mein Gleichgewicht kämpfen, doch dann ziehe ich Sigge mit mir weiter ins Haus, vorbei an Herwig, der unverändert, gegen den Schrank gelehnt, am Boden sitzt.

Die Tür zum Badezimmer steht offen. Ich bugsiere Sigge bis zur Duschkabine. Er geht in die Knie, und ich schiebe ihn hinein, wo er in der Duschwanne, zusammengerollt wie ein Embryo, liegen bleibt. Ich drehe das Wasser auf, stelle es auf warm und lasse es über Sigge laufen. Bange Minuten vergehen, in denen er regungslos in der Dusche liegt und das dampfende Wasser über ihn läuft. Er hat die Augen geschlossen und rührt sich nicht. Ich versuche, ihm seinen Pullover auszuziehen, doch ohne seine Hilfe gelingt es mir nicht.

»Sigge, ich brauche dich. Wir müssen deine nassen Sachen ausziehen. Jetzt hilf mir doch«, fordere ich ihn auf.

Ich kann sehen, wie er mit aller Kraft kämpft, seine Bewegungen sind unendlich schwerfällig. Es gelingt ihm kaum, die Augenlider zu heben. Es hat keinen Sinn, so bekomme ich Sigge niemals aus diesen nassen Sachen heraus. Ich renne zurück in die Küche und reiße sämtliche Schubladen auf, bis ich eine Schere gefunden habe. Zurück im Badezimmer, beginne ich damit, Sigge die nassen Kleider vom Leib zu schneiden.

Nach und nach fallen seine Hüllen der Schere zum Opfer, bis er nur noch seine Unterhose trägt. Erleichtert nehme ich zur Kenntnis, dass er sich wieder aus eigener Kraft bewegt. Er stützt sich auf seine Arme und rappelt sich auf, bis er in der Dusche zum Sitzen kommt. Müde lehnt er sich mit dem Rücken gegen die Duschwand und lässt das warme Wasser über seinen unterkühlten Körper laufen.

Ich lasse ihn allein und gehe zurück in den Wohnraum. Die Eingangstür steht immer noch sperrangelweit offen. Schnell ziehe ich die Tür zu, lege Holz in den Ofen und entzünde ein Feuer. Jetzt kann ich mich um Herwig kümmern, der nach wie vor unverändert vor dem Schrank am Boden sitzt. Ich kann sehen, wie sein Brustkorb sich hebt und senkt. Er atmet, aber er blutet stark aus dieser Wunde in seiner rechten Brust. Ich stürze aus dem Haus zu meinem Wagen, hole den Verbandskasten und laufe zurück, wo ich Herwigs Wunde so gut wie möglich erstversorge. Es ist ein glatter Durchschuss. Ratlos starre ich auf seine Brust. Ich habe keine Erklärung, was ihm widerfahren ist, aber es steht außer Frage, dass irgendwer auf Herwig geschossen hat, auch wenn ich keinen Schuss gehört habe.

Ich zücke mein Mobiltelefon und wähle den Notruf. Ich erkläre dem Kollegen, der meinen Anruf entgegennimmt, die Lage, fordere Verstärkung und zwei Krankenwagen an. Außerdem gebe ich eine Suchmeldung nach Arne durch. Dann gehe ich zurück ins Badezimmer. Sigge sitzt in der Dusche, lächelt mich müde an und nickt mir zu, als ich vor ihm knie und seine Hand nehme.

»Danke«, sagt er matt. »Danke, Anelie.«

Seine Hand ist immer noch eiskalt. Er braucht mehr Wärme. Ich gehe zurück in die Küche und setze Wasser für einen Tee auf. Ich werfe Herwig einen Blick zu. Er rührt sich nicht, aber er atmet.

Allmählich komme ich zur Ruhe, und mir wird klar, wie knapp es um Sigge und mich gestanden hat. Herwig ist auf unseren Besuch perfekt vorbereitet gewesen. Er hat uns erwartet und in eine Falle gelockt. Sigge wäre fast im Eis ertrunken. Und was er mir gespritzt hätte und was danach mit mir geschehen wäre, wenn ihn dieser Schuss nicht davon abgehalten hätte, will ich im Moment gar nicht wissen.

Suchend schaue ich mich um und entdecke die Spritze, die unter den Tisch gerollt ist. Nils muss den Inhalt untersuchen. Die Kugel, die Herwig erwischt hat, muss auch noch irgendwo hier sein. Ich gehe zu Herwig und ziehe ihn nach vorn. Aber weder in dem Schrank noch daneben kann ich ein Einschussloch entdecken. Ich gehe zurück zur Tür und überlege anhand unserer letzten Position, wo die Kugel eingedrungen sein kann. Aber ich kann sie nicht finden. Nils wird sicher erfolgreicher sein.

Das Teewasser ist fertig, und ich bereite zwei Tassen vor. Damit kehre ich zu Sigge zurück. »Hier, trink das, Sigge«, sage ich und reiche ihm eine Tasse.

Seine Finger sind so steif, dass ich ihm die Tasse wieder wegnehme und sie ihm selbst zum Mund führe. Vorsichtig nippt er daran.

»Was für ein perverses Arschloch«, presst er hervor.

»Er hat verloren. Jetzt wird alles gut, Sigge«, sage ich zu ihm.

»Wo ist Arne?«

»Ich weiß es nicht.«

»O mein Gott«, stöhnt er. »Hat er ihn …?«

Ich schüttle den Kopf. »Nein, er hat ihn irgendwo ausgesetzt. Zumindest hat er das gesagt.«

In der Ferne kann ich Signalhörner hören, die immer näher kommen. Ich gehe zur Eingangstür und öffne sie. Hinter den beiden Krankenwagen sehe ich das Auto von Nils, das ebenfalls mit Blaulicht heranrast. Zwei Notfallsanitäter kommen zu mir gelaufen, und ich instruiere sie über die beiden Verletzten, damit sie sich um Sigge und Herwig kümmern. Ich erkläre ihnen auch, was mit Herwig zu geschehen hat, und warne sie vor ihm. Auch wenn er verletzt ist, ist er brandgefährlich. Blitzschnell klicken die Handschellen, die ich ihm anlege. Herwig wird auf eine Trage gelegt und nach draußen gebracht.

Nils kommt zu mir gelaufen. »Anelie, bist du in Ordnung? Was ist hier passiert?«

»Wieso bist du hier?«, frage ich ihn verwundert.

»Wir waren auf dem Weg und schon in Jokkmokk angekommen, als dein Notruf einging«, erklärt er mir.

Dann tauchen die beiden Sanitäter mit Sigge auf. Sie haben ihn in eine Wärmedecke gehüllt und stützen ihn beim Gehen.

»Wir bringen ihn nach Jokkmokk ins Krankenhaus«, sagt der eine Sanitäter.

Sigge will protestieren, aber ich lasse ihn nicht zu Wort kommen. »Du gehst ins Krankenhaus. Das ist ein Befehl.« Dann verschwindet auch Sigge mit seinen Helfern nach draußen.

»Jetzt erzähl mir, was sich hier abgespielt hat«, sagt Nils, als sie draußen sind.

Wir setzen uns an den Tisch, und ich schildere ihm bis ins kleinste Detail die Ereignisse.

Er schaut mich entsetzt an. »Ihr beide hattet verdammtes Glück. Ist dir das eigentlich bewusst?« Ich nicke stumm. »Verflucht, das war verdammt knapp. Wäre Herwig nicht von dieser Kugel getroffen worden, dann …« Ich breche ab.

»Und du hast nichts gehört? Keinen Knall, keinen Schuss, rein gar nichts?«

»Rein gar nichts.«

»Und wir wissen nicht, wo Arne ist. Er ist verletzt, und er hat keine Schuhe mehr.«

»Verflucht«, sagt Nils sichtlich schockiert. »Aber Arne stammt von hier. Er weiß sich zu helfen«, versucht er mich zu beruhigen. »Wir müssen hoffen.«

Ich spüre, wie Tränen meine Augen füllen, doch ich kämpfe dagegen an.

Nils gibt mir ein Papiertaschentuch. »Wir werden eine Weile brauchen, bis wir alle Spuren gesichert haben. Du kannst hier nichts tun. Besser wäre, du fährst jetzt zurück nach Jokkmokk und nimmst die Taschen mit dem vielen Geld mit. Pack sie in euren Safe. Und ich kümmere mich um alles, was hier zu tun ist.«

Ich denke kurz darüber nach. Er hat recht. Ich nehme Sigges Waffengürtel an mich und begebe mich zur Tür. »Finde diese Kugel«, sage ich, an Nils gewandt, bevor ich das Haus verlasse.

Als ich nach draußen komme, entdecke ich die kleine Menschentraube an dem Cayenne. Schnell gehe ich zu ihnen. Die Heckklappe des Cayenne steht offen. Ich quetsche mich an ihnen vorbei. Arne sitzt am offenen Kofferraum. Er trägt einen Verband um den Kopf. Ich stürze zu ihm.

»Arne«, rufe ich und umarme ihn. Tränen laufen mir übers Gesicht. »Arne, geht es dir gut? Was hat er dir angetan?« Arne reibt sich den Schädel. »Er hat mir eine übergebraten. Mehr weiß ich nicht.«

»Als wir den Wagen untersuchen wollten und den Kofferraum öffneten, haben wir ihn gefunden«, erzählt Ole. »Wir dachten erst, er wäre tot, weil er sich nicht gerührt hat.«

»So leicht bin ich nicht um die Ecke zu bringen«, sagt Arne mit einem Schmunzeln.

»Er hat eine ziemliche Platzwunde und vermutlich eine Gehirnerschütterung. Wir bringen ihn auch nach Jokkmokk in die Klinik zur weiteren Untersuchung«, informiert mich der Sanitäter. Dann führen sie Arne zum Krankenwagen.

Ich setze mich ans Steuer des Volvo und starte den Motor. Doch ich brauche einige Minuten, bevor ich losfahren kann. Die Ereignisse der letzten Stunden stecken mir in allen Gliedern, und ich spüre immer noch das Adrenalin in meinem Körper. Jemand klopft an meine Scheibe, ich öffne.

»Sollen wir dich nach Jokkmokk bringen?«, fragt Ole.

»Nein, danke, Ole. Ich schaffe es allein zurück.«

47

Nils hat Ole und seine anderen Leute zurück nach Jokkmokk geschickt, um Herwigs Haus und dessen Praxis zu untersuchen. Danach arbeitet er hochkonzentriert. Er stellt ein Dreibein mit einem Ring am oberen Ende in die Tür auf Brusthöhe auf, visiert von der Terrasse des Hauses durch diesen den Punkt an, von dem geschossen worden sein muss, wie er annimmt. Dann passt er den Neigungswinkel an. Jetzt wiederholt er alles von der Außenseite. Mit seinem Laserpointer versucht er, den von ihm vermuteten Schusswinkel nachzustellen. Dann beginnt er seine Suche. Er schiebt den Schrank etwas beiseite und sucht Zentimeter für Zentimeter alles ab. Endlich entdeckt er das Projektil in der Wand, legt es vorsichtig frei und entfernt es. Als es in seiner Handfläche liegt, betrachtet er es eingehend und pfeift leise durch die Zähne.

»Das ist eine 338 Lapua Magnum«, sagt er leise zu sich selbst.

Er weiß, dass dieses Kaliber für weite Distanzen und gezielte Schüsse bis über zweitausend Meter verwendet wird. Viele Gewehre, die diese Munition verschießen, wird es in unserer Gegend nicht geben, vermutet er. Aber er erinnert sich noch gut. Vor vier, fünf Jahren hatte es einen Schießwettbewerb in Norrbotten gegeben, bei dem nur ein einziger Schütze alle zehn Ziele getroffen hatte. Nachdenklich packt er das Projektil in seine Hosentasche und schiebt den Schrank zurück an die Stelle, wo er vorher gestanden hat.

Bevor er mit allen gesicherten Spuren zurück nach Lulea fährt, muss Nils noch etwas erledigen. Er macht einen Umweg ins Krankenhaus von Jokkmokk, um Sigge aufzusuchen. Eine Sache bedarf keines Aufschubs.

Sigge liegt, mit einem Jogginganzug bekleidet, auf seinem Bett und spielt mit seinem Mobiltelefon, als Nils das Krankenzimmer betritt. Sigge sieht noch ziemlich mitgenommen aus.

»Nils?«, sagt Sigge überrascht.

»Ich bin auch gleich wieder weg«, meint Nils und kommt zu Sigge ans Bett. »Aber ich muss dir noch schnell etwas geben.« Nils wühlt in seiner Hosentasche, fischt etwas heraus, nimmt Sigges Hand, legt einen kleinen Gegenstand hinein und schließt Sigges Finger langsam. »Das ist nur für dich bestimmt.«

Sigge schaut Nils verwundert an und öffnet seine Hand. Es ist ein Projektil. Er nimmt sich einen Moment Zeit, aber er begreift nicht, was das soll. »Was hat es damit auf sich?«

»Ein unbekannter Schütze hat Herwig einen Schuss in dessen Brust verpasst. Das ist die Kugel, die Anelies Leben und damit auch deins gerettet hat. Anelie wird dir sicher alles bis ins Detail erzählen!«

»Was meinst du damit?«, fragt Sigge sichtlich ratlos. »Und wer soll auf Herwig geschossen haben?«

»Das kann ich nicht sagen«, erwidert Nils mit einem Grinsen, »aber ich weiß, von wo aus er geschossen hat.« Nils holt sein Mobiltelefon hervor und zeigt Sigge ein Foto. »Da oben hat er gestanden oder gelegen.«

Sigge erkennt den Hügel auf der anderen Seite des Sees bei Herwigs Blockhaus.

»Bist du verrückt?« Sigge schaut Nils entgeistert an. »Das ist über einen Kilometer entfernt.«

»1278 Meter, um genau zu sein«, antwortet Nils. »Das sagt zumindest mein Entfernungsmesser.«

Sigge kann nicht glauben, was Nils ihm da weismachen will. »Du willst mir ernsthaft erzählen, dass jemand von dort oben auf Herwig geschossen hat?«

»Der Schütze hat nicht nur von dort oben geschossen, er hat auch exakt das Ziel getroffen, das er anvisiert hat.«

Sigge starrt auf das Projektil. »Was ist das für ein Kaliber?«

»Eine 338 Lapua Magnum.«

»Aber wer kann so gut schießen?«, fragt Sigge irritiert. Nils legt den Kopf schief. »2016 oder vielleicht war es auch ein Jahr früher oder später hat es in Norrbotten einen Schießwettbewerb gegeben, bei dem nur ein einziger Schütze alle zehn Ziele getroffen hatte. Ich erinnere mich genau. Die weiteste Entfernung betrug damals 1650 Meter. Wie gesagt, nur ein einziger Teilnehmer hatte das wohl geschafft.«

»1650 Meter … ist das zu fassen«, wiederholt Sigge langsam mit Blick auf das Projektil in seiner Hand.

Nils räuspert sich. »Sigge, ich möchte dich um einen großen Gefallen bitten.« Er schaut Sigge ernst in die Augen. »Wenn du irgendwann den Gewinner dieses Schießwettbewerbes triffst, könntest du ihm bitte dieses Projektil von mir geben und ihm sagen, dass ich ein sehr großer Fan von ihm bin. Ich werde nichts davon in meinem Bericht erwähnen, sondern behaupten, dass ich kein Projektil finden konnte. Und du solltest besser auch darüber schweigen. Verstehst du?«

Sigge schaut Nils ratlos an.

»Rede mit niemandem darüber, auch nicht mit Anelie. Das musst du mir versprechen. Bitte vertrau mir, Sigge. Du wirst es begreifen, wenn du den Gewinner getroffen hast.«

Sigge nickt stumm. Es klopft erneut an der Tür.

48

Langsam trete ich nach einem kurzen Anklopfen ein. Sigge liegt auf seinem Bett, Nils steht bei ihm.

»Hej, Anelie, schön, dich zu sehen«, begrüßt mich Sigge.

»Hej, Sigge, hej, Nils. Du hier?«

»Ich bin auch schon wieder weg«, sagt Nils. »Ich wollte nur sehen, wie es dem Eistaucher geht. Macht's gut ihr beiden.« Damit verschwindet Nils.

»Nett von Nils, mich zu besuchen«, meint Sigge.

»Ist alles in Ordnung?«, sage ich misstrauisch.

Irgendwie beschleicht mich das Gefühl, dass hier etwas nicht stimmt.

»Setz dich doch«, meint Sigge.

Ich nehme mir einen Stuhl und setze mich zu ihm. Dann berichte ich Sigge, dass Matti und Sofia unmittelbar nach Herwigs Verhaftung auf freien Fuß gesetzt worden sind und dass Arne das Krankenhaus auch schon heute wieder verlassen darf.

»Zum Glück hat er einen harten Schädel«, meint Sigge. »Aber was ist nun mit Herwig?«

»Das wird eine längere Geschichte«, sage ich und lehne mich zurück. »Dazu muss ich weit ausholen.«

»Ich habe Zeit.«

»Als Herwig seinen ersten Mord begeht«, beginne ich zu erzählen, »ist er bereits in zweiter Ehe verheiratet. Wir haben mit seinen Exfrauen telefoniert und viel erfahren. Herwig hat immer wieder Affären gehabt. Er kann sehr gewinnend auftreten und Eindruck machen, vor allem auf Frauen. Er hat zweifelsfrei das Talent zum Hochstapler …«

»… und Heiratsschwindler«, unterbricht Sigge meinen Redefluss. »Das hast du nach deinem ersten Zusammentreffen über ihn gesagt.«

Ich nicke. »Seine Lügen waren nie sehr versiert gestrickt, eher hastig aus der Not geboren. Deswegen haben sie nur selten lange gehalten. Seine erste Frau hat mir erzählt, dass er selbst vor den offensichtlichsten Lügen nicht zurückgeschreckt ist. So hatte er ihr weismachen wollen, er sei an Hodenkrebs erkrankt. Einer späteren Geliebten erzählte er wiederum, dass seine damalige Frau Leukämie habe und er sich deshalb nicht trennen könne. Einer anderen Geliebten tischte er die Lüge auf, dass Ehefrau Nummer zwei an Multipler Sklerose leide und er sie nicht im Stich lassen könne.«

»O Mann«, stöhnt Sigge, »hat er bei all seinen Lügengeschichten nicht selbst irgendwann den Überblick verloren? Aber wie wurde er zum Mörder?«

»Geldprobleme. Er hat als Zahnarzt zwar nicht schlecht verdient, aber zwei Ehefrauen, dann die Scheidungen und diverse Geliebte, dazu ein aufwendiger Lebensstil … dafür musst du schon ziemlich liquide sein. Deswegen hat er vermutlich als Erstes versucht, die Exfrauen loszuwerden. Alle hatten am Ende ihrer Ehen mit Herwig unheimliche, teils lebensgefährliche Vergiftungen erlitten, ohne es zu wissen, und mussten ins Krankenhaus gebracht werden. Die Ärzte konnten damals nichts mit den Symptomen wie Ohnmacht, Erbrechen,

Schwindel, Orientierungslosigkeit, Zittern anfangen, weil sie keine Ursache dafür fanden.«

»Aber die Frauen haben überlebt?«, fragt Sigge.

»Ja, seine erste Frau musste jedoch wochenlang in der Klinik bleiben, weil sie nicht mehr sprechen konnte. Sie litt über Jahre an Gleichgewichtsstörungen. Die zweite Frau musste sogar in die Psychiatrie, weil sie selbstmordgefährdet war. Bei allen war die Ehe mit Herwig zum Zeitpunkt dieser Vergiftungserscheinungen in einer Krise. Kurz darauf folgte dann die Trennung und Scheidung.«

»Und dafür hat man ihn nicht drangekriegt?«, fragt Sigge ungläubig.

»Ermittelt wurde nur in einem Fall, aber es gab keine Beweise. Dann jedoch beging er einen folgenschweren Fehler.« Ich erzähle Sigge von der Brandstiftung, mit der Herwig den Mord an seinem Vermieter vertuschen und die Versicherung betrügen wollte. »Schon damals hat er ein Testament gefälscht. Aber dafür ist er ins Gefängnis gewandert und erst nach insgesamt fünfzehn Jahren auf Bewährung freigekommen.«

»Aber man hat ihm doch seinen Doktortitel und seine Zulassung als Arzt aberkannt, oder?«

»Die Zulassung ja, den Titel durfte er während seiner Haft behalten. Und nach seiner Haftentlassung hat er dann ganz offiziell seine Approbation von einer Behörde zurückbekommen, wie wir jetzt wissen. Obwohl er sein ärztliches Wissen eingesetzt hatte, um gezielt zu töten, erlaubte man ihm, wieder als Zahnarzt zu arbeiten. Man hatte ihm damals nur gesagt, dass er die vergangene Haft als Warnung sehen sollte, zukünftig straffrei zu bleiben. Ylva hat in der deutschen Behörde angerufen. Du glaubst nicht, was man ihr erzählt hat. Man hat ihr gesagt, dass in Deutschland jeder Straftäter nach seiner Haftentlassung das Recht auf Resozialisierung habe, schließlich würde man schneller in die Gesellschaft zurückkommen, wenn man in seinem erlernten Beruf wieder arbeiten würde, und für die Wiedererteilung der Approbation sei die zuvor erteilte Verurteilung wegen Mordes nicht mehr zu würdigen.«

»Das ist doch völlig grotesk«, schimpft Sigge erbost. »Welche Idioten kommen zu so einem Urteil, diesen verurteilten Mörder wieder auf die Menschheit loszulassen? Die haben sich an den beiden Morden hier bei uns mitschuldig gemacht.«

»Ich befürchte nur, dass es kein Nachspiel haben wird«, sage ich. »Leif wird das alles zwar an die schwedische und deutsche Presse durchstechen. Aber mehr als einen medialen Skandal wird es wohl nicht geben. Es ist die Geschichte eines tödlichen Behördenversagens und eines aus meiner Sicht sehr zweifelhaften Resozialisierungsverhaltens.«

»Aber da müssen doch Köpfe rollen«, ruft Sigge erbost aus.

Ich zucke mit den Schultern. »Das macht Stig und Dana auch nicht mehr lebendig.«

»Du willst gar nichts dagegen unternehmen?«

»Das ist nicht meine Aufgabe, Sigge«, widerspreche ich. »Wir mussten den Mordfall aufklären, und das ist uns gelungen.«

»Wie konnte dieser Mörder in Schweden landen?«, fragt Sigge fassungslos.

»Mit all seinen Papieren war es für Herwig ein Leichtes«, fahre ich fort, »sich hier in Jokkmokk als Zahnarzt niederzulassen.«

»Und über Dana kam er an Stig ran.«

»Ich vermute, dass er Stig in seiner Praxis zufällig kennengelernt hat. Dann haben die beiden sich vermutlich angefreundet. Herwig kann ja sehr einnehmend sein, wie wir wissen, Und er ist genauso wie Stig ein passionierter Jäger. Die Jagdlizenzen und Waffenscheine hatte man ihm in Deutschland zwar aberkannt, aber hier wusste niemand etwas davon. Ich habe inzwischen herausgefunden, dass Herwig ein verdammt guter Schütze ist und wie besessen trainiert hat. Er hat bei einer seiner Exfrauen damit geprahlt, dass er ohne Probleme ein siebenhundertfünfzig Meter entferntes und bewegliches Ziel treffen könne. Vermutlich hat er sich Stigs Armbrust dafür ausgeliehen, und dieser hat sie ihm ahnungslos gegeben.«

»Was für ein mieser Charakter!«

»Herwig hätte das Gefängnis eigentlich nie mehr verlassen sollen, geschweige denn als Arzt arbeiten dürfen. Jetzt sind zwei weitere Menschen tot, weil er nicht in Sicherungsverwahrung genommen wurde.«

Sigge nickt nachdenklich. »Aber welche Rolle hat Dana dabei gespielt?«

»Da kann ich nur mutmaßen. Herwig ist noch nicht wieder vernehmungsfähig. Das Gerichtsverfahren gegen ihn wird nicht so ganz einfach werden. Ob er Dana Stig zugeführt hat, um ihn manipulieren zu können, oder ob sie Stig verführt und Herwig geholfen hat, wissen wir noch nicht. Herwig hat mir gegenüber einiges zugegeben und mir gleichzeitig eine Menge Lügen erzählt.«

»Hätte Dana tatsächlich alles von Stig geerbt, wäre er als ihr Ehemann nach ihrem Tod an das Vermögen gekommen. Das muss sein Plan gewesen sein«, murmelt Sigge.

»Dana war übrigens nicht schwanger, wie sie behauptet hatte«, merke ich an.

»Sie war wohl auch eine notorische Lügnerin. Da hatten sich zwei gefunden«, meint Sigge.

Ich nicke.

»Danke, dass du mein Leben gerettet hast.«

Ich lächele ihn an. »Mit dem größten Vergnügen, aber ich hatte auch unerwartete Hilfe von einem Unbekannten.«

»Was meinst du damit?«

Ich erzähle ihm, was sich zugetragen hat, nachdem er in das Eisloch gestürzt war. Es jagt mir erneut einen kalten Schauer über den Rücken, als ich daran denke.

»Wäre es Herwig gelungen, auch mich außer Kraft zu setzen, wären wir beiden verloren gewesen. Ich hoffe, Nils findet das Projektil.« Ich hole mein Handy aus der Tasche und wähle Nils' Nummer.

»Nils, Anelie hier. Hast du die Kugel gefunden, die Herwig getroffen hat?« Stumm lausche ich Nils Ausführungen, dann lege ich enttäuscht auf. »Er hat nichts gefunden. Wie kann das sein?« Leise spreche ich die Worte eher zu mir selbst und schaue auf Sigge, doch dieser hat seine Augen geschlossen und scheint vor Erschöpfung eingeschlafen zu sein.

»Sigge?«, frage ich leise.

Er rührt sich nicht, und ich schleiche auf Zehenspitzen hinaus.

49

Die Tage sind dahingeflogen. Heute ist ein sonniger Sonntag, ein Vorbote des Frühlings. Liv, Sigge, Daniel und ich sitzen gemütlich bei einem heißen Tee mit Schuss auf unserer Terrasse und genießen diesen wunderbaren Tag im Freien, als ein Schneemobil auf dem See auftaucht und sich nähert.

»Wer kann das sein?«, frage ich.

Daniel zuckt mit den Schultern. »Keine Ahnung, aber gleich werden wir es wissen.«

Das Schneemobil samt anhängendem Schlitten hat die Halbinsel erreicht und fährt mit gedrosseltem Tempo langsam zu uns hoch. Wenige Meter vor unserer Terrasse kommt es zum Stehen. Der Fahrer schaltet es mit einem Knopfdruck aus. Wir können immer noch nicht erkennen, um wen es sich handelt, bis er den Helm abnimmt.

»Arne!«, rufe ich überrascht aus.

»Hej, hej«, begrüßt er uns und schwingt sich von dem Schneemobil.

»Ich musste vorbeikommen, weil …« Er bricht ab und geht zu dem Anhänger hinter seinem Schlitten.

Daniel und Sigge sind inzwischen aufgestanden und gehen neugierig auf Arne zu.

»Ich habe euch etwas mitgebracht«, sagt Arne, »Das ist ein Geschenk von Ana.« Er zieht einen großen Nylonsack aus dem Anhänger und drückt ihn Daniel in die Arme. Der Sack ist eindeutig schwer.« »Ana hat darauf bestanden, dass wir das als Dank für unsere Hilfe bei den Rentiermorden annehmen. Ein halbes Rentier für jeden von uns.«

Bevor ich protestieren kann, nimmt Daniel mir lächelnd die Worte aus dem Mund. »Na, dann werfen wir mal den Grill an. Ein solches Geschenk der Sami abzulehnen würde sie schwer beleidigen. Arne, du bleibst doch zum Essen?«

»Trotzdem darf ich das nicht annehmen«, widerspreche ich ernst.

Daniel gibt den schweren Sack an Sigge weiter, kommt zu mir, umfasst mein Gesicht mit beiden Händen und gibt mir einen kurzen Kuss, um mich zum Schweigen zu bringen.

Ich winde mich aus seinen Armen. »Nein, das geht nicht«, beharre ich ernst.

Daniel grinst und drückt mir erneut einen kurzen Kuss auf die Lippen.

»Du darfst das vielleicht nicht annehmen, ich aber schon«, sagt Arne ungerührt. »Ana hat es mir geschenkt, und ich bin ja in Rente. Und nun gebe ich in meiner unendlichen Güte meine Hälfte an euch weiter«, führt Arne aus, während er wie ein Prediger seine Arme ausbreitet.

Alle lachen.

Ich hebe die Hände. »Okay, okay, unter diesen Umständen gebe ich mich geschlagen.«

Während Daniel und Sigge das Fleisch für den Grill vorbereiten, kümmern Liv und ich uns in der Küche um die Beilagen.

Arne gesellt sich zu uns. »Gibt's hier auch Bier?«

Ich hole Arne eine Dose Bier aus dem Kühlschrank. »Unendliche Güte«, murmle ich.

Arne grinst. »Auf eurem Parkplatz da drüben wird es langsam echt eng«, meint er, öffnet die Bierdose und nimmt einen kräftigen Schluck.

Ich werfe Arne einen verständnislosen Seitenblick zu.

»Na wegen der vielen …« Arne wird jäh unterbrochen, weil Liv ihm ihren Ellbogen in die Seite rammt.

»Arne, kannst du mal schauen, wie weit die beiden Grillmeister da draußen sind«, sagt Liv und wirft ihm einen unmissverständlichen Blick zu, der ihm klarmachen soll, keine weiteren Fragen zu stellen.

»Na, dann gehe ich wohl besser mal draußen nachschauen«, sagt Arne langsam und verdrückt sich.

»Gibt es etwas, was ich wissen sollte?«, frage ich Liv.

»Nein, nein«, wiegelt sie ab, »es ist alles in Ordnung. Arne hat nur mein großes Auto gemeint, das ich etwas rücksichtslos mitten auf euren Parkplatz gestellt habe. Ich konnte ja nicht damit rechnen, dass noch jemand kommt.«

Sigge streckt den Kopf zur Tür herein. »Wir sind gleich so weit.«

»Wir auch«, rufe ich zurück. »Liv, machst du den Salat fertig? Dann decke ich den Tisch.«

Wenig später sitzen wir auf der sonnigen Terrasse einträchtig zusammen und genießen ein fantastisches Rentiersteak mit Salaten und frischem Weißbrot. Ich schaue in die Runde und sehe nur vergnügte Menschen um mich herum, die ich liebe. Eine warme Welle der Dankbarkeit erfasst mich.

»Einen Toast«, sage ich.

Alle erheben ihre Gläser und schauen mich erwartungsvoll an.

»Auf die tollste Familie, die besten Freunde und die coolsten Kollegen, die man sich nur wünschen kann«, sage ich feierlicher, als ich eigentlich will.

»Skål!« Wir prosten uns zu.

»Skål! Auf uns!«, ruft Liv vergnügt.

»Auf uns!«, rufen wir anderen gemeinsam aus und stoßen zusammen an.

»Wurde eigentlich aufgeklärt, wer auf Herwig geschossen hat?«, fragt Arne später in dem Moment einer kurzen Stille.

»In Nils' Bericht steht, dass es sich wohl um einen Jagdunfall mit Querschläger gehandelt haben muss«, antworte ich, »was in meinen Augen allerdings ein ziemlicher Schwachsinn ist. Na ja.«

»Ja, ja ... jagen ist und bleibt gefährlich«, entgegnet Arne gedehnt.

Wir bleiben noch lange zusammen an unserer großen Feuerstelle sitzen, in der Daniel ein wärmendes Feuer entzündet hat.

»Sigge, würdest du bitte das restliche Rentier in die Gefriertruhe in meinem Jagdzimmer legen, dann spalte ich noch schnell ein paar Scheite Holz für unser Feuer.«

»Klar ... kein Problem.« Sigge verstaut das Rentier, wie von Daniel gewünscht, und schließt den Deckel der Truhe. Als er das Jagdzimmer gerade verlassen will, bleibt er wie versteinert stehen und starrt auf eine große Holztafel, die in einer Ecke von Daniels Regal steht. Vorsichtig nimmt Sigge sie an sich und liest die Inschrift: »*NORRBOTTEN LONG RANGE SHOOTING 2015*«.

Eine Gänsehaut jagt die nächste über seinen Rücken und breitet sich dann langsam über seinen ganzen Körper aus.

Schlagartig erinnert er sich an Nils' Worte, die dieser im Krankenhaus zu ihm gesagt hatte. »Du wirst es verstehen, wenn du den Gewinner dieses Schießwettbewerbes triffst«, murmelt er leise zu sich selbst. Gerade als er die Holztafel zurück ins Regal stellt, bemerkt er Daniel in der Tür.

»Alles in Ordnung, Sigge?«

»Du warst bei diesem Schießwettbewerb 2015 dabei? Du warst einer der Teilnehmer?« Sigges Stimme klingt leicht belegt.

»Ja, ich war einer der Teilnehmer«, antwortet Daniel ruhig und klar.

»Und wer hat damals gewonnen?«, fragt Sigge vorsichtig nach.

»Der Gewinner wollte nicht, dass man seinen Namen veröffentlicht.«

Sigge nickt langsam. »Aber du kennst den Gewinner?«

Daniel schaut Sigge lange in die Augen. »Ja, ich kenne den Gewinner.«

Langsam steckt Sigge seine Hand in die Hosentasche und greift nach dem Projektil, das Nils ihm gegeben hat und das er seither immer bei sich trägt. Er streckt seinen Arm aus und öffnet seine Hand so, dass Daniel es auch sehen kann.

»Das soll ich dem Gewinner dieses Schießwettbewerbes geben und ihm sagen, dass es ein Geschenk eines großen Fans von ihm ist«, sagt Sigge mit kratziger Stimme und lässt das Projektil in Daniels geöffnete Hand fallen.

Daniel betrachtet das Metallstück auf seiner Handfläche. Dann sieht er Sigge fest in die Augen. »Bitte, sag diesem Fan doch, wenn du ihn das nächste Mal triffst, dass ich das dem

Gewinner von damals sehr gerne weitergeben werde.« Ein kurzer Moment der Stille entsteht. »Aber jetzt sollten wir wieder nach draußen zu den anderen gehen.«

Sigge folgt Daniel wortlos nach draußen. Nur unter größter Mühe gelingt es ihm, seine Emotionen vor den anderen zu verbergen.

Es wird schon dunkel, als Arne als Erster aufbricht. Nachdem wir den Tisch abgeräumt und Ordnung in die Küche gebracht haben, verabschieden sich auch Liv und Sigge. »Danke für diesen tollen Tag.« Liv und Sigge ziehen sich an und gehen Richtung Haustür, doch Daniel hält sie zurück.

»Liv, hast du nicht etwas vergessen?« Daniel wedelt mit einem Schlüsselanhänger, auf dem in großen Buchstaben SRT steht. »Hier ist noch dein Autoschlüssel.«

Liv kommt näher, zieht mit einem süffisanten Lächeln einen weiteren Autoschlüssel aus ihrer Jackentasche und wedelt damit vor Daniels Nase herum.

»Nein, mein Bruderherz ich habe meinen hier, wie du siehst.«

Daniel und ich sehen Liv verständnislos an, während Sigge still vor sich hin grinst.

»Und wo kommt dann dieser Schlüssel her?«, fragt Daniel irritiert.

»Das ist der Schlüssel zu eurem Jeep, aber was soll ich sagen … den kennst du ja schon«, erklärt Liv mit einem spitzbübischen Lächeln und deutet auf den Schlüssel in Daniels Hand. »Und der hier«, sie wedelt mit dem zweiten Schlüssel, den sie aus ihrer Jacke gezogen hat, »das ist der Schlüssel von meinem neuen Monster.«

Daniel und ich schauen uns vollkommen entgeistert an. Liv schwebt förmlich davon, Sigge winkt uns zu und folgt ihr. Immer noch völlig sprachlos schaue ich Daniel an und muss laut losprusten. Noch nie habe ich ihn so überrascht gesehen.

»Haben wir jetzt ein neues Auto?«, frage ich lachend.

Daniel springt auf und läuft den beiden hinterher.

»Liv!«, schallen seine Worte in die Dunkelheit hinaus. »So geht das nicht … Darüber müssen wir reden … Hörst du … Liv … Liiiiiiiv!«

LESEPROBE

1

Er steckt fest bis zum Hals, eingeschnürt wie in eine Zwangsjacke. Wütend schüttelt er sich einem nassen Hund gleich, bis sein Oberkörper frei ist. Sein Schneemobil hat sich in den Tiefschnee eingegraben und ist von diesem komplett einverleibt worden, fast so als wäre es kein Schnee, sondern Treibsand. Von dem riesigen Fahrzeug ist kaum noch etwas zu sehen; sein Fahrer ragt wie ein Mann ohne Unterleib aus dem weißen Teppich hervor. Mit einem Ruck schwingt er sich von seinem Gefährt und sucht nach der Schaufel, die seitlich am Sitz mit einem Gurt befestigt ist. Bis er sie unter den Schneemassen findet, beginnt er schon leicht zu schwitzen.

Schneeschaufeln ist eigentlich keine große Sache, aber unter diesen Umständen hier sieht es völlig anders aus. Der Schnee ist federleicht wegen der trockenen Kälte, was die Arbeit keineswegs leichter macht. Von der Schaufel fliegt der Schnee wie ein aufgescheuchter Vogelschwarm in alle Richtungen, um langsam wieder herunterzurieseln. Über eine Stunde hat er gebraucht, um zwei Meter hinter seinem Schneemobil und an den Seiten den meisten Schnee beiseitezuräumen. Verschwitzt verstaut er die Schaufel wieder, setzt sich auf seinen Skooter, startet den Motor und fährt ihn vorsichtig zwei Meter zurück.

Mach nur keinen Fehler jetzt, ermahnt er sich selbst. Langsam verlagert er sein Gewicht nach hinten, um sich dann mit Vollgas wie über eine Schanze aus dem Schneeloch herauszukatapultieren. Das Manöver gelingt, doch jeglicher Vortrieb am Schneemobil endet schlagartig nach der Landung, und sein Gefährt versinkt erneut im tiefen Schnee. Er ahnt den Grund.

»Fuck!«, schreit er aus vollem Halse.

Durch die abrupte Beschleunigung muss der Zahnriemen der Raupe gerissen sein, eine lästige Panne, die vorkommen kann. Ausgerechnet jetzt, denkt er beunruhigt. Er flucht leise weiter darüber, dass er sich selbst in diese verzwickte Situation gebracht und keinen Ersatzzahnriemen dabeihat, wie es eigentlich üblich ist. Ein Wegkommen mit dem Schneemobil ist nun unmöglich.

Ich habe mich ziemlich in die Scheiße geritten mit dieser verdammten Abkürzung, ärgert er sich über seine eigene Dummheit. Ohne fremde Hilfe wird er hier nicht mehr herauskommen. Er fischt sein Mobiltelefon aus der Innentasche seiner Jacke und tippt mit klammen Fingern eine kurze Nachricht: *Stecke mit Schneemobil fest. Weiß nicht, bis wann ich da sein kann. Melde mich asap.*

Schnell packt er das Telefon wieder weg. Allein diese kurze Nachricht in der Kälte hat ihm zwanzig Prozent seines Akkus weggefressen. Er muss sehr vorsichtig sein, er braucht es noch, um im schlimmsten Fall Hilfe zu holen.

Er wirft einen prüfenden Blick zum Himmel. In der Ferne sieht er die weißgraue Front, die bedenklich schnell näher kommt. Dieses Wolkenphänomen kennt er gut genug, um zu wissen, dass sich da etwas ganz Übles zusammenbraut. Der Wetterbericht hat zwar einen Schneesturm vorhergesagt, aber eigentlich erst für den kommenden Tag. Nur hält sich der Polarkreis leider nicht an derartige Vorhersagen, er hat seine eigenen Regeln in puncto Wetter, die keiner wirklich durchschaut. Hier oben wirken andere gewaltige Kräfte, und jetzt befindet er sich schlagartig in einer lebensbedrohlichen Situation.

Er muss schleunigst weg, sonst ist er in der Wildnis verloren. Aber zu den anderen kann er nicht zurück. Der Weg ist viel zu weit, und wie sollte er das alles auch erklären? Suchend schaut er sich um. Er weiß, dass es hier irgendwo einen Unterschlupf oder eine Schutzhütte gibt, er muss diesen Ort nur finden. Er weiß aber auch, dass er zehn Kilometer in jede Richtung gehen könnte, ohne auf jemanden in dieser Wildnis zu treffen. Für einen Kilometer braucht man hier zu Fuß unter diesen Bedingungen abseits der Wege durch den tiefen Schnee locker eine Stunde. Er darf jetzt keine weiteren Fehler mehr machen.

Die beste Option, die ihm bleibt, ist, auf seiner eigenen Spur so schnell wie möglich, solange es noch hell ist, zurück zu dem Winterweg zu finden, den er für eine vermeintliche Abkürzung verlassen hat. Zum Glück hat er die Schneeschuhe mitgenommen. Sie sind auf dem Gepäckträger des Schneemobils befestigt. Er legt die Schneeschuhe auf den freigeschaufelten Boden, schlüpft hinein, zieht die Handschuhe aus und zurrt die Riemen fest, während er darauf achtet, mit der blanken Haut kein Metall zu berühren. Seine Haut würde sofort daran kleben bleiben, was unangenehme Verletzungen zur Folge hätte. Schnell zieht er die Handschuhe wieder an und packt seine Stirnlampe ein; ohne sie ist er in der Dunkelheit verloren. Hoffentlich reicht die Batterie noch, denkt er mit einem flauen Gefühl im Bauch und stapft los.

Ohne die großen ovalen Teller unter seinen Füßen würde er bis über beide Knie trotz seiner eigenen Schneemobilspur im Schnee versinken. Ein Zusammenpressen des Schnees durch ein einziges Darüberfahren mit dem Schneemobil erzeugt noch keinen festen Untergrund, ist aber hundertmal angenehmer als abseits im wirklich tiefen Schnee. So kommt er wenigstens einigermaßen voran, wenngleich ihn sein Tempo an Zeitlupe erinnert. Er arbeitet sich auf seiner eigenen Spur quälend langsam zum Winterweg zurück. Trotz der Kälte schwitzt er stark. Da er nicht mit einem schweißtreibenden Fußmarsch gerechnet hat, trägt er nicht das bewährte Zwiebelprinzip. Wenn er nun stehen bleibt, wird er durch die feuchte Unterkleidung zu frieren beginnen, ein Teufelskreis. Deswegen darf er keine Pause einlegen, er muss ohne Unterlass weitergehen.

Während er sich Schritt für Schritt durch den Wald kämpft, ärgert er sich über sich selbst. Warum ist er nur auf diese Schnapsidee gekommen, den vorgespurten Winterweg zu verlassen, um querfeldein zu fahren und eine Abkürzung zu nehmen? Wegen dieser unüberlegten Entscheidung steckt er jetzt in diesem Schlamassel und liegt nicht in ihren Armen, wie eigentlich geplant. Er weiß nicht, worüber er sich mehr ärgert, über diese fatale Fehlentscheidung oder über das verpasste Rendezvous. Die Wut hat einen Vorteil, sie lenkt ihn ab von der Angst, die unaufhörlich in ihm aufsteigt.

Äste peitschen ihm ins Gesicht, Schnee fällt von den überladenen Ästen auf ihn herunter, sein Puls hämmert in seinem Hals. Er hat das Gefühl, dass seine Ader unter dem Druck platzen müsste. Er stolpert, stürzt, taucht unter im tiefen Schnee. Mühsam rappelt er sich wieder auf, schüttelt den Schnee ab und setzt seinen Weg fort. Er weiß, wenn er jetzt nachlässt oder hier zurückbleibt, ist er in ernster Gefahr. Er hat nicht vor, zur Eismumie zu erstarren.

Zweieinhalb Stunden später erreicht er den vorgespurten Winterweg. Die Musher, die Schlittenhundeführer, spuren diese Wege mit ihren Schneemobilen mit Beginn jedes Winters, indem sie mehrfach darüber fahren, den Schnee verdichten und so ihren Hunden einen idealen Laufuntergrund für ihre langen Schlittentouren verschaffen.

Die Dunkelheit bricht herein, obwohl es erst früher Nachmittag ist. Der Schnee schenkt ihm noch für einige Zeit eine milchige Helligkeit. Er hat jedoch gerade gar keine Augen für die Schönheit dieser winterlichen Zauberwelt, die ihn so schmeichelnd umgibt. Er nimmt das Glitzern der Eiskristalle nicht wahr, die wie silberne Weihnachtskugeln an den Bäumen hängen. Er sieht nicht die bizarr verformten Kiefern, die Schnee und Eis in futuristische Skulpturen verwandelt haben. Er übersieht den puderweichen Schneeteppich, der sich zwischen die Bäume wie eine weiße Düne gelegt hat und deren Stämme sanft hüllt. Er kennt diesen Anblick nicht nur zur Genüge, er ist auch viel zu erschöpft, durchgefroren, durstig und hungrig, als dass er auch nur einen Blick an diese magische Winterwelt verschenken könnte.

Unbeirrt setzt er einen Fuß vor den anderen, er muss einfach nur weitergehen in Richtung Straße. Suchend lässt er seinen Blick schweifen. Plötzlich entdeckt er etwas in der Ferne, es sieht aus wie ein Licht, das zwischen den Bäumen hervorschimmert. Er reibt sich die Augen und starrt erneut in diese Richtung. Er war hier schon in dieser Gegend unterwegs gewesen, kann sich aber nicht erinnern, eine Hütte gesehen zu haben. Kein Zweifel, dort gibt es Licht, was auf Menschen schließen lässt. Ein Seufzer der Erleichterung entweicht seiner trockenen Kehle. Jetzt ist er sicher, er muss es nur noch bis dorthin schaffen.

Für einen Moment glaubt er, einen Schatten zwischen den Bäumen gesehen zu haben. Ich sehe schon Gespenster. Wahrscheinlich nur ein Tier, redet er sich Mut zu. Der Wald ist immer voller Leben, bei Tag und bei Nacht. Er spürt das Klopfen seines Herzens, hört seinen rasselnden Atem. Das Licht, das ist sein Ziel, alles andere hat keine Bedeutung. Zielstrebig läuft er darauf zu und bemerkt nicht die Gestalt, die ihn seit einiger Zeit heimlich beobachtet wie ein lauerndes Tier.